Scarlet
스칼렛
www.b-books.co.kr

Scarlet

스칼렛

www.b-books.co.kr

여름이 없는 오후

여름이
없는
오후

SCARLET ROMANCE STORY

이정숙 장편 소설

Contents

내 계절은 언제나 여름이었지만,
한 번도 내 옆에 있었던 적은 없었다.

"이 망나니가, 또야?"

여름은 분통을 터뜨리며 다민에게 전화를 걸고 있었다. 그녀가 이렇게 화가 난 건, 방금 전 결제한 카드 내역이 문자로 도착했기 때문이었다.

무려 2백만 원이 넘는 금액이었다. 여름이 미치지 않고서야 카드를 이렇게 남발했을 리가 없다. 이건 바로 사고뭉치 돈 덩어리 다민의 짓이었다.

다민은 벌써 수년째 같이 살면서 여름의 등골을 쪽쪽 빨고 있는 인간 거머리의 이름이다. 공식적 관계로는 여름의 사촌, 즉 이모 딸이다.

— 아, 왜.

곧 다민이 심드렁한 목소리로 전화를 받았다.

"채다민, 너 또 내 카드 훔쳐 썼지? 너 진짜 죽을래?"

— 아, 또 뭐가. 증거 있어?

다민의 목소리는 태평하기 짝이 없었다. 늘 저렇게 금방 탄로 날 거짓말을 곧 죽어도 뻔뻔하게 하는 게 다민의 유별난 특징이다.

"지금 당장 백화점 가서 CCTV 확인할까? 남의 카드 멋대로 쓰면 절도란 거 알지? 경찰서 가서 카드 분실 신고해 줘?"

— 아, 짜증 나. 필요한 거 있어서 좀 썼다, 왜? 나 감옥에 집 어넣게?

"도둑질했으면 잡혀가야지, 이 도둑년아."

— 하, 뭐? 도둑년? 미쳤구나, 이게. 야, 너 양심 없어? 죽기 전에 병원비로 우리 집 돈 다 축낸 게 누군데? 네 엄마거든? 엄밀히 말해서 난 그 돈 돌려받고 있는 거라고. 이게 아주 툭하면 까먹네.

다민이 또 여름의 약점을 잡고 나왔다. 엄마 얘기를 들먹이면 여름은 아무 말도 할 수 없다.

그도 그럴 게, 유감스럽지만 다민의 말은 사실이었다. 아빠를 먼저 보내고 혼자가 된 엄마가 큰 병에 걸리자 이모가 엄마의 수술비와 병원비까지 다 감당했다. 그리고 엄마가 떠나자 어린 여름까지 떠맡아 키웠다. 사정 모르는 사람이 들으면 세상에 둘도 없는 선인이고 은인이었다.

그러니 여름은 찍소리 말고 다민의 카드값을 갚아 줘야 했다. 지금까지 수없이 그래 왔던 것처럼.

그리고 그게 이모와 다민의 레퍼토리였다. 그 빚을 평생 갚고 살란 소리를 살면서 수천 번은 더 들은 것 같다.

"그래서. 뭘 샀는데?"

— 알아서 뭐 하게? 아, 필요한 거 샀겠지.

"필요한 거 샀겠지?"

— 아, 진짜 귀찮네. 네가 말하면 뭘 알아? 엄청 예쁜 치만데 50퍼센트 세일가로 샀어, 왜?

"하, 치마 쪼가리 하나가 50퍼센트 세일했는데도 이백만 원이 넘는다고? 지금 그걸 말이라고 해?"

— 하여튼 이래서 촌년이랑은 대화가 안 된다니까. 네가 패션을 알아? 암튼 원래 가격이었음 너 허리 휘어져라 일해도 못 갚았어. 그나마 생각해서 세일가로 사 줬더니 고마운 줄도 모르고.

"하아…… 드디어 돌았구나, 네가."

— 용건 끝났지? 나 오늘 집에서 저녁 먹을 거니까 들어가기 전까지 밥해 놔.

다민이 알뜰하게 가정부 취급까지 하면서 전화를 끊으려고 했다. 여름의 팔이 부르르 떨렸다.

일순 지난날의 고난과 인고의 세월이 여름의 머릿속을 차례로 스치고 지나갔다. 어렸을 때부터 다민의 속옷 빨래까지 해야 했고, 밥부터 청소까지 여름은 그야말로 그 집안의 가사도우미였다.

엄마가 돌아가신 것만으로도 슬펐는데, 그 슬픔을 제대로 받아들이기도 전에 여름은 세상에 빚부터 진 존재가 됐다.

그러니 이번에도 억울함은 넘기고 저 빌어먹을 계집애의 뒤치

다꺼리를 해야 하겠지. 그게 이모네 집에서 밥 얻어먹으며 산 죗값이니까.

"채다민, 지금 당장 카드값 해결해."

하지만 여름의 입술에서 나온 건 체념과는 전혀 다른 단호한 말이었다.

"안 그럼 지금 당장 이모한테 전화해서 다 말해 버릴 거니까. 지난달에 너 중절 수술 했지? 그 얘기 들으면 이모가 엄청 좋아하시겠다. 그치?"

이제 더는 못 해 먹겠다.

저 뻔뻔한 계집애를, 사람 약점을 잡아 이용해 먹는 저 돼먹지 못한 계집애를, 수없이 차별하며 학대로 일관한 이모까지, 이제 더는 못 참아 주겠다.

'이제 그 집에서 독립해. 할 만큼 했잖아.'

일순 친구 후의 낮은 목소리가 여름의 머릿속에 떠올랐다. 신뢰가 가는 다정하고 군더더기 없는 어조.

후의 말이 맞다.

— 너 지금 뭐라고 했어? 야, 너 돌았어?

"내가 돌아도 너만큼 돌았겠니? 이모가 제일 싫어하는 게 뭐더라? 아, 너 난잡하게 노는 거였나? 세상에, 자기 딸은 한없이 조신한 줄 아시지. 요즘 애들답지 않게 남자랑 손도 못 잡아 본 줄 아시던데 어머, 어떡하니! 너 맞아 죽겠다."

— 야!

"그러니까 해결해, 이 또라이야. 그리고 오늘부로 방 뺄 거니까 네 저녁은 네가 챙겨서 처먹어!"

— 야, 야! 너 진짜 미쳤어? 너 지금 어디야!

"왜? 잡으러 오시게? 마음대로 해라. 내 집 내가 빼겠다는데 네가 얼마나 막을 수 있나 보자. 아 참, 보증금은 내 돈이니까 당근 내가 받아 가는 건 알지? 너 살 덴 알아서 구하렴."

여름은 바로 전화를 끊어 버렸다. 저쪽에서 다민이 뭐라고 찢어지게 소리쳤지만 관심 없었다.

엄마 때문에 빚진 병원비? 그게 얼만지는 모르겠지만, 여섯 살 때부터 그 집 식구들한테 당한 거, 어디 놀러도 못 가고 꼼짝없이 살림한 거, 알바해서 돈 갖다 바친 거, 월급 뺏긴 거까지 다 계산하면 손해 배상을 받아도 모자랄 지경이었다.

"그래도 거둬 준 보답은 하겠다고 그렇게 양심적으로 헌신했으면 고마운 줄 알아야지. 인간들이 아주 양심이 없어. 해도 작작했어야지."

다시 생각하니 또 열이 올라 여름은 제 얼굴에 손부채질을 했다. 아무튼 이로써 모든 채무 관계는 끝났다.

여름은 의자에 걸쳐 둔 핸드백을 휙 걷어 어깨에 메고서 돌아섰다. 얼른 부동산에도 가 봐야 하고, 번역 알바 끝낸 것도 메일로 쏴야 해서 바빴다.

물론 여름이 알바로만 먹고사는 프리터족은 아니었다. 남들처럼 정상적으로 아침 9시에 출근해서 저녁 6시에 퇴근하는 무역회사의 5년 차 대리였다.

하지만 알뜰하게 돈을 모아 번듯한 내 집 한 채를 마련하기 위해 억척스럽게 사는 중이었다. 카드도 쏠쏠하게 할인 혜택이 있어 나름 효율적으로 사용하고 있었는데, 그 승냥이가 제 카드 끊기면 꼭 여름의 걸 훔쳐서 사고를 치곤 했다.

"망할 년."

현관에서 신발을 신는데도 계속 휴대폰이 울렸다.

'아주 애가 탔구먼.'

물론 다민의 전화였다. 똥줄 타서 전화를 걸어 대고 있을 얼굴이 떠오르자 속이 다 후련했다. 여름의 입꼬리가 하늘 높은 줄 모르고 올라갔다.

"속 좀 타라지."

그러자 이번엔 톡이 왔다.

"어디, 뭐라고 지껄이는지 한번 볼까?"

여름은 느긋하게 다민의 톡을 확인해 줬다.

[알았어. 집 얘긴 나중에 다시 하고, 카드값은 바로 해결할게.]

"흐응, 오늘은 머리 좀 돌아가네."

[그러니까 엄마한텐 입도 뻥긋하지 마. 말하면 진짜 죽여 버릴 거야.]

톡을 보던 여름이 피식 웃었다.

"문자 기백 봐라. 주제에 협박은."

아무튼 말이 거칠어서 그렇지 이 정도면 사정하고 나오는 거였다. 채다민이 백기를 들었단 뜻이다.

"오케이. 카드값 해결. 지가 어쩌겠어? 이모한테 말하면 내가 너한테 죽기 전에 너부터 죽을 텐데."

이모는 천한 조카 따위와 귀한 자기 딸을 마음껏 차별하고자, 금지옥엽으로 다민을 키운 편협한 인간이었다. 하지만 다민이 그런 짓을 저지른 걸 알게 되면 아무리 친딸이라도 가만 안 둘 사람이기도 했다.

여름과 다민이 얼마나 다른 존재인지를 알려 주기 위해 매 순간 여름을 구박하고 짓밟은 사람이었다. 그런데 그렇게 잘 키운 소중한 딸이 그런 짓을 했으니 일단은 다민을 두들겨 팰 것이고,

"그다음엔 자연스럽게 모든 원망과 분노를 나한테 쏟아붓겠지."

결국 마지막에 피를 보는 건 늘 아무 짓도 저지르지 않은 여름이었다.

어쨌거나 지금 중요한 건 카드값이니까.

그렇다고 여기서 적당히 봐줄 생각은 없었다. 단지 겁주려고 꺼낸 말이 아니었단 뜻이다. 어차피 취직하고 딱 3년 동안 전세 자금 대출받은 거 다 갚으면 완전히 독립할 계획이었다.

그리고 지금이 바로 그때였다.

"이젠 자유야."

엄마도, 이모도, 다민도, 이젠 아무것도 생각하지 않고 나만 생각하며 살 거다.

여름이 굳은 결심을 하며 집을 나서는데 다시 톡이 왔다. 안달 난 다민의 재촉 톡인가 싶었는데,

"이 자식은……."

[오늘 근처 온다고 했었지? 시간 비워 됐으니까 오면 전화해.

맛있는 거 먹자.]

후의 톡이었다.

휴대폰엔 후의 이름 대신 '애프터눈 씨'라는 별명으로 저장되어 있었다. 왜냐하면 후의 이름이 '오후'라서 그렇다.

성이 오, 이름이 후.

오후…….

"이 자식 또 사람 챙겨 주는 척하긴. 하여튼 생긴 건 엄청 못되게 생겨선 웬 반전매력 뿜뿜? 가긴 어딜 가? 바빠 죽겠는데."

[네가 와라.]

여름은 퉁명스럽게 답톡을 보내고서 바로 휴대폰을 내렸다.

그런데 얼마 지나지 않아 전화가 걸려 왔다. 물론 후였다.

"나 지금 바빠. 빨랑 말해."

여름은 전화를 받자마자 후에게 다그쳤다. 상냥함이나 배려 같은 건 일절 없었지만, 후는 그래도 된다. 그냥 다 되는 친구였다. 가장 친한 친구.

— 너 근처에 온다고 하지 않았어?

짜식이 목소리도 끝내주고.

— 양대창 먹고 싶다고 징징거렸잖아. 맛있는 데 알아 뒀어.

양대창이라니, 침샘 돈다. 아무튼 센스도 어마무시하고,

— 한여름, 왜 이렇게 조용해? 또 무슨 일 있어?

눈치도 빠른 자식. 거기다 생긴 것까지 끝내줘서 도대체가 흠 잡을 데가 없는 여름의 가장 자랑거리인 친구. 아주 고마운 친구. 태어나서 가장 잘한 일은 바로 이 녀석과 친구가 된 거라고 단언

할 수 있을 정도였다.

그야말로 들개 뺨치던 똥꼬발랄하던 시절부터 지금까지 개싸움도 불사하며 우정을 쌓아 온, 여름이 양대창 다음으로 세상에서 가장 좋아하는 존재였다.

그래서인지 후의 목소리를 들으면 괜히 참았던 눈물이 울컥 올라오곤 한다. 그게 참 싫었다. 약해지는 것 같아서.

"무슨 허접한 똥점이야?"

상황이 이렇게 거지 같을 땐 더욱 그랬다. 그래서 자연스럽게 숨기게 된다. 마치 보이기 싫은 흉한 상처를 숨기고 싶어 하듯.

"일은 무슨 일? 난 뭐 늘 일만 생기는 애냐? 트러블 메이커야?"

늘 그랬듯 눈물을 지우고서 아무렇지 않게 구박을 늘어놓았다. 참 신기한 게 후한테 들키지 않기 위해 씩씩한 척하다 보면, 어느새 정말 아무렇지 않아지곤 했다.

— 그런데 왜 안 오는데.

후의 목소리가 낮아졌다.

이래서 이 자식이 더 싫은 거다. 자신의 목소리만 듣고도 무슨 일이 생긴 건지 금세 눈치채기 때문에. 독심술이라도 하는 것처럼.

"아, 바빠서. 바빠서라고 몇 번을 말해? 양대창 못 먹으면 죽어? 양대창 하나 갖고 뭐가 이렇게 애틋해?"

늘 꿰뚫어 보는 것 같아 기분이 별로다.

— 그래서. 시간 없다고?

"아니, 나 시간 엄청 많아. 근데 아무리 많아도 너한텐 안 써, 이 자식아. 귀찮게 꼬치꼬치 캐묻지 말고 할 말 없음 끊어!"

더 시간 끌면 후한테 다 들켜 버릴 것 같아, 여름은 서둘러 전화를 끊어 버렸다.

· · ·

"무슨 일 있는 게 분명한데……."

후는 천천히 휴대폰을 내리고 있었다. 이미 확신에 찬 그의 눈빛에 숨길 수 없는 걱정이 들어찼다.

하지만 여름이 아무 말도 안 하면 기다려 줄 수밖에 없다.

늘 이렇다. 여름을 떠올리면 한쪽 머리가 지끈거리는 편두통이 도진다. 물가에 내놓은 어린애 같아서 늘 조마조마하다.

모노톤의 슈트에 짙은 검은 머리카락, 서늘한 빛의 검은 눈동자, 씁쓸함이 밴 꾹 다문 입술, 깎아 놓은 듯 정교한 얼굴선. 후의 분위기가 여느 때보다 더 날카로웠다.

"팀장님, 회의 준비 다 됐습니다."

직원의 말에 후의 생각이 확 흩어졌다.

후는 내년 분양을 목표로 거제에 건설 중인 P리조트 사업팀의 팀장을 맡고 있었다. 지체할 시간이 없어 그는 바로 회의에 필요한 자료를 들고서 회의실로 이동했다.

"현재 리조트 시장엔 콘도에 워터파크가 결합된 상품이 대부분입니다."

회의에 들어간 후의 분위기는 방금 전 양대창을 먹으러 가자고 여름에게 톡을 보내던 느슨한 친구의 느낌은 조금도 남아 있지 않았다. 언제 그랬냐는 듯 단호한 눈빛과 집중도로 회의에 몰두하고 있었다.

그가 느슨해지는 경우는 딱 하나, 여름을 대할 때뿐이다. 그만큼 그를 움직이게 할 수 있는 건 여름뿐이란 소리였다.

스크린에 리조트의 조감도가 떴다. 거대한 호텔 리조트 앞으로 짙푸른 바다가 시원스레 펼쳐지고 있었다. 그 푸른 바다를 보고 있자니 문득 찜통 같은 더위가 느껴지고, 사방에서 매미 소리가 들려오는 것 같았다.

곧 여름이 올 것 같다.

아마 이번 여름도 푹푹 찌겠지.

1편
교차하는 입술, 너와 나의 거리

빵빵!

후와 통화를 끝내고 바삐 걷던 여름은 경적 소리에 고개를 돌렸다. 거기엔 짙은 푸른색의 컨버터블이 요란하게 이목을 집중시키며 서 있었다.

하아, 세상에서 가장 반갑지 않은 차네.

아니나 다를까 운전석에 거만하게 앉아 있던 남자가 여름을 향해 손을 흔들며 싱긋 웃었다.

"한여름, 어디 가는 길?"

저건 다민의 남자 친구, 라기 보다는 다민의 허영심을 채워 주는 수많은 썸남 중 하나인 서상록이다.

"……."

당연히 말 섞을 이유가 없어 여름은 남자를 싸늘하게 쏘아봐

주곤 도도하게 다시 갈 길을 갔다.

피식, 상록이 시니컬하게 웃었다. 여름의 뒷모습을 쳐다보는 상록의 긴 눈매가 가늘어졌다. 아니, 그건 쳐다보는 시선이라기보다는 느긋하게 감상하는 시선이었다.

하나로 올려 묶은 긴 머리, 청아한 얼굴에 글래머러스한 몸매. 아무리 봐도 딱 제 타입이다.

다민을 태우러 왔다가 여름을 처음 봤을 때의 신선한 충격이란. 못마땅하다는 듯한 눈으로 톡 쏘듯 저를 쳐다보곤 안으로 들어가 버리던 모습까지 그의 마음을 확 끌었었다.

하얀 피부에 살짝 처진 눈은 웃을 땐 귀여웠고 쏘아볼 때면 섹시했다. 하나로 올려 묶은 머리카락 덕에 동그란 머리형이 더 돋보였다. 그녀가 걸을 때마다 말총 같은 긴 머리카락이 등 뒤로 찰랑찰랑했다.

하얀 티에 청바지 차림이 여름의 가슴과 동그란 엉덩이를 더 돋보이게 했다. 그래서 상록의 시선이 더 음흉하게 따라붙었다.

핸들을 톡톡 치며 여름의 몸매를 감상하던 상록은 천천히 액셀을 밟아 여름을 따라잡았다.

여름은 눈동자만 상록 쪽으로 흘끗 뒀다가 곧장 앞으로 돌려 버리곤 의식적으로 걸음을 빨리했다. 성가시다는 게 역력한 표정으로 앞만 보며 도도하게 걸어간다.

귀엽게 굴긴.

"한여름, 사람 무시하기야?"

상록이 빙글빙글 웃으며 말을 걸었다.

"하긴 뭐, 한두 번은 아니지?"

상록이 끈질기게 따라붙으며 추근대자, 여름이 급기야 냅다 뛰기 시작했다. 마치 단거리 달리기 선수라도 된 것처럼.

"그래, 뭐 좋아. 그럼 시계는 내가 가져도 되는 거지?"

그가 조금 큰 목소리로 시계에 대해 말하자, 제대로 효과가 있었던 듯 여름의 날씬한 다리가 딱 정지했다. 그러곤 세상 혐오스러운 눈으로 상록을 휙 쏘아보았다.

'그러고 보니까 저 자식이 내 손목시계를 가져갔었어!'

다민을 데리러 왔단 핑계로 멋대로 집 안으로 들어와선 장식장 위에 뒀던 여름의 시계를 다짜고짜 제 손목에 찼었다. 그게 여름의 거란 걸 알고 있는 느낌이었다.

그러고 나서 고작 한다는 핑계가 마침 시계를 안 차고 나와서 잠깐 빌린다나 뭐라나.

'싫어요. 안 돼요.'

여름은 당연히 펄쩍 뛰며 화냈지만 그는 사람 말을 귓등으로도 안 들었다. 하지만 시계를 뺏으려고 달려들었다간 재수 없게 몸이 닿을 것 같아서 결국 아무것도 못 했던 것이다.

여름은 처음부터 왠지 상록이 싫었다. 사람을 쳐다보는 눈이 꼭 품평하는 것처럼 느껴져 소름 돋았다. 비열한 의도를 가진 듯한 느낌, 저에게 이상한 생각을 품고 있는 것 같단 촉이 확 왔다.

아무튼 기분 나쁜 인간이다.

여름은 처진 눈꼬리를 최대한 끌어 올리며 빙글 돌아서선 그를 향해 한 손을 턱 내밀었다.

"줘요, 손목시계."

"그런데 그거 정말 네 거 맞아? 아무리 봐도 남자 거던데."

"남자 거든 여자 거든 내 거니까 달라구요."

"혹시 남친 거?"

"이봐요!"

"알았어, 알았어. 왜 이렇게 까칠하게 굴어? 아무튼 줄 테니까 타."

그의 빤히 보이는 수작에 여름은 코웃음을 쳤다.

이 자식이 지금 사람을 바보로 아나.

"그냥 내놔요. 좋은 말로 할 때."

"혹시 지금 나 견제해? 왜? 내가 손목시계 핑계로 차에 태워서 딴짓이라도 할까 봐?"

"그건 그쪽 생각이고, 난 그쪽 의도에 하나도 관심 없으니까 손목시계나 달라고요."

"나도 주고 싶은데 지금 나한테 없어."

"뭐예요?"

"지금 준다고는 안 했잖아. 시곗줄이 좀 약했는지 끊어져서 수리 맡겼거든. 안 그래도 지금 찾으러 가는 길이었는데 네가 보여서 반가워서 부른 거야. 같이 가서 바로 찾아가든가. 내가 찾아다 주고 싶긴 한데 나도 바빠서 말이야."

하, 저 말을 지금 믿으라고?

여름은 그가 하는 말을 전부 믿진 않았지만, 그렇다고 쉽게 돌아서지도 못했다. 마음은 시계고 뭐고 그냥 돌아서서 가 버리고 싶었지만, 시계의 주인이 후라서 그럴 수도 없었다.

여름이 툭하면 약속 시간에 늦자, 어느 날 후가 시간 좀 보고 다니라며 자기가 차고 있던 걸 그 자리에서 시곗줄을 줄여서 여름의 손목에 채워 준 거였다.

즉, 그 시계는 남자 게 맞았다. 남친 건 아니었지만.

"어딘데요? 내가 찾으러 갈게요."

죽어도 그의 차에는 타기 싫어서 여름이 싸늘하게 대답했다. 상록이 피식 웃었다.

"알려 줄 순 있는데, 여기서 엄청 멀어. 그리고 어차피 네가 가 봐야 그 시계 못 찾을걸. 수리비가 꽤 나왔더라고. 그러니까 그게 그렇게 소중한 거면 타라고. 나도 귀찮으니까."

여름은 잠시 고민했다. 젠장, 하필이면 수리비라는 아주 경제적인 부분이 걸리는 것이다.

'돌아 버리겠네.'

하지만 그의 배짱에 여름은 어쩔 도리가 없었다. 그리고 앞으로 다민과 더 이상 엮이지 않기 위해서라도 빨리 이 자식한테서 손목시계를 돌려받아야 했다.

얼른 받고 끝내야지. 딴짓하기만 해 봐.

여름은 상록의 차에 올라탔다.

하지만 꿈이 너무 컸나 보다.

잠시 후, 여름은 자신의 판단이 틀렸단 걸 여실히 깨달으며 차도 오가지 않는 어두운 거리를 절뚝이며 걷고 있었다. 머리카락은 헝클어지고 옷은 옷대로 후줄근하게 늘어진 기묘한 행색으로.

처음부터 멀다고 하긴 했지만, 차가 생각보다 오래 달릴 때부터 뭔가 의심스럽긴 했다. 그러다 결국 차가 외곽으로 빠지자 실랑이가 벌어졌다.

의심은 확신으로 변하고 서로 몸싸움을 하던 끝에, 그 자식이 본색을 드러내고 겁탈을 시도했다.

그래서 여름은 상록의 급소를 차 버리고서 도중에 돌려받은 후의 손목시계로 놈의 뒤통수를 찍어 버렸다. 그리고 아슬아슬하게 도망쳐 지금 이렇게 인적 없는 거리를 걷고 있는 중이었다.

설마 이걸 그런 식으로 사용할 줄이야. 하지만 시계가 없었더라면 어떻게 됐을지 생각만으로도 아찔했다.

'이 나쁜 새끼! 사람을 뭐로 보고. 죽어 버려! 너 같은 건 세상에서 사라져야 해! 내가 우스워? 여자가 우스워? 죽어 버려!'

퍽퍽퍽! 얼마나 내리쳤는지 기억도 안 났다. 그저 곤죽이 되도록 찍어 댔단 것만 인식될 뿐. 그리고 그대로 차 문을 열고서 미친 듯이 도망쳤다.

차 안에서의 기억은 거기까지였다. 그저 미친 듯이 앞만 보고 달려왔는데 정신 차리고 보니 도대체 여기가 어딘지 알 수가 없었다. 발은 퉁퉁 붓고 심장은 터질 것 같았다.

"그래도 됐어. 무사히 빠져나왔잖아."

어떻게든 좋은 생각만 하려고 애썼지만 저도 모르게 흐르는 눈물은 막을 수가 없었다.

결국 여름은 길을 걷다 한쪽 나무 아래에 오래된 나무 의자가 보이자, 그리로 걸어가 풀썩 주저앉았다. 다리가 너무 아프고 몸이 아직도 덜덜 떨렸다.

어둠이 내려앉고 있었다. 혹시 그 자식이 쫓아올까 봐 무섭고 겁나 그 와중에도 주변을 두리번거렸다.

"나쁜 자식."

뺨을 적시는 눈물을 다시 훔쳤다. 구겨진 자존심이 가장 비참했다.

'사실은 거짓말이었어. 시계는 멀쩡해. 근데 완전히 다 거짓말도 아냐. 시계가 지금 그 별장에 있거든.'

상록이 그렇게 말한 순간, 여름은 자신이 바보처럼 속았단 걸 깨달았다. 그래서 운전석으로 달려들어 그대로 핸들을 획 틀어 버렸다. 차가 반 바퀴 삥 돌 정도로 위험천만한 짓이었지만 여름은 상관없었다. 펄쩍펄쩍 뛰는 상록을 두고 그길로 내리려고 했다.

그때 상록이 열받은 얼굴로 여름의 몸에 획 던진 게 후의 손목시계였다. 그걸 발견한 여름의 얼굴이 분노로 물들었다. 즉, 시계를 갖고 있었으면서 처음부터 거짓말을 한 것이다.

어쨌건 가장 중요한 시계는 찾았으니까, 더 이상 그에게 볼일이 없는 여름은 그대로 나가려 했다. 하지만 상록이 그런 여름을 붙잡고 밀어붙였다.

'채다민이 카드값 빌려 달라더라고. 그래서 빌려줬지.'

그때 상록이 이를 갈 듯 말을 내뱉었다.

여름은 어처구니가 없었다. 어쩐지 어디서 돈이 났나 했더니,

채다민의 호구가 너였니? 처음엔 그렇게 생각했다.

'그런데 갚을 돈이 없으니 대신 걔가 너 가지라던데.'

그 말에 여름은 아마도 잠시 의지를 잃었던 것 같다.

'너 그 집 노예라며.'

상록이 제멋대로 내뱉던 독이 묻은 가시 같았던 말들.

'아무렇게나 쓰라고 하던데. 아무리 그래도 한여름이 이백도 안 된다니, 적어도 내가 매긴 값은 그것보단 비쌌거든. 그러니까 서로 힘 빼지 말자고. 난 이백만 원어치만 받아 가면 되니까.'

아무래도 호구는 나였나 보다. 이젠 하다못해 빚 때문에 자신을 팔아넘긴 다민을 용서할 수 없었다. 그리고 상록도.

겨우 정신이 든 여름은 젖 먹던 힘까지 모아 상록을 밀쳤지만 그는 꿈쩍도 하지 않고서 오히려 욕설을 뱉으며 억센 힘으로 여름을 깔아뭉갰다.

'큭, 너 떠냐? 한여름도 무서운 건 아나 보네. 이제야 좀 상황 파악이 돼? 진짜 무섭긴 무섭나 보네. 그러다 울겠어. 그래도 얌전해지니까 좋잖아.'

남자에게서 꼼짝도 할 수 없단 공포, 그 두려움은 엄청났다.

그리고 상록의 완력에 대항할 수 있었던 건 순전히 운이었다. 일순 여름의 손에서 묵직한 감촉이 느껴졌던 것이다. 두 번 생각할 것도 없이 여름은 그걸 그대로 상록에게 휘둘렀다.

그리고 지금 이렇게 앉아 있는 것이었다. 조금 전의 상황이 다시 떠오르자 여름의 얼굴이 일그러졌다.

'너 그 집 노예라며.'

채다민, 걘 뭔데 사람을 이렇게까지 비참하게 만드는지. 도대체 얼마나 더, 어디까지 해야 직성이 풀리는 걸까. 정말이지 속상하고 모든 게 다 지긋지긋했다. 분노가 너무 커서 도리어 온몸에 힘이 빠졌다.

하지만 그건 다민에 대한 배신감도 뭣도 아니었다. 어차피 배신당할 정도의 신뢰도 없었고, 그 계집애가 자신을 껌처럼 취급한 게 하루 이틀도 아니었으니.

다만, 그냥 아주 많이 서럽고 외로웠던 것 같다.

남들이 보면 불쌍한 애를 거둬 준 선한 사람들이니 받은 만큼 당해 주는 게 뭐 억울하냐 싶기도 할 것이다. 하지만 나중에 알게 된 사실은 그게 아니었다.

병에 걸렸을 당시에도 여름의 엄마에겐 아버지가 남기고 간 유산이 상당했고, 엄마 몫의 사망 보험금까지 있었다. 즉 이모가 여름을 거둔 건 그 돈 때문이었다. 물론 엄마 수술비를 보태 주었다는 것도 이모 가족들이 지어낸 새빨간 거짓말이었다.

그들이 한 것이라곤, 죽으면 혼자 남을 딸이 걱정돼 눈도 제대로 못 감고 있는 엄마 앞에서 여름을 엄청 생각해 주는 척 연기한 것뿐이었다. 그리고 그걸 여름이 알게 된 건 얼마 안 됐다. 전에는 저 사람들은 왜 저럴까 이해가 안 갔었는데, 사실을 알게 된 이후 이해가 갔다.

그들은 원래 그런 사람들이었다. 그래서 지금은 인간으로도 안 보였다.

"하아…… 이러고 있을 때냐."

여름은 양손으로 얼굴을 감싸며 눈물을 닦았다. 그리고 일어나려 했지만 꼼짝도 할 수 없었다. 어디로 가야 할지 모르겠다. 사실 움직이고 싶지도 않았다. 설상가상으로 도로 위엔 지나가는 차도 없었다.

그나마 다행인 건, 청승맞은 눈물은 이제 멈췄단 것이다. 안 그래도 억울하고 분해 죽겠는데 이럴 때 계속 눈물이 나면 더 최악이다.

하긴, 생각해 보면 이보다 더 구질구질한 일도 많이 겪어 왔다. 그래도 오늘 일은 꽤 타격이 컸다.

"젠장. 젠장."

차라리 이를 악물며 욕설을 뱉을지언정 울고 싶진 않았다.

여름은 억울하고 분할수록 울지 않는 법부터 배웠다. 울면 감정이 날뛰어서 더 불행해진다는 걸 아주 예전에 깨달았기 때문이다.

'난 불행하지 않아. 난 불쌍하지 않아. 난 그런 애 아냐. 난 좀 더 행복해질 수 있어. 반드시.'

그런 악바리 근성으로 지금까지 살아왔다.

손안에서 후의 손목시계의 감촉이 느껴졌다. 금속의 차가움보다는 그저 따뜻한 느낌뿐이었다. 그게 지금 이 상황에서 유일한 위안이었다.

하지만 시계를 내려다본 여름은 놀라 숨이 멎을 뻔했다. 시계 끄트머리에 혈흔 같은 게 묻어 있는 것이다.

"서, 설마…… 죽은 건 아니겠지?"

물론 죽여도 시원찮을 놈이지만, 그래도 정말 죽었으면 어쩌지 싶다.

"서, 성가시게."

안 그래도 박복한 인생, 살인자까지 되어 버리면 정말로 최악이었다. 정당방위로 인정될까? 그냥 깔끔하게 묻어 버리고 올 걸 그랬나? 주변에 산도 많은데.

별의별 생각이 다 들어 덜덜 떨고 있는데, 하필 주머니에서 느껴지는 진동에 여름은 펄쩍 뛰었다. 그리고 그제야 깨달았다.

"아…… 휴대폰이 있었잖아."

혼이 빠져서 휴대폰으로 누군가에게 전화하면 된단 생각도 못 했던 것이다. 여름은 정신 차리자고, 양손으로 뺨을 짝짝 치곤 휴대폰을 꺼냈다. 그리고 발신인을 확인한 순간 여름의 눈동자가 한없이 흔들렸다.

후였다.

왜 후라는 이름을 보자마자 또다시 참았던 눈물이 터진 걸까. 습기는 심장을 채우고 식도로 올라가 코끝을 찡하게 만들고서 눈시울로 확 번졌다. 뜨거워진 눈두덩을 적시며 더운 눈물이 훅 쏟아졌다.

여름은 울음소리를 끅끅 겨우 참아 가며 휴대폰을 천천히 귀에 댔다.

"응……. 후……야……."

목소리가 꽉 잠겨서, 정말이지 겨우 말했다.

"흑…… 끅……."

잠깐 아무 소리도 없던 저편에서 후의 목소리가 넘어왔다.

— 너…… 울어?

한없이 낮고 다정함에도 못내 화를 품은 목소리가.

— 우냐고!

화를 낸다. 웬만한 일엔 화내는 법 없던 이 녀석이.

실은 참으려 했는데, 어떻게든 그러려 했는데 이번만은 어쩔 수가 없었다. 그래서 창피했다.

"울긴, 흑, 누가…… 운다고 그래? 흑, 그냥 내가 끅, 사람을 죽여서…… 끅, 흐엉…… 모르겠어. 여기가 어딘지도. 후야, 나 너무 무서워. 그 자식이 막 끌고 와서…… 끅, 난 손목시계 찾으러 왔는데, 바보처럼 당했어. 흑, 나 좀 데리러…… 어흑, 차가 하나도 안 지나다녀. 젠장, 비까지 와! 엉엉……."

빗방울이 한두 방울씩 떨어지더니 어느새 여름의 머리카락을 적시기 시작했다. 급기야 얼굴까지 흠뻑 적시는 빗물을 눈물과 함께 흘려보내며 여름은 엉엉 울었다.

그냥 후의 목소리를 듣는 것만으로도 미치도록 마음이 놓여서, 또 서러워서, 속에 있던 것들을 다 토해 버린 것 같다. 속상함, 억울함, 공포, 투정까지 전부 다 눈물과 함께 쏟아 냈다.

그렇게 애타게 후를 불렀다.

• • •

후의 차가 번개처럼 달려와서 섰다. 차의 전조등이 쏟아지듯 환했다.

빗줄기가 굵어지자 나무 밑으로 들어가 옹색하게나마 쏟아지는 비를 피하고 있던 여름은 바로 쪼르르 뛰어 나갔다.

"왔다……."

겨우 안심이 된 얼굴로 후의 차를 향해 달려갔다. 까만 어둠 속에서 끊어진 실 같은 빗줄기가 희미하게 전조등에 비춰졌다. 순간 차 문이 벌컥 열리더니 후가 우산도 쓰지 않고서 여름을 향해 성큼성큼 걸어왔다.

그레이빛 슈트에 감싸인 후의 긴 다리가 여름의 앞에서 우뚝 멈췄다. 후의 비싼 슈트가 비에 젖어 갔다.

참 웃기게도, 후에게 전화한 직후 차가 막 지나다니기 시작했다. 마치 어딘가에 숨어 있다가 튀어나오기라도 한 것처럼. 인생은 참 우스운 타이밍으로 이루어져 있는 것 같다.

"후야…… 나 차가 안 지나다녀서……."

"넌 대체……!"

후의 말에 여름의 말이 삼켜졌다. 여름은 그제야 후의 화가 아직 안 풀렸단 걸 깨달았다. 하긴, 워낙 한심한 꼴이어야지. 혼나도 싸다.

후의 얼굴이 비에 젖어 갔다. 숱 많은 눈썹과 그린 듯 긴 눈매와 우뚝 솟은 콧날, 날카로운 턱선이 전부 다 비에 젖고 있다.

여름은 더 염치가 없어졌다. 이런 자신이 한심하고 속상해서, 또 후가 화를 내니까 더 서러워져서 여름의 고개가 푹 숙여졌다.

아니, 그냥 안심이 돼서인지도.

또다시 눈물이 글썽글썽 떨어지려고 하는데, 머리 위로 커다란 손이 툭 내려앉았다.

커다랗고 따뜻한, 후의 손이었다.

"그래서. 이제 괜찮아?"

후의 목소리.

여름은 고개를 끄덕하고, 또 한 번 끄덕였다. 하지만 기가 푹 죽어서 후를 쳐다볼 용기는 안 났다.

"미안. 한심한 짓 해서. 나 왜 이렇게 바보 같⋯⋯."

순간 여름의 한쪽 팔이 잡힌 채 휙 끌려가 후의 품에 툭 부딪쳤다. 여름은 저를 세차게 잡아당긴 후를 의아한 눈으로 올려다보았다. 그녀의 눈빛에 혼란이 깃든 그 순간, 후가 팔로 여름의 몸 전체를 감싸듯 푹 끌어안았다.

"우산, 안 가져와서."

비로부터 막아 주듯.

여름은 피식 웃었다. 싱겁긴. 우산 안 가져왔다고 사람을 끌어 안니? 징그럽게.

하지만 지금은 이상하게 그 품을 밀어 내고 싶지가 않았다.

뭐, 얘도 꽤 놀라긴 했나 보다. 오죽했으면 위로랍시고 안아 주기까지 할까 싶었다.

후의 품에 안겨 있자 점점 한기가 사라졌다. 세상에서 가장 추울 때 다가와 준 사람의 체온. 그것만큼 따뜻한 게 또 있을까? 천천히 그리고 조금씩 온기가 돌자 후의 체향에 섞여 기분 좋은 향기가 밀려들었다.

그래서일까. 아니, 누군가가 따뜻하게 대해 주면 눈물부터 나려 한다. 하지만 여름은 끝끝내 입술을 꾹 깨물며 견뎠다.

"한여름."

"응……."

"이제 괜찮으니까 울고 싶은 만큼 울어. 너, 더 울고 싶잖아."

결국 여름의 어깨가 조금씩 들썩거리기 시작했다. 그러다 눈물이 다시 터졌다. 툭, 하고.

아무튼 어떨 때 보면 후는 가장 위험한 녀석이다. 언제든 여름의 눈물샘을 자극하는 방법을 제대로 알고 있다.

그래서 너무나 고마운 친구이기도 했다. 그녀의 가장 가까운 곳에서, 개인적인 사정까지 전부 다 알고 있기에 가능한 일일 것이다. 이런 친구가 옆에 있어서 얼마나 든든한지, 다행인지 아무도 모를 거다. 그 누구도 모를 거다.

언제부터였는지 모르겠다. 후는 힘들면 울 수 있도록 기댈 어깨를 내 줬고, 추우면 아무렇지 않게 제 목도리를 여름에게 둘러 줬다. 됐다고, 싫다고 질색을 해도 사람을 붙들어 놓고서 친친 목도리를 감았다. 그렇게 늘 강제 목도리행을 당했었다.

토닥토닥.

흐느끼는 여름의 등을 두드려 준다.

치, 멋진 척은.

그럼에도 여름은 후의 가슴에 얼굴을 묻고서 긴 설움을 토해 냈다.

'아프잖아.'

언제였던가? 후의 머릿속에, 처음 여름을 위로해 줬던 날 했던 말이 떠올랐다. 늘 혼자서 참고, 혼자서 울음을 삼키던 여름이 처음으로 제 가슴에 머리를 기댔을 때…….

'아프잖아.'

후는 자신도 모르게 그런 말을 했었다.

'뭐어? 내 머리가 그렇게 단단하냐? 아프면 어디가 얼마나 아프다고.'

여름은 후의 말이 서운했는지 코가 빨개져선 항의했다.

그런 뜻이 아니었는데.

네가 안기니까 아팠다. 이상하게 가슴이 욱신거렸다. 이유를 도저히 알 수 없었던 그 통증의 기억은 오래도 가서, 지금까지도 생생하게 남아 있었다.

어느새 비가 그쳤나 보다. 좀 더 내리길 바랐는데.

비가 그치면…….

후의 예상대로 여름이 그의 품에서 떨어지려 한다. 그녀는 천천히 후의 가슴을 밀어 내며 몸을 떨어뜨렸다. 그리고 바로 서서 그를 올려다본다.

후는 천천히 손을 뻗어, 여름의 뺨을 엄지로 쓱 쓸었다.

"……!"

순간 당황한 듯 어색해하는 여름의 기색이 느껴졌다. 눈빛에 빠른 속도로 의아함이 들어찼다. 너 지금 무슨 짓거리냐는 듯.

"흙 묻었어. 바보처럼…… 뭘 묻히고 다니는 거냐?"

"아…… 저, 정말?"

구차한 변명에도 곧바로 안심하는 여름의 표정.

"언제 묻었지? 구른 적도 없는……."

하지만 여름의 말은 중간에서 흐려졌다. 후의 손가락이 이번엔 반대쪽 뺨을 닦아 주고 있었기에. 그런 후의 눈빛은 화난 것 같기도 하고, 슬픈 것 같기도 했다. 그리고 그런 눈으로 여름의 얼굴을 구석구석 훑는다.

새까만 눈동자가 집요하게 얼굴을 훑자 여름은 기분이 묘해졌다.

"야…… 그만해. 징그럽게……."

친구끼리 이렇게 너무 가까이에서, 그것도 너무 진지하면 미친 듯 어색하다. 그래서 서둘러 피하려는 여름의 얼굴을 후의 손이 확 잡았다. 그 손에 조용한 고집이 들어가 있어서, 여름의 동작이 멎었다. 마치, 시간이 멈춘 것 같았다.

후의 손이 그림을 그리듯 다시 조용히 움직였다. 꼼짝도 할 수 없었지만, 조금 전에 상록에게서 느꼈던 경멸스러운 느낌과는 달랐다.

다르다니. 여름은 지금 느끼고 있는 이 감정을 이해할 수 없었다.

눈물을 닦아 주려는 듯 그가 눈을 건드리자, 여름은 반사적으로 눈을 감았다. 그리고 천천히 다시 떴을 때, 눈앞까지 다가온 후의 얼굴에 가슴이 철렁했다. 저도 모르게 뒷걸음질 치려다, 그런 게 아니란 걸 머릿속에 떠올리고서 여름은 다시 차분하게 눈을 감았다가 떴다.

후는 지금 자신을 걱정해 주고 있는 거다. 제대로 확인해야 안심하는 성격이니까.

여름이 다시 눈을 뜬 순간, 아직 채 흘러내리지 못해 눈 속에 고여 있던 눈물이 툭 떨어졌다. 그러자 후가 손끝으로 그 눈물을 닦아 주었다.

"아직까지 계속 속상해?"

"아니……."

여름은 천천히 고개를 저었다. 정말 아니라는 듯. 그러다 다시금 후의 눈빛과 마주치자, 이상하게 가슴이 쿵 했다. 오늘 정말 왜 이러는지 모르겠다. 후의 시선과 마주한 순간 그 눈빛이 참 짙고 멋져서 일순 가슴이 아릿했던 것이다.

미쳤구나, 나.

말도 안 되는 낯선 감정이었다. 후가 의식됐던 적은 한 번도 없었는데, 지금은 왠지 그가 좀 불편했다.

아마 지금 내 멘탈이 너무 약해져서겠지. 네가 아닌 누구였더라도, 나는 아마 지금 좀 기대고 싶었을 거야. 너이기 때문이 아닐 거야. 좀 더…… 좀 더 기대고 싶은 이유가…….

좀 더, 따스함을 느끼고 싶어.

위로를 받고 싶어.

약해질 대로 약해진 마음 때문일까. 그때 후의 입술이 눈에 들어오자 여름은 자신도 모르게 천천히 눈을 감았다. 파르르 떨리는 눈꺼풀을 내리고서, 마치 후의 입술을 기다리듯.

한 대도 보이지 않던 차가 후와 연락이 된 순간 갑자기 지나다니기 시작한 것처럼 인생은 알 수 없는 타이밍의 연속이고, 바로 지금 그 타이밍이 가장 정상적이지 않은 형태로 맞아떨어진 것 같았다.

굳이 머피의 법칙, 샐리의 법칙을 들먹이지 않더라도 모든 예측 불가능한 상황이 복잡하게 얽혀 제멋대로 돌아간 것이다.

하필이면 누군가의 온기가 가장 필요한 순간에 처음으로 후한테서 '남자'를 느꼈고, 그 믿음직한 '남자'의 느낌에 기대고 싶었다. 평소라면 징그럽다고 마다했을 친구와의 접촉을, 지금은 그까짓 게 다 무슨 상관이야, 라고 비약하고 싶었다.

만약 네가 지금 나한테 키스한다면, 난 하고 싶을 것 같아.

해도 될 것 같아, 라고.

순간 후의 눈빛이 짙어졌다. 마치 키스를 기다리기라도 한 듯 가만히 눈을 감고 있는 여름을 빤히 바라보았다. 자신의 품에서도 고분고분한 여름은 처음이었기에 그녀가 오늘 얼마나 놀라고, 힘든 일이 있었던 건지 알 것 같았다.

여름에게 지금 가장 필요한 건 위로라는 걸 후는 그 누구보다 잘 알고 있었다. 그리고 그뿐이란 걸. 여름이 어떤 성격인지 그가 가장 잘 아니까.

그럼에도 후의 입술은 여름의 입술에 가까워지고 있었다. 이성은 경고하고 있음에도 촉촉한 여름의 숨결은 후에겐 도저히 이길 수 없는 유혹이었다.

그리고 그 순간 여름의 입술도 온기를 찾아 움직였다. 눈을 살짝 감은 채 여름의 입술은 더듬듯 후의 입술 위에서 배회하고, 후의 입술도 여름의 입술 위에서 배회했다.

서로 닿지는 않은 채, 마치 마지막 선 넘기를 본능적으로 주저하듯 두 입술은 힘겨운 두근거림으로 꽉 찬 거리를 아슬아슬하게 유지하고 있었다.

마치 숨결만으로도 벅찬 듯.

후는 눈을 살짝 감고서 여름의 숨결과 온도를 느꼈다. 미처 막지 못하고 흘러든 여름의 숨결을 조금쯤은 마신 것도 같다.

살짝살짝 벌어지는 입술, 언제라도 겹쳐질 순 있지만 차마 경솔하게 마지막까지는 가지 못해 훅 치고 들어오는 감정, 가슴을 적시며 스며드는 욱신거림, 아릿함, 숨 막히는 떨림.

코와 코가 닿을 듯 말 듯 스치고, 얼굴의 각도가 몇 번이고 엇갈렸다. 아슬아슬하게 입술이 허공에서 계속 서로를 의식하며 지나쳤다.

하지만 끝내 엇갈리고 마는 입술, 그리고 여름의 이마가 후의 어깨로 툭 떨어졌다.

후는 정지한 채 가만히 눈을 감고 있었다. 마치 지금껏 꿈을 꾼 듯. 가장 행복한 꿈에서 막 깨어난 듯 그는 천천히 눈을 뜨고서 하늘을 올려다보았다.

위험했던 순간. 하지만 어쩌면 평생 한 번뿐일지도 모를 기회. 그걸 놓치다니.

몸 어딘가에서 뻐근한 통증이 일었다. 그건 분명 선명한 욕구이며 가라앉히기 힘들 정도의 잔인한 욕망이었다.

"후야…… 나 지금 많이 힘든가 봐."

여름이 그의 어깨 위에서 중얼거렸다.

"네가 안아 주고 위로해 주니까 가슴이 막 잠깐 뭉클했나 봐. 그래서 잠깐 미쳤나 봐. 내가 어떻게 됐었나 봐."

언제나 필요 이상으로 솔직한 여름의 말들이 그를 한없이 찌르기도 했고, 다독이기도 했다.

후는 천천히 아래를 내려다보았다. 그러자 턱 밑에서 여름이 반달처럼 처진 눈으로 싱긋 웃고 있었다.

"후야!"

"……."

"친구야…… 고마워."

이렇게 달려와 줘서.

그러니까 갑자기 너한테 풍덩 빠지려고 했잖아. 갑자기 확 남자로 느껴질 뻔했잖아. 사람은, 마음이 무너져 있을 땐 조심해야 한데. 특히 오늘 같은 날은 더더욱.

애정에 굶주린, 애정이 결핍된 자신 같은 사람은 순간적인 충동을 잘 조절하질 못한다. 그러다 자칫 두고두고 후회할 일을 저지르는 것이다.

하지만 정말 다행이지? 근데 뭐, 애초에 너도 결국엔 나한테 키스하지 못했으니. 아니, 넌 안 했겠지. 나도 참, 너한테 영영 여자는 못 되나 보다.

"아, 닭살."

여름이 팔을 마구 쓸어 가며 웃었다.

친구끼리라니. 그건 마치 오빠랑 여동생이 서로를 이성으로 바라보는 것 같은 그런 기분이다.

"뭐냐? 왜 그렇게 뚫어지게 쳐다보냐? 왜, 내가 너무 예뻐서?"

"……."

"어허, 정말 아무 말 안 하네? 오후, 자고 있어? 어이, 내 말 들려?"

후의 눈앞에서 손을 흔들어 대자, 후가 그 손을 잡아서 단호하게 끌어 내렸다. 그리고 잡았던 여름의 손을 바로 놓았다. 그의 손길에선 아까와 같은 긴장감이나 초조함 같은 건 찾을 수 없었다. 그도 완전히 평상시로 돌아간 것 같았다.

"네 몰골이나 보고 말해."

"그나마 낯짝이라고 안 해 줘서 고맙다, 친구야."

그 긴 시간 동안, 몇 번을 돌아도 결국 친구로 정착하는 두 사람의 관계.

후는 씁쓸함을 들키지 않기 위해 죽을 만큼 애써야 했다. 언제든 강제로 관계를 틀어 버릴 수도 있지만, 여름이 바라지 않는다면, 받아들이기 힘들어한다면 언제고 후는 여름의 옆에서 친구라는 자리에 머물 수 있었다.

"진짜 미안, 손 많이 가는 친구라서."

그의 계절은 늘 한여름, 뙤약볕이 내리쬐어 언제나 햇볕이 쨍쨍 목이 말랐다.

누가 뭐래도 내 계절은 언제나 여름이었지만, 여름은 한 번도 내 옆에 있었던 적 없었다.

"한여름."

후는 손을 들어 여름의 머리를 툭 짚었다.

"양대창이나 먹으러 가자."

친구이기를 바라는 나의 여름, 하지만 나는 한 번도 내 입으로 널 친구라 한 적 없었다.

2편
상소꿉친구, 전설의 시작

10년 전 그날도 더위가 기승을 부리는 여름의 한가운데였다.

바람 한 점 불지 않는 찜통 같은 더위를 피하고자 여름과 별하는 교정의 나무 그늘 아래에 앉아 슬러시를 쪽쪽 빨아 먹고 있었다.

"뭐냐, 이거. 슬러시까지 미지근해."

"천천히 먹어서 그래. 이렇게 한 번에 먹어 봐. 나처럼."

여름은 호기롭게 슬러시를 입안에 털어 넣었다가 악! 소리치며 이마를 움켜쥐었다.

"으, 머리 아파. 깨질 거 같아."

"못 살아."

"그, 그래도 좀 시원해. 너도 나처럼 해 봐."

"됐거든?"

"아, 해 보라고."

"됐다고."

티격태격하던 둘은 금세 데친 시금치처럼 축 늘어졌다.

"더워서 싸울 기분도 안 난다."

"그러게. 진짜 엄청 덥다. 근데 쟤들은 이 더위에 농구를 하고 싶나?"

코트에서 농구에 미친 무리들이 신나게 뛰는 모습을 보며 여름이 투덜거렸다.

그 미치광이 무리들 중에 후가 있었다. 후가 농구 한 게임만 하고 온대서 여름과 별하는 기다리는 중이었다. 늘 후와 같이 하교를 하는 여름은 어쩔 수 없다고 해도, 별하는 굳이 그럴 이유가 없는데도 여름의 옆에 있어 주었다.

여름과 별하, 그리고 후 세 사람은 초등학교 1학년 때부터 쭉 친구였다.

"그냥 확 가 버릴까? 더워 죽겠는데."

중얼거린 여름이 남은 슬러시를 종이컵째로 탈탈 털어 마시다가 또다시 제 머리를 움켜쥐었다.

"악, 머리 아파. 그렇지만 시원해. 그래도 머리 아파."

"쯧쯧."

호들갑 떠는 여름을 보며 별하는 어른스럽게 혀를 찼다.

여름이 발랄하고 귀여운 하얀 강아지 같은 스타일이라면, 별하는 좀 더 성숙한 아이였다. 다른 친구들보다 벌써 어른스럽고 단아한 분위기가 있었다.

결 좋은 긴 머리카락, 잡티 하나 없는 뽀얀 피부, 단정한 교복,

발목까지 오는 흰 양말, 동그랗고 커다란 눈, 분홍빛 입술. 별하는 표정 없는 시크한 얼음 공주로 남학생들 사이에서 당당하게 군림하고 있었다.

그때 후가 던진 공이 깨끗하게 바스켓을 흔들었다. 후의 3점 슛으로 꺅! 응원하는 여자애들의 비명도 터졌다. 다들 후를 보며 폴짝폴짝 뛰어 대고 난리도 아니었다.

"쟤들은 지금 저기서 뭐 하는 거냐?"

여름이 남아 있는 슬러시를 저어 가며 신기하단 얼굴로 묻자 별하가 긴 머리카락을 어깨 뒤로 넘기며 무표정하게 대답했다.

"응원하잖아."

"누굴?"

"당연히 후지. 다 후 팬이잖아. 2학년 선배들도 있네. 3반 채란이도. 쟤 후랑 사귀겠다고 벼르고 있잖아."

"왜?"

"왜는 왜야. 사귀고 싶으니까 그러겠지."

"그러니까 왜?"

별하가 한숨을 흘렸다.

"너 진짜 몰라서 묻는 거야?"

"모르니까 묻지. 알면 왜 물어?"

"하긴, 너같이 둔한 애가 뭘 알겠어."

둔하다는 말이 여름의 명치에 그대로 내리꽂혔다.

양별하. 나 지금 좀 아팠거든?

"후 원래 인기 많아."

"지인짜? 쟤가 왜? 아니 쟤를 왜 좋아해? 어딜 보고?"

"하여튼⋯⋯. 그런 말을 하는 앤 너밖에 없을 거야. 후 잘생기고 인기 많은 거 너만 모른다고, 이 멍청아."

"멍청이라니! 근데 진짜? 왜 나만 모르지? 왜 지들끼리만 알아? 누가 나한테만 얘기 안 해 준 거야?"

"그러게 말이다. 왜 너만 모를까?"

별하는 포기했다는 듯 고개를 절레절레 저었다. 그때 여름이 진실을 깨우친 탐정처럼 고개를 끄덕였다.

"아! 알겠다. 이제야 알겠어. 나 확 알아 버렸어. 왜냐면 저 자식이 나한테만 막 대하니까, 그러니까 당연히 난 모르지!"

여름이 부르르 떨었다.

"다들 저 자식 뽐폼에 속는 거야. 나한테 하는 걸 봤어야 해. 저 얼굴 뒤에 얼마나 악마 같은 놈이 숨어 있는지 다들 알아야 한다고."

"악마 같든 아니든 잘생긴 건 사실이잖아? 나도 솔직히 얼굴은 인정해. 2학년 아이돌 연습생 선배보다 솔직히 후가 좀 더 낫지."

"헐. 그래 뭐, 생긴 거야 나도 알지. 근데 왠지 인정해 주기 싫어. 안 그래도 저 잘난 줄 아는 놈인데, 잘생겼다고 말해 주면 얼마나 더 기고만장해지겠어?"

"그럼 지금까지 후 잘생긴 거 인정 안 한 이유가 그거였나?"

"당연하지."

여름이 고개를 끄덕끄덕했다.

"한여름, 내가 제일 많이 듣는 말이 뭔지 알아?"

"뭔데?"

여름이 히죽 웃으며 물었다. 이미 여름의 머릿속에서 후의 생각은 밀려나고, 의미심장한 별하의 질문에 대한 궁금증만이 그 자리를 차지하고 있는 것 같았다.

여름에게 후는 그런 존재였다. 너무 가까이에 있어서, 그게 너무 당연해서 더없이 평범해진……. 하지만 사실은 아주 특별한 존재.

"너희 둘 진짜 안 사귀냐고."

"엑? 그게 뭐야. 당연히 안 사귀지! 보면 몰라?"

"……."

"근데 왜 그걸 나한테 안 묻고 너한테 물어?"

"그야 우리 셋이 친하니까."

"그래도 나한테 직접 물었어야지. 그럼 내가 완전 확실하게 대답해 줄 수 있는데."

여름이 후를 친구로만 생각하고 있다는 건 별하가 가장 잘 알고 있었다. 때때로 일부러 연기하는 게 아닐까 싶어 집요하게 탐색해 보기도 했었다. 하지만 후에 대한 여름의 감정은 정말 깨끗했다.

여름은 툭하면 다른 선배들한테 진심으로 반하곤 했다. 그 활활 타는 열정이 거짓일 리 없었다. 후를 좋아한다면 그럴 순 없겠지. 그걸 알면서도 가끔은 별하조차 다른 친구들처럼 의문이 생기곤 했다. 정말 둘 사이에 아무 감정도 없는 건지.

그도 그럴 게, 가끔 셋이서 함께 있다 보면 별하는 두 사람에게

서 소외감을 느낄 때가 많았다. 딱히 뭐라고 표현하기 어려운 거리감 같은 거였다. 같은 주제로 대화를 나누고 있어도, 똑같이 친한 사이임에도 왠지 별하 자신만 끼어들 수 없는 둘만의 벽 같은 게 느껴졌다.

그리고 그 벽을 세우는 건 명백히 여름이 아니라 후 쪽이었다. 후가 여름을 감싸고서 외부로부터 철저하게 막고 있는 느낌이었다. 아무도 우리 둘 사이에 끼어들 수 없어, 라고 말하는 것처럼.

"하긴, 나도 징그럽게 들은 말이긴 하다. 둘이 진짜 친구야? 사귀는 거 아냐? 당연히 사귀는 줄 알았는데……. 아니라고! 대체 어떻게 해야 믿어 주는 거야? 그리고 도대체 그게 왜 궁금한데? 그렇게들 할 일이 없어?"

"그만큼 후가 인기 많으니까. 부러운 거겠지."

"그러니까 그렇게 부러우면 데리고 가라고. 이쪽은 사사건건 간섭해서 돌아 버릴 지경이구먼."

"사실 둘이 징그러울 정도로 꼭 붙어 다니는 건 맞잖아?"

"나만 붙어 다니니? 넌? 넌 후랑 임원도 같이하잖아. 따지고 보면 더 붙어 다니는 건 너네 둘인데 왜 나만 괴롭히는데?"

문제는 여름이한테 있는 거 같다. 후가 자기를 얼마나 특별 대우 해 주는지 여름은 전혀 모른다.

"그래서. 진짜 안 좋아해?"

"뭘?"

"후 말야."

"who? 왓?"

"장난해?"

"악! 친구라고, 친구. 너까지 왜 그러는데? 웩! 토 나와."

"알았어, 알았어. 그만할게."

별하는 여름의 등을 톡톡 두들기며 달랬다.

어차피 둘의 관계가 친구라는 단어로만 정의 내릴 수 없다는 건 이미 알고 있는 사실이었다. 남들은 이해 못 하는 둘만의 세계가 있다. 그리고 그건 평범한 잣대로 판단하고 저울질할 수 있는 게 아닌 것 같다. 별하가 옆에서 두 사람을 지켜봐 오며 내린 결론이었다.

후에게만은 더 무심하고 둔한 여름, 그걸 알면서도 무던히 여름의 곁에 머무르는 후. 그리고 그 두 사람 사이의 중재자가 별하 자신 같다.

"난 이제 그만 집에 가야겠다. 과외 있는 날이야."

"어, 그래? 그럼 가야지."

그때만 해도 반곱슬이었던 여름은 꼬불거리는 머리카락을 아무렇게나 위로 올려 묶은 채 컵에 남은 마지막 슬러시까지 털어 먹느라 목을 한껏 뒤로 젖힌 채 대답했다.

'엇!'

그러다 중심을 잃고 뒤로 쿵 넘어가려는 순간, 뭔가가 휙 날아와 아슬아슬하게 여름의 뒷머리를 받쳐 줬다. 여름은 반쯤 누운 자세로 깜빡깜빡 눈꺼풀을 움직이며 위쪽을 올려다보았다.

후가 언제 달려왔는지 여름의 뒷머리를 받쳐 주고 있었다. 땀에 젖은 후의 얼굴 뒤로 구름 한 점 없는 파란 하늘이 펼쳐져 있었다. 후의 더운 숨결이 자그마한 여름의 얼굴 위로 쏟아졌다.

"……너냐? 나 민 게?"

"하. 기껏 도와줬더니. 구해 줬잖아, 방금."

"그래? 난 또 네가 민 줄 알았지."

"돼지냐? 슬러시를 온몸으로 마시게?"

"걸레냐? 말을 고딴 식으로밖에 못 하게?"

"둘 다 그만."

별하의 개입으로 후와 여름의 말싸움은 한창 물오른 상태에서 중지됐다. 여름은 후의 손을 밀어 내곤 곧 똑바로 앉았다.

'하여튼 이런 짓을 하니까 애들이 그딴 의심을 하는 거 아냐. 안 그래도 다들 이쪽을 쩨려보잖아. 거봐, 이유가 있다니까. 이거 완전 팬 관리라고. 보는 눈들이 있으니 착한 척하는 거잖아. 다들 속는 거라고. 이거 다 스타병이라고, 스타병. 둘만 있을 때를 봐야 한다고. 아이고, 답답해. 나 억울한 걸 누가 알겠어.'

여름은 가자미눈을 한 채 자신을 쏘아보는 후의 팬들 때문에 엄청난 압박을 받으며 속으로 분통을 터뜨렸다. 와, 독기가 보통이 아니다. 천년의 원한이 느껴질 정도였다.

근데 어쩌라고. 얜 그냥 내 친구고, 가끔 내 시다바리고, 물주고 호구다. 친해지고 나니 니들의 왕자님이었던 걸 나더러 어쩌라고!

"야, 웬만하면 저리 떨어져 있어라. 나 네 팬들한테 칼침 맞아."

"됐고, 그거나 줘."

"뭘?"

"슬러시. 안 남았어?"

"다 마셨는데?"

"넌 그걸 다 마시냐?"

"네가 목마를 줄 알았나?"

"보통 운동하고 나면 당연히 목이 마르지 않나? 너 좌뇌 우뇌 는 확실히 분리돼 있는 거지?"

"와, 또 잘난 척. 별하야 방금 이 자식 지껄이는 말 들었지? 이 자식이 공부 좀 잘한다고 사람 무시하고 말야. 그렇게 목마르면 팬들한테 받든가! 꺅꺅 비명은 엄청나게 지르더니 음료수도 안 주 디? 아이고, 불쌍해라. 진짜 팬 맞아?"

"주는데 안 받았어. 네 거 뺏어 마시려고."

"우와, 양별하 들었지? 얘가 이래. 멀쩡한 음료수 두고서 내 거 뺏어 마신다잖아. 이러니 내가 약이 오르겠니? 안 오르겠니?"

여름이 분통을 터뜨리며 별하에게 매달렸지만 별하는 들은 척 도 안 했다. 둘이서 해결하라는 듯.

"그럼 별하 거라도 마셔. 별하 넌 슬러시 남았지?"

"됐어. 안 마시고 말지."

"난 내가 입 댄 거에 남이 입 대는 거 싫어."

후와 별하가 동시에 깔끔하게 거절했다. 그것도 엄청나게 살벌 한 말투로. 그러곤 서로를 흘끗 쳐다봤다.

'싸가지.'

그건 별하의 마음속 소리였다. 저 도도한 자식이 여름이 남긴 건 몰라도 다른 사람이 입 댄 걸 마실 리가 없었다. 역시 제 판단이 맞았다.

'깍쟁이.'

그건 후의 마음속 소리였다. 깔끔 떠는 공주님이 제가 마시던 걸 남에게 줄 리가 없다. 역시 제 판단이 맞았다.

"니들 둘은 툭하면 싸우니? 그러다 사귀는 거 아냐?"

그때 여름의 헛소리에 후와 별하가 동시에 기가 찬다는 눈으로 여름을 확 쏘아봤다.

사실 후와 별하는 사이가 별로 좋지 않았다. 여름만 아니었다면 철천지원수라고 해도 믿을 정도로. 별하는 후가 처음부터 별로 마음에 안 들었지만 여름이 때문에 봐주다 보니 친구가 됐고, 후도 별하에게 별 관심 없었지만 여름이 좋아서 같이 다니다 보니 친해졌다. 여름만 아니었으면 너 따위는……. 둘 다 그런 상황인데, 근데 저 눈치도 없는 게 지금 뭐라고?

결국 후가 싱긋 웃더니, 여름의 머리를 쓰다듬어 주다가 목에 헤드록을 걸었다.

"넌 아주 입에서 나오면 다 말이지?"

"캑! 으앗, 놔, 안 놔? 땀 냄새 난다고, 이 자식아! 웩!"

"뭐? 간지럽다고? 더 해 달라고?"

"뒤질래?"

"어이쿠, 어이쿠, 잘한다. 이게 그렇게 재미있었어? 그럼 더 해 줘야지."

급기야 여름이 후의 머리채를 쥐어뜯으려 발버둥을 쳤다. 물론 후는 아프지 않을 정도로만 장난을 이어 가며 여름의 손톱을 요리조리 요령껏 피해 더 골려 줬다.

어찌나 잘 어울리는지. 옆에서 지켜보던 별하가 끌끌 혀를 찼다.

'아마 저 둘의 관계는 영원히 저 모양이겠지.'

어느 한쪽이 솔직해지지 않는 한 말이다.

별하는 순간 전에 우연히 봤던 후의 백문백답 설문지가 생각났다. 후의 팬클럽에서 요청했던 것으로 그는 당연히 귀찮다며 무시했었다.

그러던 어느 날, 교실에 혼자 남아 물끄러미 설문지를 보고 있는 후를 우연히 별하가 발견했다. 갑자기 무슨 마음이 들었는지 후가 펜을 들어 뭔가를 끼적이기 시작했다.

쟤가 웬일이야 싶어 별하는 후가 나간 사이 설문지를 몰래 살펴봤다. 하지만 백 개의 문항은 죄다 텅 비어 있었다. 별하는 맥이 툭 풀렸다.

'뭐야, 아깐 적는 것 같더니. 그럼 그렇지.'

그때 피식 웃던 별하의 눈이 어딘가로 향했다. 텅 빈 설문지 속 단 한 개의 문항에만 답이 적혀 있었다.

22. 가장 좋아하는 계절은? : 여름

· · ·

"별하는 좋겠다. 집에서 차도 오고."

여름은 씻고 돌아온 후와 함께 집으로 돌아가고 있었다. 별하는 그사이 집에서 보낸 세단을 타고서 가 버렸다. 무려 기사가 딸린.

사실 별하는 엄청난 부잣집 딸이었다. 기사 아저씨가 아가씨라고 깍듯하게 부를 정도였으니. 그래서 여름은 별하가 뭔가 별세계에 사는 것 같았다. 하긴, 신기한 별세계에 사는 건 후도 마찬가지였다. 후도 별하만큼 부잣집 아들인 것 같았다.

후의 집안은 할아버지가 아주 큰 사업체를 갖고 있고, 가족들이 모두 경영에 참여한다고 했다. 장남인 후의 큰아버지가 사장, 작은아들인 후의 아버지가 부사장, 딸들도 각자 경영 일선에 참여하고 있다고 했다. 아마 언젠가 후도 그 회사의 일을 맡아 하겠지?

바야흐로 미래가 보장된 금수저들. 반면 반지하에 사는 흙수저 한여름.

사는 세계가 그렇게나 다른 세 사람이 친구가 될 수 있었던 건, 어렸을 때 같은 동네에 살면서 모두 같은 초등학교에 다녔기 때문이다. 후와 별하가 부자 동네에 살았던 건 당연했고, 한때 여름의 이모네도 제법 잘살았던 과거가 있었다.

여름이 중3 때 이모부의 사업이 쫄딱 망하기 전까진 말이다. 그 후엔 집도 넘어가고, 모두가 길거리에 나앉게 되었다. 그때부터 반지하 셋방 생활이 시작되었던 것이다.

이모네 집에 얹혀살게 된 후로 단 한 번도 행복한 적이 없었지만, 그 덕에 후와 별하 같은 친구를 만난 것만은 감사하게 생각했다.

그 무엇과도 바꿀 수 없는 소중한 존재들이었다. 여름에게 후와 별하는…….

"차가 오는 게 그렇게 부러워?"

"그걸 말이라고 하니? 그게 어떻게 안 부러워? 지하철도 안 타도 되고, 안 걸어도 되고, 얼마나 편하겠어."

"좀 걸어라. 살쪄 갖고."

여름이 곧장 후에게 손톱을 세웠다. 이 악마 같은 자식!

"나 완전 날씬하거든? 언젠 나더러 말랐다면서!"

"누가? 내가?"

"됐어, 이 자식아!"

"그럼…… 내일부터 내가 차 부를까?"

갑작스러운 후의 말에 여름이 갸웃했다.

"뭐?"

"차로 태우러 오는 거 부럽다면서. 우리 집 차 부를게. 타고 가."

후가 여름에게 세상 간단하다는 듯 말했다. 어처구니가 없어서.

"됐거든? 누가 남의 차 타고 싶대? 하여튼 애들 앞에선 냉수도 함부로 못 마셔요. 그냥 그렇단 거지. 잠깐 좋겠다 싶었을 뿐이라고."

"부르라는 거야, 말라는 거야?"

"말라는 거다. 내 차도 아닌 남의 집 차 타면 뭐가 좋겠니? 하여튼 남자들은 정신 연령이 낮다더니, 쯧쯧. 저러고 모진 세상 어떻게 살아갈지 걱정이다. 걱정이야."

후가 피식 웃었다.

"노인이냐?"

짜식이. 세상 얄밉다가도 저렇게 싱그럽게 웃으면 마음이 다 풀린단 말이지. 여름은 괜히 코를 비비적거렸다.

하긴 뭐, 후가 무슨 의도로 그런 말을 했는지는 모르겠지만, 마음만은 정말 고마웠다.

사실 후는 늘 무표정하거나 세상 귀찮다는 듯 나른한 표정뿐이라서 가끔 저렇게 웃으면 참 보기 좋았다.

"어? 저긴가 보다. 학교 앞에 새로 생긴 떡볶이집."

그때 여름이 귀여운 간판의 떡볶이집을 보며 눈을 반짝반짝 빛냈다. 넋 놓고 쳐다보는 걸 보니, 이미 영혼이 반쯤은 저 안에 들어가 있는 듯했다. 여름이 입안에 고인 침을 꼴깍 삼켰다.

"먹을래?"

"아, 아니? 왠지 생각보다 별로일 거 같아. 그리고 살쪄. 저 집 떡볶인 한 번 먹으면 중독된대. 칼로리도 엄청 높을걸?"

"그래?"

"근데 엄청 맛있대. 완전 엄청 맛있대."

"맛있다는 거야, 맛없단 거야?"

"맛있대. 근데 난 별로일 거 같긴 한데, 근데 애들은 맛있대."

"그럼 먹어 보지 뭐."

"됐어. 빨리 집에 가야 해."

"내가 살게."

"뭐 해! 안 들어가고!"

순식간에 여름이 후를 덥석 잡아끌곤 바람보다 빠르게 날아갔다.

마약 떡볶이라더니, 후가 먹기엔 사실 양념이 너무 셌다. 조금 싱겁게 간하는 아주머니의 음식에 길들여진 터라 후는 떡볶이를 몇 개 안 먹었는데도 위가 쓰린 것 같았다. 하지만 여름은 엄청난 식욕을 자랑하며 식탁 위를 초토화시키고 있었다.

저가 살 땐 손을 벌벌 떨며 뭉크의 '절규'처럼 소리 없는 괴성을 지르면서, 후가 산다고 하면 '뭘 이런 걸 다!' 하면서도 모든 메뉴를 싹쓸이했다. 일말의 겸연쩍음도 없이. 저 양심도 없는 것.

"넌 돈 많잖아."

아주 뻔뻔한 말투로

"걱정 마. 내가 나중에 한 번에 다 갚을게! 치사한 인간. 누가 먹고 튄대?"

큰소리까지 뻥뻥 친다.

대체 나중에 뭐 얼마나 성공해서 갚으려는 건지는 모르겠지만, 후는 그저 여름이 맛있게 먹으면 좋았다.

후가 자신의 몫까지 여름의 앞으로 떡볶이를 밀어 주고선, 볼이 미어터지도록 음식을 구겨 넣어 야무지게 먹는 여름을 흐뭇하게 지켜보며 말했다.

"넌 뭐 돼지냐?"

"……컥!"

여름이 콜록콜록 기침을 해 가면서도 기어이 튀김을 하나 더 입안에 밀어 넣고 후를 째려봤다.

"그러니까 왜 다 주고 지랄이야?"

참 말도 예쁘게도 하지. 저런 게 뭐가 예쁘다고.

"그게 다 들어가?"

"아직 반도 안 찼거든? 이따가 후식 먹을 배는 남겨 놨어. 걱정 마."

"그걸 내가 왜 걱정하는데?"

"왜냐니? 당연히 후식도 네가 살 거니까. 너 오늘 용돈 받는 날이잖아."

"내가?"

후는 의아했다. 용돈 받는 날? 그런 게 딱히 정해져 있었나?

"아닌데?"

"아니, 맞아. 내가 배고픈 날이 너 용돈 받는 날이야."

"하……."

"너 지금 한숨 쉬었냐? 있는 것들이 더하다더니, 돈도 많은 게. 걱정 붙들어 매라니깐. 나중에 내가 진짜 다 갚을게. 나 조만간 완전 잘될 계획이거든. 그러니까 음, 이를 테면 적금 든다고 생각해."

도대체 어떻게 하면 저렇게 자기중심적인 계산 방법이 나오는 건지. 아무튼 뭐, 그렇다면 용돈 받은 걸로 쳐야겠다. 여름이 그렇다고 하면 그런 거다.

"꺼억! 배부르다."

설거지하다시피 접시를 다 비우고 나온 여름이 아저씨처럼 배를 두드리며 만족스러운 트림까지 흘렸다. 그 얼굴에 '나 지금 행복'이라고 쓰여 있었다.

"어머, 실수. 나 트림했다고 소문내면 안 돼. 윤호 오빠 내가 똥도 안 싸는 줄 알아."

얼씨구? 윤호는 또 뭐 하는 자식이야?

"진짜 엄청 맛있었다, 그치? 이 집 대박 날 것 같아. 아저씨 아줌마도 완전 친절하고 좋더라."

어떤 놈팽이냐고.

"너 또 누구랑 사귀냐? 누가 사귀재?"

"아니? 안 사귀는데?"

"그럼…… 윤호는 누군데."

"너 윤호 오빠 몰라? 그림 엄청 잘 그리는 엄청 잘생긴 3학년 오빠. 그 오빠가 나한테 전번 물었다? 내가 귀엽대."

여름이 큭큭 웃었다. 하지만 후의 표정은 급속도로 식어 갔다.

"그래서. 번호 줬어?"

"줄 번호가 있어야 주지. 저번 달에 다민이 년이 휴대폰 요금 10만 원 넘게 나와서 나까지 휴대폰 압수당했잖아. 망할 년. 작작 좀 쓰지. 인생에 도움이 안 돼요."

투덜거리면서도 여름은 웃었다. 아무튼 자의든 타의든 윤호란 놈한테 여름의 번호가 안 넘어간 건 천만다행이었다. 애가 심하게 귀여워서 들러붙는 놈들이 많아 참 걱정이었다. 제발 내 눈에만 귀여웠으면 좋겠는데.

"그놈이랑…… 사귀진 않을 거지?"

"어? 글쎄."

"……."

"근데 내가 남자랑 사귈 시간이 어디 있냐? 그냥 귀엽게 봐 주니까 좋은 거지."

"하."

"그리고 그 오빠 별로 내 타입도 아냐. 저번에 보니까 매점 아줌마한테 엄청 싸가지 없게 굴더라. 실망했어."

후는 겨우 마음이 놓였다.

"넌 아줌마한테 안 그러잖아. 그치? 암튼 그런 면에서 보면 오후 참 인간이 됐어. 자랑스러워."

후의 어깨를 팡팡 치며 여름이 마구 웃었다. 사실 여름은 늘 잘 웃었다.

웃음이 특기인 아이.

"앗, 늦었다. 가자."

"……."

"근데 저 튀김집은 왜 문 닫았을까? 엄청 맛있었는데. 진짜 기름도 깨끗한 것만 써서 바삭바삭 소리 나고. 그치? 난 그 소리 진짜 좋아하는데. 완전 행복해지잖아."

말도 많고.

"새우튀김, 깻잎튀김, 오징어튀김. 아, 진짜 왜 문 닫았지? 다시 열면 안 되나?"

가만히 놔두면 밤새도록 말할 기세였다.

"이 세상에 튀김집, 떡볶이집, 빵집 세 개만 있어 줘도 태어난

게 억울하진 않을 거 같아. 그치? 아프리카에서 태어났어 봐. 그 맛있는 걸 하나도 못 먹었을 거 아냐. 대신 나무에서 개미 털어서 먹고 새 잡아서 먹고 그래야 할걸. 얼마나 다행이니? 아닌가? 그 것도 나름 맛있으려나?"

몇 번씩이나 말을 바꿔 가며 천진난만한 얼굴로 종알거린다. 하지만 그런 종알거림 속에 흉이나 나쁜 말은 하나도 없었다. 늘 긍정적이고, 작은 행복에도 감탄하며 즐거워하는 건 여름의 특기 였다. 속사정은 그렇지 않은데도……

"근데 다 좋은데 역시 튀김은 살찌는 게 문제야. 나 살쪘지? 아무리 먹어도 살 안 찌는 튀김 같은 거 발명 안 되나? 후야, 네 가 나중에 한번 발명해 봐. 대박 칠걸? 앗! 오후, 저 언니 좀 봐. 완전 날씬하지? 완전 네 타입이지, 그치? 너 저런 타입 좋다며?"

여름이 호들갑을 떨어 대서 후는 그제야 여름에게 박혀 있던 시선을 돌려 그녀가 가리킨 곳을 흘끗 봤다. 여름의 말처럼 어떤 날씬한 여자가 보기에도 시원하게 느껴지는 미니 원피스 차림으 로 지나가고 있었다.

"내가?"

하지만 그런 말을 한 기억이 없는 후는 뚱한 얼굴로 되물었다. 게다가 별로 잘 어울리지도 않는 것 같은데. 허리는 너무 길고 다 리는 짧은 체형이라 원피스와 안 어울려 보였다. 저런 원피스는 여름이 입으면 훨씬 더 잘 어울릴 것 같은데.

"완전 예쁘지?"

"별로. 옷이 중요한 게 아냐. 누가 입었느냐가 중요하지."

"하이고, 패션 전문가 나셨어요."

"그만 떠들고 가자."

"있잖아, 내가 저런 원피스 입으면 어떨까?"

먼저 앞서는 후에게 따라붙은 여름이 눈을 초롱초롱 빛내며 물었다. 없던 애교까지 징그럽게 부리고 있는 걸 보니, 분명 듣기 좋은 대답을 원하는 듯했다.

"응? 응? 대답해 봐. 예쁘겠지? 완전 잘 어울리겠지?"

"넌 늘 똑같아."

"응? 그건 무슨 뜻이야?"

"뭘 입어도 늘 똑같다고."

"이 자식이!"

약이 오른 여름이 후의 무릎 뒤를 퍽 찍자, 후의 다리가 휙 꺾였다. 볼썽사납게 휘청거린 후가 인상을 그으며 돌아보자, 여름이 푸하하 웃으며 번개처럼 도망쳤다.

불시의 습격에 얼굴이 벌게져서 충격을 가라앉히던 후는 곧 바람처럼 달려가 여름을 따라잡았다. 그리고선 여름의 목에 팔을 둘러 머리에 콩콩 알밤을 놓았다.

"으앗! 쏘리. 잘못했다고!"

계절은 여름이었고 더위는 무서울 정도였지만, 후는 더위 같은 건 하나도 느껴지지 않았다. 곧 저녁놀이 지면서 선선한 바람이 불었다.

"나 바뀐 머리 예뻐?"

"나 이 옷 예뻐?"

"나 이 귀걸이 예뻐?"

그 후로도 여름은 툭하면 후에게 그렇게 묻곤 했었다.

"넌 늘 똑같아."

그때마다 후의 대답도 늘 한결같았다. 여름은 늘 분한 듯 팔짝팔짝 뛰었지만, 사실 다른 말은 떠오르지 않았다.

왜냐하면, 정말 넌 늘 똑같으니까.

'넌 어떤 모습이든 예쁘다고.'

3편
내가 그렇게 좋은 놈으로만 보여?

"그 새끼는?"

후가 어울리지 않게 거친 단어로 그 새끼에 대해 물었다.

둘 다 비 맞은 생쥐 꼴로 후의 아파트 지하 주차장에 도착한 상태였다.

후가 차를 세우자 여름은 자꾸만 찝찝하게 달라붙는 티셔츠를 몸에서 떼어 내며 차에서 내렸다. 중간에 후가 차의 히터를 틀어 줬음에도 답답함을 참지 못한 여름이 히터를 도로 꺼 버려 덕분에 옷이 잘 안 말랐다.

뒤따라 차에서 내린 후가 여름의 어깨 위로 제 재킷을 벗어 덮어 주었다. 젖은 옷에 젖은 옷을 덮어 봐야 소용없을 거 같아 그냥 뒀었는데, 여름이 계속 달라붙는 옷을 신경 쓰는 것 같아 어쩔 수 없었다.

그리고 무엇보다 후는 자기 자신을 믿지 못했다.

티가 달라붙어 자꾸만 도드라지는 여름의 동그란 가슴에 본능적으로 시선이 갔다. 그런 자신의 본능을 참아 내며 버티는 게 쉽지 않았다.

"누구. 나 이렇게 만든 사람?"

"그럼 누구겠어."

"걱정 붙들어 매. 죽지 않을 정도로 패 줬으니까. 근데…… 진짜 죽었으면 어쩌지? 후야, 나랑 같이 묻어 줄 거지?"

후가 혀를 찼다.

"사람은 그렇게 쉽게 안 죽어."

"뭐? 내가 그 자식 어떻게 팼는지 보지도 못했으면서."

"네가 네 입으로 죽지 않을 정도로 패 줬다면서."

"아, 내가 그랬었나?"

"네 주먹에 죽을 정도면 부는 바람에도 벌써 명을 달리했을 거다."

"웃겨. 내가 얼마나 센데. 요 며칠 안 맞았다고 네가 내 주먹맛을 잊었구나? 한번 맞아 봐야 정신을 차리지?"

여름이 언제나처럼 후에게 장난스럽게 싸움을 걸었다. 주먹을 붕 날렸지만, 후는 가볍게 여름의 팔을 턱 잡아 냈다.

"하여튼 이 손버릇……."

한마디 해 주려던 후가 멈칫했다. 성큼 다가온 여름의 체온이 훅 느껴져서 후는 채 말을 끝맺지 못했다.

그리고 그건 여름도 마찬가지였는지 그녀도 당황한 듯 멈칫해 있었다. 차마 눈길을 후에게 두지 못하고서 아래로 내렸다. 아마 무의식적으로 행동했다가 아차 싶었던 것 같다.

어색한 분위기가 덮치자 둘은 서먹하게 서로에게서 떨어졌다.

"그, 그리고 내 손으로 팬 게 아니라 시계로 팼거든?"

여름이 부자연스러운 얼굴로 잠시 끊겼던 화제를 다시 들먹였다.

"그러니까 애초에 그 차에 왜 타? 그깟 시계가 뭐라고……."

다시금 감정이 격해진 듯 자신도 모르게 억양을 높였던 후는 천천히 마음을 가라앉혔다. 정말 화내고 싶었는데, 여름이 상처받은 눈으로 풀이 죽어 있으니 더 이상 아무 말도 할 수가 없었다.

"근데 너 지금 말실수한 거 알지? 내가 그 차에 뭐, 그 자식이랑 즐기려고 탔겠어?"

여름이 서운한 얼굴로 쏘아붙이듯 말하자, 후는 자신이 실수한 걸 퍼뜩 깨달았다.

"아냐. 그런 뜻은 아니었어. 너를 탓하려던 게 아니라, 그냥 내가 속상해서 한 말이야. 서운했다면 사과할게."

여름이 제 입술을 꾹 눌러 깨물었다.

"나도 뭐, 내 거였음 안 그랬어. 깔끔하게 던져 줬겠지."

"……."

"네 거니까."

"무슨……."

후의 눈빛에 당황한 기색이 떠올랐다.

"내 거라서……라고?"

"그래. 네 거니까. 네 건…… 비쌀 거 아냐. 내 거면 그냥 싸구려렸겠지만, 금액이 얼마인지도 모르는 걸 어떻게 그따위 새끼한테 주냐? 아깝게."

"……."

"하여튼 난 왜 걸려도 그런 쓰레기들한테만 걸리지? 왜 나한테 집적대는 건 죄다 그딴 재활용도 안 되는 것들뿐이냐고. 후야, 나 좀 모자라? 나 안 예뻐? 나 전혀 매력 없어? 나 진짜 영 아냐?"

여름이 자기 고찰에 빠져 있을 무렵, 후는 천국에서 지옥으로 떨어지고 있었다.

'네 거니까.'

그 말에 잠깐 기대했던 자신에게 깊은 회의가 들어서였다. 혹시 무슨 깊은 의미가 담긴 건 아니었나 싶었던 것이다. 네 거라서 소중했다거나, 그래서 깊은 의미를 부여했다거나.

하지만 그냥 비싼 이유 때문이었다니.

"그 새끼가 감히 날 노렸어. 가만 안 둬."

부르르 떨고 있는 여름의 머리 위로 후의 큰 손이 툭 내려앉았다.

"뭐냐, 이거? 당장 치워라?"

"위험한 소리 하지 말고 앞으론 엮일 생각도 하지 마. 그냥 똥 밟았다고 쳐. 복수니 뭐니 하면서 그 새끼랑 엮였다는 소리 들리기만 해 봐."

"그럼 뭐? 어쩔 건데?"

"앞으로 너 안 볼 거야."

순간 여름의 눈동자가 정지했다. 손으로 입을 막고서 커다란 눈동자에 눈물이 글썽글썽하더니,

"어, 어떻게 그렇게 심한 말을……."

비련의 여주인공처럼 획 돌아서 엘리베이터에 올라타는 것이다. 후는 고개를 절레절레 젓곤 여름을 따라갔다.

"진짜 나 안 볼 거야?"

앞에 선 여름이 후를 돌아보지도 않고서 물었다. 후는 엘리베이터 벽에 등을 툭 기댄 채 그런 여름을 물끄러미 쳐다봤다.

토라진 건가.

사실 생각 같아선 그런 위험천만한 일을 당할 뻔한 여름에게 이보다 더 화를 내고 싶었다. 더 심한 말을 해서라도, 협박을 해서라도 앞으로 그런 일에 휘말리지 못하게 만들고 싶다.

만약 우리가 '친구'가 아니었다면, 가령 사귀는 사이였다면 여름이에게 좀 더 확실하게 화낼 수 있었겠지. 그럴 수 있는 권리가 있었겠지.

하지만 '친구'라는 명목하에 할 수 있는 말들에는 한계가 있었다. 걱정해 주고 같이 욕해 주는 것, 딱 그 정도가 허용된 선이었다. 그 자식한테 질투하는 것도, 끓어넘칠 것 같은 분노를 표출하는 것도 다 오버였다.

"볼 거야. 내가 널 어떻게 안 봐."

후가 낮은 소리로 항복이라는 듯 말했다. 그리고 동시에 엘리

베이터가 움직이기 시작했다. 그제야 잔뜩 뭉쳐 있던 여름의 어깨가 풀리는 것 같았다.

"하, 다행이다. 짜식이 사람 겁주고 있어. 심장이 다 내려앉았잖아. 지금 바닥에 데굴데굴 굴러가는 거 보여?"

"……."

"앞으론 진짜 그런 말 하지 마. 안 했으면 좋겠어."

실은 아까 전엔 아무렇지 않은 척했지만, 장난스럽게 넘겼지만 여름은 조금 놀랐다. 앞으로 널 안 볼 거라는, 오후의 그 말에 자신이 이렇게 영향을 받을 줄은 몰랐다.

심장이 쿵 떨어져 내리는 것 같았다. 잠깐 숨이 턱 막혔을 정도로.

"그게, 그렇게 싫은 말이냐?"

"넌 그걸 말이라고 하니? 너나 별하나 나한텐 똑같아. 전에 별하랑 싸워서 잠깐 절교했을 때 진짜 얼마나 힘들었는데. 세상이 끝나는 것 같았어. 아니, 사실은 진짜 끝났었어."

"……."

"내 옆에 너희들이 없으면 누가 있겠어. 나한텐 아무도 없는데."

"……."

"난 혹시 너희들이 나한테 실망해서 멀어질까 봐, 잃어버릴까 봐 그게 가장 겁나. 뭐든 다 이겨 낼 수 있는데, 오늘처럼 쓰레기 같은 게 걸려도 두들겨 패 버리고 도망치면 그만인데, 그깟 일 아무것도 아니라고 그냥 툴툴 털어 내고 일어날 수도 있는데, 너희들이 없는 건 달라. 세상에서 제일 겁나."

"……."

"나 참 이기적이지? 근데 나도 너희들한테 잘할게. 노력할게. 너희들이 나한테 실망하지 않게. 그러니까 나 절대 버리지 마."

후는 쏟아지는 여름의 말을 막고 싶었다. 저렇게 제 살을 깎으며 하는 말 따위, 듣고만 있는 게 너무 힘들어서 못 하게 하고 싶었다.

여름은 늘 눈치를 봤다. 아닌 척하면서도, 혹시라도 후나 별하가 그녀를 싫어하게 될까 봐, 버릴까 봐, 버려질까 봐 노심초사했다.

그래서 여름은 그들에게 좀 서운한 일이 있더라도, 불만스러운 일이 있더라도 티 내지 않고 더 웃어 보였다. 집에서 나쁜 일이 있어도 절대 티 내지 않았다.

아마도 제 평범하지 않은 상황이 그들에게 이질감을 줘서 거리감을 만들까 봐 더 악착스러울 정도로 참아 왔던 것 같다.

하지만 후는 그런 여름을 곁에서 지켜보는 게 힘들고, 때론 화도 났다.

"난 너한테 실망하지 않아. 그랬더라면 우리 관계 따위 진작 끝났겠지."

"……."

"우리가 여기까지 왔단 건, 너한테 실망할 일이 절대 없었단 뜻이야. 앞으로도 그럴 거고. 그러니까 불안해하지 마."

"……."

"약속할게. 혹여 실망할 일이 생기더라도 절대 너한테서 안 떠나."

"후야……."

"죽을 때까지 이 자리에 있을게."

여름이 천천히 고개를 들었다. 후를 바라보는 그녀의 눈동자에 복잡한 감정들이 자잘하게 부서져 섞여 있었다.

"너 진짜…… 멋진 척하니까 좋아? 똥폼은 아주. 이래서 여자들한테 인기가 많으시구먼? 와, 나 지금 닭살 왕창 돋을 뻔했어."

사실 여름이 하고 싶은 말은 따로 있었다.

하지만 쏟아지려는 눈물을 막을 길 없어 일부러 더 오버하며 웃어 주었다. 겉으로는 면박 주는 척했지만, 후가 해 준 고마운 말들은 이미 그녀의 가슴에 깊이 스며들어 커다란 호수가 된 후였다.

여름이 헤헤 웃고는 뒷걸음질 쳐서 후의 옆으로 가서 섰다. 그리고 괜히 후를 툭 치자, 후가 휘청거렸다.

"와, 밀리는 거 봐. 오후, 별거 아니네."

"까분다."

후가 인상을 쓰며 여름의 머리를 콕 쥐어박았다. 여름은 계속 올라가는 숫자판을 보며 말을 이었다.

"후야, 계속 아무도 안 탔으면 좋겠다. 우리 둘만 있었으면 좋겠어."

"……."

"난 역시 너랑 둘이 있는 게 제일 편한가 봐."

여름은 늘 그렇게 아무렇지 않게 가장 성실한 말로 상처를 줬다.

가장 편한 상대라……

나 믿지 마. 내가 그렇게 좋은 놈으로만 보여? 사람이 사람을 믿는다는 건 참 좋은 일일 텐데, 후는 여름이 자신을 믿을 때마다 화가 났다. 속이 뒤틀리도록.

후의 집 안으로 들어선 여름은 조금의 위화감도 없이 소파 위로 털썩 엎어져 세상 편하게 게으름을 피웠다.

"아, 삭신이 쑤셔."

"씻고 누워."

"야, 넌 내가 지금 누워 있는 걸로 보여? 엎어져 있잖아."

여름이 말도 안 되는 소리를 했다.

"아…… 살 것 같다. 집에 돌아오니까 진짜 편하다."

"여기서 네 집이냐?"

"내가 무슨 돈이 있어서 이렇게 비싼 아파트에서 사니? 네 게 내 거고, 내 게 내 거지."

후가 혀를 차며 맞은편 소파에 앉아 여름을 지그시 응시했다. 여름은 정말 제집에 있는 것처럼 편하게 엎어져서 양쪽 다리를 달랑거리며 쉬고 있었다. 저런 식으로 오늘 받은 스트레스를 푸는 것도 같았다.

"이제 어떻게 할 생각이야?"

"음…… 생각 좀 해 보고……. 안 그래도 지금 그거에 대해 열심히 생각하고 있는 중이야. 잠깐만 기다려 봐."

여름이 눈을 감은 채 중얼거렸다. 하지만 생각은커녕 금세 잠들 기세였다.

"잘 거면 씻고 자. 감기 걸려."

"안 자. 생각하는 중이라고."

귀찮은 자식. 엄마도 아니면서 아까부터 계속 똑같은 잔소리. 하긴, 그래도 후가 있으니 지금 이렇게 쉴 데라도 있는 거겠지.

다민에게 선전포고를 했으니 일이 마무리될 때까지는 서로 안보는 게 좋을 거 같았다. 집을 나설 땐 찜질방에서 죽칠 생각이었는데, 어쩌다 보니 일이 꼬여 찜질방보다 훨씬 좋은 곳에 들어왔다.

사실 성질 같아서는 다민을 잡아 족치고 싶었지만, 지금은 때가 아니란 걸 알기에 속이 부글부글 끓었다. 마음은 처절하게 복수하고 싶었으나, 빈대 잡겠다고 초가삼간 태울 순 없지 않겠는가.

가장 큰 복수는 처음 계획대로 밀고 나가는 것이다.

일단 집부터 내놓고, 집 나가기 전에 짐 빼고……. 그럼 채다민은 거리로 나앉게 될 것이다. 그런 다음 그 계집애를 잡아야지. 그 쓰레기 새끼한테도 제대로 복수하고.

근데 복수하면 후가 옆에서 뭐라 뭐라 잔소리해 대며 귀찮게 굴 텐데…….

아, 모르겠다. 지금은 그저 졸릴 뿐이었다. 그 큰일을 겪고도 졸리다니, 미친 거 아닌가 싶기도 하고, 또 새삼 얼마나 안전한 사람한테 도움받았는지 자각도 됐다.

그러고 보니 후가 자신을 데리러 온 적이 이번이 처음은 아니었다. 예전에도 몇 번 그랬던 것 같은데. 술 취해 뻗어 있던 날, 혹은 막차가 끊긴 날, 알바 끝나고 몸이 아파서 길에 주저앉아 있던 날······.

'생각해 보니 꽤 자주였구나.'

늘 투덜거리면서도 자신이 부르면 나와 줬던 녀석이다. 특히 과 모임에서 인사불성으로 취했던 그날도.

그때가 한여름이었는데, 길바닥에서 자겠다고 고집을 피우는 여름을 후는 그날도 데리러 와 주었다. 한여름에 엄청나게 두꺼운 패딩을 입고서.

그러고 보니 그날 패딩은 왜 입었던 거지? 감기 몸살이라도 걸렸었나?

꼬르륵—

그때 배 속에서 우렁차게 배꼽시계가 울리자, 여름은 정신이 든 듯 벌떡 일어나 앉았다.

"배고파. 밥 줘."

그러고선 책상다리를 하고 앉아 밥 타령을 시작했다.

"뭐?"

"밥 달라고. 오늘 한 끼도 제대로 못 먹었단 말야."

"······."

"너 지금 나 패 버리고 싶지? 부정해도 소용없어. 딱 걸렸어."

"됐고. 밥 줄 테니까 먹고 싶으면 먼저 씻어."

"씻지 그럼. 이러고 자겠니? 그래 뭐, 밥 주겠다는데 씻어야지. 알았어. 씻을게."

하지만 일어나는가 싶던 여름이 소파에 다시 툭 고꾸라졌다.

"아, 진짜 씻고 싶은데 힘이 없어서 못 움직이겠어. 몸에 힘이 하나도 안 들어가."

한마디로 꾀병이었다. 사실은 진짜 배가 고프기도 했다.

결국 후가 고개를 절레절레 젓더니 주방으로 사라졌다. 여름은 실눈을 살짝 떠 그런 후를 살피곤 씩 웃었다.

역시 후라니까. 전자레인지를 돌리는 것 같다. 뭘 해 주려는 걸까나?

"난 라면이 좋은데! 라면이랑 김치면 딱인데!"

소리 높여 말해 봤지만,

"한밤중에 라면 같은 거 먹지 마."

후의 잔소리만 돌아왔다. 여름은 입술을 삐죽거렸다. 야식엔 라면이지, 그럼 뭘 먹나? 아무튼 깐깐한 녀석이라니까.

여름은 소파에 누운 채 다시 눈을 감고서 후가 돌아오길 기다렸다. 그러다 누군가가 흔들어 깨우는 것 같아 눈을 번쩍 떴더니, 후의 얼굴이 보였다.

앗! 깜빡 잠들었었나 보다.

일어나 앉아 보니, 소파 테이블에 먹음직한 새우볶음밥과 접시에 정갈하게 담긴 반찬 몇 개가 보였다.

"찾아보니 적당한 게 없어서. 그래도 라면보다는 나을 거야."

"와, 이거 갓김치 아냐? 나 갓김치 완전 좋아하는데. 샀어?"

"어머니가."

여름은 고개를 끄덕이곤 히죽 웃었다.

"잘 먹겠습니다!"

그리고 훌랑 바닥으로 내려앉아 숟가락을 들었다가, 후에게 물었다.

"넌 안 먹어?"

"난 됐으니까 너나 먹어."

"왜? 같이 먹자. 내 거 반 나눠 줄게."

"점심을 늦게 먹었어. 별로 생각 없으니까 많이 먹어. 물부터 마시고."

"그럼 사양 않고."

여름은 합장하듯 두 손을 모아 잘 먹겠단 제스처를 하곤 야무지게 먹기 시작했다.

"와, 음, 이 새우볶음밥 진짜 맛있어. 어디 거야? 냉동 맞지?"

"냉동해 놓은 거긴 하지만, 어머니가 보내신 거야. 직접 만드셨을 거야."

"진짜? 어쩐지, 마트에서 산 거랑 맛이 다르더라니. 이 젓갈도 어머니가 보내 주신 거?"

후가 고개를 끄덕였다.

"너한테 시집오는 여자는 참 좋겠다. 이렇게 요리 잘하시는 시어머니가 계시잖아. 복 터졌네, 복 터졌어."

"……그걸 말이라고 하냐?"

"왜? 며느리가 시어머니 밥 좀 얻어먹으면 안 되냐? 너 의외로

애가 고리타분하구나?"

"그런 게 아니라."

하지만 후는 말을 말자 싶어 그냥 입을 닫았다. 여름의 말이 거슬렸던 건 고부간의 어쩌고 하는 부분이 아니었다. 내 결혼에 대해 아무렇지 않게 말하는 여름의 태도가 싫었다.

"뭘 말을 하다 말아?"

불만이라는 듯 입을 삐죽거리며 여름이 갓김치를 아삭 씹었다. 입맛 떨어졌다고 한 소리 할 법도 한데, 도리어 게 눈 감추듯 볶음밥 접시를 비우곤 양반처럼 그릇을 물리더니 소파에 벌렁 기댔다.

"아, 배부르니까 살 것 같다."

올챙이배처럼 볼록해진 배를 슬슬 문지르며 여름은 나태의 끝을 보여 주고 있었다. 그래도 잘 먹은 것 같으니 안심이었다.

"근데 진짜 갓김치 대박. 나 갓김치 완전 좋아하거든. 어머니가 너 먹으라고 보내 주셨을 텐데 내가 홀랑 다 먹어서 괜히 미안하네. 그냥 네가 먹은 척해 줄 거지?"

후는 피식 웃음이 났다.

"냉장고에 많으니까 가기 전에 다 먹고 가든가."

"그래도 돼?"

"그냥 다 가져가."

"헐. 유니세프냐."

중얼거리던 여름이 갑자기 진지한 얼굴로 허리를 꼿꼿이 세우며 가부좌를 틀고 앉았다.

"말이 나와서 하는 말인데, 나 너한테 부탁할 거 하나 있는데."

"뭔데?"

"뭐 대단한 건 아냐. 아주 간단한 거야."

"그러니까 그게 뭔데."

"나 집 구할 때까지만 여기 있자."

순간 후가 멈칫했다. 1초, 2초, 3초.

그런데 아무리 시간이 지나도 그에게선 이렇다 할 반응이 없었다. 생글 웃으며 후의 대답을 기다리고 있던 여름의 입가에서 서서히 미소가 가셨다.

"시, 신세 좀 지면 안 될까?"

결국 비굴하게 웃으며 한마디 더 보탰다. 사실 이런 분위기는 예상 못 했는데, 느낌이 어째 쎄했다.

"……뭐?"

그때 드디어 후가 반응을 보였다. 하지만 잘 못 알아들은 것 같다.

"나 집 내놨거든. 네 말처럼 난 할 만큼 했어. 앞으론 절대 채다민 호구로 안 살 거야. 근데 집 구하려면 시간이 좀 걸리겠지? 그러니까 그때까지만 여기 있을게."

"……."

"사실 집 내놓을 거라고 통보만 했지 아직 짐을 빼진 않았거든. 근데 이런 상태에서 섣불리 집부터 구하면 그 계집애가 거기로 밀고 들어올 확률이 커서."

채다민은 그런 인간이었다. 아니, 이모가 가만있겠는가? 무슨 수를 써서든, 또 있는 얘기 없는 얘기 다 끄집어내서 끝까지 발목 잡겠지. 다민이 데리고 살라고.

여름이 아니라면 다민은 월세방도 못 구할 처지였다. 낭비벽이 워낙 심해 버는 족족 다 써 버려서이기도 했지만, 집을 구하더라도 월세 꼬박꼬박 내며 살 인간이 아니었다.

그렇다고 이모도 월세 내며 사는 처지에 다민을 받아 주기 버거울 테고, 다민도 서울에서 멀고 좁은 데다 방탕한 생활도 할 수 없는 이모네 집으론 절대 들어가고 싶지 않겠지.

그러니 지금 이모와 다민이 기댈 곳은 여름밖에 없었다. 하지만 여름은 이제 더 이상 그들을 받아 줄 마음이 없었다.

"그래서 잠시 지낼 곳이 필요한데…… 괜찮지? 난 어느 방 쓰면 돼? 저 방인가?"

얼렁뚱땅 소파에서 일어나 재빠르게 방으로 향하려던 여름의 앞으로 후가 턱하니 막아섰다. 다리가 길어서 그런지 움직임도 빛의 속도 같았다. 젠장. 능구렁이처럼 넘어가려고 했는데.

"하하…… 저 방은 아니구나? 그럼 저 방인가?"

반대쪽으로 몸을 틀어 보려 했지만 이번에도 또 막혔다. 이 녀석, 오늘 가드가 센데? 아무래도 정공법으론 안 될 것 같아서 여름은 말을 돌렸다.

"근데 전부터 궁금했는데 여기 자가야? 전세야? 당근 자가겠지? 좋겠다, 넌. 아, 내가 방금 한 가지 아이디어가 떠올랐는데 여길 셰어하우스라고 생각하면 어떨까? 봐 봐, 집도 넓고 방도 많으니까 딱이다. 그치?"

"……."

"절대 귀찮게 안 하고 방 하나랑 욕실만 살짝 쓸게. 딴 덴 하나도 안 건드리고, 주방도 싫으면 안 들어갈게. 절대로."

"……."

하지만 여전히 묵묵부답.

"왜 계속 꿀 먹은 벙어리야? 그렇게 싫어?"

여름은 답답해서 물었다. 후는 싫다기보다는 기가 막힌 표정이었다. 생각지도 못한 말을 들었다는 듯. 뭐 이런 반응이 당연한 거겠지만.

그래도 어쩌겠는가. 지금 내 코가 석 잔데. 집주인의 허락이 필요하다는 장애물이 있었지만, 후 정도야 어떻게든 구워삶으면 될 거라고 생각했다.

물론 후를 쉽게 보거나 그런 건 아니었다. 일단 후는 친구가 곤란해할 때 외면한 적이 없는 의리의 사나이였다. 그렇다고 그것만 철석같이 믿고서 후를 이용해 먹으려는 마음은 정말이지 털끝만큼도 없었다.

여름은 그냥 후한테만은 이상하게 무리한 투정을 부리곤 했다. 물론 그가 다 받아 주니까 가능한 일이었겠지만, 어쨌든 그에게만은 창피한 일도 그보다 더한 것도 거리낌 없이 말할 수 있었다. 다른 사람한텐 자존심 상해서라도 그렇게 못 하는데, 오히려 도와준다고 해도 부담스러워서 싫다고 거절하는데 후한테만은 달랐다.

'왜일까.'

그 이유에 대해 진지하게 생각해 본 적도 많았지만, 결론은 그냥 늘 그래 왔기에 습관이 되어 버린 것 같았다.

사실 후가 처음부터 마냥 편하고 만만했던 건 아니었다. 분명 불편하고 어려웠던 적도 있었다. 도리어 너무 잘해 줄 때도 늘 조금쯤은 마음 한쪽이 무겁고 부담스러웠다. 동정하는 것처럼 느껴져 그 친절을 받기 싫을 때도 분명 있었다.

하지만 수없이 많은 시간을 함께 보내며 후를 믿게 되었고 그에게만은 무장 해제가 되었다.

그래도 역시 이번 경우는 지금까지와는 좀 다른 듯했다.

"알았어, 알았어. 월세 낼게. 됐지?"

처음엔 넋만 나간 듯싶더니 후가 점차 불쾌한 표정으로 변해 갔다.

"생활비도…… 낼게."

결국 여름의 목소리가 기어들어 갔다. 하지만 그래도 아주 싫다는 표정이다.

"전기세랑…… 수도세도……."

마지막 패까지 던져 봤지만, 다 소용없었다.

세상에. 저렇게 싫어할 줄이야. 솔직히 이 정도 하면 별말 없이 받아 줄 줄 알았건만.

"와, 너 진짜 실망이다. 내가 오죽하면 이렇게 부탁하겠어? 별하는 부모님이랑 같이 살고, 다른 사람들한텐 이런 사적인 얘기……. 됐고, 네가 그런 반응 보일 줄은 꿈에도 몰랐다."

가만히 여름이 하는 말을 듣고만 있던 후가 천천히 팔짱을 꼈다.

"내가 오케이 할 거라고 생각했다고?"

"그래. 그것도 별 무리 없이."

"별 무리 없이?"

"그래."

"하."

후가 고개를 절레절레 저었다.

"어째서?"

"뭐가?"

"그러니까 내가 왜. 왜 내가 너 따위를 거둬 줄 거라고 생각한 거냐고."

"어머, 얘 좀 봐. 그럼 너 따위는 친구가 이렇게 절박한 상황에 처했는데 동정도 못 베푸냐? 이러고도 우리가 베푸냐?"

"……."

"안 웃겼어?"

여름이 웃었지만 후는 전혀 표정에 변화가 없었다.

'와, 목석같은 놈. 엄청 빡빡하게 구네. 있는 것들이 더하다더니, 저 많은 방들 판판 놀릴 바에야 불우 이웃 돕기 차원으로 좀 빌려주겠네.'

"너 좀 너무하는 거 아니냐? 상소꿉친구끼리."

"상, 뭐?"

"상남자, 상여자, 상언니, 상소꿉친구, 소꿉친구 중에 소꿉친구, 그것도 모르냐? 암튼 그럼 우리 잘 지내보는 거지?"

"난 거절이야."

쿠궁! 유예도 아니고 단칼에 거절이라고?

"진짜 안 돼?"

"안 돼."

"왜?"

후가 한숨을 흘렸다.

"너 잘 모르고 있나 본데, 나도 남자야. 대체 넌, 내가 뭐로 보이냐?"

"……오후?"

"……."

"그래. 너 남자 맞아. 누가 여자래? 근데 그 이전에 우린 친구잖아. 길게도 아니고 집 구할 때까지만이라는데, 애가 왜 이렇게 촌스럽지? 남자랑 여자는 절대 같이 못 산대? 그런 법이라도 있대? 어떤 드라마에선 여자랑 게이랑 같이 살고 그러더라!"

"……뭐?"

후의 한쪽 눈썹이 불쾌하다는 듯 끌려 올라갔다.

"아, 아니 네가 게이란 건 아니고. 그 정도로 믿을 만한……."

이번엔 눈썹이 제멋대로 꿈틀거린다. 어째 말을 하면 할수록 불리해지는 것 같다.

"야, 너 가라."

여름의 어깨가 축 처졌다.

그런가? 후 말이 맞나? 아무리 친구라도 여자 남자가 한집에 같이 사는 건 아닌가? 하지만 친군데? 별하랑 셋이서 여행 가서 한방에서 잔 적도 몇 번 있는데? 술 마시다가 셋이서 같이 뒹굴고 잔 적도 꽤 있었는데? 그래도…… 그거랑은 다른 건가?

"미안해."

여름이 갑자기 사과했다.

"너한테 물어보지도 않고 너무 내 입장만 생각했나 봐. 꼭 남자 여자가 한집에 사는 문제가 아니더라도 누군가와 같이 산다는 게 쉽게 결정할 문제는 아닌데. 그냥 네가 싫을 수도 있는 건데."

여름은 그제야 자신이 후에게 너무 무리한 부탁을 했단 걸 깨달았다.

"취소할게. 사실 좀 실망스럽긴 하지만 뭐, 이 정도 일로 우리 우정이 변하진 않을 거야."

마지막엔 사과인지 협박인지 모를 말을 소심하게 보탰다.

"저녁 잘 먹었어. 그래도 오늘 하루는 재워 줄 거지?"

"……."

"알았어. 알았어. 바로 갈게. 두 번 같이 살자고 했다간 패 죽이겠네. 암튼 오늘은 뭐 고마웠다."

여름은 걸어 나가려다 다시 후를 돌아보며 말을 이었다.

"근데 너 예전 일 하나도 기억 안 나지? 너도 나한테 무리한 거 시켰었잖아. 그거 생각하면 나한테 이러면 안 되는 거 아냐?"

"……."

"이것 봐라, 이것 봐. 다 까먹은 표정이지. 왜 너 전에 여친하고 깨졌을 때, 그때 나한테 이것보다 훨씬 더한 것도 시켰었잖아. 난 그거 다 들어줬었는데 이렇게 나오다니. 난 그날 이후로 우린

서로한테 어떤 요구를 해도 다 된다고 믿었었다구. 근데 나만의
착각이었나 보다. 뭐, 실망했단 건 아니고, 그냥 그렇단 거야. 너
무 마음에 새겨 두진 말고."

"나도 남자야. 그것만 각오한다면."

한바탕 쏟아 내고서 미련 없이 현관으로 향하던 여름의 걸음이
우뚝 멎었다.

"……응? 지금 뭐라고 했어?"

천천히 돌아보자 후와 시선이 마주쳤다. 후의 눈빛이 짙었다.
너무 짙어 푸른빛까지 서린 깊은 눈동자로 그가 여름을 응시한
채 말을 이었다.

"나도 남자라고. 그걸 인식하고도 여기 있겠다면, 그렇게 해."

여름은 잠시 망설였다.

딱히 방금 그녀가 협박하듯 한 말 때문에 후의 마음이 돌아선
것 같진 않았다. 그냥 후에게는 처음부터 이 짧은 동거가 내키지
않는 자신만의 이유가 있었던 것 같다.

그래서 제 부탁의 경솔함을 인정하고서 깨끗하게 포기하려 했
기에, 막상 후가 괜찮다고 하자 이번엔 여름이 마음에 툭 걸리는
게 생겼다. 그 원인이 후의 말속에 섞여 있는 것 같은 느낌이다.

방금 전엔 뭔가 다른 말을 하지 않았었나? 뭘 각오하라고 했었
던 거 같은데.

"후야, 난 네가 남자란 걸 인식하곤 여기 못 있어."

후의 눈동자가 살짝 흔들렸다.

"그런 식으로 협박하듯 말하지 마. 난 네가 친구기 때문에, 내

가 너한테 여자가 아니기 때문에 그래서 네게 부탁할 수 있었던
거야."

"……."

"그냥 하루만 재워 줘. 오늘은 너무 늦어서."

후가 물끄러미 여름을 쳐다보았다. 그 눈빛은 마치 여름을 꿰
뚫어 보듯 강렬했다.

"짐은?"

그때 후가 자리에서 일어나며 물었다. 사람 말엔 제대로 대답
않고서. 하지만 어쨌든 후는 허락해 준 것이다.

"내일 다 빼 올 거야. 이삿짐 용달차 부르면 다 싸서 옮겨 주시
거든. 짐이 별로 없어서 많이 비싸지도 않고."

여름은 굳이 아까 했던 말을 다시 끄집어내고 싶지 않아서 적
당히 넘기고 대답했다. 후와 불편해지고 싶지 않았다. 아까 같은
분위기는 좀 많이 어색했다.

후도 딱히 남녀 관계로 따진 건 아니라고 생각했다. 특별히 자
신을 여자로 본다거나 그런 게 아니라, 그냥 고지식한 성격이니까
그럴 수도 있겠거니 싶었다.

"먼저 짐 빼고 집 나갈 때 보증금 받고 그럼 되긴 한데, 너 싫
으면 그냥 갈게. 괜히 부담 주고 싶지 않아."

그러자 후가 여름의 앞으로 와서 섰다. 주머니에 손을 넣고서
낮게 입을 열었다.

"부담스럽지 않아. 싫단 것도 아니고."

하지만 아무리 설명해도 넌 모르겠지.

자신은 여름을 여자로 인식하고 있는데 여름은 자신을 게이 정도의 안전한 상대로 생각하고 있다면, 영원히 전달되지 않을 말이었다.

그럼에도 그 모든 걸 받아들이면서까지 여름을 이 집 안에 두는 건 남자로서 자존심 상하고 불쾌하더라도 갈 곳 없는 여름을 차마 밖으로 내보낼 수 없기 때문이다. 그건 더 할 수 없었다.

어차피 여름이 입을 뗀 순간부터 정해진 것이었다. 그녀가 여기 있기로 정했다면 후는 그걸 들어줘야 했다. 아무리 여름이 바로 옆에 있어서 곤란하고 자신만 힘든 상황이 오더라도.

"그 집에서 독립하라고 했던 건 나야. 넌 할 만큼 했어."

"……."

"그런 집에서도 잘 있었으니까, 등 붙이고 잘 곳이 필요하다면 여길 써. 집 구할 때까지, 아니 네가 있고 싶다면 언제까지고 있어도 돼."

"아냐, 됐어. 그 정도까진……."

"그러니까 기왕 자려면, 편하게 등 붙이고 자. 딴 건 아무것도 생각하지 말고 아주 편하게."

여름은 멍하니 서서 눈을 깜빡깜빡했다. 머릿속엔 수없이 많은 생각들이, 가슴 안에선 수없이 많은 감정들이 떠돌았다. 아마도 한참을 그렇게 후만 바라보았던 것 같다. 그러다 천천히 손을 내밀어 후에게 악수를 청했다.

"알았어. 징글징글할 정도로 편하게 뒹굴게."

활짝 웃었다. 실은 웃지 않으면 눈물이 터질까 봐. 후의 말이,

마음이 너무 고마워서.

후를 언제까지고 친구로 두고 싶었던 건 바로 이래서다. 너무 소중해서 도리어 절대 친구 이상은 되고 싶지 않은 이 비겁한 마음을 대체 누가 이해할 수 있을까.

아마도 영원히 후를 빼앗기고 싶지 않을 것 같다. 그 누구에게 도. 자꾸만 그 욕심이 점점 더해지고 있었다.

· · ·

"여름, 오늘도 후랑 같이 가는 거야?"

여름에게 달려와 팔짱을 끼며 묻는 친구는 영은이었다.

2학년이 되자 여름은 후와도 별하와도 반이 갈렸다. 그러다 보니 학교에선 자주 만나지 못했고, 서로 각자 같은 반 친구들과 다니는 일이 많아졌다. 당시 여름이 부쩍 친해진 친구가 바로 영은이었다.

하지만 반이 달라도 후와 집에 같이 돌아가는 건 여전했다. 그래서 영은은 그걸 묻는 것이었다.

"아마 그럴걸?"

"근데 둘이 같은 학원 다녀?"

"아니? 우리 학원 안 다니는데?"

"그래? 난 또 늘 같이 다니기에 같은 학원 다니는 줄 알았지."

"아냐. 후는 과외할 거야. 난 학원만 생각해도 토 나오고. 으, 학교 끝났는데 또 공부라니."

"푸하, 너 진짜 웃겨."

"내가? 그런가?"

"아참, 수학여행 때 버스에서 나랑 같이 앉을래? 난 사실 너랑 같이 앉고 싶다고 썼는데⋯⋯."

"진짜? 나도 너 썼는데."

"와, 우리 맘 통했나 보다. 완전 좋다. 엄청 재밌겠다, 그치?"

"그럼. 광란의 밤을 보내야지."

"아참, 수학여행 때도 후랑 같이 놀 거야?"

"걔? 모르겠는데? 반이 달라서 아마 안 되지 않을까? 하지만 같이 놀자고 사정하면 그래 주지 뭐."

"후가? 너한테?"

"응?"

"아, 아냐. 암튼 후랑도 같이 놀면 재밌겠다. 아, 종 쳤다. 들어가자."

영은이 여름의 손을 잡고서 교실로 끌자, 여름은 뭔가 좀 걸렸지만 설마 아니겠지, 하며 웃어넘겼다.

여름은 영은이 친구로서 나쁘지 않았다. 발랄하고 친구들 사이에서 인기도 많았다. 당시 같은 아이돌 덕질을 하면서 친해졌었다. 그러다 보니 점점 더 많은 시간을 함께 보내게 됐고, 자연스럽게 후와도 다 같이 가까워졌다. 별하 때와 다르지 않았다.

다만 차이점은, 별하는 후가 있건 말건 신경 안 쓰고 여름과 친하니 함께 있는 느낌이었는데, 영은은 후가 오기만 하면 여름보다 후에게 집중했다. 더러 여름이 있단 걸 까먹는 것 같기도 했다.

여름은 결국 눈치를 챘다. 설마 너도…….

영은뿐 아니라 후와 가까워지기 위해 여름에게 접근하는 여자 애들은 늘 있었다. 한두 번도 아니었고, 워낙 후의 인기가 많아서 그런 거려니 이해하려 해도 참 떨떠름했다.

"거봐. 내 말이 맞았지?"

안 그래도 내내 영은을 떨떠름하게 생각하던 별하가 충고했다.

"걔 고단수야. 웬만하면 가깝게 지내지 마. 걔가 관심 가지는 건 네가 아니라 후야."

"뭐 어쩌겠어. 후를 친구로 둔 자의 숙명이겠거니 해야지."

"그래서 넘어가겠다고? 난 걔 하는 짓 얄밉던데."

"나도 얄밉지. 후만 있으면 난 안중에도 없이 구는데 서운하기도 하고. 하지만 일일이 다 반응하면 여자애들이랑은 누구와도 못 친해질걸."

"……."

"내가 후랑 친하단 이유만으로 욕하고 뒷말하고 다니는 애들에 비하면 영은이 걘 애교지. 걘 그냥 대놓고 욕망을 표출하잖아. 그래도 네 말처럼 적당히 거리는 둘게."

여름은 별하와 얘기를 나눈 후 굳이 영은을 배척하진 않았지만, 그 전처럼 아주 마음을 열진 않았다. 그래도 별다른 반응 없던 영은의 태도가 확 달라진 건 수학여행 직후였다.

수학여행 때까지만 해도 적당히 어울리며 잘 다녔었는데, 갑자기 두 사람의 거리가 멀어진 것이다. 학교에선 알은체도 안 하고, 전혀 다른 무리의 친구들과 같이 다니며 점심도 여름과 따로 먹었다.

여름은 의아했지만, 오해한 게 있다면 영은이 먼저 와서 말하겠지 싶어 그냥 제 일만 하며 지냈다.

"여름, 어디 가?"

영은이 느닷없이 말을 걸어온 건 며칠 후였다.

"어, 나 도서관 가는데. 책 반납하러."

"같이 가 줄까?"

"괜찮은데."

"그냥 같이 가 줄게."

영은이 여름에게 팔짱을 쏙 꼈다. 며칠 전까지만 해도 찬바람 쌩쌩 불더니 또 이렇게 아무렇지도 않게 친근하게 구니 여름은 얼떨떨했다.

도서관에 책을 반납하고 돌아오는 길에 영은이 말했다.

"근데 너 안 서운했어? 나 일부러 너 피해 다녔었는데."

여름은 좀 황당했다. 물론 당연히 알고 있었다. 그렇게 티 내고 다녔는데 모를 리가 없지. 그런데 저렇게 대놓고 물어보니 뭐라고 해야 할지 반응할 말을 찾지 못했다.

저게 솔직한 건가? 사실 서운하지 않았던 건 아니다. 솔직히 좀 이상한 애란 생각도 했었다. 여름에게 친구나 주변 사람들의 존재는 아주 중요한 의미라서, 여름도 별안간 태도를 바꾸는 영은 때문에 상처를 받았다.

하지만 그것도 아주 잠시뿐, 후나 별하가 아니라서 그런지, 처음부터 그다지 큰 기대를 안 해서인지 쉽게 이겨 냈던 것 같다.

딱히 서운한 마음이 컸던 것도 아니었다.

잠깐 지나쳐 가는 친구와 늘 곁에 있어 주는 친구 사이의 경중은 분명 존재했다. 어떻게 모든 사람을 다 똑같이 생각할 수 있겠는가.

"피해 다니는 건 좀 알고 있었어. 근데 왜? 내가 너한테 무슨 실수 했어?"

"아냐, 그런 건 아니지만……. 실은 나 솔직히 전부터 너한테 묻고 싶은 게 있었어."

"뭔데? 물어봐."

"후 말야. 진짜 하나도 안 설레?"

여름은 갸웃했다. 우리 둘 얘기 하고 있는 줄 알았는데, 갑자기 후의 이름이 왜 튀어나오지?

게다가 질문도 이상했다.

"그런 걸 왜 물어? 후랑 나 친군데? 너도 알잖아."

도대체 이 해명을 몇 번이나 하고 다니는 건지. 친구라고, 친구! 걔랑 난 친구면 안 돼? 오후처럼 잘난 남자애면 친구로 지내는 것도 안 되냐고!

여름은 버럭 소리치고 싶은 심정이었다. 도통 이해가 안 됐다. 후 때문에 다가왔다가 괜히 자기 혼자 멀어진 친구들. 영은도 결국 그 리스트에 이름을 올리려나 보다.

이런 상황에 좀 익숙해진 줄 알았는데 이제는 솔직히 좀 지겨웠다. 예전엔 어려서 그랬다 치더라도 이젠 좀 성숙해질 때도 되지 않았나? 그런데도 여전히 같은 패턴이라니.

"대체 뭘 알고 싶은 건지는 모르겠지만, 걘 어릴 때부터 나한테 가장 친한 친구일 뿐이야. 설레고 사귀고 그런 사이 아니라고."

"글쎄, 네가 무딘 건 아니고?"

"뭐?"

"수학여행 갔을 때도 후가 너 멀미약도 챙겨 주고, 피부 탄다고 모자 씌워 주고, 음료수 가져다주고, 밥 다 먹었는지 확인하고."

얘가 대체 무슨 말을 늘어놓는 건지.

"근데도 둘이 안 사귀는 거라고? 안 사귀는데 어떻게 그래?"

여름은 진짜 미칠 것 같았다.

"아 놔, 사귀면 사귄다고 말을 하지, 그게 뭐 그렇게 대단한 일이라고 숨기고 난리 치고 하겠어? 걔가 챙겨 주는 건, 그래, 걔가 좀 그런 편이긴 한데, 그건 어릴 때부터 그래 왔었어. 그게 걔 성격인 걸 나더러 뭘 어쩌라고……."

여름은 답답해서 잠시 말을 멈췄다. 할 수만 있다면 제 속이라도 열어서 보여 주고 싶었다.

물론 후가 여름을 살뜰하게 챙겨 준 건 사실이었다. 아주 사소한 것까지. 그러고 보니 다른 일도 생각났다.

수학여행 첫날 밤, 여름은 후가 불러내서 1층으로 내려갔었다. 그때 후가 계단을 내려온 여름에게 다짜고짜 뭔가를 떠안겼다.

'너 잠자리 바뀌면 잘 못 자잖아.'

그러면서 후가 여름의 양쪽 귀에 꽂아 준 건 이어폰이었다. 이 이어폰을 통해 잔잔하고 편안한 선율이 여름의 귓속으로 흘러들었다. 정말이지 잠이 잘 올 것 같은 아름다운 음악 소리였다.

'이거 들으면서 자.'

후가 그렇게 말하곤 먼저 자리를 떠났다. 여름은 뒤늦게야 후에게 고맙단 말도 건네지 못했단 걸 깨달았다.

'후야……'

자신의 손에 들린 작은 기계를 내려다보며, 여름은 마음이 뭉클해지는 걸 느꼈다.

고맙단 말을 너무 자주 해서, 그 말을 해야 할 상황을 너무 많이 겪어서 이젠 고맙다는 말조차 미안한 친구. 언젠가 잠자리 바뀌면 잘 못 잔다는 말을 지나가듯 한 적은 있지만, 후가 그걸 기억하고 있을 줄이야.

그렇게 후는 자신의 모든 걸 알아주고 챙겨 준다. 물론 그게 평범한 일은 아니었다. 누가 생각해도 의심받을 만한 행동이기에 영은이나 다른 애들이 오해하는 것도 무리는 아니었다.

하지만 후의 모든 행동들은 사귀거나 그래서가 아니라…….

'걔는 나에 대해 다 아니까. 불쌍하게 생각하니까. 그래서 잘해 주는 거야.'

다들 아무 것도 모르면서.

'하지만 후가 날 불쌍하게 생각하는 건 다른 사람들이 날 불쌍하게 생각하는 거랑은 전혀 달라.'

후의 동정은 동정이 아니라, 두 사람이 함께 보낸 시간을 압축한 아주 특별한 표현법이었다. 한여름이라는 친구를 향한 아주 고마운 친절이었다.

누구도 이해 못 할 것이다. 동정이면 다 같은 동정이지 후의 것만 뭐가 다르냐고.

'아니, 누가 뭐라고 해도 후랑 별하 건 달라.'

둘 다 여름을 불쌍하게 생각하지만, 두 사람에게선 존중이 담긴 배려의 마음이 느껴진다. 그 두 사람이 챙겨 주는 행동엔 따스함이 있다.

그래서 여름도 둘에게만은 자존심을 내세우지도, 제 상황을 창피해하지도 않았다. 오히려 둘이 자신을 불쌍하게 여겨 주는 게 좋았다.

자신도 고아가 아니라, 구박받는 더부살이가 아니라, 축복받고 사랑받는 존재인 것 같아서.

세상에 태어난 게 행복하단 걸 처음으로 느끼게 해 주었다. 나 같은 사람도 살아가는 기쁨을 느낄 수 있었던 것이다.

하지만 자꾸만 모두가 그런 건 없다고 말한다. 남녀 관계가 아니라면, 사귀는 게 아니라면 선을 그으라고 한다. 자꾸만 그를 좋아하는 걸 인정하라고 한다.

여름은 그게 너무 힘들었다. 사귀는 게 아니더라도, 후가 자신을 여자로 보는 게 아니더라도 여름은 후와는 영원히 헤어지지 않는 친구로 남고 싶었다.

여자 친구이기 이전에 그냥 친구이고 싶고, 친구이기 이전에 그냥 가장 가까운 하나의 사람이 되고 싶다. 후도 자신을 그렇게 생각해 줬으면 좋겠다.

"그럼 나 후한테 고백할 건데 그래도 돼?"

깊은 생각에 잠겨 있던 여름은 영은의 말에 멈칫했다. 잠깐 퓨즈가 나갔다가 다시 불이 들어온 느낌이었다. 여름은 갑자기 웃음이 나왔다.

아까부터 뭔가 했더니, 그거였어? 그러니까 후한테 고백하고 싶었던 거야? 아 놔. 그럼 하든가!

"네가 좋으면 하는 거고 아니면 아닌 거지, 그걸 왜 나한테 물어?"

"그거야……."

"그니까 후랑 얘기해. 저가 좋으면 사귀겠지. 내가 걔 매니저도 아니고, 왜 나한테……. 아무튼 둘이 해결해. 알았지?"

사실 여름은 실망스러워서 영은과 더 얘기할 기분도 아니었다.

"솔직히 그건 자신 있어. 후도 나한테 관심 있는 것 같거든. 오늘 아침에도 먼저 인사하더라. 전엔 음료수도 사 주고, 내 전번도 물어봤거든."

"그랬어?"

그랬었구나. 짜식, 영은이한테 진짜 관심 있나 보네?

그럼 고백만 하면 될 텐데, 왜 이렇게 자신을 귀찮게 구는 건지 모르겠다.

"암튼 내가 후랑 사귀게 되더라도 평소처럼 두 사람이 그렇게 계속 친하게 굴면 신경 쓰일 거 같아."

"……그래서 뭐?"

"난 네가 후랑 좀 적당히 거리를 뒀으면 좋겠어. 괜히 후 때문에 우리 사이까지 서먹해질까 봐 그래."

"싫은데?"

순간 영은이 눈을 크게 떴다. 조금의 망설임도 없이 되돌아온 대답에 적잖이 당황한 것 같았다.

"응?"

"둘이 사귀든 말든, 사귀면 또 뭐 어때? 후는 네가 좋다는데. 아니, 둘이 진짜 사귀더라도 난 지금까지처럼 계속 후랑 친하게 지내고 같이 다닐 건데?"

"야, 너……."

"후는 누구보다 소중하고 친한 내 친구야. 근데 내가 왜 너와의 관계 때문에 가장 친한 친구를 잃어야 하는데?"

"……."

"그리고 노영은, 이런 건 후랑 사귀고 나서 말해. 만약 후가 그러자고 하면 따라 줄 테니까."

그리고 여름은 영은을 두고서 그 자리를 떠났었다.

물론 이후로 영은이 후와 사귀는 일도 없었다. 여름과 영은은 철천지원수가 되었지만.

나중에 알고 봤더니 후가 영은이에게 잘해 줬던 것도, 번호를 물어봤던 것도 전부 다 여름 때문이었다.

여름에게 친한 친구가 생기면 늘 그랬던 모양이다. 여름이 핸드폰을 압수당하는 날이면 연락할 방법이 따로 없기 때문이라고 했다.

여름은 누구에게도 후를 빼앗기고 싶지 않았다. 친구로서, 가장 가까운 사람으로 언제까지고 후가 옆에 있어 줬으면 좋겠다.

언젠가 후가 진짜 사랑을 만나기 전까지, 후에게 정말 소중한 사람이 생기기 전까지, 그때까지 만이라도 후의 1순위가 되고 싶었다.

4편

좀 더 깊숙이 들어와. 아니면 내가 들어갈 거야

추억에선 향기가 난다. 저마다의 기억 속에서 추억은 달콤한 향기를 흘린다. 그래서 떠올릴 때마다 오감을 행복하게 한다.

오랜만에 고등학교 때 꿈을 꾼 소감이었다. 그러고 보니 노영은은 어디서 잘 살고 있으려나?

다음 날 아침, 여름은 소파에 늘어지게 누워 엉덩이를 벅벅 긁으며 하품을 하고 있었다. 그러다 자신을 쳐다보고 있는 후의 경멸스러운 눈빛과 마주치자 배시시 웃었다.

"헤헤, 봤어?"

후다. 내 가장 소중한 친구.

"봤다."

"없는 줄 알았지."

후가 혀를 끌끌 찼다. 주제에 창피한 건 아나 보다. 하지만 그것도 잠시, 다시 몸을 뒹굴 굴리더니 이번엔 엎드려서 노닥거리기 시작했다.

물론 먼저 편하게 있으라고 말하긴 했지만, 설마 저 정도로 편하게 있을 줄이야. 편한 걸 넘어서 저건 경계심 자체가 없는 모습이었다.

"근데 너 얼굴 왜 그래? 무슨 사기 캐릭도 아니고, 자고 일어난 애가 얼굴에 개기름 하나 없어? 짜증 나게."

방금 자다 깼는데도 후의 피부는 쫀득하고 청결해 보였다. 남자 피부가 저렇게 좋아도 되는 거야? 비교되게. 거기에 완벽에 가까운 이목구비까지 더해져 정작 여자인 여름의 정체성에 혼란을 줄 정도였다. 하긴, 별하도 그렇고 후도 그렇고 얼굴 하난 타고난 애들이니까.

그나마 살짝 부은 눈이 인간적으론 보였지만, 그마저도 나른한 관능미를 느끼게 했다. 그런 후와 자신을 비교하고 있자니 여름은 억울한 마음이 들었다.

"잠은 잘 잤어?"

"잠? 잘 잔 거 같긴 한데……. 근데 나 언제 잠들었어? 기절했었나 봐. 기억도 안 나."

어젠 밤늦게까지 후와 얘길 나눴던 것 같다. 그러다 자꾸만 꼬박꼬박 조니까 후가 씻고 자라고 했던 말이 기억났다. 하지만 안 씻고 버티다가 후에게 뒷덜미를 잡혀서 강제 욕실행을 당했었다.

'말 안 들으면 욕조에 던진다.'

협박까지 당한 거 같다. 그래서 씻고 나와서 잠깐 소파에 누웠는데, 그 뒤로는 기억이 안 났다. 아침에 깨어나서 보니 방 안이었다. 분명 밖에서 잠든 것 같았는데 눈앞의 이 착한 놈이 옮겨 줬나 보다, 생각했다.

"계속 그러고 있을 거냐?"

"왜? 거슬려?"

"어."

"거슬리면, 참아. 푸하하!"

마치 어제 있었던 힘겨운 일은 잊은 듯, 여름은 세상 천진난만했다. 아니, 오히려 저런 모습이 여름다웠다. 여름은 정말 힘든 건 말 안 하고 그저 웃는다. 그게 여름이 지금껏 자기를 지킨 방법이었다. 정말 힘든 건 나눠 주지 않으려고 일부러 더 가볍게, 천연덕스럽게 아무 일도 없었단 듯이 까불거리고 장난만 친다.

"왜 그렇게 보는데?"

"꼴이 참……."

"얌마 너 그렇게 사람 혐오스럽게 쳐다보는 거 누구한테 배웠어? 어디서 이상한 건 배워 갖고."

"봐 주기 좋은 꼴은 아니잖아."

"그런 말을 그렇게 대놓고 하냐, 인간아."

후는 한숨을 흘렸다. 어젯밤 소파에서 불편하게 잠든 여름을 안아서 침대로 옮겨 줬다. 하루가 아주 고단했던 듯 여름은 깨는 법이 없었다.

혹시 몸이 배길까 봐 침대 시트를 편편하게 펴고 베개도 불편하지 않게 고쳐 주고 난 후에야 방을 나서려고 했다. 그런데 그 순간, 후의 셔츠 자락이 확 잡혔다. 돌아보니 여름이 멀어지려는 후의 옷을 꽉 붙들고 있었다. 아마도 잠결에 잡은 듯싶었다.

그럼에도 후는 심장이 철렁했다. 그저 반사적으로 잡은 것뿐인데. 꿈결에 저를 감싸고 있던 온기가 멀어지려 하자 본능적으로 놓치기 싫었던 모양이다. 매달리는 것처럼 옷깃을 꼭 쥔 여름을 내려다보는 후의 가슴이 욱신거렸다.

여름은 혼자 있는 걸 가장 무서워했다. 아마도 어릴 때부터 쌓아 온 외로움이 사무쳐 병이 된 건지도.

후도 방을 나가기 싫었다. 하지만 이대로 계속 같이 있으면 자신이 무슨 짓을 저지를지 몰라 불안했다.

'다 널 위한 거야, 인마.'

아니, 우리를 위한 건가.

기껏 생각해서 곱게 나가 주려 했던 건데. 그럼에도 사고 칠까 봐 겁나서 후는 여름의 손을 애써 떼어 냈다. 도통 놔주지를 않아서 억지로 떼느라 혼났다. 정말이지 무의식중에도 사람을 곤란하게 한다.

방 온도를 맞추고, 커튼을 닫고, 이상하게 초침 소리가 크게 들리는 동그란 벽시계까지 떼어 낸 후에야 후는 시계를 들고서 여름이 잠든 방을 나섰다. 그 어느 것도 여름의 평온한 잠을 방해하지 않았으면 좋겠다. 혹시 새벽에 자다 깨 혼자 낯선 방에서 겁먹을까 봐 걱정됐다.

방 밖으로 나온 후는 천천히 닫힌 문을 다시 돌아보았다. 이 문 너머에 여름이 잠들어 있다. 그를 늘 갈증 나게 하던 여름이. 그를 이렇게 행복하게 만드는 사람도, 아리게 하는 사람도 여름뿐이었다.

덕분에 후는 한잠도 못 잤다. 하지만 사람을 꼬박 날밤 새우게 한 장본인은 저토록 태평했다. 제 옷을 빌려 입은 채로 뒹굴뒹굴하고 있는 여름을 보던 후가 말없이 돌아섰다.

"어디 가?"

"씻으러."

"어, 수고해."

그리고 여름이 덧붙여 말을 이었다.

"아 참, 나 오늘 월차 뺐어. 내친김에 방 내놓고 짐도 빼려고. 그니까 비밀번호 알려 주고 가."

"……."

"으아, 나도 일어나야 되는데 몸이 소파에서 떨어지질 않네. 이 소파 어디 거니? 쿠션 대박 편해. 몸이랑 소파가 찹쌀떡처럼 붙어 버린 거 있지. 나 방 말고 이 소파에서 잘까 봐."

"방에서 자."

"방은 답답하단 말야. 여기가 탁 트여서 좋은데. TV도 있고."

팔과 다리로 쿠션을 끌어안은 채 백수처럼 뒹구는 여름을 뒤로 한 채 후는 욕실로 들어갔다. 그런데 얼마 안 있어 갑자기 문이 벌컥 열리더니 여름이 안으로 튀어 들어왔다.

"너…… 뭐야?"

"심심해서."

"그렇다고……. 하아, 옷이라도 벗고 있으면 어쩔 뻔했어, 이

양아치 같은 계집애야."

"옷 벗고 있으면 뭐? 내가 네깟 놈의 빈약한 근육 따위에 꿈틀이나 할 것 같아? 볼 것도 없는 게."

"그런 건 보고 나서 말해."

"얼씨구? 아주 자신 있는 것처럼 말하네? 그럼 보여 주시든가."

이상한 웃음소리로 비웃던 여름이 어제 썼던 제 칫솔과 후의 칫솔에 연달아 치약을 쭉 짜더니, 한 개를 후에게 건넸다.

"뭐 해? 안 받고. 시간 절약하는 차원에서 같이 양치하고 끝내자."

"너 말야……."

"나 왜? 뭐? 눈곱 꼈어?"

경계심이라곤 하나도 없는 여름 때문에 후는 하고 싶은 말도, 응당 해야 할 말도 하지 못한 채 그저 속만 태웠다. 이 장면에서 뭐가 잘못되었는지 애초에 전혀 개념이 없는 애한테 무슨 말을 하겠는가.

안 그래도 벌써 왼쪽 오른쪽 위아래 구석구석 야무지게 양치에만 열중하고 있다. 한여름은 과연 어디까지 자신을 믿고 편하게 보려는 건지.

"어? 근데 너 가까이에서 보니까……."

여름이 갑자기 후의 얼굴 쪽으로 손을 뻗자, 후는 겨우 당황한 표정을 숨겼다.

"……왜?"

"야, 너 수염 났어!"

"뭐?"

"와 씨, 너 수염도 나? 대체 왜 났어? 원래 났었어?"

후는 어처구니가 없었다. 무슨 소린가 했더니.

"남자들은 다 나."

"그거야 알지. 근데 너도 나는 줄은 몰랐지."

"아아, 그러셨구나. 몰랐구나."

"당연하지! 오후 따위가 징그럽게 무슨 수염이야? 내시처럼 수염 같은 거 평생 안 나는 줄 알았더니."

"하, 뭐?"

"세상에. 같이 사니까 별 못 볼 꼴을 다 본다. 얼른 밀어 버려."

후는 고개를 절레절레 저었다.

"얼른 깎으라니까? 징그럽잖아."

여름이 하도 시끄럽게 굴어서 후가 결국 입을 헹구고서 쉐이브 크림을 바르자, 여름이 히죽 웃었다.

"올, 남자의 아침은 면도로부터 시작된다."

칫솔을 문 채로 재잘재잘 말도 잘한다.

"내가 깎아 봐도 돼?"

"저리 가라. 아직 죽고 싶진 않거든."

"아, 왜? 나도 한번 해 보고 싶단 말야. 안 베이게 잘할게."

"안 된다고 했지?"

"거참 더럽고 치사하게 구네. 그거 좀 하면 닳니? 닳아?"

"닮아. 그러니까 꿈도 꾸지 마."

하지만 여름은 포기하지 않았다. 면도기를 빼앗으려는 자와 지키려는 자의 힘겨루기가 팽팽했다. 난데없는 각축으로 후의 아침 풍경이 처음으로 요란했다.

발바닥에 용수철을 단 듯 깡충깡충 뛰어오르며 빼앗으려 드는 여름을 요리조리 피해 면도하는 후가 피식 웃었다. 여름이 제아무리 번잡스럽게 굴어도 후는 지금껏 단 한 번도 여름을 성가시다 생각한 적 없었다. 화낸 적도 없다. 오늘 아침도 마찬가지였다.

하지만 여름의 생각은 다른 모양이다. 아주 약이 바짝 오른 듯, 제 머리를 꾹 누른 채 능숙하게 면도하는 후를 죽일 듯 노려보며 있는 대로 욕설을 퍼부었다.

그러자 후가 하하 웃음을 터뜨렸다. 기분이 이상했다. 이 집에 여름이 온 게 처음도 아니었다. 하지만 별하와 가끔 놀다가 금방 돌아갔을 뿐, 이렇게 함께 아침을 맞은 건 처음이었다.

이 분주함이 낯설고 생소하면서도 익숙한 느낌이었다. 마치 여름과 내내 이렇게 함께 있었던 것처럼. 그녀가 늘 제 눈앞에서 맴돌고 주변에서 알짱거리고 거실의 소파를 차지하고서 뒹굴었던 것처럼, 그저 즐거웠다.

날밤을 새웠음에도 몸은 가뿐했다.

욕실에서 씻고 나온 여름은 가방 안에 있던 BB 크림을 대충 얼굴에 바르고서 립밤을 입술에 찍어 가며 방 밖으로 나왔다.

그사이 후도 출근 준비를 마친 말쑥한 슈트 차림으로 넥타이를 손에 든 채 드레스룸에서 나왔다. 아까 여름과 장난치던 모습은 온데간데없고 그야말로 날카로운 포스가 느껴지는 팀장님의 모습으로 서 있었다.

"오, 좀 하는데?"

여름이 립밤을 찍어 가며 장난스럽게 놀려 댔다. 그러자 후의 시선이 방금 립밤을 바른 여름의 입술에 닿았다. 도톰한 입술이 촉촉하게 반짝거렸다. 달콤한 과일 향기가 날 것 같다.

그런 후의 시선을 느낀 여름이 잠깐 갸웃했다가 웃었다.

"이 립밤 향기 엄청 좋다? 맡아 볼래?"

"저리 가라."

후가 질색하며 얼굴을 피하자 여름이 마녀처럼 웃으며 더 들이댔다.

"아, 왜 그래? 맡아 보라니까."

안 그렇게 생겨서 순진하게 굴긴. 이래서 놀리는 맛이 더 있다니까.

"좋지? 응? 엄청 좋지?"

후가 결국 여름의 얼굴을 꽉 틀어쥐고서 성난 눈으로 말했다.

"넌 좀 경계심을 키울 필요가 있어. 딴 놈들한테도 이러냐?"

여름이 멈칫했다. 물끄러미 후를 바라보다가 눈꼬리를 착 치켜 올리며 중얼거렸다.

"개똥 같은 소리 하네. 딴 놈이면 이러겠니? 네놈이니 이러지."

"하……."

"너 이 립밤 기억 안 나지?"

"……."

"이럴 줄 알았지. 네가 사 준 거잖아! 그래서 장난 좀 친 건데 뜬금없이 무슨 개똥 같은 경계심이야? 사람 기분 나쁘게."

친구끼리 좀 가볍게 군 거 갖고 가벼운 여자 취급이나 하니, 기분 좋을 리 없었다. 꽤나 서운했던 듯 여름이 후의 손을 탁 쳐 내자, 후는 좀 뜨끔했다.

"……그랬었나?"

"와, 저 돌머리. 별하랑 나랑 세일한다고 침 흘리니까 자기가 사 줬으면서. 진짜 기억 안 나?"

그건 기억한다. 다만 그게 이 립밤인 줄은 몰랐다.

"암튼 완전 나한테 잘 어울리지? 왠지 예뻐 보이지 않아?"

"다시 한번 말하지만, 넌 늘 똑같아."

"이 자식이."

"잘 어울리는지는 모르겠지만, 맛은 없더라."

일순 여름의 눈이 휘둥그레졌다. 지금 이 자식이 뭐라고……. 말문이 막혀 어버버 하던 여름이 심각한 얼굴로 반문했다.

"너…… 설마 출출할 때 립밤 퍼먹고 다니고…… 그런 건 아니지?"

"장난하냐?"

"그치? 그렇게까지 미친놈은 아니지? 근데 네가 이 립밤 맛을 어떻게 알아?"

"그냥 알아."

"그러니까 어떻게?"

"하아, 여자 입술에 바른 걸 키스하면서 핥아 먹었다. 아주 정상적으로. 됐냐?"

여름이 목석이 됐다. 그야말로 벼락이라도 맞은 듯. 그러다 하하 웃어 대기 시작했다.

"우, 웃기고 있네. 짜식이, 센 척은. 연애도 못 해 본 게. 네가 립밤 맛을 알아?"

여름은 후의 말을 필사적으로 부정했다. 사실 믿기지도 않았다. 안됐지만 후는 첫사랑에게 크게 데여서, 그 상처로 지금껏 연애라곤 안 하는 답답한 녀석이었다. 어찌 보면 순정파라고 할 수 있겠으나 여름이 보기엔 그저 답답했다.

사실 후의 첫사랑이 누군지 궁금하기도 했다. 그건 아주 당연한 호기심이었다. 대체 얼마나 심하게 차였기에 후유증이 저리도 오래가는 건지.

두 사람이 그렇게 같이 붙어 다녔음에도 각자 연애 경험이 있긴 했다. 여름에게도 몇 번 남자 친구가 있었고, 후도 마찬가지였다.

특히 대학 때는 그야말로 후 연애 인생의 황금기로, 여자가 그야말로 연못 속의 잉어 떼처럼 득시글했다. 그는 볼 때마다 여자가 바뀌었는데, 그 여자들이 하나같이 다 눈이 튀어나올 정도로 예쁘다는 공통점이 있었다. 그녀들은 모두 자기가 후의 여친이라고 했지만, 후는 사귀는 게 아니라고 했다.

말이 그렇지 여름은 사귀는 게 분명하다고 생각했다. 하지만 그렇다고 하기엔 또 후의 반응이 영 뜨뜻미지근했다.

후의 첫사랑이 그 많은 여자 중 한 명이었을까? 빨간 입술이 눈에 띄던 그 여자였나? 다리가 엄청나게 예뻤던 그 여자였나? 안경을 써도 시크해 보이던 그 여자? 아니면 몸매가 빅토리아 시크릿 모델 뺨치던 그 여자?

사실 후가 첫사랑을 얼마나 좋아했고, 얼마나 예뻤는지, 얼마나 깊은 관계였는지 궁금한 게 한두 가지가 아니었다.

'아! 알겠다!'

딱 한 명, 후가 꽤 진지하게 만났던 여자가 있었다. 여름은 직접 보지 못했지만, 별하 말론 둘이 꽤 잘 어울린다고 했었다.

'걔가 좀 그렇지. 사귀면 엄청 잘해 주는 타입이긴 해. 친절하고, 매너 있고, 상대방 말 아주 진지하게 잘 들어 주고, 가는 곳마다 문 열어 주고. 아주 여자가 녹아내리지 않곤 못 배길 정도로 잘하긴 하지.'

'짜식이 아주 쇼를 하는구먼. 문은 왜 열어 준대? 지가 뭐 미쿡 사람이야?'

'아주 잘 어울리는 환상의 커플이라던데? 연예인 뺨치게 예쁘고, 집안도 끝내준대. 지적이고 우아한 스타일.'

'너 말고 그런 여자가 또 있었어? 암튼 뭐 잘됐네. 자식, 보는 눈은 있어 갖곤.'

'아니지. 그 여자가 보는 눈이 있는 거지. 후 멋지잖아.'

'또 그 얘기냐. 알았다, 알았어. 후 멋져, 대따 멋져. 누가 아니래?'

여름은 괜히 심사가 꼬여 비꼬듯 말했었다. 그냥 후의 여친 얘기만 나오면 만사가 짜증 나고 창자가 꼬이는 것 같았다.

오후, 인기 많다 이거지? 잘난 척하기만 해 봐.

하지만 후는 그 지적이고 우아한 여자와 오래가지 못했다. 별하한테 두 사람 관계에 대해 전해 들은 지 한 달도 안 돼서 두 사람이 깨졌다는 비보를 들었다. 그것도 후가 아주 대차게 걷어챘다고 했다.

무슨 문제가 있었던 걸까? 아니, 대체 어떤 년이기에 우리 후를 차는 건데? 후가 어디가 어때서!

막상 후가 차였다고 하니까 여름은 광분했다. 지가 잘났으면 얼마나 잘났다고 후를 차는 건데? 입에 불을 뿜으며 별하를 붙들고서 난리를 피워 댔던 거 같다.

'걔가 겉으론 그래 보여도 속은 얼마나 소심한 앤데, 우리 후 상처받았기만 해 봐. 그 여자한테 골목길 조심하라 그래라.'

정말로 연장 챙겨 출동할까 생각도 했었다.

'글쎄, 그 여자 잘못일까? 오후 걔가 정말 차일 애라고 생각해?'

하지만 별하는 또 그런 아리송한 소릴 했다. 언제나 그렇듯 몹시도 시크한 얼굴로.

하긴, 후는 연애에 있어선 수상쩍은 면이 한두 가지가 아니었다.

첫 번째는 바람둥이도 아니면서 누구와도 길게 만나지 않는다는 것. 이 여자 조금, 저 여자 조금, 어제 여자 다르고 오늘 여자 달랐다. 누가 보면 엄청난 카사노바라고 생각할 정도로.

그건 바로 두 번째로 이어지는데, 이 사람이다, 하고 정착한 상대가 없었단 것. 정확하게 누군가와 사귄다는 얘기를 들어 본 적이 없다.

그리고 세 번째는, 바로 이런 경우였다.

여름은 후가 여자와 헤어졌다는 소식을 듣고 혹시 상심했을까 봐 위로주를 사 준다는 핑계로 후를 불러냈다.

'오후, 괜찮아? 기분 많이 안 좋아?'

혹시라도 상처받았을까 봐 후의 눈치를 살펴 가며 겨우 말을 걸었지만,

'뭐가?'

후는 전혀 모르는 얼굴로 그렇게 되물었다.

'뭐냐니……. 너 얼마 전에 여친이랑 깨졌다며.'

'아, 그랬지 참.'

여름은 어처구니가 없었다.

즉 세 번째, 깨지고 나서도 힘들어하는 기미가 전혀 안 보인단 것. 확실히 한번 파헤쳐 볼 만한 후 연애의 수수께끼였다.

그리고 아무리 그래도 마치 지금 생각났다는 듯, '아, 그랬지 참.' 이라니. 전 여친이 들으면 서운해하고도 남을 반응이었다.

아, 그래서 깨진 건가?

'안 힘들어?'

'힘들지.'

'진짜 힘든 거 맞아?'

'왜 아니야.'

도대체 저 말을 믿어야 할지, 말아야 할지.

'너 그러다가 차인 거구나? 그렇게 무심하게 굴다가. 맞지?'

별하 말이 맞았다. 그 전 여친이 잘못한 게 아니라, 이 녀석이 차일 만한 행동을 한 것 같다. 저렇게 시큰둥하게 나오면 나라도 찼겠네.

'오후, 너 나 좋아해?'

갑작스러운 질문에 후가 대답할 여유도 없이 굳는 걸 보며, 여름은 피식 웃은 뒤 덧붙였다.

'네 여친이 너한테 똑같이 묻지 않았어? 오후, 너 나 좋아해? 정말 날 좋아하는 건 맞아? 라고.'

'……'

'그랬어, 안 그랬어?'

'그랬던 거 같기도 하고.'

'대충 견적 나온다. 여자가 그렇게 묻는단 건, 네 마음에 확신이 안 간단 거야. 네가 자길 정말 좋아하는지 어떤지 몰라서 불안해한다는 뜻이라고. 네가 정말 여친이 좋았다면, 그때 제대로 설명하고 확신을 줬어야지. 근데 안 그랬지? 그러니까 걷어채인 거 아냐, 이 띨띨아.'

여름은 고개를 절레절레 내저으며 일장 연설을 늘어놓았다. 후는 기가 차다는 듯 그런 여름을 보며 씁쓸하게 웃었다.

'이번엔 정말 마음 붙여 보려고 했었는데. 꽤…… 끌렸었거든.'

'마음이 접착제냐, 붙이게. 그래서. 끌렸었다고?'

'그래. 어쩌면, 이 여자면 될 수 있을지도 모르겠다. 잊게 해 줄 수 있을지도 모르겠다. 내가 사랑할 수 있을지도 모르겠다.'

'……'

'사랑하고 싶었어. 그래서 잊어 보고 싶었는데, 안 되더라.'

여름은 후가 무슨 말을 하는지 알았다. 잊어 보고 싶다는 대상은 바로 그의 첫사랑일 것이다.

으이그, 바보. 그렇게까지 힘들면 차라리 그냥 깨끗하게 잊지.

'어떤 여자였는데? 얘기 좀 해 주라, 좀.'

하지만 언제나 그랬듯 후는 입을 닫았다. 심각한 얼굴로 여름의 눈을 뚫어지게 쳐다보다가 술을 마시고 마는 것이다.

여름의 연애에 대해선 꼬치꼬치 지겨울 정도로 캐묻고 간섭했으면서, 자기 얘긴 하나도 안 해 줬다. 여름은 그 부분에 대해 자주 오후에게 배신감을 느끼곤 했다.

그렇게 깊은 상처로 남은 첫사랑이라. 사실 후가 누군가를 저토록 열렬하고 애잔하게 가슴에 담았다는 게 잘 믿겨지지 않았다. 하긴, 후도 남자니까 남들 하고 다니는 건 다 하고 다녔겠지, 싶으면서도 낯설고 궁금한 건 어쩔 수 없었다.

'너무 심란해 마. 사랑은 사랑으로 잊는 거라더라.'

'……'

'아, 쏘리. 그러려고 했었는데 잘 안 된 거였지? 음, 그럼 어떻게 해야 하나? 나라도 뭐 해 줄까? 위로해 주고 싶은데. 뭐든 말해 봐. 위로가 될 만한 거.'

'왜? 네가 해 주게?'

'해 주지 뭐. 그게 뭐 어렵나?'

후가 피식 웃었다.

'하나 있긴 한데.'

'듣던 중 반가운 소리네.'

여름은 격하게 환영했다.

'말해. 네가 원하는 건 뭐든 해 줄게. 오후를 위한 건데 이 한 몸 아까우리? 뭔데? 뭐 해 줄까?'

'너도 남자 만나지 마.'

순간 여름은 입가에 미소를 띤 채 얼음처럼 얼어 버렸다.

'……응?'

'남자 친구 만들지 마. 선배든 동생이든 친구든, 너한테 관심 있다고 하는 놈이면 절대 만나지 마. 소개팅도 하지 마. 누구도 좋아하지 마.'

여름은 너무 어처구니가 없어서 눈만 껌뻑껌뻑했다. 급기야 든 생각은 이 무슨, 아무 말 대잔치인가? 이 자식이, 이렇게 속이 좁으니까 여자한테 차이고나 다니지.

'물귀신 작전이냐? 너 외롭다고 나까지 붙들고 늘어지겠단 거냐고.'

'왜 아니겠어. 너 혼자만 즐거운 건 죽어도 못 보지.'

'오 마이 갓.'

'어때? 들어줄 생각 있어?'

여름은 침을 꼴깍 삼켰다.

'어, 언제까지?'

금방까지 뭐든 해 주겠다고 큰소리 뻥뻥 치며 가슴까지 텅텅 두드리지 않았던가. 의리를 아는 여자 한여름이 이제 와서 한 입으로 두 말 할 수도 없고. 그리고 여름의 고민은 그리 길지 않았다.

그래 뭐, 그래서 후한테 위안이 된다면 못 할 것도 없지. 그래서 녀석의 기분이 좋아진다면 까짓것 해 주지 뭐. 잠깐 썸 좀 안 탄다고 죽는 것도 아니고.

'너한테 여자 생길 때까지, 그때까지면 되는 거지?'

다만, 기한이 문제였다. 설마 죽을 때까지 둘 다 외톨이로 살다가 늙어 죽잔 말은 아니겠지.

'난 연애 안 할 거야.'

하지만 여름의 예상은 딱 맞아떨어졌다.

'뭐?'

'평생 연애 같은 거 안 할 거라고. 그러니까 기한은 아마, 죽을 때까지겠지?'

이 자식이, 진짜 물귀신 되기로 작정했나. 아니, 아무리 자기 연애가 안 돼도 그렇지, 그렇다고 친구까지 같이 붙들고 늘어지다니.

'알았어, 뭐. 그러자.'

하지만 여름은 결국 그렇게 대답해 버렸다.

'나도 썸 안 탈게. 데이트도 안 하고, 누구랑도 사귀지 않을게. 만나지도 않을게.'

후는 좀 놀란 눈이었다. 아니면 감동한 건가?

'진심이냐?'

'당연하지! 널 위해선데 뭔들 못 하겠어?'

'이런 말도 안 되는 소리를 들어준다고?'

'응. 왜? 뭐가 이상해?'

'당연히 이상하지. 엄청 못됐고 무리한 요구인데.'

후가 혀를 차며 희한하다는 얼굴을 했다.

'뭐야, 너. 나 갖고 놀린 거냐? 죽을래?'

'그런 거 아냐.'

'근데 왜 그런 표정인데?'

후는 계속 떨떠름한 표정이었다. 소원대로 해 준다고 하는데도 뭐가 마음에 안 드는 건지,

'당연히 네가 안 들어줄 거라고 생각하고서 한 말이니까.'

'장난하나. 아, 됐어. 그럼 취소지?'

'……'

'취소하긴 또 싫은 거냐? 그러니까 알았다니까. 내가 그렇게 하겠다니까.'

여름은 자신만만하게 약속했다. 물론 그 이면엔 다른 꼼수가 있긴 했다.

설마 후가 평생 연애를 안 하겠는가. 말만 저렇지 조만간 여자 생겼다고 나올 게 틀림없다고, 그럼 자동적으로 이 약속도 깨질 거니까 걱정할 거 없다는 그런 계산이 깔려 있었던 것이다.

물론 그걸 군이 후에게 말해 줄 필요는 없었다. 가만히만 있으면, 의리도 지키고 후의 마음도 위로해 주고 군이 약속을 지킬 필

요도 없는, 1석 3조의 효과가 있는데 왜 굳이 미리 판을 깨겠는
가.

그땐 그렇게 생각했었다. 앞날이 창창한 후가, 저렇게 인기도
많은 후가, 뭐 부족한 게 없는 후가 설마 평생 연애를 안 할 리가
없다고.

하지만 놀랍게도, 아니 머리 아프게도 후는 그 약속을 무던히
도 지켰다. 그 이후 어떤 연애도 하지 않고, 어떤 여자도 옆에 달
고 다니지 않았던 것이다.

정말이지 지긋지긋하도록 끈질긴 자식. 그냥 여자 좀 사귀라고!

하지만 후는 꿈쩍도 하지 않았다. 게이가 아닐까 의심될 정도
로. 그 바람에 여름도 연애하곤 담쌓아야 했다. 왜냐하면 후랑 약
속했으니까.

사실 여름도 연애할 마음이 없긴 했다. 당시엔 이모나 다민의
일로도 머리가 아파서 정신적 여유가 없을뿐더러, 가장 큰 이유는
역시 후와 별하였다. 그냥 어느 순간부터 후와 별하와 자신, 이렇
게 세 사람이 함께 있는 시간이 가장 행복했다.

누구도 끼어들 자리는 없었다. 누구에게도 틈을 내주지도, 내
주고 싶지도 않았다. 그렇게 세 사람의 시간은 지금까지 이어져
왔다.

자긴 평생 연애 같은 거 안 할 거라고 했던 주제에…….

여름은 후를 쏘아보고 있었다.

그래 놓고서 자기가 립밤 맛을 안다고? 아차, 첫사랑이 있었구
나. 그 첫사랑 걸 먹었나?

"이거 요 근래 나온 신상이거든? 근데 그사이에 네가 몰래 연애를 하셨다고?"

만약 그렇다고 대답하면 주리를 틀 예정이었다.

나는 못 하게 하고선 너는 해 버렸겠다? 절대 용서할 수 없지.

그러자 후가 한숨을 흘렸다.

"한여름, 꼭 연애를 해야 립밤 맛을 아는 건 아냐."

"그럼?"

"연애 같은 거 안 해도 키스는 할 수 있단 소리다, 이 애기야."

후가 여름의 볼을 꽉 꼬집었다가 놓자 여름이 펄펄 뛰었다.

"너 지금 뭐 하는 짓이야? 그리고 뭐? 이거 순 날라리 아냐? 어디서 그런 못돼 먹은 건 배워 갖고. 행실 그따위로 하고 다닐래?"

후는 피식 웃더니 타이를 목에 걸었다. 여름은 뚱한 얼굴로 후의 손에서 넥타이를 낚아챘다.

"줘 봐. 내가 매 줄게."

실은 뻔뻔한 소리를 하는 이 얄미운 녀석의 목을 졸라 버릴까도 싶었다.

"됐어. 뭘 얼마나 망쳐 놓으려고."

"무슨 소리? 내가 넥타이를 얼마나 잘 매는데. 나도 밥값은 해야지. 생활비도 안 받을 텐데."

"누가? 내가?"

"에이, 그럼 쪼잔하게 생활비 받을 생각이었어? 통 크게 그냥 안 받는 걸로 퉁쳐 주면 안 될까?"

여름은 급하게나마 아양이란 걸 한번 떨어 봤다.

"뭘 퉁쳐?"

"확, 말 안 들으면!"

여름이 협박하듯 넥타이를 확 잡아당겼다.

하지만 딸려 오리라 생각했던 후의 몸은 반응이 없고, 오히려 반동으로 여름의 상체만 후에게로 성큼 가까워졌다. 후의 눈동자 속에 비친 제 모습까지 보일 정도의 가까운 거리에서 서로의 시선이 마주쳤다.

"⋯⋯넥타이 더 조일 거야. 네 숨통은 지금 나한테 인질로 잡혀 있단 걸 명심해."

여름은 민망함에 괜히 더 오버하며 말했다. 왠지 당황스러웠다. 그리고 기분이 이상했다. 지금껏 후와 암바도 걸면서 살갑게 지낸 사이인데 새삼스럽게 별것 아닌 접촉에 심장이 덜컥 내려앉다니.

그러니까 왜 키스니, 핥아 먹느니 그딴 소리는 해선 정상적인 여자의 가슴에 불을 지르느냐 이 말이다.

"그러나 지금은 봐줄게."

여름은 이런 제 상태를 인정할 수 없어 얼른 타이를 놓고서 돌아섰다. 순간 후가 여름의 손을 잡아 빙글 돌려세운 채 좀 더 밀착시키듯 끌어당겼다.

"너 지금 뭐, 뭐 해?"

여름은 말을 더듬으며 경악한 얼굴로 후를 쏘아보았다. 이번엔 정말 당황스러웠다. 몸이 아슬아슬하게 후에게 달라붙었다. 반사적으로 엉거주춤 허리를 뒤로 빼는데, 후의 손이 여름의 얼굴을 슥 쓸었다. 그리고 후의 입술이 닿을 듯 말 듯 가까운 거리에서 속삭이듯 움직였다.

"한여름, 좀 더 깊숙이…… 들어와."

"……."

"아니면 내가 들어갈 거야."

"……."

"숨통을 조이려면 이 정도는 들어와야 한단 말이다, 이 헐렁한 협박범아."

후가 여름의 손을 놓아주었다. 그리고 돌아서서 스스로 타이를 맸지만, 여름은 잠시 몸이 굳어 버린 듯 움직이지도 못했다.

지금, 무슨 일이 일어났던 거지?

정신 차리려는 듯 얼른 멍한 표정을 지웠지만, 아직까지 심장이 뛰고 있었다. 잠깐 엄청 긴장했었나 보다. 아니, 실은 철렁했다. 꼭 숨이 멎을 것처럼.

후의 숨결과 향기, 체온 같은 게 너무 선명해서 어떻게 몸이 닿았었는지 접촉하던 순간의 감촉 같은 게 아직까지 제 몸에 남아 있는 것 같았다. 여름은 제 입술을 살짝 깨물었다.

"오후, 잠깐만."

여름이 딱딱하게 부르자, 넥타이를 다 맨 후가 그런 여름을 물끄러미 돌아보았다.

후의 얼굴이 보였다. 눈빛, 잘생긴 얼굴, 단호한 표정, 든든한 존재. 세상에서 단 하나, 절대 잃고 싶지 않은 내 편.

그래서 화가 났다. 아주 많이.

"너 발정기냐?"

"……"

"그렇잖아. 안 그러던 게 어제부터 왜 자꾸 이상한 짓 하고 그래? 징그럽게."

후가 짙은 눈썹을 찌푸렸다.

"아무리 궁해도 그렇지, 설마 너 나한테 작업 거니? 같은 공간에 있으니까 내가 여자로 느껴졌어?"

"뭐?"

"혹시 어제 나 데리러 왔을 때 있었던 일 때문이라면, 그래. 그건 좀 오버였어. 근데 그땐 내 마음이 너무 약해져서 잠깐 내가 이상해졌던 거야. 원해서가 아니라."

안 그러던 후가 이상야릇한 접촉을 해 오기 시작한 건 분명 어제부터였던 것 같다. 우산을 안 가져왔다며 대신 끌어안았던 그때부터…….

"그땐 마음이 많이 무너져서, 감정의 벽이 정말 습자지처럼 얇아져서 필요 이상으로 심하게 너한테 기댔었어. 그래, 인정할게. 약해진 마음을 훅 치고 들어오니까 누구라도 좋았어. 순간적으로 경솔하게 굴었어. 그래서 착각하게 만들었는지 모르겠지만."

물론 후가 원래 친절하고, 아주 힘들 땐 어깨를 빌려준 것도 사실이었다. 하지만 어젠 뭔가 공기의 분위기가 달랐었다.

"그거 변덕이었다고, 멍청아."

여름이 씩씩대자, 후가 낮은 한숨을 삼켰다.

"알았으니까 진정해. 변덕이었단 거 알아."

"근데 왜 이상하게 구는데?"

여름의 눈이 빨개졌다.

한여름, 너 왜 후를 몰아붙이는 건데? 그냥 평소처럼 장난으로 받아들이면 될 걸 왜 이렇게 예민하게 구는데?

하지만 여름은 후가 잘못한 게 아니란 걸 아는데도 부글부글 끓어넘치는 감정을 감당할 수 없었다.

"너랑 나랑 뭐야? 친구 아냐?"

"그래. 친구지. 그런데 뭐. 한여름, 너 왜 이렇게 갑자기 날카롭게 구는 거야."

"너야말로 왜 갑자기 꼭…… 남자처럼 구는데?"

그게 화났던 것 같다. 이상한 짓을 해서 왜…… 내가 너한테 여자처럼 느껴지게 만드는데?

"한여름, 나 남자야. 친구라고 성별이 사라지는 것도 아니고."

"내가 말하는 건 그 뜻 아니잖아."

"설령 내가 남자처럼 굴었다고 치자. 그런데 그게 그렇게 널 화나게 할 일이냐?"

"……."

"넌 꼭 그렇게 선을 그어야 성이 차겠어?"

후가 화난 것 같다. 아니 서운해하는 것 같았다. 한 번도 화내 본 적 없던 후가 제 서운함을 표출한 것이다. 바닥을 알 수 없을 정도로 깊이 가라앉은 눈동자가 흔들렸다. 후는 지금 섭섭한 것이다.

"너 진짜 바보 멍청이구나. 선을 긋지 않는 친구 사이가 결국엔 얼마나 우스워지는지 몰라?"

"아니, 알아."

너무나 잘 알고 있다. 아니, 어쩌면 가장 잘 아는 사람이 자신일 것이다.

"내키는 대로, 꼴리는 대로 친구였다가 이성이었다가. 그러다 사고 쳐서 서로 어색해지고, 결국엔 서로 안 보겠지. 난 그거 싫다고 했었지?"

"……."

"선 넘지 마. 너 나랑 키스할 수 있어? 난 절대 아냐. 너랑 키스하는 상상도 불가능해. 아니, 그런 생각만 해도 어색해서 닭살 돋아. 하지만 친구 관계에선 이게 정상이야. 그러니까 너도 날 친구로만 봐."

여름은 후를 구석으로 몰아붙였다. 가장 차가운 말만 고르고 골라서 내뱉었다.

"왜 대답 안 해?"

하지만 후는 아무 반응이 없었다. 화난 건지, 실망한 건지, 그것도 아니면 얼떨떨한 건지 표정에선 어떤 것도 읽히지 않았다. 여름은 후의 생각을 알고 싶었다. 내가 오버한 건지, 잘못 짚은 건지, 아니면 정말 제대로 짚은 건지.

후가 천천히 입을 열었다.

"나도 안 돼."

"……."

"너와 키스하는 거, 나도 상상이 안 돼. 네 말대로 우린 친구니까. 그래서 뭐?"

여름의 눈동자가 흔들렸다.

"상상이 안 되는 건 직접 해 보면 되는 거겠지."

"오후, 너⋯⋯."

"하지만 난 그럴 생각 없고 원하지도 않아. 그러니까 떡 줄 사람은 생각도 안 하는데 김칫국 그만 마시고 옷이나 다른 걸로 갈아입어. 그 꼴로 나갈 거냐?"

순간 여름은 급브레이크가 걸린 자전거처럼 휘청했다. 정신이 번쩍 들었다. 뭔가 빠져나갈 수 없는 늪에 가라앉았다가 제대로 정수리를 얻어맞은 기분.

그걸로 끝? 그렇게 간단하게? 설마 나 혼자 오버한 거야? 북치고 장구 치고 난리 친 거냐고.

"뭐⋯⋯ 아니면 다행이고."

여름은 겸연쩍은 얼굴로 중얼거렸다.

나 대체 무슨 지랄을 한 거지? 쥐구멍이 있다면 숨고 싶은 심정이었다. 마치 후가 자신한테 남자로서 들이대는 걸 마구 방어하는 것처럼 굴었으니.

"미안, 후야. 아무래도 내가 서상록 그 새끼 때문에 많이 예민해졌나 봐. 아니면 공주병에라도 걸렸나? 아무래도 시집갈 때가 됐나 봐. 미쳤거나. 그냥 미친 걸로 하자, 미친 걸로. 하하."

"⋯⋯."

"그리고 이, 이 옷은 그냥 입으려고. 갈아입을 옷이 없잖아. 어제 비 맞은 거 빨지도 않았는데. 집 도착하면 바로 돌려줄게. 나화, 화장실 좀 갔다가."

여름은 바로 몸을 돌려 번개처럼 화장실로 숨어들었다.

"쪽팔려. 쪽팔려."

미친 듯 중얼거리며 물을 틀고서 화끈거리는 얼굴에 정신없이 찬물을 끼얹었다.

세상에, 엄청난 오버를 해서 애먼 애를 잡았다. 그것도 아주 죽일 듯이. 이게 무슨 짓이냐고.

"꼴좋다, 아주."

그런데 아무리 찬물을 끼얹어도 도통 피부의 온도가 내려가지 않았다. 물이 이렇게나 찬데도…….

'네 말대로 우린 친구니까. 그래서 뭐?'

'상상이 안 되는 건 직접 해 보면 되는 거겠지.'

'하지만 난 그럴 생각 없고 원하지도 않아.'

좀처럼 열기가 내려가지 않는 건, 후가 했던 말들 때문인 것 같다. 여름은 그 말이 좋기도 하고 기분 나쁘기도 했다. 왜? 사실은 발정 난 건 나였나? 후를 의식하고 있는 건, 나였나?

'말도 안 돼. 그럴 리 없어.'

여름은 얼굴을 들고서 거울 속 물방울이 맺힌 제 얼굴을 들여다보았다.

"딱…… 이 정도가 좋아."

후와 자신의 관계는 그래야만 했다. 그럼에도 어제 이후 우리 사이의 뭔가가 변한 건 분명한 사실이었다. 아슬아슬하게 겨우 이어져 있던 뭔가가 툭 끊어진 것 같은 기분이었다.

· · ·

"아저씨. 지금 오세요, 지금. 빨리요!"

다민이 출근한 사이에 집에 도착한 여름은 이삿짐에 전화해 얼른 용달차를 불렀다. 그사이에 먼저 챙겨 간 박스에 정신없이 짐을 쌌다. 종류별로 구분할 것도 없었다. 거의 그냥 때려 넣는 수준이었다.

아저씨가 도착하자 여름은 큰 것부터 시작해 짐을 싹 다 뺐다. 사실 대부분은 다민의 짐이었고 여름 건 거의 없었다. 용달차 하나 가득 꽉 채운 다민의 짐은 물론 이모네로 보냈다.

분명 방 뺄 거라고 했는데도 태평하게 출근한 걸 보니 사람 말을 통 안 믿었거나.

"설마 정말 그러겠나 싶었겠지."

하지만 다민이 마음 툭 놓고 있는 지금이 기회였다. 서상록을 끌어들여 그런 짓까지 한 주제에 여름이 넘어가 줄 거라 생각한 걸까? 그렇다면 너무 양심 없는 거다. 아주 땅을 치고 억울해하길. 어차피 그러거나 말거나 앞으론 엮일 일도 없을 테지만.

"지금 짐 다 뺐으니까 확인하시면 돼요. 어머, 정말요? 그럼 보증금 바로 돌려주시는 거예요? 세상에, 정말 감사합니다! 주인집 사장님께도 감사드린다고 전해 주세요. 네!"

여름은 집을 나서며 전화를 끊었다. 아직 계약 기간이 남았는데도, 집주인 아저씨가 새로운 세입자를 받기도 전에 보증금을 돌려주겠다고 했다. 세상에. 천사를 만났다.

돈까지 해결됐으니 이젠 정말로 깔끔하게 끝났다. 다민이 집에 왔다가 입 쩍 벌리고 뒤로 넘어갈 일만 남은 것이다.

"아깝다. 그걸 두 눈 크게 뜨고 봐야 하는데."

그리고 타이밍 정확하게 별하한테서 전화가 왔다.

— 짐 다 뺐어?

"응. 방금 전에."

— 그 계집애 건?

"이모네로 보냈어. 내 건 박스 서너 개야."

— 너도 참 어지간하다. 아무리 그래도 살다 보면 느는 게 짐인데, 겨우?

"이럴 줄 알고 미리미리 가뿐하게 살았지. 내가 누구니? 한계획 아니니."

독립은 예전부터 이미 계산된 것이었기에 미니멀 라이프로 살아왔었다. 전쟁 나가는 군인이 바리바리 다 싸 들고 전쟁터에 나가겠는가? 앞으론 정말 그야말로 전쟁이다. 하지만 스스로 선택한 전쟁이니 후회는 없다.

— 우리 이따가 보는 거지?

"응, 나 이 박스만 옮겨 놓고 바로 갈게."

— 집은 구했고?

"어, 그건…… 이따가 설명해 줄게."

구했다고 할 수도, 못 구했다고 할 수도 없었다. 여름은 전화로 설명하기 곤란해서 대충 얼버무리고서 통화를 끝냈다.

"그나저나 어떡하지?"

용달은 이모네 집으로 떠났고, 이제 남은 건 자신의 짐뿐이었다. 하지만 아침에 후를 그렇게 땅속으로 때려 박아 넣고서 짐까지 맡길 순 없었다. 아무리 후가 언제까지고 자신의 집에 있으라고 했다 하더라도, 이젠 양심에 찔려서라도 그 집엔 못 돌아갈 거다.

그럼 이 짐은 어떡하지?

한참을 고민했지만, 결국엔 후밖에 생각이 안 난다.

"못 살아. 인생 왜 이러냐? 마지막엔 왜 후밖에 없는 거냐고. 그러니까 어쩌라고."

여름은 제 머리를 헝클어뜨렸다.

그러니까 왜 그런 짓을 해선. 후는 지금 얼마나 황당해하고 있을까. 역시 머리 검은 짐승은 거두는 게 아니라고 후회하고 있으면 어떡하지? 후와 어색해지고 싶지 않아서 한 행동이 도리어 후와의 관계를 더 어색하게 만들어 버렸다.

결국 여름은 한참을 머뭇거리다가 후에게 전화를 걸었다. 석고대죄를 하는 심정으로.

"오후…… 지금 통화 가능해?"

처음으로 후에게 전화하고서 긴장했다. 후의 목소리가 돌아올 때까지 십 년은 늙은 기분이었다.

— 말해.

드디어 후가 반응했지만, 그 목소리가 딱딱할 정도로 낮아서 또한 덜컥 겁이 났다.

"어…… 기분 탓인지 몰라도 네 목소리 좀 무섭다."

— 기분 탓 아냐.

으아, 매몰차. 여름은 바짝 얼었다.

"나한테 화났지?"

— …….

"아침엔 미안했어. 사과하고 싶어서 전화했어. 내가 좀 심하게 굴었지? 근데 그거 반은 다 오버였어. 진짜 진심은 반의, 반의, 반도 없었어."

— 반의, 반의, 반도?

"그, 그럼!"

— 하긴, 손만 대도 징그럽고 닭살 돋는다고 하긴 했었지.

"푸하! 내, 내가? 나 그런 적 없는데?"

— …….

"그래, 뭐. 그런 말 한 것 같긴 한데. 야, 그래도 그 정돈 아니었다. 그냥 일반적인 친구 사이엔 그럴 수도 있다는 뜻이지. 우리 말고 다른 사람들 말야. 어머, 설마 너 그걸 진심으로 알아들은 거야?"

역시 반응이 없다. 어떡해. 안 통하잖아.

"후야, 오해하지 마. 진짜야. 우리가 지금까지 한두 해 같이 지내 온 것도 아니고. 그사이에 얼마나 징글징글하게 살 맞대고 살았는데. 헤드록 걸고 암바 걸고. 나 너랑 신체 접촉하는 거 완전 좋아해! 하나도 안 징그러워. 진짜야!"

말이 뭔가 좀 이상한 방향으로 간 것 같긴 하지만.

— 나 참, 어이가 없다.

아니나 다를까 후가 혀를 찼다.

"정말 미안해. 화…… 풀 거지?"

— 도대체 왜 내가 화났다고 생각하는데?

"그거야…… 응?"

여름이 갸웃했다.

"그럼, 화난 거 아냐?"

— 안 났어.

"그럼 왜 그렇게 폼 잡고 목소리 쫙 깔고 있는 건데?"

— 여기 회사 사람들 있어. 방정맞게 친구랑 수다 떨까?

"아!"

여름은 겨우 안도했다.

"진짜 화난 것도 서운하지도 않은 거지?"

— 그래. 네 말이 맞으니까.

"……응? 내 말?"

— 네 말처럼 아무리 친구라고 해도 적당한 선은 필요하겠지. 앞으론 네 앞에서 남자처럼 굴지 않을게. 어떻게 하는 게 남자처럼 구는 건지는 모르겠지만, 네가 싫다면 안 해.

여름이 멈칫했다.

— 그러니까 너도 아침에 있었던 일은 잊어.

"어…… 응. 알아줘서 고마워."

여름은 얼른 웃으며 대답했다. 하지만 이상하게도 왠지 가슴에서 바람이 스스스 새어 나가는 것 같았다. 그런 느낌이 들었다.

다른 때처럼 즐겁게 웃음이 나오지도 않았다.

― 그것 때문에 전화한 거냐?

"아…… 마, 맞아. 나 지금 짐 뺐는데 짐이 박스로 네 개 정도 되거든. 이거 네 집에 좀 옮겨 놔도 될까?"

후가 혀를 찼다.

― 어쩐지 호락호락 사과한다 싶었더니, 그것 때문이었군.

"아니거든? 사과는 사과대로 하고 싶었어. 사람을 뭐로 보고……."

― 어딘데? 짐 무거울 거 아냐. 태우러 갈게.

"어우, 야, 됐어. 내가 택시로 옮기면 돼."

― 1분만 기다려. 나 거제도니까 금방 도착할 수 있을 거야.

여름의 안면 근육이 씰룩했다.

"……디질래?"

― 큭.

후가 웃는다. 덕분에 내내 딱딱하던 분위기가 바뀌었다. 평소의 후로 돌아와 준 것이다. 역시 우린 이게 어울린다. 여름은 다시 마음이 편해졌다. 그러니 방금 전의 허전함 같은 것엔 신경 쓰지 말자고 생각했다.

그저 후에 대한 고마움만 떠올렸다. 후는 늘 이렇게 여름의 마음을 알아주곤 했다. 편하게 지내고 싶다고 하면, 그렇게 해 주었다. 사방을 둘러봐도 도움 청할 곳 하나 없을 때, 후는 유일하게 불을 밝혀 놓고서 여름을 기다려 줬다. 마치 등대처럼. 그래서 캄캄한 밤에도 길을 잃지 않고 여기까지 올 수 있었다.

어쩌면 자신을 이렇게 길들인 건 후일지도 모르겠다. 후를 잃게 될까 봐 무섭다, 라고 생각하게끔. 후가 없다면 세상에 행복이라곤 하나도 남지 않을 것 같았다.

— 미안해. 일 때문에 아침에 내려왔어. 혼자 힘들 텐데 어디 맡겨 두고 저녁에 같이 옮기자.

"됐다고요. 이 정도도 못 하면 등신이지. 나 저녁때 별하 만날 거니까 시간 되면 거기로 오든가."

— 안 그래도 별하한테 연락받았어. 늦더라도 갈게.

"응."

— 그럼 힘 좀 쓰시고.

"후야."

— …….

"고마워. 넌 정말…… 정말 좋은 친구야."

• • •

후는 씁쓸하게 웃으며 휴대폰을 내렸다.

"좋은 친구라……."

누군가에겐 큰 위안이 될지도 모를 그 말이 후에겐 세상에서 가장 따끔한 말이었다. 늘 듣는 말인데도 들을 때마다 가슴이 아렸다.

'너랑 나랑 뭐야? 친구 아냐?'

'난 절대 아냐. 너랑 키스하는 상상도 불가능해.'

'그러니까 너도 날 친구로만 봐.'

그를 후벼 팠던 말은 다행인지 불행인지 여름의 가슴에도 못내 무겁게 남아 있었나 보다.

여름이 이런 일에 예민하게 구는 건 이미 알고 있었고, 받아들인 일이었다. 언제나 결국엔 친구로 종결되는 관계, 어디 하루 이틀 일이었나.

실망하지 않는 법 따위 오래전부터 배워 왔다. 회복하는 시간도 전보다 훨씬 더 짧아졌다. 이제 다짐하지 않고도 낫는 방법을 알았다.

난 괜찮다.

후는 휴대폰을 재킷 안주머니에 넣고서 남은 일을 마무리하기 위해 팀원들에게로 향했다.

'어차피 예전부터 넌, 고칠 수 없는 내 약점이었으니까.'

5편
내가 필요하다면, 얼마든지 이용당해 줄게

"그래서 후 집에 있단 거구나."

"당분간은……."

짐을 옮겨 놓고 몇 가지 남은 일을 처리한 여름은 약속 시간이 되자 별하가 기다리고 있는 타코 식당으로 왔다. 타코와 브리또, 생맥주를 시켜 놓고서 둘은 바로 수다를 떨었다.

별하는 알아주는 명문대 의상학과를 졸업한 뒤 글로벌 패션 회사에서 일하며 미국 대학원을 가기 위해 유학을 준비하고 있었다.

날씬한 자주색 원피스 차림의 별하는 눈이 번쩍 뜨일 정도로 예뻤다. 뽀얀 피부에 뚜렷한 이목구비는 어릴 때와 똑같았다. 거기에 은은하게 화장을 하고 어깨를 좀 넘는 길이의 머리카락엔 컬을 넣어 우아한 분위기까지 풍겼다.

무엇보다 성격도 여전히 쿨하고 멋졌다. 다만 예전이나 지금이

나 인형처럼 표정이 뻣뻣해서 얼음 공주란 타이틀에선 벗어나지 못할 것 같다. 하지만 그게 별하의 매력이었다.

"그 옷도 후 거니?"

"어……. 갈아입었어야 했는데 편해서. 남자 옷 왜 이렇게 편하니?"

그러고 보니 이 꼴로 여기까지 왔다. 후의 트레이닝복 바지에 품이 큰 흰색 셔츠 차림이었다.

"엄청 추해?"

"뭐 나름 러블리해."

"웃기지 마. 다들 힐끗거리면서 쳐다보던데 뭐."

"내 눈에만 예뻐 보인단 거지, 객관적인 시선까진 책임 못 지지?"

한마디로 똑바로 입고 다니란 소리였다. 하긴, 디자이너 만나러 오는데 너무 신경 안 쓰긴 했다.

어찌 보면 여름과 별하는 하나도 비슷한 데가 없었다. 도도하고 시크한 별하, 잘 웃고 시끄러운 여름, 거기에 과묵하고 나른한 후까지. 세 사람이 여태껏 우정을 유지하고 있는 건 어찌 보면 기적이었다.

대학도 다 다른 곳으로 갔다. 성적이 다르니 당연했다. 여름이 나온 곳도 그렇게 나쁘진 않은 인서울 4년제였는데도 후와 별하의 학교가 워낙 상위권이라 비교할 바가 못 됐다. 하지만 진한 우정은 여전히 유효했다.

"넌 글래머러스한 몸매가 매력인데 그렇게 입으면 매력이 다가려지지."

"다짜고짜 품평이냐."

"가슴 좀 나눠 주라. 친구 좋다는 게 뭐니?"

"그 얼굴에 가슴까지 가지려고? 고만하지?"

모든 걸 다 가진 듯 보여도 가슴만은 소박한 별하가 농담을 던졌다. 하지만 그래서 더 세련미가 넘친단 걸 본인은 모르나 보다. 자기가 가지지 못한 남의 떡이 더 커 보이는 건지.

여름은 별하의 모든 것을 사랑했고 별하는 여름의 순수하게 처진 눈꼬리, 그리고 풍만한 가슴과 동그란 엉덩이를 참 좋아했다. 남자라면 벌써 고백했을 정도로.

"내가 혼자 살았으면 좋았을 텐데. 너 거둬 주게."

"말이라도 고맙다. 그리고 넌 나한테 존재 자체가 도움이야."

"이번에도 후가 빨랐네. 후야 뭐 괜찮다고 했겠지만……."

"응. 근데 바로 나갈 거야."

"왜? 집 구할 때까지 좀 들러붙어. 요즘 전세 구하기도 하늘에 별 따긴데."

"그래도 내 사정 때문에 후를 무리하게 하는 건 아닌 것 같아. 미안하잖아."

간단하게 생각했던 일들이 그렇지 않을 수도 있단 걸 깨달았다. 후와 친구 관계를 유지하는 데 있어 그 집은 여러모로 불편했다.

또 너무 붙어 있다 보면 좋던 사람도 미워지게 마련이다.

괜히 같이 여행 갔다가 싸우고 돌아온 것 같은 서먹한 사이가

되고 싶지 않았다. 후의 집에 계속 있다 보면 꼭 그렇게 될 것만
같았다.

"뭐 어때. 친구잖아."

"그렇게 간단한 문제가 아니더라고."

"둘답지 않게 왜 이렇게 심각해? 걔 몰라? 한여름 전용 유니세
프잖아."

여름이 풋 웃었다.

"알지."

"알긴 아니? 걔가 얼마나 너한테 퍼 주는지. 영혼까지 바칠 판
이지."

"그래. 너무 잘 알지. 난 걔한테 늘 받기만 하잖아. 그래서 더
아닌 것 같아. 친구라고 모든 게 다 허용되는 건 아니잖아. 후는
괜찮다고 하지만, 알게 모르게 후가 감수해야 할 부분도 많을 거
야."

"한여름, 만약 네가 후를 무리하게 만든다고 할지라도 난 네
편이야."

"응?"

"누가 뭐라고 하건 난 네 편이라고. 어려울 때 도와주는 게 친
구잖아. 후도 그렇게 생각할 거야."

"별하야……."

난데없는 무조건적인 사랑에 여름은 울컥했다. 이렇게 좋은 친
구들을 둔 자신은 행운이라 생각했다. 그것만으로도 모든 불행을
이겨 낼 수 있었다.

"네가 이유도 없이 후한테 신세 지는 게 아니잖아. 너도 내가 힘들면, 후가 곤란해지면 똑같이 도와줄 거 아냐?"

별하의 마음은 진심이었다. 여름은 웬만하면 친구들한테 신세 지려 하지 않는다. 참고 참다가 도저히 안 될 때, 손 뻗을 때가 없을 때 부탁한다. 그걸 아니까 후도 여름을 도와주고 싶었을 거다.

다만, 후가 좀 힘은 들 거라 생각했다.

그동안 두 사람을 한두 해 봐 온 게 아니었다. 친구 이상으로 가까워지려고 하면 냉정하게 철벽을 치는 여름과, 그런 여름의 곁에서 무던히 자신의 자리를 지키는 후.

별하도 여름이 왜 그렇게 후에게 친구라는 선을 긋는지 대충 짐작은 갔다. 처음엔 단순히 여름에게 후가 이성으로 느껴지지 않기 때문이라고 생각했다.

하지만 함께하는 시간이 길어지면서 서서히 알게 됐다. 여름의 진짜 마음을. 속 깊은 곳에 자리하고 있는 두려움을.

아마 여름도 제 마음을 제대로 인지하고 있는 건 아닐 것이다. 후의 마음 또한 전혀 눈치채지 못했을 거고. 그런 상황에서 후를 잃지 않으려고 애만 쓰고 있으리라.

딱히 여름에게 물어본 적은 없지만, 함께 지낸 시간이 길다 보니 안 보이던 것도 보이게 됐다. 말하지 않아도 진심 같은 건 알게 되는 것 같다. 별하 입장에선 두 사람 모두 그냥 좀 안타까웠다.

"근데 괜찮을까?"

"뭐가?"

"이건 그냥 일반론인데, 어쨌거나 친구라고 해도 성인이니까 같이 지내다 보면 막 드라마처럼 눈 맞지 않을까 싶은데."

별하의 말에 여름이 풋, 하고 웃었다.

하지만 좀 뜨끔했다. 저것이 알고서 저러는 건지. 무뚝뚝한 얼굴로 툭툭 말을 흘리는 걸로만 봐선 속내를 알 수가 없다.

"넌 일반론이라고 하지만, 사실 대부분의 드라마 설정이 일반적이진 않잖아. 즉, 전혀, 아무 일도 안 일어날 거야. 시청자 입장에서 기대하지 마, 이것아."

"왜? 현실이 소설보다 더 소설 같단 말도 있는데. 그리고 친구가 연인이 되는 경우가 드문 것도 아니고."

"아, 몰라. 후랑 난 친구야. 몇 번을 물어봐도 달라지는 건 없어."

여름은 더 이상 말하기 싫다는 듯 딱 잘라 대꾸했다.

별하까지도 우리 둘 사이를 의심하는데, 다른 사람들은 오죽하겠는가. 그러니 후와 자신도 괜히 알쏭달쏭해지는 거다. 꼭 토끼몰이를 당하는 것처럼.

"정말?"

별하가 우아하고 깊은 눈으로 싱긋 웃으며 되물었다. 저렇게 예쁜 주제에 눈은 무슨 수백 년을 살아온 현자의 것 같다. 그래서 별하한텐 꼼짝도 못 하겠다. 차라리 후를 속이는 게 쉽다.

"그래. 절대 아냐."

"왜?"

"왜는 왜야. 아니면 아닌 거지 이유가 있어? 끌리지 않는 거겠지. 친구 이상으로, 이성으로. 섹스어필이 안 되는 거고."

"그런가? 후가 그 정도였나? 내가 보기엔 나이 들수록 점점 더 섹시해지던데."

"픕! 뭐?"

별하의 용감한 발언에 생맥주를 마시던 여름이 사레들려 버렸다.

"걔 엉덩이 못 봤어? 탱탱하니 위로 확 업된 게 어찌나 섹시한지. 눈빛은 또 어떻고. 이번 기회에 한번 좀 찬찬히 살펴보지 그래?"

"너 진심이냐?"

"아니면?"

"아, 몰라. 됐어. 다 귀찮아."

"별게 다 귀찮다."

"양별하, 너 친구 관계의 최대 장점이 뭔지 알아? 신경 쓰지 않아도 된다는 것. 근데 봐 봐, 드라마에서처럼 갑자기 상대방이 의식되고 연애 감정 같은 게 피어나면 어떨까? 엄청 귀찮아질 거 같지 않아?"

"뭐가?"

"뭐긴 뭐야. 쌩얼도 안 창피했는데 갑자기 신경 써야 되고, 가려야 되고, 트림도 못 할 거고, 옷도 아무렇게나 못 입을 거 아냐. 왜? 잘 보여야 하니까. 지금까지 너무 편했던 것들이 죄다 불편해지는 거야. 으, 얼마나 끔찍해?"

"그럴 수도 있겠지만, 그게 정답은 아닌 것 같다."

별하가 단호하게 말했다. 반은 진심이었지만, 반쯤은 둘러댄 말이란 걸 꿰뚫는다. 별하는 그런 친구였다.

"여름, 근데 넌 내가 남자였대도 지금 후한테 하는 것처럼 날 대할 거야?"

"내가 후한테 어떻게 대하는데?"

"세상 끝까지 친구로 남고 싶은 것처럼."

마치 다 알고 있는 것처럼…… 정곡을 찌른다.

"그건 그만큼 소중하단 뜻 아냐?"

여름은 뭔가가 발밑으로 가라앉는 기분으로 별하를 보다가, 부드럽게 웃으며 고개를 끄덕였다.

"응. 네가 남자였대도 후에게 하듯 똑같이 대했을 거야."

모두가 다 알고 있듯, 그래, 난 그렇게 후를 소중하게 지킬 거다. 또한 별하 너도.

"그럼 안심이야. 가끔 네가 나보다 후를 더 좋아하는 것 같아서 질투 났었거든."

별하가 무표정하게 좋아했다.

후를 잃고 싶지 않아 후와의 관계에 선을 긋는 것처럼, 별하도 후만큼이나 여름에게 똑같이 소중한 존재였다.

그 당연한 대답에도 좋아해 주다니, 사랑받는 기분을 알게 해 주는 녀석들. 이러니 이 친구들을 어떻게 욕심내지 않을 수 있겠는가.

"역시나 나의 맹우들."

"전쟁하니?"

"사는 게 전쟁이지. 대인 관계도 전쟁이고. 평생 동안 꽃처럼 예쁘고 고마운 친구를 한 사람이라도 사귈 수 있단 게 얼마나 행운인데. 근데 난 두 명이나 있잖아."

"동감. 나이 먹을수록 좋은 사람 만나는 게 점점 힘들어지는 건 맞는 것 같아."

"맞아. 그래서 난 내 욕심일지 몰라도 너랑 후, 두 사람만은 정말 잃기 싫어."

"걱정 마. 나도 후도 웬만하면 어디 안 가."

"진짜?"

여름이 웃었다. 하지만 별하는 왠지 씁쓸한 웃음기를 머금었다. 그게 말로만 안심될 수 있는 문제라면……

여름처럼 어릴 적에 사랑하는 사람을, 그것도 부모를 둘 다 잃은 경험은 안 겪어 봤으니까. 여름의 두려움, 강박을 이해하면서도 전부 다 알 수는 없는 거다.

후도 마찬가지겠지. 이해하면서도 힘든 건 힘든 거겠지.

여름의 마음이 저 상태에서 꿈쩍하지 않으리라는 건 안다. 하지만 후의 마음은 이미 커질 대로 커져 있을 텐데. 아마 제일 마음고생할 이도 후이지 않을까.

"맛있는 거 먹고 있었어?"

그때, 꼭 제 얘길 하고 있단 걸 아는 것처럼 후가 왔다. 후가 자연스럽게 여름의 옆자리에 앉았다.

별하는 무표정하게 눈을 깜박이며 후를 관찰했다. 후의 음영 깊은 눈이 별하를 잠깐 흘깃하다가 바로 여름에게 돌아갔다.

그때 여름은 손에 턱을 괸 채 그런 후를 물끄러미 보고 있었다. 그러다 후와 눈이 마주치자 여름이 아주 낮게 웃었다. 별하가 보기에, 마치 두 사람만이 아는 어떤 인사를 하는 것 같았다. 가만 보면 저 둘은 저 상태 그대로 세트 같다.

'다행이다.'

여름은 후를 보며 그런 생각을 하고 있었다. 서먹하면 어쩌나 했는데, 그냥 후가 오니 편했다. 뭘 해도 밉지 않고, 자신이 무슨 짓을 해도 미워하지 않는 친구였다.

"오후, 너 화장실 갔다가 왔지? 지퍼 열렸다."

"난 타코 별론데."

"야, 무시냐? 좀 속어 넘어가 주면 안 돼? 유치하더라도 좀 속아 주면 안 되냐고."

"적당히 먹었으면 나가자. 술이나 한잔하게."

"그러든지."

후와 별하는 이미 자리에서 일어서는 중이었다. 여름만 뚱한 얼굴로 저를 무시하는 후를 째려보며 혼잣말로 뭔가를 꿍얼거렸다. 그러자 후가 못 말리겠단 표정으로 여름을 일으켜 세웠다.

"레퍼토리 좀 바꿔. 바보냐? 10년째 늘 그대로인 개그에 속게?"

"시끄러."

정말로 전과 하나도 다르지 않았다. 세 사람은 떠들썩하게 가게를 나섰다.

· · ·

맥주나 마시러 갈까 했는데, 후가 아직 저녁 전이라 술도 간단하게 마시면서 타코만으로는 만족 못 한 배도 채울 겸 세 사람은 근처 갈빗집으로 들어갔다.

"넌 그걸 먹고도 또 먹을 생각이 드냐?"

"야, 너 밥 안 먹었다며. 너 먹이려고 들어온 거잖아."

후와 여름이 또 티격태격했지만, 별하는 알고 있었다. 여름이 갈비를 엄청 좋아해서 후의 걸음이 자연스럽게 이리로 향한 거다. 아무튼 저 순애보는 상을 줘야 한다.

별하는 한쪽 다리를 꼰 채 메리제인 구두 끝을 까딱거리며 두 사람이 하는 꼴을 지켜보고 있었다. 방금까지 그렇게 구박하더니, 후는 지금 검게 탄 갈비 둘레를 꼼꼼하게 잘라서 여름의 접시에 놓아 주고 있었다. 자긴 먹지도 않고 내내 저 짓이다.

여름은 옆에서 젓가락을 물고서 기다리다가 후가 고기를 허락하면 날름날름 집어먹었다.

"잘 먹네, 우리 돼지."

"손 저리 치워라."

여름의 머리를 장난스럽게 쓰다듬으며 칭찬하는 후와, 물어뜯을 기세로 갈비를 씹으며 후의 손을 쳐 내는 여름을 보며 별하는 고개를 절레절레 저었다.

이것들아, 그 짓거리를 하면서도 사귀는 게 아니라고?

별하는 후의 자세를 봤다. 늘 그랬듯 후는 여름 쪽으로 몸을 튼 채로 앉아 있었다. 마치 여름이 하는 말은 하나도 놓치지 않고 모두 들으려는 듯.

지금까지 저런 후의 태도 때문에 몇 명의 여자가 속으로 피를 흘렸던가. 다가가려고 해도 후의 일편단심 행보에 전부 튕겨져 나갔었다.

겉으로 보기엔 여름이 고집스러운 것 같지만 사실 가장 고집쟁이는 후였다. 주변에서 뭐라고 떠들어도, 여름이 제아무리 짜증을 내도 꿈쩍도 하지 않았다.

여름도 후의 특별한 대우를 모르진 않을 테지. 여름 또한 이제는 마음속으로 수많은 갈등이 일지 않을까 싶었다.

'앞으로 꽤나 고생하겠구나, 오후.'

아무튼 오늘도 여전히 후와 여름은 저쪽 세상에, 별하는 이쪽 세상에 떨어져 앉아 있는 것 같았다. 예전부터 늘 있어 왔던 차별 대우라면 차별 대우. 서운할 법도 하련만 별하는 이제 익숙해졌다.

"나도 줘."

하지만 이 정도 방해는 해 줘야 인지상정이지.

후와 여름이 동시에 별하를 쳐다봤다. 여름은 입을 헤 벌리고, 후는 마치, 너 있었냐? 하는 눈이었다.

"뭐?"

"한여름 입만 입이니? 나도 갈비 달라고."

별하가 별당 아기씨처럼 도도하게 턱짓으로 제 접시를 가리키자, 후가 혀를 찼다.

"어? 별하 너도 먹을래? 갈비 잘 안 먹어서 나만 돼지처럼 먹었잖아. 내 거 줄까?"

"아니, 나도 저 머슴이 주는 거 먹을래."

차별을 받다가 못해 가끔 거슬리면 이렇게 후를 약 올리곤 했다. 그게 세 사람의 패턴이었고, 별하는 그럭저럭 이 상황이 재미있었다. 나름대로 오래 참아 준 끝에 정정당당하게 거는 시비였다.

결국 후가 떨떠름한 얼굴로 탄 부분을 잘라 낸 갈비를 별하의 접시에도 놓아 줬다.

"많이 먹어라."

"아이고, 감동해서 눈물이 다 나오려고 하네."

별하가 입술을 비틀며 대놓고 조롱하자 후가 헛웃음을 흘렸다.

확실히 바늘 하나 들어가지 않을 것 같은 매몰찬 녀석이 여름의 옆에선 풀어지곤 했다. 그런 후를 놀리는 게 별하는 재미있었다.

"고마우면 앞으로 잘해."

"그래? 그럼 말 나온 김에 오후, 너 소개팅할래?"

순간 갈비를 씹던 여름이 뜨끔했다. 응? 멍한 얼굴로 별하를 쳐다보자, 별하는 아무렇지 않은 얼굴로 말을 이었다.

"앞으로 잘하라며. 그래서 그래 보려고."

후가 고기를 뒤집던 집게를 놓더니 피식 웃곤 소주잔을 비웠다.

"뭐야? 왜 대답이 없어?"

"어떻게 생겼는데?"

"뭐야, 너? 관심 있어?"

여름이 툭 끼어들었다. 초조한 듯 제 입술을 살짝 핥으며.

"근데 너 너무 경박한 거 아니야? 어떻게 다짜고짜 생긴 거부터 물어보냐?"

"예뻐. 성격도 밝고 발랄해. 내 후배라서가 아니라 진짜 좋은 애야. 걸 그룹 아이돌처럼 생겼어."

"아이돌이라. 내가 아이돌을 좋아했던가?"

"다들 내 말은 씹니?"

"예뻐서 나쁠 건 없잖아? 네 사진 보고 먼저 관심 보이더라. 귀찮아서 잊어버리고 있었는데 만난 김에 물어보자. 사진 보여 줄까?"

"보지 뭐."

평풍처럼 시선을 왔다 갔다 하고 있던 여름이 침을 꿀꺽 삼켰다. 그러고선 후를 살짝 쏘아봤다.

와, 저렇게 날름 받아먹을 줄이야. 근데 나 왜 좀 서운하지?

"예쁘네."

"어디 어디. 나도 봐."

여름이 얼굴을 들이밀다시피 해선 후의 손에서 휴대폰을 낚아챘다.

'뭐야, 평생 연애 같은 건 안 할 거라더니. 가증스러운 놈. 근데 후가 이런 타입을 좋아했나? 뭐 예쁘긴 하네.'

정말 별하 말대로였다. 눈도 반짝반짝, 얼굴형도 갸름하고, 눈도 엄청 크고 상큼했다. 별하가 왜 아이돌처럼 생겼다고 했는지 알겠다.

"네가 봐서 뭐 하려고."

후가 여름의 손에서 휴대폰을 빼앗아 가서 다시 여자의 사진을 지그시 들여다보았다. 정말로 진지하게.

"오후, 너 정말 소개팅할 거야?"

여름이 자신도 모르게 묻자, 후가 천천히 눈을 들었다.

"글쎄. 나도 독신주의는 아니니까."

이 자식 말 바꾸는 거 봐. 평생 연애 안 할 거란 말이 독신주의 뜻이랑 뭐가 달라? 그 애달픈 첫사랑은 어찌하고?

"근데 한여름, 네가 왜 예민하게 굴어? 후는 소개팅하면 안 돼?"

"어, 어?"

"친구가 찌질하게 혼자 솔로로 늙고 있는데 밀어줘도 모자랄 판에."

"……."

"아니면, 싫어?"

여름이 움찔했다.

"어머 얘 질투하나 봐."

여름은 목이 탔다. 자신이 생각해도 별하의 말이 맞는 것 같아서.

"지, 질투 아냐. 그런 게 아니라 당황스러워서 그래. 낯설잖아. 저 들개 같은 자식한테 여친이 생긴단 게."

"너 낯설다고 오후 혼자 늙어 죽어?"

"그, 그래도 안 돼."

"왜?"

"쟤, 쟨 하면 안 돼! 그게 이유야."

"무슨 이유가 그래?"

정작 당사자인 후는 가만히 있고 여름과 별하가 설전을 벌이고 있었다.

"왜냐면 지금까지 안 했으니까. 나한테도 마음의 준비를 할 여유를 줘야……."

"그건 좀 불공평하지 않아? 한여름, 너 이기적으로 보여."

"진짜?"

"엄청."

"재수도 없었어?"

"좀."

"으……."

후에게 여자 친구가 생길 수 있단 건 늘 마음 한편에서 각오하고 있었다. 언젠가 일어날 일이었고, 또 그때가 되면 우리 사이엔 어떤 변화가 있을 수밖에 없다고, 그 상황에 순응해야 한다고 인정하고 있었지만.

어쩌면 연애 같은 거 안 할 거란 후의 말을 철석같이 믿어 버리고서 안심하고 있었는지도 모르겠다. 늘 뭇 여자들의 관심을 받고 있지만, 정작 본인이 관심을 보인 적은 없었는지라 후의 연애는 나중 일이라고 생각하며 마음 놓고 있었나 보다. 그러길 바랐나 보다. 피식 웃고서 웃어넘기는 게 아니라 이렇게 후가 적극적으로 나올 수도 있는 건데.

하긴, 자신이 언제까지고 후를 붙잡아 둘 수 있을 거란 생각은 착각이었다. 아무리 독점하고 싶다고 해도 떠나보내야 할 때가 있는 거다.

"아, 몰라. 후, 너 여친 생기면 난 개무시할 거지? 나 개털 되겠지? 진짜 싫은데."

"오후, 넌 이 이기적인 애를 어떻게 생각해?"

별하가 맞는 말만 하며 여름을 구박했다. 하지만 그 모든 말이 정확한 사실이었으니 그 누가 별하를 탓할 수 있으랴.

"딱 한여름답다고 생각해."

대답한 후를 여름이 확 째려보곤 중얼거렸다.

"아, 나도 몰라. 만나고 싶으면 만나라? 내가 무슨 수로 막아. 대신 만나면 나랑은 끝이야. 그럴 자신 있으면 만나든가."

"얘 뭐래니?"

"그냥 뭐. 맥주 한 잔에 취했나 보지."

별하와 후가 돌아가며 자신을 놀리고 있다는 걸 알았지만 여름도 낯짝이 있어 반항하진 못했다.

"그래서. 만날 거야, 말 거야?"

별하의 다그침에 후가 잠깐 뜸을 들이다가 대답했다.

"생각해 볼게."

저건 거의 만나겠단 소리였다. 후는 싫으면 싫은 거지 애매하게 질질 끄는 스타일은 절대 아니었다.

사진 속 여자가 그렇게 좋았냐? 마음에 들었어?

여름은 애가 탔지만 차마 드러낼 수도 없고, 그렇다고 보고만 있을 수도 없어서 그냥 딴청을 피웠다.

"앗, 갈비 탄다! 숯불 꺼지기 전에 더 시킬까?"

하지만 불안함에 제 다리를 달달 떨고 있단 걸 깨달았다. 손톱도 닥닥 물어뜯고 싶은 걸 겨우 참았다.

하긴, 내가 뭐라고. 멀리 갈 것도 없이 오늘 아침만 해도 우린 친구라고 목청껏 부르짖었었다. 그래, 친군데. 그래 놓고 친구끼리 왜 이렇게 초조해하는 거야? 별하 말처럼 친구라면 더 밀어줘야지. 아니면 나한테 소홀해질까 봐, 여친한테 여사친은 밀려날까 봐, 그딴 유치한 이유들로 계속 질투? 똥 씹은 표정으로 막아?

'근데 한여름, 네가 왜 예민하게 굴어? 후는 소개팅하면 안 돼?'

'친구가 찌질하게 혼자 솔로로 늙고 있는데 밀어줘도 모자랄 판에.'

아주 제대로 한 방 얻어맞았다. 별하 심판관 덕에 후는 정말로 고소했을 거다.

드디어 때가 왔다. 최대한 늦게 오길 바랐던, 아니 아예 오지 않기를 바랐던 후에게도 여자가 생길 수 있단 걸 인정하고 받아들여야 할 때가. 지금 당장은 초조하고 불안했지만, 결국엔 수긍하고 후를 놔줘야 할 텐데.

질투라고 불러도 좋고, 독점욕이라고 불러도 좋았다. 뭐라고 불러도 그건 사실이었다. 하지만 그게 쭉 이어지면 안 된단 것도 알고 있다. 아직까진 귀여운 정도다. 이 이상 가면 진짜 몹쓸 년에 노영은과 하나도 다를 바 없는 쌍년이 되는 거다.

나 잘할 수 있겠지? 그동안 후에게 여자가 없었던 것도 아니니까. 따지고 보면 여자가 많았던 예전과 똑같을 테니까. 별하처럼 아무렇지 않게 후의 행복을 빌어 줄 수 있겠지?

"그래 그럼. 생각해 보고 말해. 여름, 넌 괜찮지?"

"나, 나? 다, 당연히 괜찮지. 아깐 좀 낯설어서 그랬는데, 지금은 정신 차렸어. 당연히 후한테도 여자 친구 생겨야지. 계, 계속 이렇게 셋이서만 지낼 순 없잖아. 세상이 얼마나 넓은데, 하하……. 우리 각자 애인도 생길 거고, 그럼 좀 멀어지기도 할 테고, 그 후에도 친하게 지냈으면 좋겠지만 뭐, 시간이 해결해 주겠지. 안 그래?"

횡설수설 스스로도 뭔 소리를 하는지 모르겠다. 잘되라고 응원해 주고 싶은 양심과, 눈에 불을 켜고서 방해하고 싶은 쌍년스러운 본능 사이에서 여름은 왔다 갔다 했다. 최대한 찌질하고 질척하게 들러붙고 싶었다. 하지만 이젠 더 이상 그래선 안 된다.

그러다 후와 시선이 마주쳤다. 후는 무슨 생각을 하는지 알 수 없는 짙은 눈으로 여름을 응시하다가, 천천히 그 시선을 돌려 버렸다. 마치 외면하듯.

여름은 순간 이유 없이 가슴이 텅 비는 것 같았다.

아…… 이건 아닌 것 같은데. 그냥 가슴이 따끔했다. 우지끈하고 뭔가가 내려앉은 기분. 대체 왜 이러는 거지? 후에게 다른 여자가 생길 수 있단 게 이렇게까지 아플 일이었나? 매운 고춧가루라도 한 움큼 삼킨 것처럼 속이 따끔따끔하고 꽉 막혔다. 뭐지, 이건?

"여름, 너 정말 술 안 마셔?"

"응……. 안 마실래."

실은 술이라도 마시고 싶었지만, 일부러 술잔엔 손도 대지 않았다. 아직은 후의 집에서 지내고 있으니, 혹시라도 실수할 수 있는 그 어떤 빌미도 만들지 않기 위해서였다.

여름이 술 대신 콜라를 마시려는데, 얼빠져 있느라 그만 가슴에 흘려 버렸다.

"아……."

나 정말 왜 이러는 거지?

"흘렸다."

"이그."

별하가 바로 물수건을 갖고 와 여름의 옷을 닦아 줬다. 여름은 멍한 얼굴로 제 가슴 위를 왔다 갔다 하는 물수건의 압력만 어렴풋이 느꼈다.

'좀 쓰리네, 이거. 아니 많이 아픈데…….'

정말 아픈 게 살갗인지 그 안에 있는 다른 것인지 모르겠다.

"안 지겠는데."

중얼거리며 고개를 돌린 별하의 눈에 후가 들어왔다. 눈이 마주친 후가 좀 붉어진 얼굴로 괜히 헛기침을 하며 시선을 돌렸다.

'흐응.'

별하의 눈이 음흉하게 가늘어졌다. 그렇군. 하필이면 콜라를 흘린 부분이 동그랗게 부푼 가슴 언저리라. 마음껏 닦아 주는 그 모습이 꽤 자극적이었나 보다. 오후에겐 꽤 셌을 수도.

"내가 화장실 가서 닦아 보고 올게."

여름이 당황한 얼굴로 서둘러 화장실로 향한 후, 별하는 턱에 손을 괴고서 씩 웃었다.

"넌 여전하구나?"

후가 별하를 스윽 돌아봤다. 여름에겐 잘 보이지 않는 서늘한 눈이었다. 그러다 웬일인지 피식 웃는다.

"너도 아는 걸 쟤는 왜 저렇게나 모를까?"

"원래 당사자는 잘 모르는 법이거든. 비밀이란 게 그렇잖아. 당사자만 빼고 다 알지."

"그런가."

"너 어려운 결정 내렸더라? 그 상태로 여름이랑 같이 지낼 수나 있겠어?"

"절망적인 상태지."

"달리 보면 좋은 기회일 수도 있지. 한번 제대로 잡아 봐. 도망 못 가게."

쉽진 않겠지만.

"네 오랜 바람이 이뤄지길 빌게."

여름만큼이나 오래 봐 온 별하였다. 별하의 말처럼 당사자만 제외하고 모두에게 들켜 버렸나 보다. 하지만 그다지 놀랍진 않았다. 지금껏 모르는 척해 줬다는 걸 알고 있었으니.

차라리 별하가 눈치챘다고 생각하니 후는 마음이 한결 가벼워졌다.

"이미 거절당했어."

"뭐? 벌써?"

별하가 심각해진 얼굴로 턱에서 천천히 손을 내렸다.

"용케 잘 숨기더니. 무슨 심경의 변화가 있었기에?"

"그런 게 아니라 들킨 거지."

"아······."

쌓이고 쌓였던 게 터진 건지도. 확실히 어제 서상록과의 일이 아니었다면, 여름에게 그렇게 급속도로 다가가진 않았을 것이다. 의심받고 견제당하지도 않았을 테지. 하지만 시기의 문제일 뿐, 언제라도 일어날 일이었다.

그제야 별하는 여름이 후의 집에서 나가려고 하는 이유를 알게 되었다. 그런 일이 있어서 왠지 표정이 무거워 보였었구나.

"우리 일에만 관심 두지 말고, 너야말로 왜 아무도 안 만나?"

"난 그런 거 막 묻는 사람 싫던데. 대답하는 것도 싫고."

"그럼 안 하면 되고."

"그렇게 쉽게 포기하면 말하고 싶어지잖아."

"어쩌란 거야."

후가 골치 아프다는 듯 웃었다.

"내 이상형은 쭉 하나였어. 나한테 무심한 남자. 근데 그런 남자가 좀처럼 없네."

"친구로서 말하는데, 이상형 바꾸지 그래? 하지 마, 그딴 연애. 걱정되게."

웃음기를 지운 후의 표정이 진지했다.

"한여름만 걱정해 주는 줄 알았더니, 내 걱정도 해 주네? 나도 네 친구이긴 했었나 보다."

"비꼬지 마. 친구 소리 지긋지긋하다."

"난 사랑받는 게 아니라 내가 사랑할 거거든. 여자는 남자한테 꼭 사랑받아야 하나? 여자가 사랑할 수도 있지."

"그건 아니지."

후가 신기한 애 쳐다보듯 별하를 응시하다가 천천히 입을 열었다.

"받아야만 꼭 행복한 건 아니니까."

하지만 끝내는 동의한다는 듯 웃어 보였다.

"말해 놓고 보니 내 얘기 같잖아."

후가 부드럽게 말하자, 별하는 시니컬한 표정으로 눈을 돌렸다. 그때, 여름이 다시 돌아왔고 후의 시선은 늘 그렇듯 여름에게 향했다.

그제야 별하의 눈이 다시 후에게로 돌아갔다. 그리고 꽤 오래도록 머물렀다.

· · ·

"박하스 맛 누구야, 나와."

식당을 나온 세 사람은 근처 조형물 앞에 앉아 별하가 부른 대리기사가 오기를 기다렸다. 그사이 후가 편의점에서 아이스크림

157

을 사 오자, 여름이 박하스 맛을 타박했다.

"내 꺼."

"넌 이게 맛있어?"

"엄청."

"그럼 나도 먹어 봐야지. 오후, 네 거."

세 사람은 나란히 앉아 아이스크림을 입에 물었다. 밤바람이 느껴졌다. 꼭 찜통처럼 덥던 여름날 셋이서 교정에 나란히 앉아 먹던 아이스크림 맛이 났다.

"으, 머리 아파."

여전히 여름은 아이스크림에 욕심냈다가 이마를 두드렸지만, 별하와 도란도란 얘기하며 웃는 걸 보니 기분은 좋아 보였다. 후는 마음이 놓였다.

곧 대리기사가 도착해 별하가 떠나자, 후가 자리에서 일어났다.

"가자, 여름아."

여름이 후를 빤히 올려다봤다. 오랜만에 후가 제 이름을 불러 준 것 같아서였다. 확실히 성을 붙였을 때보다 이쪽이 더 다정한 느낌이다.

여름은 후와 함께 걸었다. 약속 장소가 후의 집 근처라 걸어갈 만한 거리였다.

"아, 피곤하다. 빛의 속도로 짐을 쌌더니 벌써 졸려."

여름이 눈을 비비며 하품을 했다. 꽤나 졸린 듯, 제 오른발에 왼발 뒤꿈치가 차여 비틀거렸다. 후는 여름이 차도 쪽으로 넘어가지 않게 한쪽 팔을 잡아 주었다.

"됐거든? 혼자 걸을 수 있어."

"졸리잖아. 손잡아."

"싫은데?"

수없이 잡아 봤던 손인데, 여름은 새삼스레 가슴이 뛸 것 같아 사양했다. 오늘은 그냥 아무 짓도 하지 않는 게 낫겠다.

사실 후의 손을 잡았던 것도 철없던 초등학생 때, 그것도 저학년 때뿐이었고, 그 뒤론 가뭄에 콩 나듯 아주 드문드문 어쩌다가 잡았을 뿐이었다. 그리고 이젠 그때보다 더 손잡는 게 어색한 나이가 됐다.

"오늘로 이틀째 신세 지는 거네."

"……."

"조금만 기다려. 방 금방 구할 거야."

후가 한쪽 주머니에 손을 쿡 찔러 넣은 채 아래만 내려다보다가 물었다.

"걔가 밀고 들어오면?"

"엄청 작은 방으로 구하지 뭐. 딱 한 사람만 들어갈 수 있는 그런 데로."

"그게 방법이냐?"

"참신하잖아."

"그냥 당분간 있어. 적당히 정리될 때까지. 안심하고 내보낼 수 있을 때까지."

후가 걸음을 멈추곤 여름을 물끄러미 쳐다보자, 여름도 멈춰 섰다.

"괜한 고집 부리지 말고 내 말대로 해. 어차피 너한테 생기는 모든 일이 내 귀로 들어올 거야. 귀찮으니까 그냥 가까운 데서 듣자."

여름은 아무 말도 할 수 없었다. 단지 귀를 스치는 바람만 인식될 뿐.

"이것저것 복잡하게 생각하지 말고 지금 너한테 가장 필요한 게 뭔지, 가장 도움이 되는 게 뭔지 그것만 고려해."

"나더러…… 여기서 더 이기적인 사람이 되라고?"

"네가 언제 이기적이었는데."

"뭐? 아까 내가 그 짓 하는 거 보고도 그런 말이 나와? 얼마나 꼴불견처럼 굴었……."

"네가 정말로, 제대로 이기적이었던 적은 있어?"

여름이 멈칫했다.

"그딴 식으로 간 보지 말고 할 거면 제대로 해. 내가 필요하다면 얼마든지 이용당해 줄 테니까."

"넌…… 어떻게 그런 말을 해? 넌 네가 얼마나 꼴불견인지 알고는 있어? 네 그 말이 얼마나 싫은지, 얼마나…… 고마운지, 이러지도 저러지도 못하게 사람을 얼마나 헷갈리게 하는지 아냐고."

대체 왜 그렇게까지 하는데? 그럴수록 넌 너무 착하고, 난 착한 너를 이용해 먹는 마녀 같잖아. 정말 사람 못돼 처먹은 년으로 만들잖아.

……두근거리잖아.

'젠장, 진짜 못 살겠다. 내가 죽든 해야지.'

160

갑자기 숨이 꽉 막혀 고개를 숙이는 여름의 머리 위에 후의 손이 툭 내려앉았다.

"공짜 아냐. 나중에 한 번에 갚아."

그러더니 후가 먼저 가 버렸다. 여름은 후의 뒷모습을 말없이 바라보고 서 있었다.

"같이 가. 왜 혼자 가? 온갖 똥폼은 다 잡고……. 심장 뛰게 정말……."

따라가고 싶은데, 따라잡고 싶은데, 어떻게 해야 할지 모르겠다.

내가 대체 어떻게 해야 할까, 후야.

6편
더 이상 너한테 끌려가지 않아

별하와 같이 있을 때만 해도 기분 좋아 보이더니, 여름은 집으로 돌아오는 내내 기운이 없었다. 그리고 집에 도착하자마자 시무룩한 얼굴로 씻고 나서 바로 자러 들어갔다.

"너 코 골면 죽는다."

그 말만 남기고서.

후는 시린 눈으로 여름이 사라진 곳의 문을 잠시 바라보다가 욕실로 향했다. 곧 샤워기의 물 떨어지는 소리가 들렸다.

전전반측.

벌써 침대에 누웠는데도 눈이 말똥말똥했다. 여름은 시름 가득한 얼굴로 내내 몸을 뒤척였다. 피곤한 척 들어오긴 했는데, 도통 잠이 안 왔다.

'할 거면 제대로 해. 내가 필요하다면 얼마든지 이용당해 줄 테니까.'

"썩을 놈, 이용당하는 게 뭔지 알기나 하고서 그래? 그게 얼마나 열받는 일인데. 멋있는 척하긴."

그럼에도 후가 한 말이 떠오르자 명치가 따끔했다.

"착해 빠져 갖고."

하지만 후의 그런 친절을 더 이상 내 것인 양, 나만의 특권인 양 받아들여선 안 된다. 그럼 아까처럼 후가 내 소유인 양 놓고 싶지 않아지니까. 어느새 버릇처럼, 후가 주는 것들을 당연하다고 여기고 있었나 보다.

여름은 아까 본인이 저질렀던 추태가 떠오르자 다리로 이불을 걷어찼다.

'후한테 딴 여자 안 생기게, 진짜 막을 방법 없을까?'

그럼에도 계속 후를 빼앗기고 싶지 않아 그런 생각을 계속하고 있는 자신이 징글징글했다.

"나 진짜 쌍년이다."

여름은 또 몸을 뒤척이며 돌아누웠다.

하지만 여름은 저만 그런 건 아니라고 생각했다. 따지고 보면 후도 똑같았다. 여름에게 남친이 생길 때마다 '쟨 아냐.', '그 남잔 아냐.', '그 새낀 아냐.'라며 온갖 품평을 해 왔다.

하지만 그럴 때마다 후도 저가 느꼈던 감정처럼 속이 허했을까?

아까 후가 편의점에 간 사이 여름이 별하에게 물었었다.

'만약 후한테 여친이 생긴다면 서운해질 거 같은 내가 정말 이상한 걸까? 정말 비정상적인 걸까?'

'비정상이라기보다는 뭐, 그럴 수도 있지. 나도 그러니까.'

'……그치? 나만 그런 건 아니지?'

'좀 서운하겠지. 오빠나 남동생한테 애인이 생기는 것과 비슷한 느낌이랄까. 나도 우리 오빠한테 여친 생겼을 때 엄청 서운했었거든.'

'그렇구나. 난 오빠가 없어서…….'

'하지만 서운한 마음도 금세 끝나더라. 좀 지나니까 관심도 사라지고, 오히려 싸우지 않고 잘 지냈으면 좋겠단 생각만 들더라고.'

'난 너처럼 쿨하지 못한가 보다.'

'만약 네가 속으로 후를 좋아하고 있었다면, 얘기가 달라지겠지만.'

'……응?'

여름의 가슴이 덜컥 내려앉았다.

'그렇다면 질투의 영역이 되는 거니까 그런 감정이 가능하다고는 봐. 정말 많이 신경 쓰인다면, 도저히 축하해 줄 수 없겠다 싶으면, 네 마음을 먼저 들여다보는 걸 추천할게.'

여름은 순간 멍해져서 별하에게 아무런 말도 못 했다. 그건 너무 어려운 문제였기에. 그리고 후가 오는 바람에 대화는 도중에 끊겼다.

별하 말처럼 이게 우정 이상의 감정이라면, 우정이 아닌 애정이라면……. 아니, 아무리 생각해도 그냥 우정의 한 갈래 같다. 후를 그런 식으로 생각해 본 적 없다. 하지만 단 한 번도 그런 적 없었다면 거짓말이겠지.

그렇더라도 이미 이겨 냈던 마음이었다. 그 후로 여름은 계속 최면을 걸어 왔다. 후와는 친구 이상은 안 될 거라고. 그래서 이젠 그런 생각들이 화석처럼 굳어진 것 같다.

'후한테 여친이 생기면 강아지나 고양이를 키워야겠다.'

후한테 비할 바는 아니겠지만, 자신의 외로움과 불안이 어느 정도 해결은 되겠지.

"아, 정말 그럼 되겠다."

그리고 이젠 후를 놔줘야지.

그동안 후가 자신에게 얼마나 고마운 존재였는지 왜 모르겠는가. 얼마나 잘해 줬는지, 얼마나 귀찮을 정도로 챙겨 줬는지 다 안다. 그래서 더 심적으로 기댔었는데, 그렇기에 더 별하 말처럼 후를 다른 여자에게 보내 줘야 한단 걸 인정했다. 정말로 내가 후의 친구라면.

'한 걸음 뒤로 물러나자. 그럼 우리 모두 다 행복해지겠지.'

여름은 드디어 마음이 편해져 입꼬리를 올리며 눈을 감았다.

· · ·

'큭, 너 떠냐? 한여름도 무서운 건 아나 보네. 이제야 좀 상황 파악이 돼?'

목소리가 들렸다. 그건 반갑지 않게도 서상록의 것이었다.

'너 그 집 노예라며.'

사람을 바닥까지 끌어 내리던 말. 왜 그 자식 목소리가 다시 들리는 거지? 이건 꿈인가?

여름은 겁났다. 꿈속에서 상록이 여름을 거칠게 밀치며 강제로 덮치려 했다.

'이게 진짜 좋게 좋게 대해 줬더니!'

화가 난 상록이 여름의 목을 콱 졸랐다.

대체 왜 다시 그날로 돌아간 거지?

감각은 선명했고, 그날 느꼈던 두려움도 똑같이 찾아왔다. 여름은 몸부림치며 도망치려 했고, 상록은 그럴수록 여름을 더 난폭하게 다뤘다.

'아⋯⋯.'

그 순간, 사방이 덜컥하더니 여름의 몸이 까만 어둠 속으로 곤두박질치듯 떨어졌다. 어둠에 잡아먹히듯 까만 그림자에 뒤덮인 여름의 몸이 아예 검은 어둠과 동화되었다. 뭐가 어둠이고 뭐가 자신인지 알 수 없었다. 한 치 앞도 보이지 않는 공간은 깜깜했다.

'밖으로 나가고 싶어.'

어둠 속을 더듬거리고 있는 건 어린 날의 여름이었다.

그곳은 새까만 벽장 안이었다. 분명 서상록에게 떠밀려 떨어진 것 같은데, 이번엔 어딘가에 갇혀 있다. 답답한 마음에 사방을 작은 손으로 두드렸지만 밖에선 아무런 대답도 없었다.

'이모…… 잘못했어요. 열어 주세요.'

여름은 오들오들 떨며 잘못을 빌었다. 여름에게 익숙한 공간이긴 했지만, 그때처럼 칠흑 같은 어둠 속에서 손들이 튀어나와 자신을 확 잡아먹을 것만 같았다.

'너무 무서워.'

여름은 손으로 귀를 가렸다. 작은 소녀는 공포와 굶주림을 견뎌 가며 벽장문이 열리기만을 기다렸다. 말을 안 들으면 이모는 여름을 며칠이고 벽장 안에 가둬 뒀었다. 몇 시간이고, 하루 종일 밥도 안 주면서.

혼자란 게 얼마나 무서운지, 여름은 그렇게 공포를 배웠다. 그리고 자신을 도와줄 엄마 아빠 어디에도 없었다. 자신을 구해 줄 이 아무도 없다는 데서 오는 공포, 이 세상에 혼자 남았다는 사실이 주는 공포. 그건 학대보다 더 끔찍한 것이었다.

여름은 울었다. 이 꿈에서 깨어나고 싶어. 이 어둠에서 벗어나고 싶어.

그때 문득 커다란 손이 여름의 머리 위로 내려앉았다.

'어서 나와.', '괜찮아, 두려워하지 마.' 라고 말해 주듯 서늘한 손이 부드럽게 여름의 이마를 짚었다. 여름은 필사적으로 그 온기를 향해 손을 뻗었다. 그것이 유일한 구원인 것처럼.

영원히 이 꿈에서 깨어나지 못할 줄 알았는데. 절대 이 두려움에서 달아나진 못할 거라 생각했었는데. 언제부턴가 자신의 앞에 나타난 그 녀석. 무뚝뚝한 얼굴로 때로는 구박할 때도 있지만, 필요할 때면 언제든 넓은 어깨를 내 주던 녀석.

아주 작게 뚫린 구멍을 통해 쏟아져 들어온 빛은 점점 퍼져 가 돌파구라곤 없던 어둠을 밀어냈다. 환한 빛이 확 쏟아져 들어오자, 여름은 힘겹게 눈을 떴다.

희미한 시야에 들어온 사람.

"흑, 후야……."

너무도 반갑고 안심돼서 여름은 그만 눈물을 후드득 쏟아 내고 말았다.

후가 열어 준 것이다. 어둠 속에서 그녀를 끄집어내 주었다. 그 무서운 공간에서. 누구도 도와주지 않던 그 꽉 막힌 어둠 속에서.

"한여름, 너 왜 이래?"

후의 얼굴이 화난 듯 일그러져 있다. 눈빛엔 걱정과 초조함이 가득 담겨 있다. 누가 저를 위해 이런 표정을 지어 줄까.

"나 무서워, 후야."

여름은 후의 손을 더듬거리며 찾아내 꽉 움켜쥐었다. 마치 그 손 하나밖에 없는 것처럼. 필사적으로.

"대체 뭐가……."

후는 이 상황을 이해할 수가 없었다. 그저 꺼질 것 같은 얼굴로 울고 있는 여름이 가슴이 탈 정도로 속상할 뿐이었다.

잠들기 전 여름의 방에 잠시 들어왔었다. 그러다 악몽을 꾸듯 괴로워하는 여름을 발견했다. 불현듯 예전 일이 떠올랐다. 수학여행을 다녀온 뒤, 여자애들이 여름에 대해 하는 말을 우연히 들었었다. 여름이 자면서 엄청 심하게 악몽을 꾸며 울더라고 했다.

'겁나 놀랐어. 벌떡 일어나서 얼마나 펑펑 우는지.'

그땐 이렇게 심각할 정도로 악몽을 꾸는지 몰랐었다. 그게 대체 언제 적인데. 그럼 그때부터 지금까지 계속 이래 왔다는 걸까? 아니, 어쩌면 훨씬 오래전부터였을지도. 넌 도대체 몇 년 동안이나 악몽에 시달려 왔던 건지.

"괜찮아, 한여름."

후는 미칠 것 같았지만 우선 여름을 다독였다.

"이제 괜찮으니까 진정해."

부드럽게 어르며 어깨를 토닥토닥 두드려 주었다. 그래도 여름의 떨림은 멈추지 않았다. 뭐가 그렇게 무서워서 이렇게 떨고 있는 건지. 후는 결국 여름을 안아 일으켜 가만히 끌어안았다.

"쉬잇……. 괜찮다고."

작은 머리를 쓸어 주자, 여름의 머리가 손바닥에 잠기는 것 같았다. 뒷머리를 파고들어 더 깊이 끌어안았다. 가느다란 떨림이 그의 팔에 선명하게 전해져 왔다. 후의 가슴이 저릿했다.

"왜 악몽 같은 건 꾸고 그래."

그가 되도록 작은 소리로, 제 속상함을 토해 냈다.

"후야, 나 무서워."

"뭐가 그렇게 무서운데."

"새까만 어둠이…… 벽장 속에서…… 손이…….'

후는 여름이 하는 말을 하나도 알아들을 수가 없었다.

"서상록…….'

일순, 후의 눈빛이 변했다. 후가 날카로운 얼굴로 여름의 얼굴을 양손으로 잡아 저를 향하게 했다.

설마, 그 자식 때문인가?

"너 바보냐? 겨우 그따위 새끼 때문에 네가 왜 악몽을 꿔?"

"……."

"아무것도 아니었다고. 앞으론 절대 그런 일 없을 거라고. 알아? 내가 절대 그렇게 안 둔다고."

"후야……."

"그 새끼 죽여 버릴 거야."

순간 흠뻑 젖은 여름의 눈이 고맙다는 듯 웃자, 후의 어딘가가 지끈, 하고 자극되었다. 마치 홀린 듯 여름의 젖은 눈에 입술을 대고 싶단 충동이 지옥 불처럼 솟구쳤다. 여름의 얼굴을 쥔 후의 손이 부들부들 떨릴 정도로.

자신도 모르게 여름의 얼굴을 더듬어 만지기 시작했다. 어둠에 잠긴 여름의 피부는 매끄러웠고, 연한 조명에 비친 입술은 흐드러진 꽃처럼 아름다웠다. 촉촉한 향기를 퍼뜨릴 것 같은 입술을 베어 물고 싶단 충동이 그의 심장을 뜨겁게 건드려 후는 삼켜 버릴 것처럼 여름의 입술을 응시했다.

젠장.

타오르는 충동. 손에 힘을 주고서 여름의 얼굴을 끌어당기자, 여름이 의아한 듯 눈을 크게 뜨는 게 보였다.

'그런 눈 하지 마.'

이렇게 여름이 말간 눈으로 자신을 바라보고 있으면 미칠 것 같다. 어떻게든 해 버리고 싶다. 내가 하는 생각들이 얼마나 무서운지 넌 알아? 네 어깨를 으스러지듯 껴안고서, 과즙이 터질 것 같은 네 입술과 혀를 난폭하게 짓뭉개고 싶다.

마지막까지 흘러내리는 다디단 즙까지 모조리 핥아 먹고서, 거부하는 신음 소리마저 광포하게 삼켜 버리고서 가지고 싶다. 입술이 쓰라릴 때까지 빨고 싶다. 그대로 눕혀 손가락을 핥고, 제 손가락을 그녀의 입안에 집어넣어 휘저으며 그녀를 꼼짝 못 하게 묶어 두고서 거칠게 자신을 넣어 버리고 싶다.

지옥 같은 통증.

지독한 성적 욕구.

북받치듯 올라온 감정이 그를 뒤흔들었다.

젠장!

후는 그런 자신의 본능을 억압하기 위해 고개를 옆으로 돌려버렸다. 대체 얼마나 지독하게도 이어져 온 열병인가. 또한 얼마나 어리석은 감정인가.

몸을 섞고 서로의 점막을 자극하는 걸로 대체 뭘 얻을 수 있다고. 후는 스스로에게 쓰디쓴 환멸을 느끼며 이 미친 것 같은 감정에서 필사적으로 도망치려 했다.

'대체 몇 번째인지.'

어느 정도 자신의 날뛰던 감정이 가라앉았을 때 후는 다시 여름에게로 고개를 돌렸다.

비겁하게도 난 네가 무너져 있는 틈을 파고들려고 했다. 이 고통스러운 욕망에서 벗어날 수 있다면, 네 깨끗한 미소를 가장 천박한 방식으로 더럽히고 싶단 이 욕구에서 벗어날 수 있다면, 매초 널 원하는 또 다른 나를 떼어 낼 수만 있다면 뭐든지 다 할 수 있을 것 같은데.

"한여름."

여름은 아무런 대답이 없었다. 마치 아직도 꿈과 현실의 틈에서 헤매고 있는 것처럼, 두려움이 녹아 만들어 낸 눈물을 꽉 담은채 슬퍼하고 있었다.

아플 정도로 제 입술을 질끈 깨무는 그 모습이 너무 안쓰러워서, 미친놈처럼 끌려서 나는 아무래도 네 친구로는 안 되겠다. 네소망을 지켜 주지 못해서 미안하다.

"날 원망해."

후는 차라리 개자식이 되기로 했다. 참아 온 시간만 수천수만, 무너지는 건 단 몇 초였다. 지금껏 억눌러 왔던 것들이 꿈틀거리며 폭발한 순간, 후는 여름을 확 끌어당겼다. 그리고 커다래지는여름의 눈길을 외면한 채 거칠게 입술을 겹쳤다.

"흡⋯⋯!"

순식간에 일어난 일에 여름의 눈동자가 저항할 틈을 잃은 채파르르 떨리는 게 보였다. 하지만 후는 끝까지 그런 여름을 외면하며 천천히 눈을 감았다. 더는 견딜 수 없었다는 게 변명이라면변명. 사그라졌다고 생각한 불꽃은 다시 터졌다.

지금껏 수없이 상상했던 그녀의 입술을 빨았다. 혀끝에 매끄러운 입술의 맛이 느껴졌다. 그건 달고도 아주 고통스러운 맛이었다.

오랜 상상이 현실이 됐을 때의 희열과 불안, 그리고 생생한 충동에 후의 온몸이 움찔거렸다. 이대로 죽어도 좋을 것 같단 극한의 감정이 느껴졌다.

여름은 아직도 무슨 일이 일어났는지 모르는 사람처럼 축 늘어져 있었다. 하지만 그것이 그리 오래가진 않았다. 마침내 여름이 크게 몸을 떨며 후의 가슴에서 벗어나려 했다.

후는 여름의 뒷머리를 더욱 세게 눌렀다. 어차피 이미 시작된 일이다. 출구는 없었다. 그가 다른 팔로 여름의 어깨부터 등을 꽉 껴안았다. 각도를 엇갈려 이번엔 더 짙게 입술을 빨며 집요하게 여름의 입술을 열려고 했다.

하지만 여름은 입술을 꽉 다물었다. 도저히 믿기지 않는 상황에 그녀의 눈동자가 파르르 떨렸다.

'오후…… 대체 네가 왜……. 어떻게…….'

등이 휘어질 정도로 끌어안긴 채 여름은 어쩔 수 없이 후의 가슴에 손톱을 박았다.

'놔…….'

생채기가 남을 정도로 지독하게 힘을 줘서 긁었다.

'놓으라고, 제발!'

하지만 후는 오히려 더 뜨겁게 여름을 안으며 괴로운 신음을 그녀의 입술 위로 쏟아 냈다.

"벌려…… 입술."

귀를 의심하게 하는 말.

"어차피, 이미 저질렀어."

도저히 알아들을 수 없는 말.

"지금까지 수없이 널 안는 상상을 했어."

여름의 입술을 아찔하게 스치고 눌렀다가 또 스치며,

"열어, 한여름."

뜨겁게 핥아 가며,

"나한테 넌 한 번도 여자가 아닌 적 없었어. 아무리 네가 아니라고 해도."

상상도 못 했던 말을 토해 냈다.

"나한테 넌 여자였다고."

여름의 심장이 깊이 헤집어지고, 충격으로 머릿속이 새하얘졌다.

여름이 넋을 잃는 순간 후가 강한 압력으로 여름의 입술을 열고서 비집듯 파고들어 왔다. 침입해 온 뜨겁고 축축한 혀가 데일 정도로 뜨거웠다.

마치 혼자 살아 움직이는 것처럼 그의 혀가 입천장을 핥고 온통 건드리고 다니다 여름의 혀를 찾자 올가미처럼 옭아맸다. 피하려 했지만 강하게 틀어쥔 힘 때문에 도망칠 수도 없었다. 엄청난 압박이었다.

처음 본 후의 거칠고 사나운 모습에 여름은 정신이 아득했다. 믿을 수 없었다. 꿈인 것처럼 비현실적이었다. 후가 어째서……

입속에선 후의 혀와 제 혀가 뒤엉키고 있다. 타액을 빨아들인다. 이건 너무도 야한 행위였다. 도저히 우리 사이에선 있을 수 없는. 결국 여름의 머릿속에 번개 같은 것이 내리꽂혔다.

"그만……"

이건 안 돼.

여름은 흡착되듯 달라붙은 입술을 가까스로 떼어 내며 힘겹게
소리쳤다.

"그만해!"

도무지 벗어날 수 없는 후의 무게, 하지만 여름은 있는 힘껏 후
를 뿌리쳤다.

"이거 놓으라고, 멍청아!"

순간 젖은 소리를 내며 후의 입술이 거칠게 떨어져 나갔다. 밀
쳐진 후가 숨을 가쁘게 몰아쉬었다. 여름도 숨을 헐떡이며 후를
사납게 노려보았다.

"미쳤구나, 너."

여름은 손등으로 제 입술을 미친 듯 문질렀다. 마치 후의 타액
과 흔적을 아주 지우기라도 하듯.

다른 사람도 아니고 후다. 후가 자신에게 이런 짓을 했다는 사
실이, 후와 그런 외설적인 키스를 했다는 사실이 믿기지 않았다.

"미친 거야. 미치지 않고서야 어떻게 이럴 수 있어? 네가 어떻
게 나한테……. 너 지금 나한테 무슨 짓 했는지 알고는 있어? 취
했니? 돌았어? 내가 누군지 알아? 아냐고!"

여름이 펄펄 뛰었다.

"다 알아. 네가 누군지도. 무슨 짓을 했는지도."

"하, 뭐? 알고 있다고? 근데도 그런 짓을 했다고? 너 제정신이
니? 발정 난 개새끼도 아니고……!"

"발정 난 개새끼 맞아."

여름이 멈칫했다.

175

"뭐?"

"미쳤다고 해도 좋아. 아니, 차라리 미치는 게 낫겠어."

허스키한 소리로 그가 중얼거렸다.

"네가 보는 그대로야. 미친놈이라고. 한여름, 그래서 어때? 내가 미친놈이 되니까 넌 기분이 좀 나아?"

"너 지금 나한테 따지니?"

"네가 그렇게 믿고 의지하는 내가, 네 말대로 늘 친구로서만 만족해 온 내가, 아무리 욕심나도 건드리지도 못했던 내가, 사랑하고 싶어도 그 흔한 사랑조차 마음대로 하지 못한 내가 이렇게 미친놈이 되니까 어떠냐고."

"너 대체 무슨……."

"취해서도 아냐. 널 다른 누군가로 착각해서 건드린 것도 아냐. 미쳐서 발정 난 것도 아냐. 네가 누군지 똑똑히 알고 있고, 네가 싫어한단 것도 아주 잘 알고 있고, 네가 뭘 원하는지도 다 아는데 안았어. 널 갖고 싶어서."

"너……."

"조금은 불쌍하지 않냐? 조금이라도 안쓰럽게 여겨서…… 미친놈 좀 받아 줄 순 없겠냐고."

심장이 쿵 떨어졌다. 충격받은 여름은 움직이지도 못했다. 핏기가 가신 얼굴로 후를 응시하던 여름이 슬픈 얼굴로 울먹거렸다.

"너 대체 왜 그런 말을 하는 거야. 왜……."

"미안하다."

"후야……."

"하지만, 이건 내 행동에 대한 사과도, 결정에 대한 사과도 아냐."

"후야, 제발."

"아무리 사정해도 이번만은 안 돼. 더 이상은 못 견디겠어. 네가 바라는 선을, 네가 원하는 착한 관계를 난 더 이상은 못 해 줄 것 같아."

후가 여름의 팔을 확 잡았다.

"나 너 사랑해. 지금까지 쭉 사랑했어."

"……뭐?"

"이게 정말, 미친 거냐?"

이글거리는 후의 눈빛이 여름의 심장을 꿰뚫었다. 후의 거칠고 난폭한 모습, 늪처럼 짙게 가라앉은 눈빛은 여름으로 하여금 두려움마저 느끼게 했다.

"너 지금 사랑……이라고 했어?"

후의 손이 여름의 손으로 향해 깍지를 꽉 끼었다. 마치 빠져나가지 못하게 하려는 듯.

"그래. 몇 번이고 말해 줄 수 있어. 사랑해. 사랑해 왔어."

"……!"

"내 마음대로, 내 의지로 널 사랑했어. 하지만 그것만으론 안 되는 게 있더라. 네가 날 사랑하지 않는 것. 네 마음이니까 네가 안 해 주면 난 어쩔 수 없잖아. 하지만 상관없어. 넌 그냥 나한테 사랑받는 애야."

"무슨……."

"그러니 제발 더 이상은 날 고문하지 마라. 이제 그만 좀 날 괴롭히라고. 넌 안 해도 좋으니까, 내가 널 사랑하는 것까진 막지 마."

여름은 비이성적으로 심장이 뛰는 게 느껴졌다. 이건 필시 두려움이었다. 지금까지 지켜 왔던 모든 관계가 깨어져 가는 걸 눈앞에서 목격하고 있었다. 수많은 생각의 파편들이 여름의 머릿속을 오갔다.

얼마나 무서웠는데, 그래서 그렇게 선을 그어 왔는데, 왜 네가 그걸 깨는 거야!

후의 고백에 여름은 가슴이 완전히 무너졌다.

후가 여름의 손을 깍지 낀 채, 다른 손을 뻗는다. 그의 손이 여름의 눈앞에서 코끝으로, 턱으로, 가슴으로 스칠 듯 말 듯 내려갔다. 가슴 위를 배회하던 손은 결국 방향을 휙 튼 채 여름의 목을 감쌌다.

"더 이상 너한테 끌려가지만은 않을 거야."

후가 서늘한 눈에 힘을 주었다. 여름은 입술을 꽉 깨물며 그런 후를 쏘아보았다.

다 잊었어? 내가 했던 말 다 잊었냐고. 내가 뭘 원하는지, 왜 그랬는지 후는 다 잊었나 보다. 온전한 슬픔과 절반의 진심으로 했던 그 말들을……

"언제, 네가 나한테 끌려만 다녔는데?"

여름은 사나운 눈으로 후에게 물었다.

"뭘 대단히 참아 준 것처럼, 견뎌 준 것처럼 그러는데? 잘난 척하지 마. 똑같은 눈으로 몇 년이나…… 그런 눈으로 지켜 주면, 정말 참아야 하는 게 누군데. 견뎌야 하는 게 누군데."

"……!"

"하지 말라고 했는데도, 그렇게 싫다고 했는데도, 다가오지 말라고 했는데도 끝까지 고집 피우더니, 자신 없었으면 그럴 수 있었겠어? 너 같은 애가 그러고 있으면, 정작 신경 쓰이는 게 누군데. 이제는 내 가장 소중한 존재가 돼서 이렇게나 잃기 싫어지게 만들어 놓고서. 날 이렇게 만든 게 누군데……."

"한여름."

후가 여름의 뺨을 만지려 했다. 하지만 여름은 그 손을 쳐 냈다.

"건드리지 마. 네가 정말 그렇게 날 위해 모든 걸 참았어? 들키지 않게 다 숨기면서 견뎠어? 웃긴 소리 하지 마. 넌 늘 날 흔들었고, 네가 힘든 것보다 더 날 힘들게 했고, 날 괴롭혔어. 정말 힘든 게 누구였는데."

"……."

"그러니까 내 말 잘 들어. 날 좋아한다면 나 좋아하지 마. 좋아하지 말라고, 이 자식아!"

여름은 엉엉 울음을 터뜨렸다. 너무 억울하고 속상해서. 그렇게 고이 지켜 왔는데 너무도 허무해서.

가장 두려운 건 언제나 널 잃는 것이었다. 그래서 잃지 않는 방법을 찾아냈다. 하지만 그것도 결국 안전한 방법은 아니었다. 네게 다른 여자가 생겨서 멀어진다면, 결국 잃는 건 똑같잖아.

내 고집이었든 너의 배려였든, 언제나 안전하게 친구 관계를 유지해 왔던 우리. 과연 내가 널 먼저 놓는 게 빠를까, 네가 날 떠나는 게 빠를까? 늘 그것을 두려워하며 살았었다. 그런데 네가 이렇게 원치 않는 마음을 들이대며 뒤통수 칠 줄 알았다면…….

이게 제일 빠른 길이었네.

우리 관계가 무너지는 건.

"네가 다 망쳤어."

이제 더 이상 과거로 돌아갈 수 없다. 안전한 친구 관계에서, 언제든 헤어지면 끝나 버리는 남녀 관계로 넘어간 것이다.

"그래. 다 끝내자. 친구고 뭐고 다 때려치우고 막 나가 보자고."

여름이 후의 손을 제 가슴 위에 휙 끌어다 놓았다. 그리고 매몰차게 다그쳤다.

"뭐 해? 만지지 않고. 한번 만져 봐. 넌 이게 되니? 되겠냐고."

후의 손이 여름의 부드럽고 동그란 가슴 위에서 움찔했다. 여름이 그런 후를 비난하며 도발했다.

"미친놈아, 어디 한번 해 보라고. 친구끼리 정말 그런 게 가능하다면……!"

순간 후의 입술이 여름의 입술에 와서 세차게 부딪쳤다. 손은 가슴을 움켜쥔 채였다. 그것도 놀라울 정도로 거칠고 음란하게.

아…….

여름의 눈동자에 파동이 일었다.

정말…… 이게 된다고?

후의 행동엔 그 어떤 망설임도 없었다. 쑥스러움도 어색함도 없었다. 오히려 황망함에 벌어지는 여름의 입술 틈으로 민첩하게 혀를 구겨 넣었다. 마치 이 기회를 절대 놓칠 수 없다는 듯. 집요하고도 거친 침입. 여름의 가슴을 만지며 손가락으로 유두를 문질러 자극하고 있었다.

'아……'

여름의 몸이 점점 뒤로 밀렸다. 다리에 힘이 풀려 휘청거렸다. 하지만 후에게 휘어 감긴 몸은 제 의지대로 무너질 수도 없었다. 결국 여름의 눈꺼풀이 파르르 떨리며 감기자, 후가 더욱 체중을 실으며 여름을 있는 힘껏 끌어안고서 더 깊이 키스했다.

혀가 얽히는 느낌은 아득하고도 강렬했다. 대체 어째서일까. 당연할 줄 알았던 거부감이, 불쾌함이 왜 일지 않는 걸까. 왜 이렇게, 뜨거워지는 걸까. 마치 처음부터 후가 남자였던 듯, 심장에서 쿵쿵 소리가 났다. 얼굴에 열이 몰리고 전신으로 전기 같은 자극이 퍼져 갔다. 저릿저릿하며 온갖 말초 신경을 건드리고 다녔다.

'아…… 후야…… 좀 더…….'

좀 더, 여기서 더 깊고 안타깝게, 더 길게 키스해 줬으면 좋겠다. 멈추지 말았으면 좋겠다.

막을 새도 없이 여름의 입에서 신음이 터졌다. 여름은 제 신음 소리에 귀가 뜨끈해졌다. 하지만 가슴에 힘이 가해지자 신음은 다시금 터져 나왔다. 틈이 생겨 버린 둑은 걷잡을 수 없이 무너져 갔다.

키스에선 희미하게 후의 냄새가 났다. 후의 눈빛이, 목소리가, 말투가, 성격이, 모든 것이 담긴 듯 후가 그대로 느껴지는 키스였다. 그 모든 걸 표현하듯 뜨겁게 열중해 오는 후가 느껴지는 키스였다.

'이게…… 너구나. 내가 모르던 진짜 너였구나.'

여름의 눈꼬리를 타고 눈물이 흘러내렸다. 여름이 흘린 눈물이 후의 손가락을 적시자 그가 여름에게서 떨어지려고 했다. 하지만 여름이 후의 팔을 잡았다. 마치 그만두지 말라는 듯. 여기서 멈추지 말라는 듯.

'안 돼……. 떨어지지 마. 가 버리지 마…….'

여름의 젖은 눈동자가 간절하게 애원했다. 그 눈을 촉촉하게, 그리고 탐욕적으로 적시고 있는 건 욕망이었다. 제 것과 비슷한 욕망…….

후는 그 뒤로 아무것도 안 보였다. 말 따위도 필요 없었다. 너를 원한다는 말 같은 것 직접 하지 않아도 후는 여름의 표정만으로도 모든 게 들리는 듯했다.

또다시 입술이 겹쳐졌다. 젖은 입술끼리 부딪치는 마찰 소리가 적나라할 정도로 크게 울렸다. 여름은 입술을 크게 벌려 후의 모든 걸 받아들였다.

그래. 어디 한번 가 보자. 기왕 이렇게 됐다면, 네 뜨거움과 내 절망 같은 슬픔이 사실이라면…… 그럼 차라리 내가 가질래. 가져서 안 놓을래. 잃지 않는 방법이 꼭 하나뿐인 것만은 아니니까.

둘 다 제정신이 아니었다. 서로의 얼굴을 만지고, 물어뜯을 듯 입술을 탐하고, 온몸을 애무하며 후의 무릎이 여름의 허벅지를 벌리고 안으로 파고들었다.

무릎 끝이 여름의 가장 예민한 곳에 닿는 순간, 여름의 몸 안에서 뭔가가 꿈틀했다. 그 뜨거운 게 하혈을 하듯 아래로 훅 쏟아졌다. 그건 제 본능이었다. 생경할 정도로 적나라하게 느껴지는 음란한 제 욕구였다.

무서울 정도로 빠르게 자신의 아랫부분이 젖어 가는 걸 느꼈다. 친구와의 키스에 이렇게 흥분하고 있다. 본능에 진다는 게 무슨 뜻인지 깨달으며 여름은 후의 등에 팔을 감았다.

후가 으르렁거리듯 여름을 침대에 눕혔다. 여름의 양 손목을 잡아 침대에 누르며 뜨거운 눈으로 여름의 얼굴을 응시했다. 여름도 그런 후를 올려다보았다. 번뜩이는 후의 눈빛이 여름의 온몸을 훑었다. 마치 그대로 발가벗기듯 지독하게 야한 눈빛이었다.

"혹시라도 기대하지 마. 난 멈출 생각 없어."

멈추지 않을 거라 말하는 후.

"안 멈추면…… 그럼 어쩔 건데?"

"널 가질 거야."

제 입술을 살짝 핥는 후.

"더 이상 네 친구 같은 건 안 해."

그대로 여름에게로 그가 훅 떨어졌다.

"아……."

불꽃이 지펴졌다. 여름의 혀가 다시 감겼다. 그가 여름의 가슴을 움켜쥐자, 헉! 하며 허리가 휘어졌다. 속옷 안으로 손을 밀어

넣어 속살을 느꼈다.

온몸을 빨고 싶어. 네가 비명을 흘릴 정도로 애무하고 싶어.

코와 뺨, 턱, 입술을 닥치는 대로 빨아 가며 후는 여름의 옷을 뜯어내듯 벗겨 버렸다. 여름의 뽀얀 가슴이 드러나자 후는 마치 홀린 것처럼 모양 예쁜 가슴을 내려다보다가 쓰러지듯 가슴 사이의 둔덕에 얼굴을 묻었다.

"자, 잠깐…… 하아……."

여름은 어쩔 줄 몰라 빨개진 얼굴로, 허공에 그대로 손을 띄운 채 제 가슴 안에 잠긴 후를 허용하고 있었다. 곧 가슴에 축축한 혀가 닿는 게 느껴졌다. 여름의 온몸이 전율했다.

후의 혀와 입술이 여름의 가슴을 애무했다. 도저히 바라보고만 있을 순 없었다. 우윳빛 살결, 너무도 부드러운 둔덕, 톡 하고 튀어 오른 분홍빛 팥알 같은 유두를 삼켰다. 그건 그대로 꽃이었다. 타액을 묻혀 온통 유린하며 핥고 빨았다.

"홋……!"

여름이 도저히 견디지 못하고 몸을 뒤튼다. 가슴을 문 채 그런 여름의 몸을 누르며, 후가 제 옷을 벗었다. 그리고 다시 확인하듯 여름을 내려다보았다. 마치 여름이 이 이상을 받아들일 수 있을지 가늠하듯.

그녀를 아프게 하고 싶지 않았다. 하지만 이미 그의 욕구는 걷잡을 수 없이 커졌고 그곳은 단단하게 발기해 있었다. 이미 벌써부터 그녀의 안에 들어가고 싶은 걸 겨우 참고 있었다.

여름의 쇄골, 눈부시게 하얀 가슴, 그 아래로 예쁘게 드러난 갈

빗대들, 아이스크림처럼 하얗고 달콤한 향기를 풍기며 자신을 기다리고 있는 여름. 선하게 쌍꺼풀이 진 눈 안에서 커다란 눈동자가 물결친다. 두려움을 담고서⋯⋯. 아프게 하지 말라는 듯.

후를 바라보던 여름의 눈이 서서히 감기며 눈꺼풀이 닫혔다. 긴 속눈썹이 애처롭게 파르르 떨린다.

'여름아⋯⋯. 한여름.'

넌 모르겠지. 지금의 내 감정을. 나는 마치 꿈만 같다. 너를 이렇게 안을 수 있다는 게.

그가 여름의 눈과 입술에 키스했다. 어깨와 팔에, 손목과 손바닥에, 허리에, 가슴에, 배꼽에, 허벅지에, 종아리에, 발끝에 꼼꼼하고 정성스럽게 입을 맞춘 후 음부에 입술을 가져갔다. 그 지독한 자극에 여름은 입술을 깨물고서 고개를 옆으로 틀었다.

후의 거친 숨소리가 들렸다. 격렬한 호흡은 여름의 다리 사이를 파고들고 생각지도 못한 곳에 흩뿌려졌다. 그가 애무했다. 혀와 입술과 손가락으로 그곳을 온통 적셨다.

"하앗⋯⋯ 홋⋯⋯! 아, 안 돼. 거긴⋯⋯."

여름은 견딜 수 없었다. 참을 수 없을 정도로 흥분한 동시에 엄청나게 창피했다. 하지만 수치스러움에도 도저히 어찌할 수 없는 쾌락이 동시에 밀려들었다. 그건 여름의 몸을 산산이 부수고 갈기갈기 찢어 놓는 것 같았다.

의지와 다르게 허벅지는 점점 더 벌어지고 교성은 높아져 갔다. 혀가 안으로 들어온다. 꼿꼿하게 선 혀가 질벽을 헤집는다. 희롱하며 그녀의 뇌를 건드린다. 희열이 터졌다. 걷잡을 수 없는 쾌락에 여름은 비명을 질렀다. 견딜 수 없어 눈물이 터졌다.

"앗…… 흑……."

후가 혀를 떨어뜨렸다. 은색의 실 같은 게 후의 혀를 따라가다가 끊어졌다.

예쁘다고 생각했다. 그녀의 분홍빛 그곳은 너무도 예뻤다. 후는 여름의 하얀 허벅지에 입을 맞췄다. 허벅지 안쪽의 떨림이 고스란히 입술로 전해졌다.

여름은 손으로 얼굴을 가린 채 울고 있었다. 하지만 그게 쾌락의 증거란 걸 알았다. 그녀의 얼굴에서 손을 떨어뜨리고서 눈에 입을 맞췄다.

"벌써 울지 마. 아직 시작도 안 했는데."

"무슨 소리야, 미친놈아……. 이 나쁜 놈. 아, 더 이상 못 해. 난. 흑……."

자신의 어깨를 마구 때리는 여름의 팔을 잡고서 그가 눈꺼풀에 계속 키스했다. 흠뻑 젖은 여름의 속눈썹은 달콤하고 짭짤했다.

여름이 눈을 떴다. 그는 일부러 기다리고 있었다. 그녀의 허벅지를 벌리면서 속삭였다.

"다리를 좀 더 벌려."

"아, 안 돼……."

"쉬이, 그래, 이대로……. 조금만 참아. 힘주면 더 아플 거야."

후의 얼굴이 땀으로 젖어 있었다. 여름은 매달리듯 후의 팔을 꽉 잡고서 후가 하라는 대로 다리를 든 채 몸에서 힘을 빼려고 애썼다. 다시 입술이 맞물리자 몸의 긴장이 서서히 풀어지는 듯했다. 그리고 자신도 역시 후를 원한단 걸 알게 됐다.

"힘 빼. 천천히……."

"으응……."

"이제, 들어간다."

열락에 젖어 있는 여름의 순수한 검은 눈동자를 마주한 채, 후는 여름이 보는 앞에서 그녀의 안으로 들어갔다.

"훗……!"

여름이 끊어지듯 숨을 멈췄다. 후는 보여 줄 필요가 있었다. 여름이 다른 누구도 아닌 자신과 섹스를 하고 있단 걸.

그걸 네가 똑똑히 알도록. 느끼도록. 친구 사이엔 이런 게 불가능하지 않다는 걸 깨닫도록. 네가 처음 몸을 연 남자가 누군지, 널 가진 남자가 누군지.

후의 눈 속에서 불꽃이 타올랐다.

"아파?"

"아, 아파……."

"힘을 빼. 그럼 좀 수월할 거야."

"하……."

그가 그대로 움직이기 시작했다. 여름이 놀란 듯 무섭게 자신을 조여 후는 더 미칠 것 같았다. 그녀의 안은 좁고 뜨거웠다. 무서울 만큼 수축하며 자신의 물건을 물어 왔다.

그는 여름의 몸에 더 깊숙이 피스톤질해 들어갈수록 황홀해졌다. 어디선가 짐승이 헐떡이는 소리 같은 게 들리는 것 같았다. 아마도 그건 자신의 것일 테지.

"웃, 흑……!"

여름의 손톱이 후의 등에 박혔다. 땀에 젖은 등이 미끄러웠다. 후의 턱선을 타고 땀방울이 떨어졌다. 여름의 등에도 땀이 맺혔다.

그가 여름의 온통 사랑스럽고 부드럽게 휘어지는 허리를 쥔 채 더욱 빠르게 허리를 움직이며 자신을 찔러 넣었다. 촉촉하게 젖어 가는 여름의 몸에서 나는 향긋한 냄새에 쉴 새 없이 코를 박았다.

신음 소리, 숨소리, 향긋한 체액, 땀 냄새, 손길, 살냄새까지 모든 게 어우러져 후를 미치게 했다. 후도, 여름도 흠뻑 젖어 갔다. 불꽃은 그칠 줄 모르고 계속해서 활활 타올랐다.

그리고 어느 순간, 그가 터뜨리듯 여름의 안에 사정했다.

7편
변하지 않는 네 세상이 되어 주려면

"뭐? 거기 어디라고? 알았어. 꼼짝 말고 기다려."

중학교 겨울 방학 때였다.

후는 갑자기 걸려 온 여름의 전화를 받고서, 형과 게임을 하다 말고 뛰쳐나갔다. 기대감으로 가슴이 부풀어 올랐다. 괜스레 입꼬리가 올라갔다.

그도 그럴 게 여름이 방학 때 연락을 해 온 건 처음이었다. 그래서 기쁜 마음에 한달음에 달려가 봤더니, 여름은 장바구니 같은 걸 옆에 둔 채 마트 앞에서 쪼그리고 앉아 있었다.

"야, 너 뭐 하냐?"

숨도 안 쉬고서 달려온 것치곤 퉁명스러운 목소리로 후가 툭 물었다.

한마디로, 후에게도 나름 순진한 사춘기 남학생의 시절이 있었단 얘기. 티 내고 싶지 않아서 괜스레 좋아하는 여자애한테 툴툴거리는 건 후도 마찬가지였다.

"두부 사고 있었어."

두부? 후는 여름이 옆에 놓아둔 걸 다시 한번 확인했다. 정말로 장바구니가 맞았나 보다.

"심부름 나왔냐? 줘. 들어 줄게."

후를 올려다보던 여름이 배시시 웃었다.

"괜찮은데."

그러면서도 장바구니를 고이 바치는 건 무슨 경우냐.

두부 사러 왔다더니 장바구니가 꽤 묵직했다. 슬쩍 열어 보자 두부 외에도 감자, 파, 계란 같은 게 잔뜩 들어 있었다.

"너희 이모는 이 무거운 걸 왜 너한테 시키냐? 다른 어른 없어?"

"내가 어른이지. 그 집안에선."

"응?"

"아, 아냐."

여름은 그저 히히 웃었다.

"근데 넌 왜 안 일어나?"

"어? 어…… 일어나야지. 마트가 엄청 넓어서 다리가 좀 아파서 쉬고 있었거든."

여름이 일어서긴 했는데 다리에 쥐가 났는지 좀 절뚝거린다.

"쉬고 싶으면 의자에 앉아야지 왜 쪼그리고 있어? 피 안 통하게."

"그러게."

"가자."

"응."

두 사람은 곧 마트를 벗어났다.

"그래서 뭐 하고 싶어?"

장바구니를 든 채 후가 묻자, 여름이 의아한 얼굴을 했다.

"뭐가?"

"뭐가라니. 놀아야지."

"왜 놀아?"

후는 답답했다.

"놀자고 불러낸 거 아냐? 방학 때 전화한 거 처음이잖아. 심심해서 전화했을 거 아냐."

"겁나 태평한 소리 하고 있네. 나 장 본 거 못 봤어? 네 손에 들린 그건 뭐 같니? 두부 상하면 네가 책임질래?"

후는 어처구니가 없었다. 그럼 왜 부른 건데?

학원을 엄청 다니는 건지, 이모가 엄한 건지 여름은 방학 땐 전혀 시간이 없었다.

그래서 후는 차라리 학교 다닐 때가 좋았다. 여름을 늘 볼 수 있으니까. 그나마 여름 방학은 짧기라도 하지, 지금처럼 긴 겨울 방학은 정말이지 답이 없었다.

그래서 오늘은 방학 중에도 연락이 와서 엄청 좋았는데. 혹시 여름도 자길 보고 싶었던 건 아닐까 싶어서.

"너 설마 장바구니 무거워서 나 부른 건 아니지?"

"내가 쓰레기냐? 그냥 뭐 하고 있나 궁금해서 연락했다. 왜."

"그럼 뭐, 됐고."

어쨌거나 기대도 안 했는데 여름의 얼굴을 봤으니 됐다.

후는 다시 기분이 좋아져서 여름과 함께 걸었다. 괜스레 콧노래가 나오려 했다. 여름과 이런저런 얘기를 하며 걸으니 마냥 즐거웠다.

"이제 됐어. 줘."

길이 갈라지는 곳까지 왔을 때 여름이 손을 쭉 내밀었다.

"됐어. 무거운데 들어 줄게."

"안 돼. 이모한테 걸리……. 이모가 보면 걱정해. 내 놔."

여름이 후의 손에서 장바구니를 빼앗았다.

후는 어처구니가 없었다.

고작 마트에서 집까지 오는 그 몇 분 때문에 사람을 불러내 놓곤 이제 막 가라고?

장바구니가 무거운지 다리를 절뚝이며 걸어가는 여름의 뒷모습을 보던 후가 얼른 달려가서 여름의 앞을 막아섰다.

"……왜?"

여름을 잠깐 응시하던 후가 제 점퍼를 벗어 여름의 어깨에 툭 걸쳐 주었다. 그러더니 뚱한 얼굴로 딴 데를 보며 말했다.

"이 계집애가 왜 춥게 입고 나와선 사람 옷을 빼앗아 입고 난리야?"

추운 날씨에도 여름의 옷이 너무 얇은 게 짜증 났다. 볼은 발갛고 손등도 튼 것 같다.

후는 쑥스러움에 괜히 구박하듯 말을 던졌다.

"또라이냐? 저가 벗어 줬으면서 난리야. 너나 입어! 꼴같잖게 멋진 척은. 네 걸 내가 왜 입니?"

여름이 후에게 옷을 다시 넘기려 했다.

"그냥 입고 가라고."

하지만 후가 어깨를 꾹 누르자, 여름은 희한한 걸 다 보겠다는 눈을 하더니 피식 웃었다.

"넌 안 입어도 돼? 집도 먼데."

"멀긴. 엎어지면 코 닿을 덴데."

"네 코는 그렇게 길어?"

"아무튼 입으라면 그냥 입어, 이 계집애야."

버럭 소리친 후는 쑥스러운지 냅다 먼저 뛰어갔다.

집까지 짐을 들어 주고 싶었는데 고집이 센 여름이기에 어쩔 수 없었다.

후도 그때는 몰랐다. 여름이 왜 혼자 장을 보고 있었는지. 왜 자신에게 연락했는지. 그날 여름에게 무슨 일이 있었는지.

그즈음 이모부의 사업이 잘 안 돼 예민해진 이모가 여름에게 괜한 분풀이를 했단 것도. 그래서 종아리를 맞아 다리를 절뚝거렸단 것도. 장을 보러 나온 여름이 너무 서러워서, 누구라도 보고 싶어서 후에게 전화했단 것도. 친구의 얼굴을 보고 그제야 기분이 나아졌단 것도, 여름은 아무것도 말해 주지 않았다.

나중에야 알게 된 사실이지만, 집에 돈이 좀 있었음에도 여름의 이모란 사람은 도우미도 안 쓰고 여름에게 집안일을 다 시켰다고 했다. 그래서 여름은 학교가 끝나면 곧바로 집으로 가서 살림까지 맡아 해야 했다.

여름과 같은 나이인 다민은 늘 놀러 다니곤 했는데, 그러다 가끔 후나 별하와 마주치기도 했다.

하지만 두 사람 모두 여름을 우연히 마주친 적은 한 번도 없었다.

— 지금은 못 나가.

전화를 하면 잔뜩 소리 죽인 목소리로 늘 똑같은 말만 했었다.

"오늘 내 생일이라서 다들 노래방 왔는데."

한 번은 별하가 꼭 여름과 놀고 싶어 생일에 전화했었다.

— 학교에서 선물 줬잖아, 이것아.

"정말 못 나와?"

— 아까 얘기하지. 바쁜 거 알면서.

대체 뭐가 그렇게 바쁜지 제대로 얘기해 주지도 않으면서 여름은 늘 바쁘다고만 했다.

— 좀 늦게까지 놀 거면 갈 수 있을지도 모르는데.

"늦게라도 와. 후랑 둘이서라도 기다릴게."

— 근데 너무 기대하진 마. 진짜 못 나갈지도 몰라.

하지만 여름은 그날 나와 주었다. 애들이 다 가 버린 아주 늦은 시간에.

후와 별하는 혹시나 하여 계속 기다리고 있었다. 그리고 그날 저녁밥까지 다 해 놓은 여름이 이모한테 사정하고 또 사정하여 집 밖으로 나왔단 걸 두 사람은 전혀 몰랐다.

"내가 왔다. 하하하! 우리 노래방 갈까? 닭갈비 먹을까? 뭐 하고 놀까?"

여름은 아주 신나 보였다. 하지만 그런 여름을 보는 후의 마음 속엔 계속 의문이 쌓여 갔다.

그래서 언젠가 별하를 앞세워 여름의 집에 찾아가 봤다. 물론 여름에겐 미리 말하지 않고서. 놀러 왔다는 명분이었지만, 아무래도 여름이 뭔가를 숨기고 있는 것 같아 직접 눈으로 확인하고 싶었다.

그리고 두 사람이 집으로 찾아오자 여름은 엄청 당황스러워하면서 둘을 집 안에 들이지도, 그렇다고 가라고 하지도 못한 채 난처해했다.

"쫓아낼 건 아니지?"

후는 일부러 당당하게 여름의 집 안으로 들어섰다.

그리고 그날 모든 걸 알게 되었다. 여름이 왜 그동안 한 번도 친구들과 놀지 못했는지. 왜 그렇게 늘 집에만 가면 바빴는지. 방학 때도 얼굴 한 번 볼 수 없었는지.

여름은 친구들을 집에 불렀단 이유로 이모에게 따가운 눈총을 받아 가며 계속 집안일을 하고 있었다.

웃는 얼굴로 조금만 기다려 달라고, 금방 끝난다고, 심심하지 않느냐며, 미안하다며…… 사과하는 여름 때문에 후는 속이 뒤집혔다.

하지만 당시에 후가 할 수 있는 건 아무것도 없었다. 그저 종종거리며 뛰어다니는 여름을 손 놓고 바라본 채 단지 속만 부글부글 끓일 뿐이었다.

그날 두 사람을 배웅하다가 여름이 쭈뼛거리며 사과했다.

"애들아 너무 미안해. 집에 처음 놀러 왔는데, 놀지도 못하고 기다리게만 해서. 근데 나 사실 너희들이 와서 너무 기뻤어. 이모는 싫어하는 눈치지만, 난 되게 좋더라. 너희들이 내가 보고 싶어서 왔구나, 생각하니깐⋯⋯."

여름은 정말 기쁘다는 듯 웃었다.

"난 늘 먼저 집에 가고, 연락해도 밖에 잘 못 나와서 너희들이 날 싫어할까 봐 걱정했었거든. 그래서⋯⋯."

"상황이 여의치 않으면 안 나와도 돼."

후가 여름의 말을 끊었다.

"잠깐 덜 보면 되지. 우리가 궁금했던 건, 내가 화났던 건 네가 왜 집 밖으로 못 나오는지, 집에 가서 뭘 하는지 우리가 전혀 몰랐단 거야."

"⋯⋯어?"

"굳이 웃는 척하지 않아도 돼. 속상하면 애써 웃을 필요 없어."

"후야⋯⋯."

"속상하잖아. 힘들잖아."

여름이 멈칫했다. 그때 별하가 말을 이었다.

"후 말이 맞아. 그동안 우리한텐 한마디도 안 해 주고. 말한다고 설마 우리가 널 따돌리기라도 했겠니? 흉봤을 거 같냐고. 나도 그건 서운했어. 꼭 우릴 안 믿는 것 같아서."

"그, 그건 아냐. 그건 아닌데."

"우리 앞에서만은 속상해해도 돼. 힘들어해도 돼. 그래도 돼. 그래서 친구가 있는 거잖아. 친구는 그런 걸로 흉 안 봐."

여름은 차마 할 말이 없는 듯 입술을 일그러뜨렸다가 곧 훌쩍거리기 시작했다.

"창피해서…… 너희들이 내 사정을 알면 창피할까 봐 그랬어. 그래서 말 못 했어. 미안해!"

아주 단순한, 소심하고도 여린 이유였다.

"창피하긴 뭐가 창피해. 그게 뭐가 창피한데?"

그날은 여름이 처음으로 후와 별하에게 자신을 보여 준 날이었다. 서로를 끌어안고서 펑펑 우는 여름과 별하의 옆을 후가 지켰다. 그날만은 별하에게 여름의 가장 친한 친구 자리를 내줬었다. 그때의 여름에게 가장 필요한 건 자신보단 별하 같았기 때문이다.

여름은 그랬었다. 정말 힘든 건 나눠 주지 않으려고 일부러 더 가볍고 천연덕스럽게 숨긴다. 그러다 참고 참다가 진짜 힘들 때 후에게 손을 내밀었다. 그리고 후는 늘 같은 자리에서 그 손을 잡아 주었다.

후는 자신이 그 손을 잡아 줄 수 있어서 정말 다행이라고, 여름이 손을 내미는 상대가 자신이어서 더욱 다행이라는 생각을 했다. 이후에도 후는 여름이 찾으면 언제나 달려갔고 어깨를 내줬다.

아무리 힘든 환경에서도 여름은 늘 힘을 내는 아이였다. 웃으려고 애쓰는 아이였다. 후는 가끔 그게 참을 수 없을 정도로 안쓰럽고 예뻤다.

. . .

여름의 집으로 쳐들어가고 얼마 안 지났을 때였다.

개학이 되자 후는 너무 좋았다. 이제 굳이 일부러 연락하지 않아도 학교에서, 교실에서 매일 여름을 볼 수 있는 것이다.

눈을 돌리면 창가에 앉은 여름을 볼 수 있었고, 교복 차림으로 하얗게 웃는 얼굴, 칠판을 응시하며 볼펜 끝을 깨무는 모습, 체육 시간에 공을 놓쳐 허둥대는 모습, 옹기종기 모여 앉아 아이돌 사진을 보며 까아 비명 지르는 얼굴, 모든 걸 놓치지 않고 볼 수 있었다.

사실은 그 아이돌 사진을 확 빼앗아 창문 밖으로 던져 버리고 싶었지만, 말했듯 후는 아직 사춘기라서 좋아한다는 말은커녕 감정을 표현하는 것도 서툰 순진한 남학생이었다.

질투가 끓어넘치고, 제 옆에만 꼭 붙여 두고 싶어도 속으로만 그럴 뿐 겉으로 티 낼 엄두도 못 냈다.

그저 지나가는 말로 툭툭 챙겨 주는 게 멋진 거라고 괜히 똥폼 잡던 시절이었다.

아마도 그때쯤이었던 것 같다. 후에게도 개인적인 방황의 시기가 왔던 게.

여름과 달리 후에게는 부모님도 있었고, 형도 있었지만 후는 늘 외로웠다.

사업체를 운영하는 부모님은 늘 바빴고, 형은 과외와 레슨으로 집에 있는 시간이 거의 없었다. 가끔 함께 게임할 때가 있었지만, 그나마 형이 고등학생이 된 후로는 얼굴 보기도 힘들 정도였다.

후의 옆에는 늘 일하는 아주머니뿐이었다. 초등학교 때부터, 집에 오면 엄청나게 넓은 집에서 플스 게임에만 의존하며 완전한 혼자로 지냈었다.

하지만 그게 문제는 아니었다. 후에게 외로움은 늘 공기와 같은 것이었고, 그게 몸에 자연스럽게 배어 있어 별다른 불만도 없었다.

사실 그에게도 워낙 스케줄이 꽉 차 있어서, 외로움을 느낄 시간도 없었다. 부모님의 기대에 부응하기 위해 배우는 것만 해도 산더미처럼 많았던 것이다.

가끔, 남들처럼 평범하게 가족들과 즐거운 시간을 보낼 수 없단 게 허전할 뿐이었지 그게 불만은 아니었다. 그런 걸로 불만을 가질 성격도 아니었다.

그러다 정말 문제가 찾아왔다.

언젠가부터 부모님의 관계가 틀어지기 시작하더니, 집안 공기가 변했다. 부모님은 얼굴만 마주쳐도 싸웠고, 후가 학교에 가려고 아래층에 내려오면 열린 문틈으로 부모님이 다투는 소리가 여과 없이 흘러나오곤 했었다.

심각한 말다툼 소리에 후가 가 보려고 하면, 형이 뒤에서 후의 팔을 잡곤 했다.

"그냥 신경 쓰지 말고 학교 가."

마치 형은 부모님의 불화의 원인을 다 아는 듯한 표정이었다.

후는 묻고 싶은 게 많았지만, 형의 표정이 단호해서 그냥 별말 없이 학교로 향했다.

차 안에서도 형은 단 한마디도 해 주지 않았다. 하지만 입 꾹 다문 형의 무거운 표정에서 생각보다 더 심각한 일이 벌어졌단 걸 느낄 수 있었다.

진실을 알게 된 건 얼마 후였다. 아버지에게 그동안 숨겨 왔던 딸이 있다는 것이었다. 그것도 후보다 나이가 많은.

즉, 형에게는 여동생이, 후에게는 누나가 갑자기 생겨난 것이다. 아버지는 그동안 감쪽같이 가족들을 속여 오면서 다른 여자와 낳은 딸에게 양육비를 대 주고 있었다.

후에게는 엄청난 충격이었고, 도저히 아버지를 용서할 수 없을 것 같았다.

하지만 아버지는 집에 데리고 들어올 것도 아닌데 무슨 상관이냐며 오히려 뻔뻔하게 나왔고, 어머니는 그렇게 비열한 배신을 당했음에도 자존심 때문에 아버지와 이혼하지 않았다. 이혼할 생각은 없다고 했다.

밖에서는 늘 화목한 가족인 것처럼 연기하며 집에서만 서로를 헐뜯고 상처 주며 피 마르는 진흙탕 싸움을 했다. 당시 형도 늘 화난 얼굴이었고, 후도 그건 마찬가지였다.

차라리 그런 부모라면 없는 게 나아.

후는 지긋지긋했다. 위선적인 두 사람의 모습이 치가 떨리도록 싫었다.

하지만 후의 형은 제 할 일을 뒤로 미루지도, 그걸 핑계로 엇나

가지도 않았다. 늘 그랬던 것처럼 학생으로서 해야 할 일들을 착실하게 해 나갔다. 후도 마찬가지였다.

부모님이 그렇게 위험한 상황임에도 형제는 속은 싸늘하게 식을지언정 무뚝뚝하게 제 할 일을 하며 올바르게 자랐다. 어찌 보면 부모님을 닮은 게 아닌가 싶을 정도로 냉정한 모습이었다.

후가 그런 가면을 벗는 건 유일하게 여름과 함께 있을 때였다.

"오후, 무슨 일 있구나? 얼굴이 오후가 아니라 한밤중인데? 왜 이렇게 껌껌해?"

아니, 여름에겐 도무지 숨기지 못했다. 다른 면에선 그렇게 둔한 주제에 남의 표정 변화는 재빠르게도 알아챘다.

"내 말 맞지? 내 눈은 못 속여."

"그런 거 없어."

복도에서 마주치자 집요하게 따라붙는 여름을 지나치며 후는 아무렇지 않은 척했다. 여름에게 집안 얘기를 하고 싶진 않았다. 실은 여름이 몰랐으면 싶었다. 그런 창피한 부모님 얘기 같은 건.

하지만 여름은 포기하지 않았다. 오후를 졸졸 따라오며 계속 넘겨짚었다.

"없긴 뭐가 없어? 딱 있는데. 네 얼굴 말야, 아무 일 없을 때랑 치수가 달라졌는데 뭐. 눈꼬리는 0.5미리 더 길어졌고, 눈썹은 0.7미리 더 올라갔고……."

후는 어처구니가 없었다. 하지만 여름은 진짜라는 듯, 작은 수첩을 후의 눈앞에 휙 보여 줬다가 바로 휘리릭 뺐다.

"봤지? 여기 적어 놨잖아."

물론 그건 여름의 농담이었을 것이다.

하지만 여름이 주변 사람, 특히 오후의 표정 변화를 빨리 알아채는 것도 사실이었다. 아마도 그건 어릴 때부터 이모네에 얹혀살면서 남의 눈치를 보다 보니 자연스럽게 터득한 생존의 방법이 아닐까 싶었다.

그래서 후는 여름의 그런 습관들이 더 싫었다.

그동안 이 아이가 얼마나 남의 눈치를 살피며 살았던 걸까. 차라리 그냥 여름이 아무 것도 모르는, 눈치 없는 애였으면 좋겠다.

"얼른 불어라. 뭔데? 이 누나가 해결해 줄게."

"……."

"에휴, 그래. 말하기 싫은 것도 있겠지. 꼬치꼬치 물어서 미안했다. 그냥 우리 이제부터 서로 아무 말도 하지 말고 살자."

그 말에 후가 결국 여름에게 넘어갔다. 여름은 정말 묘하게 사람을 조바심 나게 하는 재주가 있었다. 둘 사이가 그렇게 무덤덤해진다는 걸 상상하는 것만으로도 후는 숨이 턱턱 막혔다.

여름에 대해선 뭐든 알고 싶었고, 여름이 힘들어하는 일이면 뭐든 도움이 되고 싶었다. 그녀가 자신에게 무슨 말이든, 하나도 숨기지 않고 말해 줬으면 좋겠다.

그랬기에 후는 여름에게 자신의 이야기를 털어놨다. 짧은 사이 여름은 입을 헤 벌린 채 아무 말도 없었다. 이야기 중간부터 작은 눈썹이 찌푸려지고, 입술이 오물거리고, 눈동자가 흔들리고, 손가락을 배배 꼬는 게, 괜히 고민을 해결해 주겠다고 큰소리 뻥뻥 쳤다가 더럭 겁을 먹은 것 같은 모습이었다.

그저 사춘기 친구 녀석의 사소한 고민이겠거니 했다가 엄청 커다란 문제에 맞닥뜨린 듯 커다래진 눈동자가 보였다.

"거봐. 그러니까 왜 꼬치꼬치 캐물어선."

후는 그런 여름을 놀려 가며 고개를 절레절레 저었다.

"그런 표정 하지 마. 세상 무너지는 거 아니니까."

도리어 후가 여름을 위로하고 있었다. 그는 겁먹은 여름의 머리카락을 손으로 헝클어 주고 싶은 심정이었다. 작은 머리로, 괜히 불편한 부분 건드렸다고 얼마나 당황하고 있을까. 뒤늦게 후는 후회가 일었다. 괜한 얘기를 해서 애를 놀라게 한 건 아닐까 싶어서.

"그래. 세상 무너지는 건 아니지. 잘 아네."

"응?"

"너도 잘 알고 있다고. 세상 무너지는 건 아니라고. 근데 정말 그래? 세상 무너지는 거 아니라면서 왜 그렇게 오후답지 않은 표정인데? 사실은 세상이 몇 번이나 무너졌으면서."

후는 멈칫했다.

"아무렇지 않은 척하지 마. 충분히 힘들 일이고, 아플 일이야. 그런데도…… 말해 줘서 고마워. 그리고 일부러 말 꺼내게 해서 미안해. 나 정말 눈치 없는 오버쟁이다."

"……."

"그래도 너무 아파하지는 마. 누가 죽은 것도 아니고, 음, 오히려 생긴 거잖아. 누나가 생겼다는 건, 그렇게 나쁜 일은 아닐 거야. 그렇지?"

"……."

"물론 이렇게 쉽게 말할 얘긴 아니겠지. 그냥…… 네가 어머니께 힘이 되어 드렸으면 좋겠다. 많이 힘드실 테니까."

"그래."

"어쨌거나 네 부모님 문제나 누나 문제는 너무 어려워서 내 주제에 해 줄 말은 없고, 내가 걱정되는 건 너야. 내 친구 오후. 넌 괜찮아?"

후는 아무 말도 할 수 없었다. 망치로 뒤통수를 얻어맞은 느낌이었다. 부모님도, 형도, 그 누구도 자신에게 괜찮으냐고 물어봐 준 적이 없었다. 그 무엇보다 듣고 싶었던 말. 당연히 벌써 들었어야 할 말. '넌 괜찮아?' 라고.

그런데 여름의 괜찮으냐는 질문에 후는 이상하게 가슴이 아프면서도 기쁘고, 기쁘면서도 뻐근해서 웃음이 날 것 같았다.

"많이 아팠지? 힘들었지? 하지만…… 내가 있잖아."

후가 멈칫했다.

뭐?

후는 자신이 지금 무슨 말을 들었는지 어리둥절했다.

"후야, 나 좀 찍어 먹어 봐."

후는 점점 더 아리송해졌다. 난데없는 '내가 있잖아.' 란 돌발 선언 직후에 갑자기 자기를 찍어 먹어 보라니. 뭐로? 어디를?

도무지 영문을 알 수가 없어 딱딱하게 굳어 가는 후의 팔을 강제로 끌어당긴 여름이 후의 검지로 자기 뺨을 콕 찍게 했다. 후는 얼떨결에 손가락으로 여름의 뺨을 찌르게 되자, 가슴이 두근거렸다.

여름의 의도를 알 수가 없었다. 다만 제 팔을 잡고 있는 여름의 손, 언뜻 닿았던 여름의 가슴, 손가락 끝에 남아 있는 뺨의 보드라움 같은 그런 것들만 선명했다.

하지만 여름은 태연했다.

"꿀이라는 단어는 먹어 보기 전엔 알 수 없대. 아무리 꿀에 대해 수십 가지 단어로 설명해 줘도, 단맛을 직접 느껴 봐야 비로소 알 수 있대. 아무리 내가 옆에 있어 줄 거라고 떠들어도, 너도 마찬가지일 거야. 믿기지도 않을 거고 실감도 안 나겠지. 하지만 난 정말로 그럴 거야."

"……."

"이제 내가 네 꿀이 되어 줄게. 넌 앞으로도 계속 달달한 인생을 살 거야. 왜냐하면 내가 네 꿀이 돼 줄 테니까."

몇 번이고, 후의 마음을 위로하듯 여름이 반복했다.

"힘들고 씁쓸하고 외롭고 지칠 때면, 아플 때면 나라는 꿀을 떠올려. 네가 찍어 먹어 봤으니까 알 거 아냐. 내가 진짜 꿀인지 아닌지."

"……."

"그러니까 무슨 뜻이냐면, 내가 그 어떤 누구보다 너만 생각하면서 평생 네 옆에 있어 줄 거라고. 그럼 누구한테 상처받아도 넌 조금은 괜찮을 수 있겠지?"

그러면서 활짝 웃는 여름을 바라보는 후는 그 순간의 감동을 아직까지 잊을 수 없었다. 그 순간의 떨림을, 설렘을. 너무 기뻐서, 의지가 돼서, 믿음직하고 두근거려서……

"아직, 안 먹어 봤어."

후는 그런 말로 둘러대고 말았다. 그저 콕 찍기만 했지 아직 먹어 보진 않았다는 뜻이었다. 아마도 쑥스러웠던 것 같다.

"그럼 얼른 먹어 봐, 짜샤."

"너 이런 거, 다른 사람한테도 했어?"

그때 후가 갑자기 진지한 얼굴로 물었다. 그냥 조바심이 훅 일어서였다.

"미쳤냐? 이런 창피한 짓을 아무한테나 다 하고 다니게? 너한테만 한 거야. 아주 특별하게 너한테만."

후의 가슴이 쿵쿵 뛰었다. 단언컨대 세상에서 태어나서 가장 기쁜 순간이었다.

"왜, 나한테만 했는데?"

"그야……."

"그야 뭐."

"그야, 네가 내 가장 친한 친구니까."

"……."

"앞으로도 난 그 어떤 친구를 사귀어도 너보다 더 친한 친구를 만날 수 없을 거야. 이건 주문 같은 거야. 그러니까 나 배신하면 가만 안 둔다."

그렇게 후를 협박하는 여름. 하지만 후는 그 주문이 꼭 이루어질 것 같단 확신이 들었다. 영원히 자신은 여름의 가장 친한 친구

일 것이다. 다만 친구로서, 라는 게 왠지 걸렸다.

"넌, 안 힘드냐?"

후는 여름에게 물었다. 너는 어떻게 그럴 수 있는지. 자신보다 몇 배는 더 불행하고 힘든 상황일 텐데.

사실 가장 힘든 사람은 너잖아.

자신은 이런 일 하나에도 이렇게 뿌리까지 흔들리는데, 여름은 부모님도 돌아가시고 이모 때문에 그렇게나 슬픈 상황에 처해 있는데도 늘 미소를 잃지 않는다고 후는 생각했다.

어떻게 그럴 수 있을까. 지금 이 순간에도 어떻게 이렇게 밝을 수 있을까. 넌 어떻게 그럴 수 있는 거냐고, 그걸 물은 것이었다.

"나? 나야 물론 힘들지. 하지만 이런 상황이기 때문에 얻어지는 것들도 있거든. 가령 너나 별하 같은 친구들도 그렇고, 열심히 해서 성공하고 싶단 생각이 간절하게 드는 것도 그렇고. 나한텐 그게 훨씬 더 소중해. 놓고 싶지 않을 정도로."

그렇게 말하며 어른스럽게 미소 짓는 여름.

"한여름!"

그때 한쪽에서 누군가가 부르는 소리에 여름은 얼른 그쪽으로 달려갔다. 자신을 부른 선생님과 함빡 웃으며 얘기하는 여름을 보며 후는 정신이 빼앗긴 듯했다.

눈가를 접으며 웃는 얼굴이 그렇게 예쁠 수가 없었다. 그 뺨이 너무나 보드라워 보였고, 햇살을 받은 머리카락은 반짝반짝 빛났다. 교복의 하얀 깃은 눈부셨고, 언뜻언뜻 드러나는 목덜미에선 상큼한 향기가 날 것 같았다.

'이제 내가 네 꿈이 되어 줄게. 넌 앞으로도 계속 달달한 인생을 살 거야.'

'내가 그 어떤 누구보다 너만 생각하면서 평생 네 옆에 있어 줄 거라고.'

그건 어쩌면 상처받은 친구를 위해 그저 최선을 다해 생각해 낸 위로의 말뿐일 수도 있다. 겉모습과 달리 성격은 딱 선머슴인 여름이 제 마음을 묻혀서 그런 말을 할 리도 없었다. 후가 아는 한은. 그럼에도, 후는 그 말에 위안받았다.

부모님의 일은 부모님의 일. 물론 두 분에겐 괴로운 시간일 테고 자신에게도 형에게도 여전히 상처였지만, 어차피 이겨 내야 할 일이었고 이겨 내고 싶다는 생각이 들었다. 여름의 말 때문에.

'그래도 너무 아파하지는 마. 누가 죽은 것도 아니고, 음, 오히려 생긴 거잖아.'

물론 그게 그렇게 간단한 문제는 아니었지만, 여름의 말처럼 누군가가 죽은 게 아니라 생긴 거란 말은 사실이었다. 그게 그렇게 나쁜 일은 아니었으면 좋겠다고, 자신도 그러기 위해 노력하고 싶다고 생각했다.

여름은 어땠을까. 차라리 그런 부모님이라도 살아 있으면 좋겠다고 생각하진 않았을까? 여름의 생각이 궁금했다.

그럼에도 늘 웃는 아이, 여름은 지금처럼 미소 지으며 언제나 용기를 냈다. 희망을 가졌고, 노력했고, 애썼다. 불행을 먼저 앞세우지 않았다.

그 순간이었다. 후의 얼굴이 붉어진 건. 점점 뚜렷하게 형태를 잡아 가던 마음이 그 순간 완전히 선명해졌다. 이상하게 여름의 웃는 얼굴을 보고 있는 그 순간, 난 쟤랑 결혼하겠구나, 싶었다. 그 어린 나이에 말이다.

후의 시선이 여름의 쪽으로 향했다. 여름과 얘기하고 있는 이는 여학생들한테 폭발적인 인기를 누리고 있는 잘생긴 교생 선생님이었다. 순간 후의 눈썹이 꿈틀했다. 그러더니 그가 성큼성큼 걸어가 여름의 손목을 붙들었다. 여름이 깜짝 놀라 쳐다보았지만 후는 괜히 여름을 끌어당겼다.

"어, 어? 야, 너 어디 가?"

"종 쳤잖아."

후는 뒤도 돌아보지 않고서 대답했다. 사실 종이 쳤는지는 모르겠다. 질투심 때문에 여름을 돌아볼 수 없었다. 제 마음이 표정에 다 묻어 있을까 봐. 처음이었다. 이렇게 질투를 행동으로 표현한 건.

그리고 후는 예감했다. 아마도 오늘을 계기로 자신은 더는 여름을 향한 마음을 속으로만 감춰 두진 않을 것 같다고. 자신도 모르게 이렇게 불쑥불쑥 표현해 버리고 말 것 같다고.

"아 놔, 모처럼 우리 꽃남이랑 얘기하고 있었는데. 뭐냐, 너?"

남의 속도 모르고서 투덜거리고 있는 이 둔한 애한테.

"손 놔, 이 자식아. 우리 꽃남이 오해하겠네."

그리고 또 한 가지. 나도 네게 꿀이 되어 주고 싶다. 너를 지켜 줄 수만 있다면.

아무리 힘들어도 늘 노력하며 웃는 아이, 그런 상황이기에 오히려 얻어지는 것들이 있다고 말하는 아이, 그게 후 자신이라고 말해 주는 아이. 그 아이의 미소.

'난 그걸 지켜 주고 싶어.'

어느새 후의 가슴에 자연스럽게 자리하게 된 감정이었다.

. . .

여름의 고생이 겨우 끝난 건 대학에 진학해 기숙사에 들어가면 서부터였다. 하지만 여전히 휴일이면 이모에게 불려 가 이모부의 가게 일을 돕는 것 같았다. 그래도 그 외엔 자유 시간이라 여름의 얼굴에선 생기마저 흘러넘쳤다.

다만 활기가 너무 넘쳐서 사고를 치니 문제였다. 후는 또다시 술이 떡이 돼 있는 여름의 호출에 달려가 황당하단 얼굴로 서 있었다.

"와, 얼굴 완전 박살 났네."

꽐라가 돼서 해롱거리고 있는 저게 과연 자신의 소중한 여름이 맞는지.

물론 여름은 여전히 열심히 살았다. 학교 다니랴, 알바하랴, 학교가 달라서 후는 도무지 여름의 얼굴을 볼 틈이 없었다. 그런데 그나마 얼굴 보는 날에 이런 꼴이라니.

여름은 지금껏 못 놀았던 걸 보상받기라도 하려는 듯 때때로 술이 떡이 되도록 마셨다. 그리고 후는 취한 여름을 데려가는 짐짝 처리반이었다.

"뭐래? 뭐가 박살 나? 이거 왜 이래? 내가 영화감독을 못 만나서 배우가 못 된 사람이야!"

"취했네. 엄청 취했어."

"놉! 단지 떡실신이 됐을 뿐야. 자유잖아, 자유! 이 세상 기숙사들이여, 만세! 이 미천한 인간에게 잠잘 곳을 내주시다니 아이고, 고마워라. 난 자유다, 자유! 하하하하!"

이리저리 뛰어다니며 여름이 주사의 끝판왕을 보여 주었다. 야, 쟤 잡아! 여름의 친구들이 그런 여름을 잡으러 다니느라 진땀을 뺐다.

"다들 가. 여름인 내가 데리고 갈게."

후가 여름을 잡아 부축하며 친구들에게 말했다.

"괘, 괜찮겠어? 미안해. 못 마시게 말렸는데."

사실 여름의 친구들 중엔 후에게 들이댔다가 까인 애, 번호 줬다가 까인 애, 까이고도 스토커 짓 하다 또 까인 애 등등 온갖 여자애들이 섞여 있었다. 여름을 쫓아다니다 보니, 여름의 친구들과 다 친해지는 건 후의 여전한 특징이었다.

"걱정 말고 다들 가."

후는 어떻게든 그의 관심을 끌어 보려는 친구들에겐 눈길 한 번 주지 않은 채 떡이 된 여름만 챙겼다.

"그럼 부탁해."

친구들은 못내 아쉬움을 흘리며 떠났다. 그런 반응조차 어렸을 때와 똑같았다.

"아우 씨, 취한다."

후는 제 품에 기대 축 늘어진 여름의 **뺨**을 아프지 않게 톡톡 쳤다.

"한여름, 정신 차려."

"뭐래? 나 정신 차렸…… 우욱!"

얼굴이 샛노래진 여름이 후다닥 달려가 전봇대에 장렬하게 파전을 부쳤다. 저럴 줄 알았지. 후는 이 상황이 익숙한 듯 한 치의 망설임도 없이 여름의 뒤로 다가가 등을 두드려 주며 잔소리를 했다.

"그러니까 작작 마시지."

"아, 울렁거려. 우욱!"

후는 여름의 등을 문질러 주며 겉옷 주머니에서 생수를 꺼내 여름에게 내밀었다. 이럴 줄 알고 미리 챙겨 온 준비물이었다.

"자."

"어…… 고마워."

여름은 물로 입을 헹궈 내고서 비틀거리며 일어났다.

"괜찮아?"

"괜찮을 리가 없잖아, 짜샤. 분위기 좀 읽고 말해."

"똑바로 좀 걸어라."

"걸어. 걷는데…… 길이 자꾸 **삐뚤삐뚤하잖아**. 막 나한테 오잖아. 으아, 길이 살아 있어."

그야말로 첩첩산중. 후는 별수 없이 여름을 덜렁 업었다.

"어, 어? 야, 너 뭐 해? 나 혼자 걸을 수 있거든?"

"시끄러워. 술고래 주제에."

"쪽팔리게. 다 쳐다보잖아! 으앗, 창피해! 누가 보면 어떡해!"

"창피한 줄 알면 발버둥 치지 마. 더 눈에 띄잖아."

후가 여름을 등에 업은 채 타박타박 걸어갔다. 그러자 여름이 서서히 잠잠해졌다.

"무겁지?"

"가볍겠냐? 돼지가."

"말을 고따위로밖에 못 하지?"

"움직이면 더 무거우니까 가만히 있어."

"아롸따."

"이번뿐이다. 또 업어 달라고 하면 아무 데나 던져 버리고 갈 거야."

전엔 그래도 부축만 해 줬었는데, 오늘은 더 신나게 마신 모양이었다. 여름을 업어 주는 것쯤 하나도 힘들지 않았다. 돼지라고 놀리긴 했지만 실은 무겁지도 않았다.

그저 여름에게 또 무슨 힘든 일이라도 있는 건 아닌지 그게 걱정이었다.

"오후."

"왜……."

"너 나 은근 좋아하지?"

후의 걸음이 우뚝 멎었다. 얼굴에 뜨끈하게 열이 올랐다. 뭘 알고 말하는 건가? 떠보는 건가? 후의 머릿속이 순식간에 복잡해졌다.

하지만 모르는 척 다시 걸음을 옮기며 중얼거렸다.

"은근이 아니라 징그럽게 좋아한다."

"그치? 어쩐지. 아니면 이렇게 업어 줄 리가 없지. 아, 다행이다. 오후가 날 좋아해서."

뭐라는 건지.

"부르면 꼭 와 주고. 오후, 이 자식. 괜찮은 자식."

"……."

"안 그래도 다들 네 번호 따려고 난리들인데. 요 인기쟁이. 재수탱이. 기분 좋냐?"

후의 뺨을 찹쌀떡처럼 늘여 가며 여름이 장난을 친다.

"놔라. 던져 버리기 전에."

"후야, 네가 없었으면 난 어떻게 살았을까?"

여름이 중얼거리며 후의 목에 부드럽게 팔을 감았다. 그러자 몸이 더 붙어 온다.

두근두근.

후의 심장이 미친 듯이 뛰었다.

따뜻하게 감기는 여름의 몸. 오후는 자신의 등에 너무도 선명하게 느껴지는 여성스러운 굴곡에 귀까지 뜨끈해졌다. 둥글게 부푼 가슴이 부드럽게 등에 눌리는 느낌, 목에 닿는 뺨의 매끄러움, 귀를 어지럽히는 달짝지근한 숨소리까지.

후는 미칠 것 같았다. 모르는 척 눈을 질끈 감고 걸었지만 손에 땀이 찼다. 등이 불에 덴 듯 뜨거웠다.

"나 오늘 이모랑 싸웠어."

"……."

"한 학기만 휴학하고 이모부 식당 일 도우라잖아. 그래서 막 대들었어. 이모 얼굴이 새빨개지더라. 어렸을 땐 이모가 그렇게 무서웠는데, 눈썹만 봐도 겁났었는데, 나도 이제 많이 컸나 봐. 막 대들었어. 그냥 막. 그랬더니 속이 후련한 거 있지."

"잘했어."

여름이 엷게 웃으며 후의 목을 더 꼭 끌어안았다.

"응. 너라면 그렇게 말해 줄 줄 알았어."

"……."

"그래서 속상해서 마셨어. 미안해……."

"시끄러워. 잘했다고 말했잖아."

후는 오히려 안심되었다. 여름이 예전보다 자기 얘기를 더 많이 해 줘서.

"좀 자. 기숙사 도착하면 깨워 줄 테니까."

"후야, 우리 관계는 대체 뭘까?"

후가 멈칫했다.

"뭔데 넌 나한테 이렇게 잘해 주고, 챙겨 주고, 난 너한테 기대는 걸까?"

후의 걸음이 서서히 멈췄다. 그의 입술에서 뜨거운 숨결이 흘러나왔다.

"애들도 계속 물어보더라. 너랑 나랑 뭐냐고. 진짜 그 말 지겹게도 따라다닌다, 그치? 대학에 와도 발전이 없어요, 발전이. 그래서 내가 말해 줬지. 야, 인간들아. 걔랑 나랑 그렇고 그런 게 있었으면 걔가 날 계속 친구로 뒀겠니? 생각을 좀 하고 살아라, 이

것들아. 그랬지."

"……."

"그렇잖아. 네가 나 좋아했으면 고백했겠지. 나도 너 좋았으면 사귀었겠지. 안 그래? 하여튼 애들이 이 당연한 걸 몰라요."

후는 어처구니가 없었다. 겨우 저런 이유로, 내가 자길 안 좋아한다고 생각한다고? 좋아했으면 고백했을 거라고? 사귄단 게 대체 뭔데?

남녀가 사귀는 것과 지금 이 관계의 차이점을 모르겠다. 내가 잘해 주는 건 너밖에 없다. 너만 보고 있고, 네게만 온 신경이 가 있고, 꿀이 뚝뚝 떨어지는데 그걸 너만 모른다.

안 되겠다, 앤. 이대로 두면 아마 영원히 쳇바퀴를 돌겠지. 여름이라면 어쩌면 영원히 모를 수도 있겠다는 불길한 예감이 들었다. 지금까진 어렸기에 우정이란 이름으로 친구 관계 유지가 가능했지만, 그냥 넘겼지만, 이제 우린 어리지 않다. 표현하고 싶다. 좀 더 확실한 어떤 관계가 되고 싶다.

후는 초조해졌다. 그래서 결심했다.

"실은 나……."

"나 오늘 아침에 엄마 유품 깨 먹었어."

"……."

"유리로 된 장식품 같은 건데, 깨져서 엄청 울었어. 근데 아무리 붙이려고 해도 안 되더라. 깨지면 끝이야. 너도 그래. 너하고만은 깨지고 싶지 않아. 깨지면 붙일 수도 없잖아. 그러니까 지금이 딱 좋아. 친구, 그 이상 바라지 않아."

후의 얼굴이 시시각각으로 굳어 갔다.

"다들 묻지만, 왜 사귀지 않느냐고, 한 번도 남자로 보인 적 없었냐고. 근데, 그런 건 생각하고 싶지 않아. 친구가 아니면, 만약 혹시라도 사귀었다가 깨지면 친구로도 못 남으니까. 난 정말 싫어. 그렇게 되는 건."

그날 부정했어야 했다. 그게 무슨 말도 안 되는 논리냐고. 그걸 말이라고 하냐고. 그럴 수도 있지만 아닐 수도 있다고 여름을 설득했어야 했다. 적어도 제 마음만은 보였어야 했다. 고백했어야 했다.

하지만.

"왜냐하면 나한텐 네가 너무 소중하니까. 넌 내 전부니까…….후야 넌 내 인생의 유일한 보석이야."

이어진 여름의 말 때문에 후는 아무 말도 할 수 없었다.

"계속 그렇게 생각해 왔어. 힘들고 고단한 내 인생에서 네가 없었으면 어땠을까. 너 때문에 내가 얼마나 구원받았는지, 얼마나 행복했는지, 나 같은 것한테도 이렇게 소중한 사람이 생길 수 있구나. 나도 아주 불행한 인간은 아니구나."

"……."

"그러니까 어디 가지 말고 내 옆에 있어 줘. 부탁이야."

언제부턴가 잠긴 목소리가 흘러나오더니, 결국 여름이 울먹거렸다. 자신의 목으로 흘러내리는 여름의 눈물을 느끼며 후는 미동도 없이 서 있었다.

언젠가는 여름에게 고백하리라 생각했었다. 사귄다면 너와 사귀고, 결혼한다면 너와 할 거라고, 그러고 싶다고. 너무 당연해서 의심의 여지조차 없는 일이었다.

갑자기 네 미소를 보면 좋으면서도 가슴이 답답해지기 시작한 게 언제였던가. 네 꿈을 꾸기 시작한 때가.

아마도 중학교 어느 시절 이후 자연스럽게 네가 내 안에 들어왔다. 네가 웃으면 좋았고 가슴이 뛰었다. 장난을 치면서도 스치는 손길에 가슴이 두근거렸다. 네 옆에 딴 놈이 있으면 질투가 들끓었고, 굳이 그 질투를 숨기지도 않았다. 세상 모두가 다 아는 걸 너만은 모르더라도 끊임없이 질투하고, 네 곁에만 머물렀다. 네가 알아주지 않더라도 나의 마음은 그랬었다.

우린 친구였고, 사귀지 않아도 늘 함께 있었고, 좋아한다고 직접 말하지 않아도 이미 충분히 좋아하고 있었다. 너도 같은 마음일 거라고 생각했다. 다만 표현하지 않았을 뿐.

하지만 아니었다. 여름에게 자신은 가장 소중한 존재일지언정 남자는 아니었다. 부모 대신이었고, 친척 대신이고, 보호자 대신이었다.

그래서 여름은 두려워하고 있었다. 친구 이상이 되는 걸. 소중하지만 절대 깨지지 않는 뭔가를 찾고 있었다. 그리고 그건 바로 후였다.

난 달라.

후는 외치고 싶었다.

"난……."

그 약속을 지켜 줄 수 없어.

"그래."

하지만 결국 입 밖으로 나온 건 다른 대답이었다.

"걱정 마. 어디에도 가지 않고 네 옆에 있을 테니까."

여름이 감내해 온 인생의 무게가 확 밀려들어서, 사랑하는 부모님의 죽음과 이모의 학대를 받으며 고사리손으로 집안 살림을 하며 동동거리던 그때의 여름이 떠올라서, 아무리 힘들어도 포기하지 않고 웃던 여름의 슬픔이 떠올라서.

•　•　•

열일곱의 어느 날, 후는 아침부터 여름이 신경 쓰였다. 대각선 자리에 앉은 여름이 수업 시간 내내 턱에 손을 괴고서 창밖만 바라보고 있었기 때문이다. 늘 수업 시간에 집중하는 여름이라 보기 드문 모습이었다.

여름은 창밖을 보고, 후는 그런 여름을 쳐다보는 중이었다. 그리고 여름이 저 어딘가에 두었던 시선을 거두어들이고서 다시 책을 내려다보았을 때, 교과서 위로 툭 떨어진 눈물을 후는 똑똑히 보았다. 교과서에 번진 눈물 자국까지. 서둘러 얼굴을 닦는 여름의 동작으로 그녀가 울었다는 사실이 더욱 확실해졌다.

여름이 울었단 걸 깨달은 후의 가슴이 철렁 내려앉았다. 당장이라도 여름에게 왜 우느냐고 묻고 싶었다. 여름의 말을 들어 주고, 기꺼이 자신의 가슴을 내주고 싶었다.

하지만 아마도 여름은 아무 일도 아니라고 하겠지. 늘 그랬듯 다시 웃으며, 언제 울었냐는 듯 밝은 얼굴로 아무렇지 않은 척하겠지.

기대 줬으면 좋겠는데. 내 가슴은 이렇게 비어 있는데. 늘 너를 위해 비워 뒀는데, 너는 한 번도 내 품을 찾은 적이 없었다. 기대려 하지 않았다.

후의 예상대로, 수업이 끝나자 여름은 친구들에게 활짝 웃어 보였다. 그리고 즐거운 얼굴로 수다를 떨었다. 후의 눈썹이 구겨졌다.

'넌 정말⋯⋯.'

또 무슨 일이 있는 건지, 후는 조바심이 나서 미칠 것 같았다.

"쟤 무슨 일 있는 거 같아."

그때 옆자리에 앉은 별하의 목소리가 들렸다.

역시 별하도 눈치를 챈 것 같았다. 다른 애들은 다 알아차리지 못해도, 별하와 자신만은 여름의 진짜 표정을 안다. 진짜 미소를⋯⋯.

정말 즐거워서 웃을 때와, 지금처럼 억지로 웃을 때의 여름은 전혀 달랐다. 정말 즐거워서 웃을 때 여름은 소리를 낸다. 하지만 그렇지 않을 때 여름은 입으로만 웃는다. 그걸 별하가 모를 리 없을 테고, 후도 마찬가지였다.

"좀 알아보지 그래?"

별하의 말에,

"안 그래도 그럴 거야."

후는 무거운 얼굴로 대답하곤 휙 일어났다. 하지만 후의 마음과 달리 여름은 역시 시치미를 뗐다.

"어우, 정말. 어제 본 드라마 때문이라니까? 오버쟁이들."

걱정스러운 표정의 후와 별하를 뒤로하고서, 대수롭지 않다는 듯 말한 여름은 서둘러 먼저 집에 갔다. 숨기려고만 하는 여름에게 더는 캐물을 수도 없어 후도 어쩔 도리 없이 집으로 갔다.

하지만 후는 집에 도착해 소파에 누워 한참을 멍하니 있다가 결국 벌떡 일어나 여름의 집 앞으로 달려갔다. 다행히 여름에게 휴대폰이 생겨 전화를 걸어 봤지만, 휴대폰은 꺼져 있었다.

후는 속이 탔다. 어떻게든 여름과 얘기하고 싶은데. 그렇다고 초인종을 누를 수도 없어 여름의 집 앞을 서성이다가, 순간 어떤 생각이 들어 근처 놀이터로 가 보았다. 여름은 생각할 일이 있으면 놀이터에 하염없이 앉아 있곤 했다.

역시나, 아무도 없는 놀이터에 여름이 있었다. 그네에 앉아 덜렁덜렁 발로 땅을 툭툭 치면서.

땅거미가 지는 시간이었다. 후가 다가가자, 아래로 향해 있던 여름의 고개가 천천히 들렸다.

"어⋯⋯?"

희미한 눈빛으로 후를 쳐다보다가, 곧 눈을 동그랗게 뜬다.

"오후? 너 왜 여기 있어?"

어지간히 놀랐는지 벌떡 일어나려다가 여름이 그네와 함께 앞으로 휙 엎어지려 했다.

철컹!

후는 바로 그네 줄을 움켜쥐고서 여름의 몸을 받쳐 주었다. 순간, 여름의 가슴이 후의 팔에 닿고, 그 감각이 고스란히 전해졌다.

"……."

후는 일단 여름을 그네에 안전하게 앉힌 후에야 팔을 뒤로 뺐다. 귀가 빨개진 채로.

"으아, 살았다. 죽을 뻔했네."

후의 속도 모르고서 여름은 그저 넘어지지 않아 다행이라고만 생각했다.

"쏘리, 오후."

"됐어."

"낮도깨비처럼 불쑥 나타나니까 놀랐잖아. 왜 왔어? 나 보러 온 거야?"

"전화는 왜 안 받아."

"어?"

그제야 여름이 주머니에서 휴대폰을 꺼내 보더니, 꺼진 화면을 보곤 혀를 쏙 내밀었다.

"전원이 꺼져 있었네. 전화했었어?"

후는 낮은 한숨을 삼키곤 옆쪽 그네에 털썩 앉았다.

"전화 왜 했어?"

"너 어디 있나 싶어서."

"왜?"

"같이 놀려고. 심심해서."

"뭐?"

"그러니까 드라마 얘기나 좀 해 줘."

여름이 멈칫했다. 그러다 푸핫, 하며 웃었다.

"뭐라는 거야? 이게 진짜 팔자 편한 소리 하고 자빠졌네. 심심하면 공부나 해. 확! 무슨 드라마 같은 소리야."

"난 드라마 같은 거 안 봐서 잘 몰라. 무슨 내용이었는데. 뭐가 그렇게 슬퍼서 눈물까지 흘릴 정도였는데?"

순간 여름의 입가에서 웃음기가 사라졌다. 후의 말뜻을 알아챈 듯 눈빛도 흔들렸다.

"너…… 봤구나."

"……"

"그치? 나 우는 거."

"……"

"그걸 왜 봐? 아무도 못 보게 수업 시간에 나 혼자서 몰래 그런 건데. 그냥 혼자서 그러고 만 건데."

"……"

"넌 진짜 이상한 애야. 꼭 그렇게 내가 보여 주기 싫은 건 다보더라. 그냥 이건 나 혼자서 갖고 있고 싶은 거야. 그러니까 그냥 가."

여름이 일어났다. 그대로 가 버릴 줄 알았는데, 여름은 벤치로 가서 툭 앉았다. 둘은 잠시 침묵했다. 그리고 먼저 침묵을 깬 건 여름이었다.

"야…… 오후."

"왜."

"미안해."

후가 천천히 고개를 들었다.

"괜히 혼자 성질낸 거 미안하다고."

여름이 우물거리며 후에게 사과하더니, 제 옆자리를 툭툭 두드렸다.

"여기 와."

눈치 보듯 후의 표정을 살피며,

"삐진 거 아니면 이리 와 주라."

애교를 떨었다. 한여름이 말이다.

잠시 후, 나란히 앉았을 때 여름이 후에게 말했다.

"이상한 애라고 해서 미안해. 너 이상한 애 아냐."

"알아."

"넌 그냥 다정한 앤데."

"다정하진 않아."

너한테만 그런 거지. 여름은 대체 그걸 언제쯤 알아줄까?

"그냥 보이기 싫은 장면을 들켰다고 생각하니까 창피했나 봐."

"그것도 알아."

"아까 드라마 얘기 말야. 아직도, 듣고 싶어?"

후는 고개를 끄덕였다.

"그래."

여름에게 부담 주고 싶진 않았지만 후는 솔직히 알고 싶었다. 마음 같아선 여름이 말하기 싫어하는 거에 대해선 건드리고 싶지 않았는데, 혼자 우는 모습을 본 이상 내버려 둘 순 없었다.

조금이라도 좋으니, 네 마음을 들어 주고 싶다. 그래서 네가 울지 않을 수만 있다면 난 어떤 무리한 일이라도 할 거야.

"그냥 신파 같은 얘기야. 여주인공이 말야, 엄청 슬펐대. 왜냐하면 오늘이 엄마가 돌아가신 날이거든."

후의 눈이 커졌다.

"평소엔 잘 생각나지 않는데, 기일만 되면 그렇게 엄마가 생각날 수가 없나 보더라. 하늘나라 어디에 있는 건지 자꾸 하늘만 보게 되나 봐. 하늘 보고 있으면 괜히 눈물만 나오고. 그래서 바보처럼 눈물을 쏟는 거야."

"……."

"다행히 주인공한텐 아주 좋은 친구들이 있어서 평소엔 전혀 외롭지 않거든. 그 친구들이 잠시라도 외롭지 않게 진짜 잘 놀아주거든."

후가 무릎 앞에서 제 손을 꽉 맞잡았다.

"근데 엄마가 돌아가신 날만 되면, 엄마가 죽기 직전의 모습이 자꾸 생각나나 보더라. 병으로 아파하던 거, 웃던 거, 딸을 걱정하면서 울던 거, 눈감던 순간의 얼굴까지 전부 다……. 그래서 딸은 가슴이 아파서 어쩔 줄을 모르겠나 보더라고. 그리워서, 돌아가신 엄마가 너무 보고 싶어서……."

여름은 끝까지 울지 않았다. 목소리는 한없이 떨리는데도 눈물을 꾹 참고 있었다. 왜냐하면 지금 하는 이야기가 드라마 내용이라 했기 때문에.

"자꾸만 기대는 거 같아서 말하고 싶지 않았는데."

"드라마 얘기라며."

"……."

"드라마 얘긴데 말하면 뭐 어때."

후는 속에서 올라오는 여러 가지 뜨거운 것들을 참아 가며 그렇게 말했다.

"그러게. 그랬었지."

여름이 중얼거리며 희미하게 웃었다.

"드라마는 참 이상해. 내 얘기가 아닌데도 내 얘기처럼 눈물이 막 나려고 한다니까."

후는 여름이 하는 말을 조용히 들어 주었다.

"근데 후야, 그거 알아? 가끔 드라마보다 네가 더 신기해. 아니, 이상하단 게 아니라 힘들거나 슬플 때면 꼭 네가 내 옆에 있고, 기쁠 때도 꼭 네가 바로 보이더라."

"……."

"넌 늘 필요할 때마다 내 옆에 있어. 그게 얼마나 기쁜지 아무리 설명해도 넌 모를 거야."

후는 가슴이 지끈거렸다. 그렇게 아플 수가 없었다.

자신과 별하에게 혹시라도 작은 부담이라도 줄까 봐 끝끝내 웃고 마는 여름의 마음속 슬픔은 대체 얼마만큼 깊은 것일까.

여름은 단 한 번도 그 슬픔을 같이 나눠 지자고 요구하지도, 사정하지도 않았다. 언제나 덤덤하게, 어른스럽게 슬픔 위로 얇은 천을 한 장 꺼내 가릴 뿐이었다.

그때였다. 여름의 머리가 기울어져 후의 가슴에 툭 닿은 건…….

쿵, 하고 심장이 떨어지는 기분이었다. 처음이었다. 여름이 제 가슴에 머리를 기댄 건. 그렇게나 비워 두었던 자리를 채워 준 건. 마침내, 여름이 그 자리를 봐 준 것이다.

하지만 안도하고 기뻐할 사이도 없이, 여름의 슬픔이 후의 가슴을 푸르게 물들였다.

"아프잖아."

그래서 후는 제 가슴의 먹먹함을 고스란히 밖으로 꺼내며 중얼거렸다. 여름이 너무나 아팠다. 이제야 처음으로 자신에게 기댄 여름의 모든 것이 그저 아프게 느껴져서, 후는 자신이 더 아팠다.

"뭐어? 내 머리가 그렇게 단단하냐? 아프면 어디가 얼마나 아프다고……!"

그런 뜻이 아니었다. 그냥 네가 안기니까 아팠을 뿐. 앞으로도 영원히 기억될 것 같은 이 가슴의 통증. 네 머리의 무게 같은 게 아니라, 너를 향한 내 감정의 무게 때문이라고.

하지만 오해한 여름이 발끈하며 벗어나려 하자, 후는 초조한 마음에 여름의 머리를 제 가슴에 꾹 눌렀다.

가지 마. 멀어지지 마. 떨어지지 마.

"몰랐냐? 네 머리 엄청 단단해."

"이 자식이 진짜 보자 보자 하니까."

"그래도 난 성숙한 인간이니까 다 이해해 준다."

"얼씨구."

"그냥 이러고 있어. 이러고서 드라마 생각이나 다시 해. 아니면

하지 말든가."

"……."

"하지만, 슬퍼도 좋으니까 사람들은 드라마를 보겠지? 그러니까 너도 그냥 생각하고 싶으면 계속 생각하라고."

실은 이대로 여름을 끌어안아 버리고 싶었지만,

"필요하면 얼마든지 가슴 빌려줄 테니까, 또 드라마 때문에 슬프거나 울고 싶으면 전화해. 언제라도."

네가 혼자 울지 않기로 약속해 주는 걸로 만족하기로 했다.

"나도 네 꿀이 돼 줄 테니까, 이럴 때 써먹으라고."

언제라도 힘들면, 쓸쓸하고 외롭고 지칠 때면, 아플 때면 너 역시 나라는 꿀을 떠올리라고. 내가 네 곁에 언제라도 있을 테니까. 그럼 누구한테 상처받더라도 너도 조금은 낫겠지?

다행히 여름은 그의 가슴에 기댄 머리를 떨어뜨리지 않았다.

"핏, 넌 전혀 달달하지 않아."

"달달한 게 별거냐."

"그럼 뭔데."

"찍어 먹어 보지도 않고서 판단하지 말라고."

"그래 봐야 시니컬한 맛만 날 것 같지만, 그래도……."

뒷말이 무엇일지 후는 몹시도 궁금했지만, 여름의 말은 이어지지 않았다. 다만 그 목소리 끝이 떨렸기에, 긍정적인 뜻이었으리라는 짐작은 했다.

후의 마음을 소중하게 여기며, 아마도 여름은 슬픔을 이겨 내고 있었겠지.

・ ・ ・

여름을 업고 있는 후에게 그날의 느낌이, 그때 느꼈던 감상이 고스란히 떠올랐다. 그날 내 가슴에 기댔던 네 머리의 무게와 미소에 묻어 있던 슬픔까지도 전부 다.

'그러니까 어디 가지 말고 내 옆에 있어 줘. 부탁이야.'

그랬기에, 내가 가장 좋아하던 네 미소가 사실은 네 눈물을 뭉쳐서 만든 것이란 걸 알기에, 여름의 기대를 저버릴 수가 없었다.

자신이 여기서 욕심을 드러내면, 여름은 앞으로 머리를 기대며 올 수 있는 유일한 장소를 잃어버리는 것이다.

그럼 여름은 대체 어디에 지친 머리를 기댈까. 내 마음을 드러내면 아마도 네가 먼저 다시는 내게 기대지 않을 것이기에. 제발 그러지 말아 달라고 지금 그녀가 부탁하는 것이기에.

'그래.'

네가 원한다면 영원히 친구로 있어 줄게. 나에게 넌 언제나 여자였지만, 너에게 난 언제나 친구였다. 가장 소중한 친구.

하지만 그게 하나도 위안이 되지 않는다는 사실이 괴로웠다. 그럼에도 후는 그날부터 결심했다. 널 아프게 하는 건 아무것도 안 하기로.´ 널 불안하게 만들지 않기로. 네가 원하는 대로 다 해 주기로.

등으론 여전히 여름의 가슴이 선명하게 다 느껴지는데도, 그래서 마음이 끓고 몸이 끓어넘치는데도 그렇게 하기로 했다. 너를 더 욕심낼까 봐, 네가 원하는 걸 깨트리게 될까 봐.

그래서 후는 그날 이후로 취한 여름을 데리러 갈 때면 늘 두꺼운 패딩을 입었다. 여름을 여자가 아닌 친구로 생각하기 위해. 여자로 느끼지 않으려고.

여름이 천천히 마음을 열 때까지, 변하지 않는 여름의 세상이되어 주고 싶었다.

앞으로도 너는 늘 내 옆에 있겠지만, 동시에 없을 거다.

그래도 난 괜찮다.

8편
각오해. 지금껏 참은 만큼 퍼부을 테니까

　안전하고 싶어 연인이 되기 두려웠던, 그래서 친구라는 고치 안에 갇혀 있었던 두 사람의 선택. 하지만 어리석은 충동으로 선을 넘어 버렸다. 사고를 친 것이다.

　여름은 날이 샜단 걸 알고 있음에도 시트를 푹 덮어쓴 채 꼼짝도 않고서 침대에 틀어박혀 있었다. 후는 옆에 없었다.

　'일어나야 해. 출근해야 하는데…….'

　몸은 실오라기 하나 걸치지 않은, 후에게 안겼던 모습 그대로였다. 그 뒤로 무슨 일이 있었는지 하나도 기억나지 않았다. 그야말로 기절하듯 잠들었다.

　다만 잠든 게 첫 번째 이후가 아니란 게 문제였다. 즉, 여름이 의식을 잃은 건 두 번째 섹스 후였단 것이다. 그래서 이렇게 죽은 듯 침대에 달라붙어 있는 것이었다.

'미친 것. 미친 것. 미친 것!'

여름은 몸서리를 치며 제 머리를 쥐어뜯었다. 순간 여름의 머 릿속으로 어젯밤 한차례의 쾌락의 파도가 휩쓸고 지나간 후의 일 이 다시금 떠올랐다.

$$\bullet \quad \bullet \quad \bullet$$

대체 무슨 일이 일어난 건지, 여름은 탈진한 듯 후의 품에 숨어 있었다.

생각을 해야 하는데, 머리가 제 말을 듣지 않았다. 기진맥진한 채 가쁜 숨만 몰아쉬었다.

그때 후가 여름의 머리를 만지며 다시 키스하려는 듯 그녀의 입술을 찾는 순간, 여름은 시트를 쥔 채 벌떡 일어나 앉았다.

"자, 잠깐만!"

생각을 해야 해. 이렇게 이 자식 페이스에 말려선 안 돼.

"속이 안 좋아."

여름은 후를 쳐다보지도 않고 말하고선, 시트로 온몸을 꽁꽁 싸맨 채 욕실로 날듯이 도망쳤다.

문이 쿵, 닫히자 여름은 변기로 달려가 헛구역질을 했다. 나오 는 건 하나도 없었지만 그럼에도 속이 울렁거렸다.

후와의 섹스가 불쾌했던 게 아니었다. 그저 생리적인 거부감 같았다. 아니면 의식의 거부라든가.

섹스의 대상이 후라는 걸 인정하는 게 너무도 버거웠다. 사고는 이미 터졌는데, 이제야 사태의 심각성을 깨달은 듯했다.

'대체 나 무슨 짓을 저지른 거야.'

여름은 이 상황이 믿기질 않았다. 친구 사이의 섹스, 그건 자신과 마찬가지로 후에게도 전율이 오는 정도의 경험이었을 것이다. 지금까지의 자연스럽던 친구 관계에서 전혀 새로운 관계로 접어든 것이다.

한 번도 가 보지 못한 낯선 세상에 발을 들인 기분.

앞으론 좋든 싫든 그 세계에 익숙해져야 한다. 그건 조금 서럽고 씁쓸한 슬픈 이면을 갖고 있었다.

그래서 차마 후의 얼굴을 못 볼 것 같았다. 후와 그런 짓을 했단 게 도저히 받아들여지지 않았다.

그리고 바로 그게 문제였다. 마치 근친상간이라도 벌인 것처럼 죄지은 기분이 들었다.

하지만 자신의 감정은 이렇게 복잡한 데 비해 후는 괜찮은가 보다. 그 와중에도 다시 키스하려 하다니. 쥐구멍에라도 들어가고 싶은 건 정말 나 혼자뿐인 건가?

'저 자식, 분명 정상 아냐.'

여름은 후들거리는 다리로 샤워기 아래에 섰다. 뜨거운 물이 쏟아지자 온몸이 따끔거리는 것 같았다.

후의 완력은 엄청나서, 마치 아직도 후의 무게를 받아 내고 있는 것 같았다.

얼굴은 뜨겁고, 심장은 계속해서 비정상적인 속도로 아우성치고, 온몸은 욱신거리며 비명을 지르고 있었다.

방금 전까지 후의 손이 곳곳에 닿았던 몸이 제 몸 같지가 않았다. 차마 거울 보기도 민망해 의식적으로 시선을 피했다.

후의 입술이 닿았던 자리, 후의 채근에 따라 용감하게 춤추던 내 몸, 휘어지던 팔과 다리. 그런 것들이 새삼 낯설어졌다. 그가 어떻게 제 안으로 들어왔는지, 어떻게 움직였는지 모든 게 다시 떠오르자 머릿속 퓨즈가 끊어지는 것 같았다.

아……. 생각하고 싶지 않아. 하지만 자꾸만 떠오른다. 마치 각인된 것처럼 그가 아직 제 몸속에 남아 있는 것 같았다.

여름은 고개를 푹 숙인 채 얼굴을 손으로 꾹 눌렀다. 그때, 어떤 소리가 들려 여름의 고개가 천천히 돌아갔다.

순간 여름의 눈이 휘둥그레졌다.

"너, 너……."

대체 언제 들어온 건지, 후가 여름의 뒤에 서 있는 것이다. 여름의 눈동자가 흔들리며 춤을 췄다. 심장이 떨어진단 게 어떤 건지 알 것 같았다.

후는 실오라기 하나 걸치지 않은 건장한 나신 그대로였다.

직각으로 벌어진 어깨, 남성적인 굵은 목과 목울대, 움푹 파인 쇄골, 자잘한 근육이 박힌 팔뚝과 탄탄한 아랫배, 모양 좋은 허리와 단단한 허벅지, 쭉 뻗은 다리. 마치 조각이라도 한 듯 아름다운 후의 몸.

그리고 그 부위도…….

아무것도 입지 않았으니 그의 건강한 남성이 고스란히 보이는 건 당연했다. 그리고 그것이 다시 서서히 발기하려는 것까지 적나라하게 느껴지는 순간, 여름은 얼굴이 화끈 달아올라 제 몸을 필사적으로 가리며 외쳤다.

"너, 너 미쳤지? 나가. 꺼져. 이 미친놈아."

하지만 후는 더 가까이 다가왔다.

"오지 말라고, 멍청아!"

여름이 손에 집히는 대로 다 던져 버렸다. 하지만 하나도 맞히지 못했다.

그사이 후는 어느새 여름의 앞까지 바짝 다가왔다. 한 치의 흔들림도 없는 짙은 눈이 여름을 내려다보았다.

샤워기의 물이 떨어졌다. 계속 혼자 떨어졌다.

"넌…… 그게 돼? 어떻게 그게 돼?"

"뭐가."

"뭐긴 뭐야. 나랑 어떻게 그런 게……. 대체 지금까지 어떻게 참았는데? 아니면 지금껏 계속 날 두고 그딴 생각 했어? 지금까지 잘도 숨기면서 연기나 하고, 나쁜 놈."

욕실 안에 수증기가 꽉 찼다. 후가 손을 뻗었다. 여름은 뒷걸음질 치다가 벽에 등이 부딪쳤다. 그러자 후가 두 팔을 뻗어 벽을 짚은 채로 여름을 제 안에 가뒀다.

"잘만 되더라."

"……."

"너도 되더라."

"……!"

"무슨 문제 있어?"

여름의 턱이 덜덜 떨렸다. 후가 찌른 게 너무 정곡이라 이젠 두렵기까지 했다.

진짜 나한테 왜 이러는 거야.

여름은 울 것 같은 얼굴로 후를 원망스럽게 노려보았다.

후의 말은 사실이었다. 낯설었지만 그래도 적응할 수 있었던 쾌락은 이 관계가 가능할 수 있음을 증명했다. 친구라서 안 된단 말도 더 이상 통하지 않았다. 너한테 키스하는 상상도 못 하겠단 말도 더 이상 할 수 없다.

아예 부정할 수 없게끔, 후가 가장 똑똑하고 빠른 길을 선택한 것이다. 아주 직설적이고 관능적인 방법으로 여름의 입을 틀어막은 것이다.

"후야…… 나 힘들어."

여름이 울먹이며 말했다. 다른 때였다면 후는 바로 물러서 줬을 것이다. 후는 늘 그래 왔다.

"알아."

하지만 지금의 후는 안다고 하면서도 물러서지 않았다. 다만 꿰뚫을 듯 강렬한 눈으로 계속해서 여름을 응시했다. 마치 뭔가를 원하듯. 속박하듯. 강제하듯.

삼킬 것 같은 눈으로 여름을 내려다본다. 계속, 계속…….

결국 여름의 눈동자가 물에 떨어진 잉크처럼 풀어졌다.

"그래. 네 마음대로 해."

그러자 조심스럽게 후의 입술이 와서 부딪친다. 툭 하고 부딪쳤다가, 다시 입술을 붙여 올 땐 너무도 감미로운 움직임으로 입술을 맞물리고 혀를 빨아올린다. 축축하게 혀를 감는다.

하아…….

여름의 심장이 일렁거렸다. 결국 퓨즈가 나갔다. 두 번째 섹스
가 시작되었다.

• • •

그렇게, 두 번이나 해 버린 것이다.

여름은 떠오르는 기억에 제 머리를 헝클어뜨렸다. 이젠 뭐라
변명할 수도 없었다. 첫 번째는 실수였다고 해도, 두 번째는 의지
가 들어가지 않고선 불가능한 일이었다.

정말로 친구 관계는 끝난 것이다.

'우린 절대 친구가 될 수 없어. 인정해, 한여름.'

욕실에서 맞은 두 번째 절정에 몸을 떠는 여름의 귓가에 대고
후가 젖은 입술로 속삭였던 말. 그 말이 여름의 심장에 대못으로
박혔다.

예전의 후는 어땠더라. 생각해 보면 후는 늘 멋진 애였다. 한
번도 안 괜찮은 적이 없는 녀석이었다.

슬러시에 욕심나서 자빠지려는 저를 무심하게 받쳐 주던 녀석.
한 번도 어김없이 여름이 끝나는 시간까지 기다려 묵묵히 집까지
바래다주던 녀석. 더운 여름엔 뺨에 음료수를 대 주고, 추운 겨울
엔 목도리를 여며 주던 녀석.

꼬르륵 배꼽시계가 울리면 떡볶이집으로 데려가고, 성적이 떨

어지면 강제로라도 공부시켜 다시 올려 주고, 썸 타는 남자가 생기면 시니컬한 얼굴로 반대하면서 끝내는 찢어지게 했던, 그 모든 익숙했던 모습들이 사라져 간다.

여름의 눈꼬리를 타고 눈물이 흘러내렸다.

후야, 이제 우린 어떻게 되는 걸까? 난 너무너무 불안해.

· · ·

출근 준비를 마친 여름은 조용히 방을 나왔다. 박스에서 꺼낸 옷이라 주름이 좍좍 가 있었다. 평소라면 분주를 떨며 다림질을 했겠지만, 지금은 그런 사소한 일 따위 문제로 느껴지지도 않았다.

인생이 뒤바뀔 사고가 터졌는데 옷 주름 따위가 무슨 상관이랴.

여름은 망설임 끝에 후의 침실 앞으로 가서 섰다. 현관을 확인하니 후의 구두가 보였다. 차 키도 있는 걸 보니 아직 나가진 않은 듯했다.

지금이면 제대로 얘기할 수 있을 거다. 아니, 기회는 지금밖에 없다.

"후우……."

여름은 크게 심호흡을 하곤, 문을 똑똑 노크했다.

"안에 있지?"

손에 힘을 꾹 주었다.

"있으면 그냥 거기서 내 말 들어 줘."

'나한테 넌 한 번도 여자가 아닌 적 없었어. 아무리 네가 아니라고 해도.'

'미쳤다고 해도 좋아. 아니, 차라리 미치는 게 낫겠어.'

'네가 그렇게 믿고 의지하는 내가, 네 말대로 늘 친구로서만 만족해 온 내가, 아무리 욕심나도 건드리지도 못했던 내가.'

'조금은 불쌍하지 않냐?'

더없이 소중하게 생각했던 친구는 자신의 이기적이고 안일한 태도 때문에 내내 상처받고 있었다. 그리고 자신은 전혀 몰랐다.

여름은 자신이 많은 걸 놓치고 잘못을 쌓아 왔단 걸 깨달았다. 후를 붙잡아 두려고 하면 할수록 다른 결과를 가져오게 될 거란 것도.

"아주, 많은 생각을 해 봤어. 넌 좋아하지 않겠지만 난 생각을 해 봐야 했어. 그런 생각이 들더라. 차라리 네가 아직 나한테 큰 의미가 아니었을 때, 그저 좀 설레고 좋다는 이유로 고백하고 상처받든 사귀든, 여느 평범한 커플들처럼 그랬더라면 우린 그저 잘되거나 깨지거나 했겠지."

네가 이 정도로 커지진 않았겠지. 널 그렇게 상처 주지 않아도 됐었겠지.

"하지만 우린 선택을 잘못했어."

"우린 그 선택에 대한 책임을 져야 해. 그게 이런 방법은 아닐 거야. 후야, 넌 좋아할 사람을 잘못 선택한 거라고. 아무리 생각해도 난 친구 이상으로 이 관계를 바꾸는 방법을 모르겠어."

너와 몸을 섞는다고, 깊은 관계가 된다고 하루아침에 그 모든 게 바뀔까? 그 모든 걸 버릴 수 있을까? 그럴 용기가 있을까?

추억엔 향기가 있다. 그리고 모든 기억 속엔 저마다의 책임이 있다. 그땐 왜 그런 선택을 했고, 이번엔 왜 그게 무너졌는지. 그땐 그 나름의 이유가 있었을 테고, 이번에도 마찬가지일 것이다.

하지만 순간적인 충동으로 일어난 일로 인생 전체를 바꿀 순 없는 거다.

"널 좋아하지만, 정말 아주 많이 좋아하지만, 이성으론 아냐. 어젯밤엔 아마도 내 깊은 곳에 숨어 있던 뭔가가 튀어나왔던 거겠지. 알아. 그것도 내 것이란 걸. 책임져야 한단 걸. 하지만 회피가 아니라 정말 용기가 없어. 그게 뭐였다고 한들 지금의 나로선 감당할 수 없어."

문제는, 앞으로 후와 어떻게 지내야 하는가였다.

"그래. 내 생각과 달리 우리가 예쁘게 사귀어서 끝까지 깨지지 않고 잘될 수도 있겠지. 하지만 미래의 일은 누구도 확신할 수 없어."

여름은 떨리는 목소리로 말을 이었다.

"누구도 가 보지 않은 길은 모르는 거니까. 아무래도 난 남들보다 그런 것에 대한 불안이 더 많은 앤가 봐. 병이야, 이건."

여름은 씁쓸하게 웃었다.

"그러니까 내 말은……."

"그러니까 그 말이 무슨 뜻인데?"

그때, 뒤쪽에서 들려오는 목소리에 여름은 자지러지듯 놀랐다. 여름이 기절할 것 같은 얼굴로 돌아보자, 후가 배스로브를 걸친 채 여름의 뒤에 서 있었다.

너, 너 왜 거기 있어? 방에 있는 거 아니었어?

"바, 방에 있을 줄 알았는데……."

여름은 정말이지 맥이 빠졌다. 방 안에 있는 줄 알고 얼마나 진지하게 말하는 중이었는데. 나 방금 뭔가 철학적으로 심도 깊은 말까지 한 것 같거든?

아무튼 이미 다 해 버린 말이니 주워 담을 순 없었다.

"내 말 들었지?"

"……."

하지만 후가 대답을 안 한다. 고집부리듯 한일자로 입매를 굳힌 채, 냉기만 풍기고 있다. 저런 표정이라면, 들은 걸로 쳐도 무방할 것 같다.

"아직 안 늦었어. 더 늦기 전에 되돌리면 돼."

후가 여름의 팔을 확 잡았다.

"잤어, 우리."

그러고선 이글거리는 눈으로 위협하듯 말한다.

"그래서 뭐?"

여름은 꼿꼿이 턱을 쳐들었다.

"그래서 뭐 어쩌라고, 멍청아!"

여름은 몸에 더 힘을 주었다.

"너 무슨 영감이야? 촌스럽게 한 번 잤다고 뭐? 섹스하면 뭐?

지금이 때가 어느 땐데, 한 번 잤다고 내가 완전히 네 거가 되기라도 해? 섹스하면 다 디 엔드야?"

"……."

"난 널 잃기 싫었지만, 남자로 생각한 적도 없어. 절대 그렇게 생각하지 않으려 했더니 진짜 그렇게 됐다고. 너 대체 앞으로 뭐가 변할지 알고는 있어? 우리가 사귄다는 건, 전부 다 변한단 뜻이야. 하나부터 열까지, 지금껏 우리가 해 왔던 모든 게 다 변한단 뜻이라고!"

"알아. 그래서 뭐. 그게 뭐가 그렇게 중요한데. 변하면 적응하면 돼. 낯설면 익숙해지면 돼."

"아니, 친구가 아닌 넌 어려워. 너를 남자로 봐야 한단 게 나한텐 불가능하다고. 내가 어떻게 행동하면 좋을지도 모르겠고, 그런 상황이 상상도 안 가."

"그래서 친구로 돌아가자고?"

여름은 긍정하듯 눈을 내렸다.

"그렇게 불안하면 바람이라도 피우고 오든가. 네가 무슨 짓을 해도 난 변함없이 이 자리일 테니까."

"뭐?"

"네가 수백 번의 연애를 한다고 한들, 설령 결혼하고 이혼까지 하고 오더라도 난 이 자리에 있을 거라고."

"오후, 너 대체……."

"그런데 뭘 다시 돌아가? 돌아갈 자리나 있어? 돌아가 봐야 난 널 좋아하는 그 자리 그대로야. 내 마음이 변하지 않는 한 결국 이런 일은 다시 일어날 거고. 아직도 모르겠어?"

여름의 심장이 마구 울렁거렸다. 이건 탈출구도 없다는 말이었다. 직진만 하는 후의 말들이 여름을 까마득한 어딘가로 밀어 넣는 것 같았다.

"진짜…… 개똥 같은 소리 하네. 너 눈치 없어? 나 후회하고 있는 거 안 보이냐고. 내가 지금 후회하고 있잖아. 너 싫다고. 너랑은 안 될 거 같다고. 자존심도 없이 진짜 이러고 싶니?"

여름은 제 앞을 막고 있는 후의 팔을 확 쳐 냈다. 별수 없다. 그냥 막무가내로 무시하는 것밖엔 방법이 없었다. 하지만 몇 걸음 걷기도 전에 후에게 붙잡혔다.

후가 타들어 가는 뜨거운 눈으로 말했다.

"처음부터 네가 후회하리란 건 알았어. 충동적인 섹스가 사랑이 아니란 것도 알아. 하룻밤 널 가졌다고 네 마음까지 가질 수 없단 것도 알아. 지금까지 당연했던 관계가 허물어지는 것에 대한 두려움도 알아. 하지만 친구가 아니라면, 넌 내가 필요 없는 거냐?"

여름의 눈동자가 파동을 일으켰다.

"아무 소용도 없는 거냐고."

"……"

"네가 싫어하는 건 하기 싫어서, 널 부담스럽게 만드는 어떤 짓도 안 할 거라 다짐했어. 하지만 그게 꼭 정답은 아니더라. 바로 받아들이기 힘들다면, 한번 남자로 날 생각해 봐. 그럼 되잖아."

여름은 입술을 꼭 깨물었다. 뭐라고 말하려는 듯 입술을 달싹거리다 결국 중얼거렸다.

"나 오늘 나갈래."

후의 팔을 놓아 버리고 돌아서는 여름의 허리가 다시 그에게 안겨 덜렁 들렸다.

"야, 이, 이거 안……."

피아노 건반 위에 여름을 앉힌 후가 양손으로 피아노를 짚은 채 여름을 응시했다.

"좋은 말로 할 때 비켜라."

"나가지 마."

"비키라고 했다."

"안 내보낼 거야."

"누구 맘대로……."

"나가지 말고 우리 이 관계를 똑바로 보자."

"아니, 난 관심 없어."

"기다리라면 기다릴 수 있어. 돌아가라면 돌아갈 수도 있어. 하지만 그래서 놓친다면, 기다리지도 돌아가지도 않을 거야."

후는 계속 생각했다. 여름의 두려움을 알지만 계속 이렇게 끌려갈 순 없다고. 아니, 알고 있기에 이 관계를 바꿔 주고 싶은 거다.

"나 너 가질래."

"하, 너 돌았……."

"보여 줄 거야. 내가 널 어떻게 사랑하는지. 어떤 게 사랑이란

244

건지. 친구와 연인이 뭐가 다른지. 친구란 게 정말 네가 생각하는 것처럼 안전한 걸까? 아니, 사실은 연인 사이가 더 안전할 수 있단 걸 내가 가르쳐 줄게."

"……."

"각오해. 지금껏 참은 만큼 퍼부을 테니까."

여름의 눈동자가 공처럼 벌어졌다. 그러다 그 눈이 번들번들해지더니 결국 울음을 터트렸다.

"어쩌란 거야. 넌 정말 징글징글하지도 않아? 이렇게 까다롭게 구는 내 앞에서 정말 그런 말들이 나와? 너 어디 모자란 거 아냐? 바보 아니냐고."

후는 옅은 한숨을 삼키며 여름을 조심스레 끌어안았다.

"한여름, 내가 원하는 말은 그런 게 아냐. 내가 원하는 건……."

하지만 후는 말을 삼켰다. 어차피 자신이 원하는 말들을 지금의 여름은 해 주지 못할 거다. 다그치지 않기로 했다. 언젠가 여름이 자신의 필요로, 스스로 수긍해서 말해 주길 바랐다.

"원하는 건 뭐? 뭔데?"

쪽―

후가 다그치는 여름의 윗입술에 짧게 키스했다.

"이거."

여름의 이마에 핏대가 섰다. 손톱을 세우고 달려들었다.

"이 미친놈. 너 진짜 이 상황에서 그러고 싶어? 머리 검사 좀 받아 볼래?"

후가 마녀처럼 할퀴며 달려드는 여름의 손목을 탁 잡았다.

"하지만 좋지?"

"돌았나 봐. 아니? 절대 아니거든?"

"싫진 않지?"

그러면서 후가 다시 입을 맞췄다. 미처 피하지 못했던 여름은 제 입술을 짧게 누르고 멀어진 후의 입술을 물끄러미 바라보았다. 그러다 중얼거렸다.

"싫고 좋고를 떠나서, 이런 행동 자체가 나한텐 익숙하지 않다고. 서먹서먹하고 부정적인 생각부터 든……."

하지만 여름의 말은 더 이어지지 못했다. 후가 여름의 말을 막 듯 입술을 겹쳤기 때문에.

감미롭게 혀를 감아올리자, 여름은 저도 모르게 으응, 소리를 냈다가 깜짝 놀랐다. 제가 저지른 짓이란 게 믿어지지가 않았다.

"복잡하면, 모르겠으면, 지금 당장 좋은 것만 생각해."

후가 더없이 신뢰가 가는 얼굴로 여름의 귓불을 만지며 중얼거렸다. 그러니 여름은 차마 반박할 수도 없었다.

"좋은 것만 생각하다 보면 언젠가는 불안함도 사라져 있을 거야."

계속 여름을 세뇌시켰다. 자신만만하게. 마치 제 키스가 엄청나게 좋은 거라도 된다는 듯, 본인이 엄청 키스를 잘한다는 듯.

웃겨.

하지만…… 촉촉하게 얽고 빨아들이며 적당한 습기와 탄력을 갖고서 각도를 다르게 해 오는 후의 키스는 인정하기 싫었지만 황홀했다.

여름은 이러지도 저러지도 못하며 팔이 잡힌 채 그런 후의 키스를 받아 냈다.

아…….

머릿속이 점차 몽롱해져 갔다. 의식이 제 말을 듣지 않았다. 꼭 희뿌연 안개에 갇힌 것처럼.

후의 입술이 여름의 목을 파고들었다. 목선을 촘촘하게 깨물며 핥아 내려가는 사이, 손이 블라우스의 단추를 풀었다. 툭 하고 열린 앞섶으로 후의 손이 들어왔다. 블라우스를 끌어 내리자 어깨가 반쯤 드러났다.

"지금까진 네가 원하는 걸 해 줬어. 이젠 내가 원하는 걸 받을 거야."

그가 몸을 들어 여름의 턱을 엄지로 누르곤,

"우리가 얼마나 야한 짓을 했는지, 친구란 단어가 생각날 때마다 떠올려."

허리를 숙여 가슴에 키스했다.

아아…….

어슴푸레 마주쳤던 후의 눈빛은 오싹할 정도로 위험했다.

· · ·

"이 신용장 좀 볼래? 기한이 너무 **빡빡**하지 않아?"

"어디 봐요. Latest Shipping date가 8일, L/C expiry date

가 13일, 선적일이……."

"마지막 선적일에 문제가 있는 거 같아. 만기일을 좀 넉넉하게 잡아야 할 거 같은데."

"아, 제가 얼른 다시 볼게요."

여름은 출근하자마자 정신없이 일에 집중했다. 열심히 키보드를 치다가 모니터 옆에 둔 휴대폰이 깜빡이자 흘긋하곤 무시했다. 보나마나 다민일 것이다. 다민은 그날 이후 대량의 문자와 전화 폭탄을 날렸다. 하지만 여름은 대꾸해 주지 않았다.

"외근 다녀올게요."

어느 정도 밀린 일을 처리하고서 여름은 서류 뭉치와 가방을 챙겨 들고 일어났다. 생산 공장에 들렀다가 퇴근 전에 돌아올 생각이었다.

막 회사를 나섰을 때 누군가가 뒤에서 여름의 어깨를 확 돌려 세웠다.

"야!"

혹시나 했더니 역시 다민이었다. 하긴, 이 계집애가 안 찾아올 리가 없지. 아무리 전화를 걸어도 안 받으니 회사까지 쳐들어온 모양이다.

"넌 일 안 하니? 직장인이 시간도 많다."

"하, 이 또라이. 됐고 엄마가 너 데리고 오래. 넌 이제 죽었어."

"내가 죽긴 왜 죽어? 할 말 있으면 직접 오시라고 해."

여름은 차갑다 못해 도도하게 다민의 손을 털어 냈다. 그러자 다민의 눈썹이 휘어졌다. 여름의 뻔뻔한 태도가 믿기지 않는 듯.

"너 눈에 뵈는 게 없지? 미친 게 허락도 없이 사람 없을 때 짐을 빼?"

다민은 바짝 독이 오른 살모사 같았다.

성형외과 상담 실장인 다민은 고객의 얼굴보다 제 얼굴 뜯어고치는 데 더 관심이 많은 애였다. 집도 절도 없는 게 오늘도 외모와 패션만은 요란했다.

다만 저 블링블링한 체인백을 언제라도 휘두를 수 있으니 그건 조심해야지.

"내가 내 돈으로 구한 집을 내가 빼겠다는데, 왜 네 허락을 받아야 하는데?"

"하, 이 계집애 말하는 거 봐. 내가 너 이렇게 뻔뻔하게 나올 줄 알았지. 네 집? 지금 니 거 내 거 따지잔 거지? 좋아, 한번 해 보자. 지금껏 너 거둬 주고 키워 준 은혜는? 그건 어디 갔는지 한번 따져 볼까?"

"그래. 가자, 이모한테."

"진작 그렇게 나올 것이지."

"안 그래도 나도 이모한테 할 말이 아주 많거든. 특히 너에 대해."

"이, 이게 너 정말 죽을래? 치사하게 또 그 얘기 붙들고 늘어지려는……!"

"왜 아니겠어? 그게 보통 일이야? 아, 그리고 그때 지운 아기 아빠가 누군지 이모가 그것도 궁금해하실까?"

말문이 막힌 듯 다민이 움찔거렸다.

"내가 모를 줄 알았지? 야, 너 그딴 식으로 살지 마. 어디 건드릴 사람이 없어서 유부남을 건드리니? 그 유부남이 너희 병원 원장이지, 아마?"

다민의 얼굴이 새파래졌다.

"눈 깔아. 여차하면 원장 사모님한테 다 까발릴 테니까. 증거는 네 폰에 있는 거 내 폰으로 아주 잘 저장해 뒀지. 둘이 무슨 나체 사진을 그렇게 찍어 댔어? 사진은 잘 나왔더라."

"……!"

"코에서 분필 빠지고 싶지 않으면, 네가 책임지고 이모 막아. 너 혼자 살고 싶어서 그랬다고 하건 뭐라고 하건 안 돌아가는 머리 굴려서 제대로 막으라고. 만약 이모가 한 번이라도 내 눈앞에 나타나면 넌 완전히 매장이야."

"너……."

"그리고 서상록 일은 죽어서도 너한테 복수할 거야. 뒤통수 조심하고 살아라."

여름은 찍소리 못 하는 다민을 두고서 유유히 그곳을 벗어났다. 준비해 둔 말은 그 외에도 많았지만 저질러 버린 뒤끝은 씁쓸했다. 제 입이 더러워진 기분.

성형 중독에 명품 중독인 다민이 무슨 돈으로 그렇게 즐기고 살았겠는가. 다 돈줄이 있었던 거지.

다민은 원래 그렇게 사는 애였다. 파헤치면 아마 더 어마어마한 것들이 마치 감자처럼 줄줄이 딸려 나오겠지.

이모가 그걸 다 알게 되는 날엔, 뒤로 넘어가는 정도로는 안 끝날 거다. 어쨌거나 패는 제가 쥐고 있으니 다민은 이제 밥이나 다름없었다.

그때 휴대폰이 울려 보니 별하였다. 여름은 종종걸음으로 지하철역으로 들어서며 반갑게 전화를 받았다.

"응, 별하야."

— 저녁에 밥 먹을래?

"또? 어제도 먹었잖아."

— 그러게. 나 요즘 왜 이렇게 한가하니?

"야, 나 지금 외근 가는 길이야. 어제 하루 빠졌더니 눈코 뜰 새 없이 바쁘다."

— 그래? 그럼 어쩌지? 혼자 밥 먹기 싫은데.

"평소엔 나보다 더 바쁜 애가 왜 이래?"

— 그러게. 재미나는 일도 없고, 신나는 일도 없고, 그냥 하루하루가 똑같네.

별하가 따분하단 목소리로 중얼거렸다.

"사춘기 다시 왔어? 그렇게 따분하면 남친을 사귀든가."

— 관심 없어.

별하는 남자가 없는 애는 아니었다. 늘 고개만 돌리면 별하 여신님의 간택을 기다리는 남자들이 줄을 설 정도였다. 별하가 눈길도 안 줄 뿐이지.

— 넌 어때? 후랑 계속 잘 지내고 있어?

여름이 움찔했다. 하긴, 언제든 별하가 물어볼 수 있는 질문이었다. 하지만 여름은 오늘만큼은 자연스럽게 대답할 수가 없었다.

"어…… 그렇지 뭐."

별하에게 거짓말을 하게 되어 미안했다. 하지만 아무리 별하라고 해도 어제 일에 대해 함부로 말할 수 없었다.

— 뭐, 너희 둘이 싸우진 않겠지. 그럼 난 누구랑 밥 먹지? 너랑 후랑 같이 먹으려고 했는데.

"그럼 후랑 먹어. 후한텐 안 물어봤어?"

— 아직. 그럼 후랑 먼저 먹고 있을 테니까, 올래?

"어…… 그게 내가 좀 많이 늦을 거 같은데. 그냥 오늘은 후랑 둘이서만 먹어."

— 그럴까? 한번 전화해 보지 뭐.

"그래. 맛있는 거 먹고, 되도록 늦게 늦게 보내."

— 응?

"어, 나도 늦게 들어갈 텐데 후 혼자 집에서 심심할까 봐."

— 소꿉놀이하니? 암튼 일해.

별하가 전화를 끊었다. 여름은 휴대폰을 내리고서 낮은 한숨을 흘렸다.

거짓말은 한번 하면 눈덩이처럼 불어난다더니, 말을 하면 할수록 자꾸만 쓸데없는 말이 덧붙여지는 것 같다.

후우…….

되도록 후와 안 마주쳤으면 해서 별하에게 떠맡긴 꼴이 되었다. 사실 별하와 수다 떨면서 기분 풀고 싶기도 했지만. 어쩌면 후도 별하와 맛있는 거 먹고 얘기도 좀 하면 기분이 풀리지 않을까 싶었다.

· · ·

얇은 트렌치코트에 뱀부백을 든 별하가 들어서자, 식당 안에 있는 남자들의 시선이 동시에 별하에게 향했다.

날씬한 허리와 가는 다리, 하얀 얼굴에 우아하게 내리뜬 눈매. 그런 아름다운 별하에게 남자들의 시선이 떨어지지 않았다.

정작 당사자는 그 시선을 아는지 모르는지 무심한 표정으로 아는 얼굴만 찾았다.

그러다 테이블에 앉아 있는 후를 발견하곤 또각또각 걸어갔다.

"오래 기다렸어?"

조용히 테이블을 내려다보고 있던 후가 그제야 고개를 들었다.

"아니. 나도 방금 왔어. 앉아."

저녁이나 먹자고 했더니 후는 별말 없이 오케이 했다. 여름인 바빠서 안 된다더라 했더니 거기에 대해서도 별말 없었다.

하긴, 집에서 보면 되니까 상관없으려나?

별하는 트렌치코트를 벗어서 의자에 걸쳐 놓으며 앉았다.

"차 갖고 왔어?"

후와는 회사가 가까워서 늘 중간쯤에서 만나곤 했다. 자신은 차를 두고 왔는데 후는 어떤가 싶어서 물어본 것이다.

그런데 후가 대답은 않고 눈살을 찌푸린 채 별하의 옷을 지적했다.

"너 옷 너무 파졌다. 다음부턴 딴거 입어라."

하……. 어처구니가 없어서.

"닥쳐."

트렌치코트 안에 입은 티가 린넨 소재라 얇고 가벼웠다. 목도 좀 파였고.

이게 스타일이란 거다. 무심한 듯 시크하게 툭 걸친 스타일.

"이젠 한여름으로도 모자라서 나한테까지 잔소리야? 어디서 오빠질?"

"그러게. 오빠가 불안해서 잠이 안 와 그런다."

"기막혀."

"아무튼 다음부턴 딴거 입어."

"……그러지 뭐."

후가 픽 웃었다.

"친구끼리 간섭한다고 닭살 돋는다고 할 줄 알았더니."

"그 정도까진 아니고, 남이 보기에 너무 파인 정도라면 꼭 고집부려 가면서까지 입고 싶은 옷도 아니니까. 됐지?"

"들어주니 고맙네."

후가 싱긋 웃었다. 그런데 희미하게 웃는 얼굴이 어쩐지 좀 피곤해 보였다.

"일이 많나 보네."

"어, 다시 들어가 봐야 해."

"요즘엔 나만 한가하고 다들 바쁜 거 같아. 좋겠다. 일 많아서."

"장난하냐? 일주일 전까지 일에 치여서 진저리를 치더니."

"그러니까. 정신없이 바쁠 때가 차라리 나았지. 갑자기 한가해지니까 우왕좌왕하고 그러네. 잠도 못 자고 일할 땐 내가 이 일 때려치우고 말지 이를 갈면서도 막상 한가해지면 심심하다니까. 이렇게 우린 일의 노예가 되는 건가."

"살살 해라. 늙는다."

"그래서. 소개팅은?"

후와 저녁을 먹는 것도 좋았지만, 그 일도 마무리 지어야 했다.

"그냥 안 할래. 내가 부끄러움을 많이 타서."

"첨부터 할 마음도 없었으면서."

별하가 흰 눈을 흘겼다. 실은 그럴 줄 알았지만.

다가온 직원에게 주문을 한 별하가 다시 진지하게 물었다.

"왜 그랬어? 질투 작전?"

"뭐가."

"시치미 떼긴. 한여름 들으라고 한 말이었잖아. 반응 보고 싶어서."

"그딴 식으로 머리 굴려 뭐 하게?"

"어쨌든 반응 보고 싶었던 건 맞잖아. 여름이가 안달하길 바란 거 아냐?"

별하를 뚫어지게 쳐다보던 후가 곧 제 앞에 놓인 컵을 만지며 중얼거렸다.

"정말 해 버릴까? 네 말대로 소개팅해서 한여름이 안달하는 거 보면…… 아니, 됐다. 그런다 한들 결국 똑같겠지."

여름은 어쩌면 그 핑계로 제게서 완전히 도망갈지도 모른다.

"후배, 맘에 들긴 했던 거야?"

"미안하지만 기억도 안 나."

별하가 입술 끝을 끌어 올리며 웃었다.

"넌 정말, 여자들이 원하는 답을 말하는 남잔데 참 복도 없지."

하필이면 안 될 상대한테 목을 매느냐 그 뜻이었다.

"아무튼 앞으론 그런 성가신 짓 하지 마."

"나도 원랜 잘 안 하던 짓이야."

둘은 시니컬하게 웃었다. 어찌 보면 참 쌍둥이 같은 성격이었다.

"힘내라."

"너도."

"놀랐네. 지금 나 걱정해 준 거야? 너 나 싫어하는 거 아니었어?"

후가 황당하다는 듯 헛웃음을 흘렸다.

"내가 하고 싶은 말이다."

아주 깔끔하게 서로에 대해 인정하며 때때로 자극도 받는, 어쩌면 라이벌 같은 친구.

후는 여름과의 관계가 특별하듯 별하와의 관계도 특별하다 생각했다.

주문한 요리가 나왔다. 이런저런 얘기를 하며 함께 저녁을 먹는 두 사람의 모습이 자연스러웠다. 별하도 잘 웃고, 후도 편해 보였다.

어릴 땐 사이가 안 좋았는데, 세월이 흐르다 보니 모난 부분도

깎여 맞춰졌나 보다.

"잘 먹었어. 담엔 내가 쏠게. 그럼 들어가."

"가자. 집까지 바래다줄게."

저녁을 먹고 밖으로 나온 후가 그렇게 말하며 먼저 앞서가자, 별하는 의아했다.

"회사 들어가 봐야 한다지 않았어?"

"좀 걷고 싶어서."

별하는 어깨를 으쓱하곤 곧 후와 함께 걸었다. 밥 먹을 땐 괜찮아 보이더니 옆에서 걷는 후를 흘끗 보자, 분위기가 가라앉아 보였다.

아까 여름이랑 통화했을 때의 느낌도 그렇고, 설마 둘이 무슨 일 있는 건가? 두 사람이 싸웠을 리는 없고.

"우리 집 먼 거 알지?"

"알아."

무심하게 대답하는 후는 옆에서 같이 걷고는 있지만, 꼭 다른 공간에 있는 것 같았다. 그래서 별하도 같이 무심하게 걸었다. 둘 다 본래 말이 많은 스타일이 아니다 보니 그런 것도 어떤 면에선 편했다.

하긴, 이럴 땐 늘 여름이 가운데에서 징글징글하게 과묵한 둘을 잘 요리해 줬었다. 그러다 보면 어느새 여름을 사이에 두고 둘이서 티격태격하다가 결국 셋이 같이 웃는 일이 많았다.

'그러고 보니 그랬었네.'

생각해 보면 하나도 소중하지 않은 게 없는 시간들.

여름이 아니었다면 후와는 이렇게 가까워지지 못했을 거다.

"인형뽑기네."

쭉 늘어선 식당들 사이에서 환하게 불을 밝힌 인형뽑기 가게가 보였다. 스쳐 지나가며 중얼거린 별하의 말에 후가 천천히 멈춰 섰다.

"뽑아 줄까?"

"저걸? 네가?"

"또 승부욕 생기게 하네."

"그럼, 뽑아 보든가. 근데 뭐 하나 제대로 뽑긴 하겠어?"

별하의 의심하는 듯한 말투에 후의 날카로운 눈에 섬광이 일었다. 꼭 무슨 대단한 프로젝트에 임하기라도 하듯 심각하게 가게 안으로 들어섰다.

별하는 고개를 절레절레 저었다. 쓸데없는 일에 너무 진지해지는 거 아닌가?

"어…… 어어? 된다, 돼. 아……! 아까워. 조금만 더 옆으로 갔으면 됐을 텐데."

하지만 잠시 후, 연신 안타까운 탄성을 쏟아 내며 신나 보이는 사람은 별하였다.

예상했던 것처럼 후의 뽑기 실력은 형편없었다. 그래도 좀 기대했었는데 여지없었다. 그럼에도 별하는 인형을 떨어뜨리는 순간조차 너무 즐겁기만 했다.

"오후, 뭐 해? 실력 발휘 안 하고. 더 해 봐, 얼른."

얼음 공주답지 않게 별하의 표정이 다채롭게 빛났다. 즐거워 죽겠단 표정이다. 별하의 그런 모습을 처음 본 후는 좀 멍해지는 기분이었다.

애가 이렇게 잘 웃는 애였나? 그것보다, 이렇게 시끄러운 애였나?

"안 하고 뭐 해? 그럼 내가 한다. 저리 비켜."

이젠 후를 밀어 버리고서 아예 자신이 도전해 보려는 듯 팔을 걷어붙이고서 세상 진지한 표정이다.

집게가 내려가자 눈을 빛내고, 인형을 잡아 올릴 듯하자 기대감에 비명을 지르는가 싶더니 툭 떨어지자 탄성을 터뜨리며 폴짝폴짝 뛰기까지 한다.

후의 눈이 커졌다.

그렇구나.

감기만 전염되는 게 아니었다. 지금 별하의 하는 행동이 딱 한 여름 같았다. 여름과 함께 다니다 보니 저 도도한 양별하도 어느새 여름처럼 주책맞을 정도로 활발해졌나 보다.

문득 여름이 폴짝폴짝 뛰며 좋아하는 얼굴이 눈에 선해 후는 씁쓸한 웃음을 흘렸다.

"이거 진짜 재미있구나. 실은 나 이거 엄청 해 보고 싶었거든."

"그럼 하지 그랬어."

"누구랑 해? 나 팀장이거든? 이래 봬도 사람들이 나한테 바라는 이미지가 있어."

후는 고개를 절레절레 저었다.

"하지만 여긴 아무도 없잖아? 이래서 역시 친구가 좋은가 봐. 친구랑은 평소엔 못 하던 것도 할 수 있으니까."

후는 별하의 그 말이 듣기 좋으면서도 가슴이 지끈했다. 예전엔 그저 친근하게만 들리던 친구라는 단어가 이젠 심장을 치며 찌르고 들어오는 칼날 같다.

너무 편한 게 좋은 것만은 아니더라. 오랫동안 쌓아 온 그것이 결국 발목을 잡더라.

"후우, 우리 대체 얼마를 쓴 거라니? 이거 은근 돈 잡아먹는데? 차라리 하나 사는 게 낫겠어."

"있어 봐. 이번엔 될 것 같아."

"글쎄."

별하가 회의적으로 나왔지만, 후는 다행히 마지막 시도에 인형을 뽑는 데 성공했다. 두부 같기도 하고 찹쌀떡 같기도 한 묘하게 생긴 인형 하나가 텅, 하고 아래로 떨어졌다.

인형의 괴상한 모양새에 후가 미간을 찌푸렸다.

"생긴 건 이렇지만."

후가 민망한 듯 중얼거리며 인형을 건네자, 별하가 싱긋 웃으며 그것을 품에 안았다.

"무슨 소리야? 처음부터 이거 갖고 싶었는데. 고맙다, 오후."

별하는 정말로 즐거워했다.

"나 이런 거 엄청 해 보고 싶었거든."

"그래, 그래. 엄청 해 보고 싶었단 거 알았으니까 그만 말해도 돼."

"정말 너무 귀엽지 않니?"

"인형이 아니라 네가 더 귀엽다."

순간 별하의 얼굴에서 웃음기가 서서히 가셨다.

"왜? 그러고 있으니까 애기 같기도 하고 말괄량이 같기도 해서 귀엽단 말인데. 너도 그런 표정 지을 줄 아는구나 싶기도 하고."

그러고 보니 오늘 평소답지 않은 짓을 많이 한 것 같다. 뭣 때문에 그렇게 들떴었는지, 사소한 것에도 크게 반응하고 마음껏 웃었던 것 같다.

나 왜 이렇게 즐거운 거지? 왜 이렇게 간지러운 것처럼 기분이 그렇지? 왜 이렇게…….

'부잣집 딸은 의외로 참 소박한 거 같아.'

그러고 보니 여름이 예전에 했던 말이 생각났다. 아마 그래서 그런 거겠지. 단지 평소에 안 하던 걸 해 보게 되어 기분이 업된 것뿐이겠지.

"감 잡은 김에 하나 더 뽑아 줄까?"

"아니."

별하는 다시 무뚝뚝한 얼굴로 고개를 저었다.

"난 이거면 충분해."

가슴에 인형을 끌어안는 별하와 눈이 마주친 후가 부드럽게 웃었다. 그러자 별하의 심장이 별안간 따끔했다.

지금, 뭐였지?

밖으로 나온 두 사람은 버스 정류장을 향해 걸었다. 날이 조금

씩 어두워지면서 소주 한잔에 스트레스를 풀려는 직장인들이 점점 불어났다.

별하는 쓸데없이 떠오른 생각을 떨치려 고개를 저었다. 그러다 지나가는 사람과 툭 부딪쳐 가느다란 별하의 몸이 휘청거렸다.

탁.

순간 후가 재빨리 손을 뻗어 별하의 팔을 잡아 제 쪽으로 끌어당겼다.

"조심해야지."

"아……. 응, 고마워."

별하는 제 팔을 잡고서 걷고 있는 후를 흘끗 올려다보았다. 팔을 다 감을 정도로 커다란 후의 손, 단단한 팔의 힘, 바람을 따라 흘러든 후의 체취가 별하의 뺨의 온도를 올려놓았다.

쿵. 쿵.

아까부터 이상하게 뛰던 심장이 속도를 더했다. 이게 대체 뭐지? 왜 이러는 거야. 별하는 이해가 안 갔다. 만약 인형을 안고 있지 않더라면 심장 뛰는 소리가 들렸을지도 모를 거란 생각을 하니 머릿속이 뜨끈해졌다.

"여, 여름이랑은 잘 지내?"

갑자기 튀어나온 질문이었다. 그냥, 여름의 이야기를 꺼내고 싶었다. 여름의 얘길 꺼내면 조금은 어색하게 느껴지는 지금의 분위기가 편해질 것 같았다.

"두 사람 무슨 일 있었지? 나라도 괜찮으면 들어 줄 테니까 말해 봐."

"……"

"내내 표정 안 좋았잖아. 넌 모르겠지만, 네가 여름이 생각할 땐 늘 그런 표정이거든."

"한여름한테 물어봐."

하지만 후는 즉답을 피했다.

"너도 여름이도 참 어렵게 간다."

"그래. 참 어렵더라. 아주 많이."

착잡한 표정의 후를 물끄러미 보던 별하가 말을 이었다.

"우정이야? 사랑이야?"

"뭐가?"

"우선 네 마음을 똑바로 바라봐야지. 그게 시작일 거 같은데."

잠시 생각에 잠겨 있던 후가 대답했다.

"우정이었어."

"……"

"다만, 여름인 여름이대로, 난 나대로 우정을 지켰을 뿐이야. 내 우정이 아주 조금 남들과 달랐던 거고. 난 여름일 친구로 좋아해. 미치도록 사랑하는 친구."

"……!"

"젠장, 뭐 어때. 친구를 사랑하면. 친구라도 가슴이 뛴다는데."

후는 마치 화를 내는 듯했다. 대상이 정해지지 않은 누군가에게, 혹은 무언가에게. 그게 자기 자신일 수도 있겠지.

"그 마음 내가 이해해 줘도 돼? 나도…… 그런 친구 있거든."

지금까진 그랬었다. 둘의 말을 들어 주고 이해해 주는 게 별하의 포지션이었다.

"너."

하지만 별하는 자신도 모르게 말하고 말았다. 마치 귀신에게 홀린 듯, 속에 있던 말들을 하지 않고는 못 배기는 날이 있다.

솔직해지고 싶은 날이.

솔직해지자고 용기를 내고 싶은 날이.

다른 건 아무것도 안 보이는 날이.

가슴에 꼭 껴안은, 후가 뽑아 준 인형이 그렇게 만든 건지도 모르겠다. 그래, 그것 때문이겠지. 이렇게 내내 심장이 미친 듯 뛰는 것도 그래서겠지. 아니면 밤바람이 너무 좋아서. 혹은 사람들이 많아서, 그 사람들이 저마다 흥청거리며 지나다니고 있어서.

모든 게 다 이유가 되기도 하고, 그 어떤 것도 이유가 되지 않기도 했다.

"이상하게 너한테 보호본능이 일어. 안됐으니까……. 여름일 바라보는 네 얼굴이, 혼자 애타는 네 모습이 안됐으니까."

아무 이유도 없이 꾹꾹 누르고 눌렀던, 용케 숨겨 왔던 감정이 재채기하듯 튀어 나가 버렸다.

"난 그런 타입 관심 없었는데, 너한텐 자꾸 마음이 갔어."

"……."

"너한테 여름이가 친구이고 아픔이었다면, 나한텐 네가 그랬던 것 같아. 네가 여름이를 보듯, 내가 널 그렇게 봐 왔던 것 같아."

별하가 웃었다.

"왜 한 사람은 누군가가 자길 좋아할까 봐 겁내고, 또 한 사람은 그 누군가를 좋아하게 될까 봐 겁을 내고……. 대체 뭔데 이렇게 꼬이는 걸까?"

좋아하는 게 뭐 대수라고. 좋아해서 고백하는 게 뭐 그렇게 큰일이라고.

그저 좋으면 고백하고 마음이 맞음 사귀면 되는 거고, 안 받아주면 말고. 그게 학생일 때도, 그리고 지금도 당연한 연애의 과정인 건데. 다만 친구라서, 우정이란 것에 묶여 있어서 너도 나도 그렇게 힘들었나 보다.

"어느 순간부터 내가 채워 주고 싶어졌어. 그러니까 정 기다리다 안 되면…… 나한테 올래?"

내가 지금 무슨 말을 하는 걸까.

"받아 줄게. 여러 가지를 고려했을 때 나라면 여름이도 안심할 테니까."

결국 해 버린 말.

하지만 본래 성격 어디 안 간다고, 여름까지 외면하고서 밖으로 내뱉은 말은 그저 딱딱하기만 했다. 사실은 좀 더 아프고 짙은 마음인데.

친구니까, 가장 가까운 친구의 친구이고 또 동시에 내 친구니까. 나도 별수 없나 보다. 결국 나도 여름과 똑같은 고민에 휩싸여 있었고, 그것 때문에 망설였고, 그래서 죄지은 기분이었다. 괜히 양심에 찔렸다.

후는 놀란 듯, 아니면 넋이 나간 듯 아무 말도 없었다.

듣고는 있는 건가?

이렇게 오랫동안 후와 마주 보고 있었던 건 처음인 것 같다. 그 것도 이렇게 심각하고 진지한 주제로.

"아니, 그냥 내가 한 말 잊어."

결국 정적을 깬 건 별하였다. 겨우 정신을 차렸다. 아니, 이성 이 돌아온 거겠지. 어울리지 않게 감정에 지고 말다니.

스스로에게 어처구니가 없었다. 왜 이 감정이, 지금껏 용케 감 춰 뒀던 감정이 오늘따라 티를 내는 건지. 겨우겨우 외면했던 그 감정이 왜 하필 지금 모습을 드러낸 건지. 그 누구도 상상하지 못 했던, 스스로조차 염두에 두지 않으려 했던 그 감정이.

자신을 이렇게 즉흥적으로 만든 모든 게 괜히 원망스러웠다. 하지만 별하는 지금 이 순간 자기 자신이 가장 싫었다.

"어쩌다 보니 나온 말이야. 무엇보다 난 너처럼, 기약 없는데도 외바라기 하는 건 자신 없거든."

결국, 거짓말을 했다.

이런 건 진짜 싫은 전겐데. 할 짓이 없어서 가장 친한 친구를 좋아하는 또 다른 가장 친한 친구한테 좋아한다고 고백을 하다니. 안 그래도 복잡한 관계가 이젠 엉망진창이 되어 버린 기분. 별하 는 죄책감이 일었다.

"난 그만 가야겠다. 오늘은 그냥 나 혼자 갈게. 지금은 같이 갈 기분 아니거든."

그렇게 말하고 별하는 얼른 그 자리를 벗어났다. 최대한 자연 스럽게 말한다고는 했지만, 아마도 도망치듯 돌아섰던 것 같다.

버스 정류장을 향해 또각또각 걸어가는 별하의 얼굴이 뜨끈해졌다.

미쳤나 보다. 미친 게 틀림없다.

쥐구멍이라도 있으면 숨고 싶을 정도로 창피했다. 막 도착한 버스에 확인도 안 하고 올라탔다. 그제서야 미친 듯 가슴이 뛰고 있단 걸 알았다. 인형이, 가슴이 움직이는 대로 같이 들썩거리고 있었다.

'무슨 짓을 한 거야, 난.'

숨듯이 인형으로 얼굴을 눌렀다. 가슴에 쌓인 말들은 그저 가슴에만 쌓아 놓으면 되는 건데. 그게 바로 제 감정들이 있을 자리인데.

하지만 왜 난 그 감정들을 꺼내면 안 되는 걸까.

'젠장, 뭐 어때. 친구를 사랑하면. 친구라도 가슴이 뛴다는데.'

후의 그 말이 제가 한 것처럼 가슴을 찢어 놓는 느낌이었다.

오후, 네 말처럼 친구를 사랑하면 좀 어때. 친구라도 가슴이 뛴다는데. 그렇게 돼 버렸는데……

혼자 남겨진 후에야, 별하의 눈동자가 물기에 젖어 연하게 반짝거렸다.

후에게 남다른 감정이 생기기 시작한 게 언제부터였더라.

'나올래? 소주 한잔하자.'

대학생이 된 후, 뜬금없이 후가 전화를 해 불러냈을 때부터인지.

'너 오늘 좀 예쁘다? 사회인 티가 나네.'

졸업 후, 함께 술을 마시던 자리에서 좀 취한 눈으로 장난스럽게 말했을 때부터인지.

'농구? 좋지. 경석아, 얘 좀 잠깐 맡길게.'

달려가려다 말고 돌아와서 다른 친구에게 자신을 부탁하던 그때부터인지.

'먹어라, 너도.'

화이트데이에 여름에게만 주고 싶었을 사탕을 그저 같이 준 것뿐이란 걸 알면서도 이상하게 두근거렸을 때부터였는지.

'양별하.'

아니면 그냥, 후가 처음 제 이름을 불러 줬을 때부터였는지.

'난 여름일 친구로 좋아해. 미치도록 사랑하는 친구.'

처음으로 후의 속내를 솔직하게 들은 날이었다. 그만큼 후도 한계에 달했으리라. 거기에 일순 내 가없은 짝사랑이 반응해 버렸나 보다.

하지만 여름을 생각해서라도 그런 건 하지 말았어야 했다. 여름인 정말 후가 싫어서 밀어내는 게 아닌데. 그걸 누구보다 이해해 줘야 할 내가.

'그래선 안 되는 거야, 양별하.'

그러니 튀어 나간 고백을 거둬들인 건 잘한 거라고, 별하는 그렇게 자위했다.

늘 여름에게 겁내지 말라고 안쓰러워했으면서, 사실은 내가 제일 겁쟁이였나 보다.

절대 들키고 싶지 않았던 감정이었는데. 결국 자존심 상할 결과만 기다리고 있을 것이기에 가슴이 뜨끔해서 바로 거둬들인 걸 보면.

하지만 그건 우리 세 사람의 관계를 단번에 망쳐 버릴 감정이기에.

"인형이면 됐지 뭐."

웃는 별하의 눈동자에서 눈물이 반짝했다.

9편
오늘 밤은 재우지 않을 거야

여름은 새벽에야 퇴근했다. 외근에서 돌아와 일하다 보니 어느새 바깥이 캄캄했다.

사실은 조금이라도 더 버티려고 했던 것 같다. 후와 부딪치지 않기 위해.

생각을 정리할 때까지, 그때까지만이라도 후와 좀 떨어져 있고 싶었다. 괜히 머리 복잡한 상태에서 후에게 부정적인 말들을 하고 싶지 않았다.

나도 널 찌르고 싶지 않다고.

하지만 그런 노력이 무색하게도 몰래몰래 거실에 들어갔지만, 후는 안 자고 기다리고 있었다. 소파에 앉아서 물끄러미 여름을 보고 있는 거다. 도둑처럼 살금살금 들어오는 그녀를.

아 놔, 이럴 줄 알았으면 별하한테 술 진탕 먹이라고 할걸. 아니지. 저 위험한 놈한테 술을 먹이면 그건 그것대로 위험하지.

"많이 늦었네."

여름은 한숨을 폭 내쉬었다.

"너 진짜 왜 이러니? 왜 잠도 안 자고……. 제정신이기는 해?"

"제정신이야. 그리고 보고 싶어서."

으악!

여름은 환장하겠다는 듯 제 머리카락을 헝클어뜨렸다.

미쳤어. 미쳤어. 저건 미친놈이야!

가만 놔두면 쥐어뜯을 기세라 후가 여름을 말리기 위해 일어나려고 했다.

"스톱!"

하지만 여름이 기겁하며 외쳤다.

"거, 거기서 꼼짝도 하지 말고 그대로 있어라. 손가락 하나만 까딱해 봐."

후는 그 말도 안 되는 지시에 제 손을 내려다보며 혀를 찼다.

"까딱하면 어쩔 건데?"

"날려 버려야지."

"하긴, 이 정도가 네가 늘 바랐던 우리 사이의 거리였지."

여름은 머뭇거렸다. 왜 또 저런 말은 해서. 사람 찔리게…….

"그런데 내가 한 말 벌써 잊었어? 난 더 이상 네 친구 안 한다고. 지금껏 참은 만큼 퍼부을 거라고."

낮게 읊조리며 후가 여름을 쏘아보았다. 여름은 할 말을 잃었다. 그 분위기에 압도된 듯 침만 꼴딱 삼킬 뿐.

둘만 있는 공간이 이젠 죽을 정도로 어색하다. 그런데도 이 관계가 정말 이상하지 않다고?

후가 변했다. 뚫어져라 바라보는 눈길이 부담스럽다. 짙은 시선이 서 있는 제 몸을 쓸어내리는 것 같다. 그 시선은 여름의 목으로, 가슴으로, 허리를 따라 내려갔다.

온몸에 징, 하고 전기가 통하는 것 같은 자극이 일었다. 저도 모르게 어딘가가 자극되어서 여름은 손을 꼭 말아 쥐었다.

봐. 이렇잖아.

애정, 사랑, 쾌락, 그런 걸 위해 지금껏 지켜 왔던 모든 소중하고 당연한 것들이 사라진다. 그걸 슬퍼하지 않고서 떠나보낼 수 있다고?

그래. 솔직히 얘기하면 나도 설레. 널 위해 여자가 될 수도 있을 것 같아. 너 때문에 미쳐 버리겠어. 이성 같은 거 깡그리 벗어던지고 네 위험한 매력에 빠지고 싶어. 감정을 갈구하며 네게 매달릴 것 같아. 두근거려. 널 잃지 않을 수 있다면 그 이상도 할수 있을 것 같아. 네게 영원히 첫 번째일 수 있다면, 사랑받을 수 있다면.

하지만 그게 정말 사랑일까? 아직까지도 우정이 더 안전할 것 같다고 생각하는 내가 정상이니?

"퍼부어. 누가 말려? 네놈 하고 싶은 대로 다 해. 근데 그거 좋다는 사람한테나 가서 해."

"넌 언제쯤이면 좋다고 해 줄 건데. 그럴 계획은 있어?"

"……."

"난 다 관심 없어. 네 대답만 필요해."

"그럼 대답해 줄 때까지 거기서 꼼짝 말고 버티시든가. 네 멋대로 다 정하고 결론 내렸으면서 내 대답이 왜 필요한데?"

여름은 신랄하게 쏘아붙이곤 그대로 방으로 들어가 버렸다.

그러더니 다시 문을 확 열고서,

"들어오면 죽는다."

안에서 문을 잠가 버렸다.

후는 고개를 절레절레 저었다.

'네 멋대로 다 정하고 결론 내렸으면서 내 대답이 왜 필요한데?'

여름은 꽤 억울한 듯했다. 준비 안 된 상태에서 생각지도 못한 일에 놀란 가슴을 추스를 틈도 없이 밀어붙이기만 했으니 그럴 수도 있겠지.

하지만 밀어붙이지 않으면 이 관계엔 희망이 없다.

"그러니 어쩌면 좋냐."

후는 머리카락을 쓸어 넘기며 돌아섰다. 어차피 여름이 안전하게 들어오는 것만 보고 잘 생각이었다. 오늘도 괴롭혔다간 정말 제명될지도 모른다.

실은 여름이 걱정되기도 했지만, 잠들지 못했던 건 다른 이유도 있었다.

별하.

무슨 생각인지는 모르겠지만, 오늘 별하가 했던 말들이 내내 마음에 걸렸다. 하지만 별하는 끝까지 장난이었다고는 안 했다.

잊으라고 했지.

"……."

별하가 그런 생각을 했으리라곤 전혀 상상도 못 했다.

아니겠지, 농담이었겠지, 라고 생각하면서도 그 감정이 너무 익숙해서 쉽게 넘어가지지 않았다. 바로 자신이 여름에게 가졌던 감정과 같았기에. 별하가 했던 말들, 눈빛이 꼭 자신의 것 같았기에.

나이가 들다 보면, 진실과 거짓을 구분할 능력 정도는 생긴다. 별하는 적어도 제게 진심이었다.

"근데 너 무슨 일 있어?"

그때 뒤쪽에서 들려오는 소리에 천천히 몸을 돌리자, 여름의 침실 문이 살짝 열려 있었다. 아주 조금, 얼굴도 보이지 않을 정도의 좁은 틈 너머에서 여름의 목소리가 다시 넘어왔다.

"내가 너 하루 이틀 봤어? 표정 보면 알아. 너 분명 오늘 무슨 일 있었어."

후의 입가에 낮은 웃음기가 돌았다.

때려 맞춘 건지, 아니면 우리 둘의 마음이 이어져 있는 건지. 후자였으면 좋으련만.

"뭔데? 회사 일이야? 아니면 가족 일? 분명 나 때문은 아니었어. 그랬으면 바로 날 물고 늘어졌겠지."

어디 더 추리해 봐.

"근데 너 지금은 날 보면서도 한쪽 눈은 딴생각하는 거 같더라."

자신이 사시도 아니고, 저도 사륜안도 아니면서.

"오후."

"왜."

"나도…… 앞으로의 우리 관계에 대해서 생각해 볼 테니까, 되도록 진지하게, 하지만 좀 천천히 생각해 볼 테니까, 지금도 이미 그러고 있으니까 혹시 신경 쓸 일 있으면 난 내버려 두고 그것부터 생각해. 일 때문인 건지, 아니면 다른 이유 때문인지 난 잘 몰라. 하지만 네가 그렇게 표정이 심각해질 정도로 곤란한 일이면, 잠깐 내 걱정은 하지 말라고. 나도 너 걱정되니까."

문이 닫혔다.

후는 그 자리에 굳은 듯 서 있었다. 그러다 결국 엷은 웃음이 터지고 말았다.

지금 내 마음이 얼마나 뿌듯한지 너는 알까? 얼마나 벅차오르는지.

친구를 걱정해 주는 거든 뭐든, 어쨌거나 여름이 자신을 걱정해 준 것이다. 또 마음 편하게 해 주려고 긍정적인 말도 해 줬다. 그걸 좋은 신호로 봐도 될까?

그래. 꼭 좀 진지하게 생각해 봐라.

"그렇게 나에 대해 잘 안다면서 내 마음은 하나도 몰랐던 주제에 말은 잘하지."

그럼에도 웃음이 난다.

"잘 자라."

후는 낮게 덧붙이고 돌아섰다.

·　·　·

　괜히 신경 쓰여서 쓸데없는 소릴 했다. 이거 희망 고문 아닌
가? 책임도 못 질 주제에 사고 친 기분이었다.

　"입이 방정이지."

　다음 날, 여름은 아예 오늘은 집에 안 들어갈 생각으로 일을 하
며 중얼거리고 있었다. 그도 그럴 게 괜히 우리 관계에 대해 생각
해 보겠단 말을 해 버려서 결국 사단이 났다.

　아침에 일어나니, 급한 일로 거제도에 내려간다는 후의 쪽지가
있었다. 그렇다면 환영이었지만, 저녁엔 일찍 올 테니 같이 밥 먹
자는 말이 덧붙어 있어 인상을 팍 썼다.

　그뿐이면 다행이게?

　「진지하게 생각하는 건 좋은데 같이 생각하자.」

　그 문장을 보자마자 쪽지를 툭 떨어뜨렸다.

　"혼자 생각할 거라고, 혼자."

　아마 아침 운동을 마치고 와서 완벽하게 출근 준비를 끝내곤
커피 한 잔을 마시며 메모를 써 놨을 것이다.

　후는 원래 그랬다. 부지런하고 자기 관리에 철저하고, 그래서
건강했다.

　그 시간에 여름은 쿨쿨 자고 있었다. 후와는 에너지 자체가 다

른 것 같다. 그러니 앞으로도 이렇게 지치지도 않고 집요하게 나올 텐데.

아무래도 오늘 저녁에 들어가면 꼼짝없이 붙들려서 같이 생각해야 할 판이라, 여름은 이참에 이번 달 최고 실적을 올리기로 결심했다.

불타는 야망으로 야근을 결정한 여름은 저녁을 먹기 위해 잠깐 회사를 나왔다. 하지만 회전문을 나오자마자 후회했다. 회사 앞에 똥이 굴러다니고 있었다.

절대 마주치고 싶지 않은 인물, 용케 조용하다 싶었더니 상록이 회사 앞에 차를 대고서 여름을 죽일 듯 노려보고 있는 것이다. 머리엔 붕대를 감고서.

그게 언제 적인데 아직까지 붕대를 감고 있는 건지. 꽤 심하게 찍긴 했지만.

잠깐 도망칠까 싶었지만 그래선 끝나지 않을 것 같았다.

'내가 왜 피해? 그럴 거 없어.'

그날 일이 떠오르자 여름의 얼굴에서 잠깐 혈색이 가셨지만, 여름은 허리를 꼿꼿이 세웠다. 피할 이유 없다.

내가 왜 주눅 들어? 도리어 복수할 좋은 기횐데.

상록이 그야말로 한 대 칠 기세로 성큼성큼 여름에게 걸어왔다. 일순 자신을 덮치려던 그때가 떠올라 손끝이 가늘게 떨렸지만 참아 냈다.

여름은 손에 힘을 꽉 주고서 상록을 쏘아보았다.

"여긴 왜 또 나타나셨어요?"

"그걸 몰라서 물어? 지금 내 대가리 안 보여?"

"내 말을 잘못 알아들었나 보네. 여기가 어디라고 쳐오냐고, 등신아."

순간 상록의 얼굴이 확 구겨졌다.

"하하! 이게 진짜 뭘 잘못 먹었나."

상록이 한 손을 팍 치켜올렸다. 여름은 일절 미동도 없이 그런 상록을 쏘아보았다. 그 눈빛이 독기로 번들거렸다.

"쳐 봐. 사람들 다 지나다니고 있는데 어디 한번 쳐 보라고."

"내가 치라면 못 칠 줄 알아? 나 여자도 때려."

"그래. 여자도 때리니까 치라고. 왜 안 쳐? 치라니까?"

여름이 상록의 가슴에 제 머리를 들이밀었다.

"아나, 이번에 교도소 들어가면 못 나오는데 어디 한번 해보자고. 치라니까 왜 안 치는데, 응?"

"들어가긴 어딜 들어가?"

그때였다. 약 먹은 무소처럼 달려드는 여름의 팔을 잡아 뒤로 확 뺀 누군가가 여름과 상록 사이를 턱 막아섰다. 그 바람에 뒤로 빠진 여름은 상황 파악이 안 되어 눈을 막 깜빡거리다가 멍하니 중얼거렸다.

"오, 오후?"

후의 넓은 등이 보였다.

"너 왜 여기에……."

젠장. 하필 쌈닭처럼 들이대고 있는데 나타날 건 뭐람. 거제도

간 애가 왜 이렇게 빨리 온 건데? 게다가 서상록 앞이라니, 수치스러웠다.

"이 새끼야?"

상록으로부터 여름을 보호하듯 막아선 후가 고개만 살짝 돌려 여름에게 물었다.

"하, 넌 또 뭐냐?"

상록이 기가 차다는 듯 비웃었다.

"지나가는 길이면 그냥 지나가지? 뭔데 남녀 관계에 끼어들어?"

"이 새끼냐고!"

후가 소리쳤다.

분노로 가득한 후의 눈은 분명 사고 칠 눈이라서,

"아, 아닌데?"

여름은 얼른 고개를 저었다. 후가 서상록과 관련된 일에 끼어드는 건 절대 싫었다.

퍽!

하지만 이미 후의 주먹은 상록에게 날아간 후였다. 분명 아니라고 했는데.

그야말로 온몸의 힘을 실은 펀치에 상록의 얼굴이 돌아간 채 바닥에 패대기쳐졌다. 채 말릴 틈도 없었다.

아…….

여름의 눈이 휘둥그레졌다.

그러거나 말거나 후가 다시 상록에게 성큼성큼 걸어갔다. 등까지 화를 내고 있을 정도였다. 더욱이 문제는 후의 동공이 벌어져 있단 것. 그건 일낼 기세라 여름은 그대로 달려가 후의 허리를 뒤에서 끌어안고서 소리쳤다.

"너 왜 이래? 넌 끼어들지 마. 왜 그래, 오후!"

"있어 봐."

"싸우지 말라고!"

"있어 보라고."

후가 사나운 눈으로 여름의 팔을 떼어 냈다. 그사이 상록이 찢어진 입술을 손등으로 훑으며 비틀비틀 일어났다.

"이 새끼가 뒤졌……."

하지만 채 말이 끝나기도 전에 후의 몸이 붕 날았다. 상록의 얼굴에 구둣발이 내리꽂혔다. 크억! 날렵한 돌려차기에 상록이 다시 쓰러졌다.

하지만 자비는 없었다. 후가 살벌한 얼굴로 상록의 옆구리를 걷어차고 미친 듯 복부를 밟아 댔다.

"이 쓰레기가 누굴 건드려!"

퍽! 퍽! 후는 눈빛이 변한 채 사정을 봐주지 않았다. 걷어찰 때마다 후의 머리카락이 마구 흔들렸다. 후의 팔 근육이 팽팽하게 당겨지는 게 보였다. 목과 이마의 핏대가 푸르게 섰다.

상록은 아예 몸을 말고서 소나기처럼 쏟아지는 발길질을 피하는 게 다였다.

"저게 뭐야? 싸움 났나 봐!"

주위에서 사람들이 웅성거리며 모여들기 시작했다. 하지만 모두가 두 사람을 말리기는커녕 폰을 들고 사진을 찍느라 바빴다.

"그만해. 그러다 정말 죽는다고. 가자, 후야. 응?"

여름은 후의 팔을 잡아끌며 애원했다.

"너 먼저 가."

"오후!"

"얼른."

후가 여름의 팔을 떼어 내려는 듯 돌아봤다. 그 순간, 틈을 놓치지 않고 후의 다리를 부둥켜안은 상록이 그대로 후를 확 쓰러뜨렸다.

"이 개새끼!"

"후, 후야!"

"너 오늘 뒈졌어!"

후의 위로 올라탄 상록이 혼신의 힘을 다해 후의 얼굴에 사정없이 주먹질을 퍼부었다. 사람들이 소리치고 여름의 얼굴에서 핏기가 가셨다.

후의 얼굴에 상록의 것인지, 후의 것인지 모를 피가 새빨갛게 터지는 순간, 여름은 그대로 달려들어 상록의 뒤통수를 있는 힘껏 찍어 버렸다.

휴대폰으로.

"이 쓰레기가 누굴 건드려!"

연이어 뒤통수를 갈기려는데 상록이 여름의 팔을 확 잡았다.

"이년이 진짜! 다 너 때문이야. 재수가 옴 붙었다고!"

상록이 그대로 여름의 뺨을 날렸다. 아니, 날리려고 했다. 분명 꼼짝없이 맞을 거라 생각했는데, 눈을 떠 보니 상록은 팔이 꺾인 채 바닥에 얼굴이 짓눌려 엎드려 있었다. 후였다.

"너 세상 그만 살고 싶지? 그래. 그러자."

후의 눈이 뒤집혔다. 상록은 떡이 되어 갔다. 주변 사람들도 이 대론 큰일 나겠다고 생각했는지 그제야 슬슬 달려들어 두 사람을 말리기 시작했다. 물론 여름도 그 안에 있었다.

하지만 누구도 후를 말릴 수 없었다. 경찰이 올 때까지.

· · ·

쌍방 폭행이니, 후가 먼저 쳤다느니, 상록이 피로 떡이 된 얼굴로 합의 따위 절대 안 해 주겠다고 길길이 날뛰었다. 상록이 변호 사를 불렀고, 후의 변호사도 금세 도착했다.

처음엔 꽤 지루한 싸움이 될 거라 생각했는데 결국 두 사람은 조용히 합의를 보게 됐다.

정황상 후가 불리했지만, 여름이 사건의 발단이 된 성추행 건 을 들추자 상록이 조금 잠잠해졌다. 처음엔 증거 있느냐고 설쳤지 만, 제 아버지에게 전화가 오자 바로 조용해졌다.

알고 보니 상록의 아버지가 이름만 대면 다 아는 시 의원이라 일을 크게 만들고 싶지 않아 역정을 낸 모양이다.

물론 후의 입장도 마찬가지였다. 둘 다 일이 커져 봐야 서로 좋 을 게 없었다.

후는 경찰서를 나서기 전까지, 한 번만 더 여름의 앞에 나타나면 정말로 족쳐 버릴 거라고 으름장을 놓았다. 상록은 펄쩍펄쩍 뛰었지만, 후에게 당한 게 있어서 그런지 조금은 기가 죽은 듯했다.

합의로 잘 끝나 다행이었지만 여름은 화가 났다.

"저 자식 감방에 처넣어 버렸어야 했는데!"

여름은 후와 함께 경찰서를 나서며 울분을 토했다. 분명 다 저 자식 잘못인데 후가 좀 많이 팼다는 이유로 상록이 피해자가 되어 있었다. 물론 좀 심하게 패긴 했지만.

'그나저나 얜 괜찮나?'

상록만큼은 아니었지만 후의 얼굴도 꼴이 말이 아니었다. 제발 후의 얼굴에 묻은 피가 상록의 것이길 바랐는데 아무래도 여기저기 꽤 터진 것 같다.

하긴, 그렇게 둘이 죽어라 치고받았으니.

'내가 정말 못 살아.'

앞서가는 후가 다리까지 조금 절뚝거리자 더 속상했다. 근사한 슈트는 흙투성이에, 머리카락은 흘러내린 데다 얼굴은 상처투성이였다.

여름은 속이 타서 성큼성큼 걸어가 후의 팔을 잡아 제 어깨에 둘렀다. 후가 움찔했다.

"뭐 하나?"

"가만히 좀 있어. 어유, 뭐가 이렇게 무거워?"

키도 키지만 체격도 보통 좋은 게 아니라 여름은 후를 잠깐 떠멘 것만으로도 비틀거렸다. 겉보기엔 말라 보이는데 여기저기 붙어 있는 근육이 단단했다.

후는 늘 그랬던 것 같다. 여름에겐 늘 무거웠다.

"안 그래도 돼."

"가만있으라고 했지? 무거운 거 알면 조용히 닥치고 걸어."

남은 손마저 후의 겨드랑이 밑에 끼워 넣고서 열심히 걷는 여름을 후가 내려다보았다. 말은 냉정하게 하면서도, 혹시 아프지 않을까 신경 써 주는 손길은 조심스러웠다.

다만 표정은 화난 것 같았다.

"넌 괜찮아?"

"내가 뭐?"

"다친 데 없느냐고."

"다칠 틈이 있었어야 다치든가 말든가 하지. 그만하라고 했는데도 번개처럼 끼어들었으면서."

여름에게 아무 일이 없어 다행이었다. 그 자식은 언제고 만나면 자신이 꼭 죽이려고 했었고. 그런데 또 나타나서 여름에게 집적거리고 있을 줄이야.

거제도에서 올라오자마자 여름에게 달려간 건 잘한 일이었다. 조금이라도 늦었다면 어떤 일이 일어났을지 생각하는 것만으로도 머릿속이 아득했다.

"넌 뭐 하려고 끼어드는데?"

따지듯 묻는 여름은 뭔가를 꾹 참고 있는 것 같았다. 목소리가 가늘게 떨리고 있었다.

"그거 걱정해 주는 거지?"

"그럼 걱정 안 해?"

"똑같은 이유야. 걱정되고 화나서 끼어들었어. 아니, 그건 내 일이었어."

"그게 왜 네 일이니?"

"왜 내 일이 아냐? 그 새끼 정말 죽여 버리고 싶은 걸 겨우 봐 줬어."

여름은 입술을 더 질끈 깨물었다. 눈물을 참으며. 조금만 틈을 줘도 눈물이 확 터져 버릴 것 같아서. 아니, 실은 후에게 고마워서.

이러니 내가 널 잃고 싶었겠어? 어떻게 너랑 멀어지고 싶겠냐고.

영원히, 할 수 있다면 이대로 쭉 너와 함께 있고 싶단 생각뿐. 네 곁에 있고 싶단 생각뿐.

"울지 마."

"……"

"너 나한테 빚졌다. 나중에 제대로 갚아."

"시끄러워. 마지막에 누가 구해 줬는데."

"그러고 보니, 넌 대체 겁도 없이 거긴 왜 끼어들어? 휴대폰이 사람 치는 거냐?"

"그럼 맞질 말든가. 쥐어 터지고 있는데 그냥 보고 있어? 엄청 패 버릴 것처럼 달려들더니 두들겨 맞긴 왜 맞니?"

"맞긴 누가 맞아? 봐준 거지."

"퍽도 봐줬겠다. 아주 제대로 쥐 터지고 있던데."

"하, 말을 말자."

"그래도 고마워."

"……."

"진짜 고맙다고. 미안하고 속상해 죽겠어, 정말."

여름은 결국 툭 터진 눈물을 닦아 가며 꿍얼거렸다.

나쁜 자식. 그냥 이렇게 멋진 친구로 있어 주지, 누가 멋대로 선 넘으랬어. 그건 분명 네 잘못.

하지만 잃기 싫어서, 이미 가슴을 꽉 채우고 있던 널 친구로만 고집한 건 내 잘못.

따지고 보면 둘 다 똑같이 잘못했다. 하지만 넌 이번 일로 네 잘못에 대한 빚은 하나도 안 남기고서 다 갚았다. 그때 네가 와 주지 않았더라면 어떻게 됐을지.

이젠, 내가 갚을 빚만 남았네.

여름은 씻고 나온 후와 마주 보고 앉아 터진 얼굴에 연고를 발라 주고 있었다. 다행히 상처는 생각보단 덜했다. 군데군데 멍들고 터지긴 했지만 심한 정도는 아니었다.

서상록은 아마 몇 군데 제대로 깨졌을 거다. 뒤통수도 다시 찢어졌겠지. 쌤통이다.

"안 아파?"

여름이 후후, 상처를 불어 가며 걱정스러운 얼굴로 물었다. 꽤 따가울 텐데도 후가 표정 하나 변하지 않고 앉아 있으니 겁이 덜컥 났다.

얘 정말 어디 잘못된 거 아냐?

"안 아픈데."

후가 무뚝뚝하게 대답했다.

"안 아프긴 뭐가 안 아파? 아프면서도 똥폼 잡느라 안 아픈 척하는 거지."

정말 통각이 사라진 게 아니라면 말이다.

"난 너에 대해 다 알거든?"

후가 여름의 얼굴을 물끄러미 응시했다.

"나에 대해 그렇게 잘 알아?"

"그래."

"정말 확신해? 나에 대해 그렇게 잘 알아?"

"왜 몰라? 넌 내 손바닥 안에 있거든?"

그러자 후가 면봉을 든 여름의 손을 아래로 끌어 내렸다.

"그럼 이것도 알겠네. 내가 지금 너한테 키스할 생각이란 거."

후가 제 입술을 여름의 입술에 닿을 듯 말 듯 바짝 붙인 채 허스키한 소리로 중얼거렸다.

흔들리는 여름의 눈동자가 투명할 정도로 깨끗했다.

"다 안다며."

후의 검은 눈동자에 이채가 서렸다.

"당황한 거 보니까 모르고 있었네. 사실은 나에 대해 전혀 모르는 거 아냐?"

"……아니? 난 다 알아. 네가 지금 또 개똥 같은 소리 한단 것도. 입술이 이렇게 다 터진 주제에 키스는 무슨 키스야? 헛소리하지 말고 꺼져."

분위기를 진지하게 몰고 가고 싶지 않아 도망치려 했지만, 후가 여름의 턱을 잡아 움직이지 못하게 고정했다.

"나에 대해 그렇게 잘 알면, 이따위 상처 나한텐 상관없단 것도 알아야지."

서늘한 눈매는 차가운데 그 안에 담긴 건 아주 뜨거웠다.

"다 안다면서 사실 넌 아무것도 모르고 있는지도 몰라. 안다고 착각하고 있을 뿐. 내가 어떤 놈인지, 어떤 생각으로 머릿속이 꽉 차 있는지, 뭘 원하는지 사실은 아무것도 모르고 있다고."

"오후, 너 정말⋯⋯."

"내 탓 하지 마. 네 탓이야."

후의 손이 여름의 뺨을 다 감쌌다.

"나에 대해 그렇게 잘 알면서 그렇게 입술을 바짝 대고 바람을 불면, 내가 어떤 생각을 할지 그건 왜 몰라."

"그, 그건 치료해 준 거잖아."

"아니, 흥분해 버렸어."

여름의 촉촉한 숨결이 날아들 때마다 전기가 오는 것 같았다. 그걸 참으려다 보니 표정이 굳었던 것이다. 통각이 사라진 게 아니라 마비가 된 것뿐. 꼼짝도 할 수 없었다. 도톰한 입술이 눈앞을 오가며 유혹 아닌 유혹을 하는데 저릿저릿하지 않을 수 없었다.

당장이라도 여름을 쓰러뜨리고서 촉촉한 입술을 삼켜 버리고 싶다. 이미 머릿속에선 여름을 안아 버린 후였다. 다시 널 느끼고 싫어. 그 생각으로만 머릿속이 꽉 차 있는 자신이 난감했다. 목젖이 뜨거워지고 몸은 극도로 흥분해서 잠시도 버티기 힘들었다.

여름은 타오르는 후의 눈빛을 마주 보며 입술을 살짝 깨물었다. 아직도 후가 토해 내는 말들이 낯설고 어색하긴 했다. 하지만 동시에 가슴이 떨린다. 그 적나라한 의미를 알고 있음에도, 아니 알기에 더 그랬다. 목구멍이 확 조여들고 배 속이 찌르르 울렸다.

설마 나도 같이 흥분하고 있는 거야? 그래서 이렇게 뜨거워지고 있는 거야?

"왜…… 나였어?"

여름이 눈꺼풀을 아래로 내린 채 물었다.

"나보다 더 예쁘고 착한, 좋은, 너와 더 어울리는 사람도 있었을 텐데. 살다 보면 눈길 가는 여자도 있었을 테고, 맘 끌리는 사람도 있었을 텐데. 너한테 잘해 주지도 못하고 오히려 선머슴처럼 굴기만 하는 내가 뭐가 좋다고. 말도 예쁘게 못 하고 돈도 갈취하고, 여자다운 덴 하나도 없는 내가 뭐가 좋아서. 그렇다고 엄청나게, 숨 막힐 정도로 섹시하거나 예쁜 것도 아닌데, 근데 왜 나였냐고."

"잘 아네. 알면 됐어."

"뭐야? 이게 진짜 죽을래?"

후가 피식 웃었다.

"그러게. 조금만 건드려도 이렇게 파르르 성질이나 내고, 막말하고, 입 거칠고, 예쁜 구석은 하나도 없는데."

후가 여름의 뺨을 엄지로 부드럽게 쓸었다.

"그런데도 나한텐 너보다 더 예쁜 애가 없는데 어쩌란 거야. 욕도 귀여운데."

"너 정말……."

여름의 눈이 젖어 들었다.

"진짜 모르겠다. 널 어떻게 이해하면 좋을지. 그 애달픈 첫사랑은 어쩌고 나한테 이래, 정말."

"뭐?"

"너 그동안 연애 안 한 거 첫사랑 때문이라며. 매달리려면 그쪽에나 가서 매달리지. 너 정도면 떠난 첫사랑도 어쩌면 흔들릴지 모르는데, 근데 난데없이 왜 나한테 들러붙어서 곤란하게 하냐고, 이 자식아."

후는 여름의 말에 깊은 한숨이 나왔다. 오해하고 있을 줄은 알았지만, 역시나.

"제대로 매달리고 있잖아. 내 첫사랑한테."

"뭐? 그게 무슨 헛소리야?"

"너였다고."

"뭐가 난데?"

"하……. 내 애달픈 첫사랑이 너였다고. 이렇게 말해도 못 알아듣겠어?"

순간 여름이 멈칫했다. 저도 모르게 딸꾹질이 터졌다.

"뭐, 뭐라고? 히끅!"

"네가 나 찼잖아. 절대 다가오지 말고, 친구 이상은 안 된다고. 그날 밤 나 걷어찬 거 잊었어?"

여름의 눈동자가 세차게 흔들렸다.

지금 무슨 말을 하는 거야. 무슨 말도 안 되는 소리를. 그날 밤이라면…… 설마, 그날 밤? 내가 너한테 선 쫙 그었던 날?

"말도…… 안 돼."

정말로 첫사랑이 나였다고? 호되게 차였던 게 그날 밤 나와의 일을 말하는 거라고?

"그래. 정말 말도 안 되는 일이지. 그렇게 잔인하게 걷어차였는데도 이렇게 애타게 너만 본다는 건."

"……."

"그 새끼가 널 만질까 봐, 혹시 무슨 짓이라도 했을까 봐 가슴이 터지는 줄 알았어."

"후야……."

"여기야?"

후가 여름의 손목을 만졌다.

"그 자식이 만졌던 데."

여름은 고개를 옆으로 돌린 채 중얼거렸다.

"생각하고 싶지 않아. 기분 더러워."

오늘만이 아니라 전의 일까지 겹쳐지자 더욱 몸서리가 쳐졌다.

"싹싹 씻어 버리고 싶어. 끔찍해."

"아니, 나한텐 아냐."

후가 고개를 저었다.

"그저 네 몸일 뿐이야."

후가 몸을 숙여 여름의 손목에 키스했다.

"여기였지?"

이어 팔에 키스하고,

"거, 거긴…… 아니었어."

입술이 목을, 턱을, 귓불까지 애무하자 여름은 가늘게 떨며 후를 밀어 내려 했다. 하지만 후는 여름을 밀어붙인 채 키스를 멈추지 않았다. 여름의 모든 곳에 입을 맞췄다.

아…….

반응하지 말자. 만약 이 선을 넘어 버리면 정말 돌이킬 수 없다고, 어떻게든 후의 유혹을 외면하려 했지만 결국 여름은 녹아내렸다. 이제 더 이상 피할 수 없다.

후가 여름을 일으켜 세웠다.

"씻겨 줄게."

그러곤 여름의 귓가에 대고 속삭였다.

"물이 아닌 내 몸으로……."

여름은 눈앞이 핑글 돌아 후의 가슴에 쓰러지며 제 이마를 툭 기댔다. 도저히 똑바로 서 있을 수가 없었다.

이 자식은 어떻게 이런 말을 아무렇지 않게 할 수 있지? 대체 언제부터 이렇게 느끼했던 걸까?

후가 했던 말이 맞다. 자신은 후를 다 안다고 생각했지만, 어쩌면 그건 빙산의 일각인지도 모르겠다. 이제부터라도 후에 대한 모든 데이터를 바꿔야 할지도 모르겠다. 그게 바로 친구로서 후를 놓아주는 것에 대한 아쉬움이었다. 친구로서 아는 것과 남자로서 아는 건 아마 전혀 다르겠지. 그게 못내 안타까우면서도 두렵다.

"가자, 욕실로."

여름이 후의 옷깃을 꽉 그러쥐었다.

"그만 좀…… 해……. 넌 창피하지도 않아?"

"아니, 하나도 안 창피해."

"좀 창피해해야 할 거 같은데."

"그러기엔 너무 늦었거든."

여름을 끌어안은 후가 그녀의 뒷머리를 부드럽게 쓸어내렸다.

"미안하지만."

이어 여름의 귀에 대고 나직하게 중얼거렸다.

"섰어."

그 말에 여름은 한숨을 후 뱉었다.

"그럼 서 있지 앉아 있니?"

후는 헛웃음이 터졌다. 노골적인 표현을 써서 여름의 귓불이 뜨거워지는 걸 보고 싶단 욕심이 있었지만 이렇게 눈치까지 없을 줄이야. 순진한 건지, 둔한 건지.

후가 여름의 손을 끌어 자신의 바지 앞섶에 두었다. 그러자 여름이 소스라치게 당황하는 소리를 냈다.

손 아래서 단단하게 부푼 그의 남성이 느껴졌다. 여름의 가슴이 철렁 내려앉았다. 뜨겁게 발기한 그가 꿈틀거리며 손바닥 아래에서 움직이자, 여름의 얼굴이 붉게 달아올랐다.

"지, 지금 뭐 하는 거야. 너 지, 진짜 변태니?"

"실은 너한테 마음으로 꼭 하고 싶은 말이 있었어."

후가 여름의 손을 떼어 내 제 손에 깍지 끼듯 꼭 잡았다. 여름은 마주 서서 그런 후를 올려다보았다.

"네가 허락한다면 말할게."

"허락하면?"

"그래."

여름은 잠깐 생각하다가 천천히 고개를 끄덕였다.

"해 봐. 허락할게."

"밀어붙여서, 겁먹게 했다면 미안해."

여름의 눈동자가 살짝 흔들렸다. 사과를 받아들인다는 듯 고개를 가만히 끄덕이자, 후가 여름의 머리카락을 귀 뒤로 넘기며 진지한 눈으로 말을 이었다.

"비록 입은 다소 거칠고, 목소리도 크고, 고집스러울 정도로 제 얘긴 잘 안 해 줘서 답답하기도 하지만, 인내심 강하고, 웃으면 눈꼬리가 처지고, 상냥하고 예쁜 널 쭉 사랑했어."

여름의 눈동자가 커다랗게 벌어졌다.

"즐거울 때도 괴로울 때도 같이 있자."

너도 나한테 가장 소중한 보석이다. 너는 그 보석이 혹시라도 닳을까 봐 건드리지도 않으려 했지만, 나는 그 보석을 꼭 끌어안고 만지며 지키고 싶다.

"날 믿어 봐. 내가 널 끝까지 지킬 수 있게, 허락해 줘라."

여름은 움직일 수도 없었다. 눈물이 훅 맺혔다.

"이 치사한 놈. 진짜 그렇게 나오면 나더러 어쩌란 거야."

후에게 암바를 걸고 머리통을 때리고 마구 할퀴고 꼬집고 싶다. 그만큼 꼴 보기 싫었다. 저렇게 진심으로, 다정하게, 멋있게 다가오면 난 어쩌라고.

결국 마지막 벽마저 허물어지는 게 눈에 보였다.

뜨겁고 짙은, 성실한 시선으로 자신을 바라보는 후.

그렇게 보지 마. 심장에 무리가 온다고.

"그래. 너 때문에 낯설고, 성가시고, 놀라고, 겁났어."

여름은 눈물을 글썽거리며 입을 열었다.

"하지만 낯설고, 성가시고, 놀라고, 겁나게 해 줘서 고마워. 놓지 않아 줘서 고마워."

후야, 그거 알아? 넌 내가 처음으로 몸을 눕힌 요람이었고, 덜자란 내겐 그 요람이 세상의 전부였어. 지금까지도 그랬고 앞으로도 그럴 거야.

그런 널 어떻게 사랑하지 않을 수 있겠니. 사랑하지 말아야 할 수십 가지 이유를 네가 없애 버린 이상, 내가 뭘 어떻게 할 수 있겠냐고.

여름은 울면서 후의 등에 팔을 둘러 꼭 끌어안았다.

· · ·

서로의 옷을 벗기고 바라보았다. 욕실 안은 뜨거운 수증기와 미세한 흥분으로 꽉 차 있었다.

실오라기 하나 걸치지 않은 후가 여름에게 다가섰다. 섬세한 근육으로 이루어진 남자다운 가슴과 여름의 봉긋 솟아오른 부드러운 가슴이 서서히 밀착됐다.

후는 보드라운 가슴의 촉감을 느꼈다. 무섭게 발기한 그가 여름의 아랫배를 꾹 누른다. 여름의 귀를 만지며 뺨에 입술을 부딪쳤다. 그리고 속삭였다.

"날 남자로 바라볼 준비 됐지?"

"그……래…….."

여름은 머뭇거리며 대답했다. 그와 동시에 후가 여름의 턱을 들고서 입술을 뜨겁게 빼앗았다. 수줍은 입술의 떨림, 심장의 고동이 고스란히 후의 몸으로 전해졌다. 여름의 몸에서 퍼진 따뜻한 기운이 후의 불꽃을 지피는 촉매제였다.

입술이 달라붙고 타액이 빨리는 소리가 공간을 울렸다. 후는 혀를 섞으며 여름을 욕실 벽으로 천천히 몰아붙였다. 여름은 입술이 벌어진 채 후의 적극적인 키스를 받으며 뒤로 밀렸다.

등에 벽이 툭 부딪치자 반사적으로 후의 팔뚝을 잡는다.

가느다란 손가락이 만들어 내는 애처로움.

키스는 더욱 깊어져 채 삼키지 못한 타액이 여름의 턱을 타고 흘러내렸다. 그것까지 고스란히 핥아 가며 후는 여름을 더욱 몰아붙였다.

"훗…….."

여름의 손가락이 후의 머리카락을 파고들었다. 마치 폭풍처럼, 혹은 뒤엉킨 짐승처럼 두 사람은 서로의 입술을 탐하고 혀를 탐닉했다.

여름의 동그란 가슴이 후의 손바닥 안으로 들어갔다. 검지로 유두를 건드리며 부드러운 젖가슴을 움켜쥔다. 세차게 주무르며 더 깊이 침범하여 혀를 빨아들이자 여름의 머릿속에서 쾌락의 불꽃이 터졌다.

이미 그곳은 젖을 대로 젖어서 허벅지 사이로 끈끈한 뭔가가 흘러내리는 것 같았다. 키스만으로도 이렇게 흥분된다는 게 무서웠다.

키스는 호흡이 모자랄 지경이 되어서야 잠시 중단되었다.

"하아."

후는 입술을 떼어 내고서 여름의 머리에 키스했다.

"뒤로 돌아 봐."

지독한 저음에 여름의 뇌가 자극당했다. 두려운 눈빛을 하며 그녀가 움직이지 못하자, 후가 다정하게 여름의 어깨에 키스하며 여름을 돌려세웠다.

"후, 후야……."

"쉿."

후가 여름의 등에 키스했다. 혀와 입술로 뒷목부터 애무해 내려갔다. 척추 마디마디를 혀로 쓸고 이를 세웠다.

"하윽!"

여름은 후가 주는 자극을 견디지 못해 몸을 휘며 벽을 짚었다. 할퀴듯 타일을 긁는 여름의 하얀 손 위로 후의 커다란 손이 겹쳐졌다. 하나하나 깍지를 낀 채 후의 입술이 이번엔 귀를 괴롭혔다.

귓불을 깨물고 귓바퀴를 잘근잘근 씹어 가며 혀를 밀어 넣자 여름은 스스로도 믿기지 않을 정도의 교성을 냈다.

"아…… 으응……!"

"소리…… 더 내."

여름을 뒤에서 안은 후가 가슴을 애무한다. 여름은 결국 다시 뒤로 돌려세워진 채 후의 가슴으로 무너졌다. 그런 여름의 턱을 쥔 채 후가 여름의 입술에 제 입술을 포갰다.

여름의 가슴이 들썩였다. 분홍빛 열매가 점점 더 꼿꼿해졌다. 후의 눈매가 날카로워졌다. 후가 무릎을 꿇고 앉아 허벅지를 벌리자, 여름의 감은 눈이 번쩍 떠졌다.

"지, 지금 뭐 하려는……."

"가만."

후가 여름의 허벅지를 꽉 쥔 채 속삭였다.

"넌 아직 이 행위가 낯설지?"

그건 여름의 태도만으로도 알 수 있는 것이었다. 그녀는 지금 쾌락과 본능, 그리고 이성 사이에서 아직도 방황하고 있는 것 같았다.

"적응 안 되면 강한 자극으로 다 덮어 버리면 돼."

"하지만……."

"익숙해져. 내 몸에. 그리고 이 행위에……."

후가 여름의 허벅지를 꽉 쥔 채 벌리게 한 다음 그녀의 뜨거운 곳에 코를 박았다.

"아읏!"

후의 머리를 움켜쥔 여름의 몸이 요동쳤다. 그러더니 후를 저에게서 떨어뜨리려 했다.

"하, 하지 마. 그건……."

여름이 울먹이듯 애원했다.

"부탁이야……. 나 어, 어떻게 될 것 같……."

"괜찮아. 움직이지 마."

후가 계속해서 여름을 핥으며 쉰 목소리로 중얼거렸다.

"힘 빼."

"아, 안 될 것 같아."

"힘 빼. 안 그럼 더 힘들어."

"아…… 후야……."

엉덩이를 주무르며 입술을 움직이다가, 허벅지를 더 벌려 톡 튀어나온 곳을 혀로 간질인다. 더 비집고 들어가 빨아들이자 여름이 더욱 바르작거렸다.

길게 혀를 움직이던 후는 잠시 입술을 떼고서 여름을 올려다보았다.

"한여름…… 움직이지 마."

"그, 그치만……."

"눈 감아. 그리고 그냥 느껴."

"못 하겠어. 견디기가 너무……."

"나도 그래. 나도 그렇다고, 여름아."

순간 여름이 젖은 눈동자로 후를 내려다보았다. 자신을 올려다보는 후의 뜨거운 눈빛과 마주하자, 여름은 촉촉해진 눈을 천천히 감았다.

그녀의 속눈썹이 파르르 떨리며 감기는 걸 확인한 후는 다시 그녀에게 얼굴을 묻었다.

"응, 하……."

민감한 부분을 혀로 핥을 때마다 몸이 반응해 그곳이 더욱 젖어 들었다. 축축하고 끈끈하고 뜨거운 것이 흘러내려 후의 타액과 섞였다. 무엇이 여름의 애액이고, 후의 타액인지 분간 안 될 정도였다.

후는 흘러내리는 애액을 핥아 가며 더욱 집요하게 몰아붙였다.

"아웃……!"

순간 여름은 너무 빠르게 몰려드는 쾌감에 정신을 차릴 수 없었다.

"하…… 하…… 후야……."

할딱거리며 힘겹게 숨을 내뱉는 여름이 후에겐 미치도록 자극적이었다. 후는 그런 여름의 얼굴을 보고 싶어 혀를 떼고서 손가락으로 빨던 곳을 문질렀다. 여름의 쾌감이 더해 가는 듯했다.

신음 소리가 높아져 더 이상 견딜 수 없을 거라 생각한 순간,

"가도 돼, 여름아."

옅은 미소를 지으며 여름에게 속삭이자,

"아아……!"

여름이 그대로 절정에 달했다. 마치 숨이라도 멈춘 듯 감당할 수 없는 쾌락과 함께 무너져 내리는 여름을 지켜보며 후가 마지막까지 손가락을 비비자, 체액이 후에게 살짝 튀었다.

후는 제 손에 묻은 것을 핥으며 여름을 바라보았다. 여름은 벽에 머리를 기댄 채 입술을 달싹이고 있었다.

감당할 수 없는 신음을 힘겹게 흘리는 여름의 모습이 미치도록 눈길을 끌었다.

"하……."

후는 길게 숨을 뱉으며 여름에게로 몸을 기울였다. 여름의 눈가에 맺힌 눈물을 닦아 주고, 제 타액으로 번들거리는 여름의 입술을 찾아 겹쳤다.

쪽 소리가 났다.

"예뻐."

그녀의 입술을 손가락으로 쓸어 주며 중얼거렸다.

"너무 예뻐. 정말로."

"후야……."

"사랑해."

그러자 여름은 난처한 듯, 부끄러운 듯 눈을 슬쩍 내리깔았다. 입술을 우물거리며 요리조리 시선을 피하는 모습이 후의 가슴을 뻐근하게 했다.

"사랑해……."

여름의 입술에 다시 키스하며 그녀를 안아 들고서 일어났다. 여름은 여전히 후의 시선을 피하고 있었다.

젖은 여름의 몸, 그리고 후의 몸도 젖어 있었다. 물과 땀과 체액으로 촉촉해진 여름을 안아 든 채 후는 침실로 걸어가 여름을 침대 위에 눕혔다.

성난 자신을 더는 참을 수 없었기에.

"그, 그런 눈으로 보지 마."

"어떤 눈?"

"심장 떨어지게 하는 눈."

부끄러운 듯 딴 곳을 보며 중얼거리는 여름의 볼을 깨물며 후가 그대로 여름을 덮쳤다.

그러자 놀라 흠칫 튕겨 오르는 여름의 어깨를 꾹 눌렀다. 그리고 그녀의 다리를 벌린 채 이미 흠뻑 젖은 그녀의 안으로 저를 밀어 넣었다.

마치 빨려 들어가듯 그녀의 깊숙한 곳까지 침범했다. 질벽이물고 조이는 느낌에 후는 머리가 어떻게 될 것 같았다.

여름의 머리에, 입술에 키스하며 정신을 잃은 사람처럼 허리를움직였다.

늘 상상해 오던 일. 꿈만 같았다.

후가 속도를 올리자 여름이 간드러지는 신음의 비를 뿌렸다.

"아…… 후야…… 후야……."

헤매듯 자신을 찾는 여름의 손을 잡아 쥐고선 있는 힘껏 그녀를 흔들었다.

"좋아……."

순간 여름이 눈물을 툭 터뜨리며 후의 목을 감싸 안고선 속삭였다.

"너무 좋아."

미치도록 듣고 싶었던 말.

후의 가슴이 떨렸다.

"드디어 인정했네."

후가 다정하게 웃었다.

"정말 듣고 싶었어, 그 말."

여름은 그의 말을 알아들은 듯 못 알아들은 듯 후에게 필사적으로 매달렸다.

10편
칼날보다 날카로운

후와 지금까지 단 한 번도 싸우지 않고 잘 지낸 건 아니었다. 딱 한 번 심하게 다투고서 잠시 멀어진 적이 있었다.

아마 고2 때였나. 당시 한 학년 위 오빠가 모든 애들이 보는 앞에서 직접적으로 여름에게 고백한 일이 있었다.

그 오빠는 공부도 잘하면서 자유분방한, 학교에서도 꽤 유명한 선배였다. 그런 사람이 관심을 가져 주는 게 나쁘진 않았지만 여름은 별로 끌리지 않아 그 자리에서 거절했다.

고3인데 공부는 안 하고 사귀잔 소리나 하고 다니는 게 미덥지 않았고, 여름은 누군가와 사귈 시간도 없었다. 이모네 집에서 18세란 노동력의 잠재력이 터지는 나이라 여름은 일하느라 바빴던 것이다.

아무튼 날라리 아니냐고, 공부 안 하냐고, 그런 얘기를 대놓고 그 오빠한테 했더니 엄청 기막혀했다. 하지만 다행히 그 말이 맞는 것 같다며 쿨하게 물러나 줬다. 그걸 보니 좋은 사람일지도 모른다는 생각이 들어 부정적 인식이 살짝 바뀌었다.

사귀진 않더라도 친하게 지내자, 그래서 그 오빠가 그런 말을 하자 여름도 동의했다. 그 후론 학교에서 만나면 서로 알은척하며 잘 지냈었다.

하지만 그게 애들 사이에선 사귀는 걸로 보였는지, 쟨 안 사귄다고 했으면서 뒤에서 호박씨 깐다며 학교 안에 나쁜 소문이 쫙 퍼졌다. 아무리 그런 거 아니라고 해도 믿지도 않았다. 여름은 이미 후로도 모자라 그 오빠까지 갖고 노는 마성의 나쁜 년이 되어 있었다.

무엇보다 후도 여름의 말을 믿어 주지 않았다. 함께 다니다가 그 오빠가 여름을 알은체하거나 장난이라도 치면 살벌한 눈으로 그 오빠를 노려보았다.

'흘리고 다니지 말고 좀.'

그때 처음으로 후와 싸웠다.

'야, 넌 말을 어떻게 그렇게 하니? 뭐? 흘리고 다녀?'

엄청 서운했다. 그런 말을 한 후가 용서가 안 됐다. 너무 기분 나빴다. 그런 식으로 말 안 하던 녀석이.

지금 생각해 보면 후는 아마 제 감정을 통제하지 못해서 그랬던 게 아니었을까?

정말로 그 선배한텐 아무런 관심도 없었는데. 그땐 둘 다 어려서 여름도, 후도 서툴렀던 것 같다. 융통성 있게 행동하지 못했었다. 그저 마음 터놓고 몇 마디 주고받으면 해결될 일이었는데. 서로 심했다며 사과 한마디면 끝날 일이었는데.

자존심 때문에 여름도 후에게 다가가지 않았고, 후도 사과하지 않았다. 그래서 후와 멀어졌다.

그래 봐야 일주일도 못 갔던 기간. 하지만 그 시간이 그렇게 길 수가 없었다. 후가 옆에 없다는 게 그렇게 허전할 수 없었다. 그래서 후와 다시 화해했을 땐 세상이 다시 제계로 돌아온 것 같았다. 텅 비었던 세상이 다시 꽉 찬 기분.

'후야, 아마 난 그때부터 그렇게 생각한 거 같아. 우린 싸워서도 안 되고, 다퉈서도 안 되고, 사귀어서도 안 된다고.'

후와 조금이라도 멀어질 수 있는, 균열이 갈 수 있는 그 어떤 짓도 하지 않겠다고. 널 잃을 뻔하고서 너무 겁나서 그렇게 다짐했던 거야.

하지만 그건 정말로 나무만 보고 숲은 보지 못하는 짧은 생각이었다. 좀 다투더라도, 싸우더라도 잠시 그랬다가 다시 화해함으로 사이가 더 깊어질 수도 있는 건데. 다툼이란 게, 반목이란 게 꼭 그렇게 나쁜 것만도 아닌 건데.

사귀었다가 깨질 것만 걱정할 게 아니라, 사귀지 않는다면 깨질 기회조차 없단 걸 생각했어야 했는데.

그걸 너무 늦게야 깨달았다.

너무 소중해서, 가장 중요한 걸 놓치고 있었던 것이다. 가장 중요한 건, 내가 널 아주 많이 좋아하고 있다는 사실이었는데.

'후야, 나한테 넌 바쁘고 삭막한 오전이 아닌 너무도 행복하고

소중한 오후야.'

후의 품에서 잠든 여름은 길고 긴 꿈을 꿨다.

그 꿈속에선 교복 차림의 여름과 후가 늘 그렇듯 다정하게 웃으며 집으로 돌아가고 있었다. 이모와 다민이가 기다리고 있는 그런 이상한 집이 아니라, 후와 자신이 쉴 수 있는 집으로.

오랜 여행을 끝마치고 돌아온 기분이었다.

· · ·

"여기야, 별하야!"

여름은 하얀 문을 밀고서 들어오는 별하를 향해 번쩍 손을 들었다. 점심시간 동안 짧게 짬을 내 별하와 만나기로 했다.

커다란 창을 내고 하얀 페인트칠을 한 언덕 위의 그 파스타 가게는 단지 식당이 아니라 동화 속에 나오는 집 같았다. 도란도란 얘기를 나누기엔 딱 좋은 곳이었다.

언젠가 별하가 이곳을 아주 마음에 들어 했던 기억이 나서 일부러 여기로 약속 장소를 잡았다. 가게 앞엔 커다란 아름드리나무 한 그루가 서 있고 그 밑으로 커다란 벤치가 있는데, 거기에 누워 있으면 새파란 하늘과 나뭇잎이 그림처럼 반짝이곤 했다.

아이스커피를 한 잔씩 사 들고서 거기 누워 있으면 세상이 참 고요하면서도 행복했다.

"많이 기다렸어?"

별하가 가방을 놓고 앉으며 물었다.

"아니. 나도 방금 왔어."

"바쁜 것 같더니?"

"바쁘지. 근데 저번에 밥 같이 못 먹었잖아."

그날 이후 며칠 만에 시간이 나서 여름은 바로 별하에게 연락했다.

별하를 만나야 한다고 생각했다. 다른 사람은 몰라도 별하에겐 꼭 먼저 말해야 하니까. 아니, 말 안 하고 있다가 나중에 들키면 정말 미안할 일이었다.

"무슨 할 말 있어?"

"어, 어떻게 알았어?"

"넌 티 나. 다 티 나. 뭔데?"

여름은 은근히 놀랐다. 내가 그렇게 티 나는 타입이었나?

"음, 일단 우리 먹고 말하자. 점심시간 길지도 않은데."

여름은 음식부터 시켰다. 음식이 나오는 동안엔 일부러 다른 편한 화제를 꺼내며 적당히 말을 돌렸다. 일단 밥은 맘 편하게 먹어야지.

식사가 끝난 후에 별하가 본론을 내놓으라는 듯 쳐다보자, 여름은 더 이상 미룰 수 없단 걸 알았다. 하지만 막상 말하자니 쑥스러웠다. 어떻게, 어떤 단어로 시작해야 할지도 모르겠다. 후와 자신의 모든 시간을 다 지켜봐 온 별하라서 더 어려웠던 것 같다.

"사실은 할 말이 있긴 한데……."

"그래. 있겠지. 그렇게 티를 팍팍 내는데 어떻게 눈치 못 채? 내 구미에 맞는 장소에서 가장 좋아하는 걸 먹이고서, 가장 기분 좋게 만들어서 할 말이란 건 대체 뭘까?"

"하여튼 날카로운 계집애. 그래. 네 말 맞아. 너 배불리 먹여 놓고 얼렁뚱땅 말하면 덜 혼나지 않을까 싶어서."

어쨌거나 상황이 이렇게 되고 보니, 별하한테 가장 많이 미안했다. 누가 뭐래도 셋은 가장 친한 친구니까. 셋 중에 둘이 짝이 되면 남은 한 사람의 기분은 어떨까. 별하가 어떻게 받아들일까. 역시 좀 충격이겠지?

"실은 나, 후랑 사귀기로 했어."

여름은 매도 먼저 맞는 게 낫단 기분으로 쏟아 내듯 말했다. 말해 놓고 나니 더 긴장됐다. 그도 그럴 게 그동안 그렇게 아니라고 뺐으면서 결국 사귀고 있었으니, 별하한테 한 소리 들을 걸 각오하고 있었다.

"그랬어? 그럴 줄 알았어."

하지만 별하의 대답은 너무도 쏘 쿨했다. 여름이 오히려 당황했다.

"그, 그게 다야?"

"다지 그럼?"

"허……."

여름은 맥이 툭 풀리는 기분이었다. 엄청 긴장했었는데.

"언제부터였어?"

"그게, 정확하게 대답하기 어려운 문제긴 한데…… 실질적으론 후네 집에 얹혀살기 시작했을 때부터라고 해야 하나."

별하가 피식 웃었다.

"결국 오후의 집념이 통했단 소리네."

"너, 후 맘 알고 있었어?"

여름이 놀란 눈을 깜빡깜빡했다. 오 마이 갓, 이라는 듯.

"모르고 있었던 건 너뿐이었을 거다."

"헐."

"그리고 난 너희들에 대해선 모르는 게 없거든. 몰라도 알아."

별하의 야무진 말에 여름은 양심이 콕 찔렸다.

"내가 그랬어야 했는데. 내가 너처럼 후한테 그런 말을 해 줬
어야 했는데……. 나 참 바보 같다. 그지? 다 알고 있었는데 나만
모르고 있었다니."

"좀 둔하긴 하지."

"야아…….."

"같이 살기 시작하면서부터, 바로 사귀기로 한 거야?"

그 질문을 할 때의 별하의 표정이 왠지 잠깐 흔들리는 것 같았
다. 하긴 아무리 쿨하다 해도 역시 좀 낯설긴 하겠지.

"아냐. 그때부터였다면 더 빨리 말했겠지. 며칠 안 됐어. 계속
너한테 말없이 속인 건 아니었어. 미안. 지금 말했다고 해도 좀
늦었지?"

별하가 엷게 웃었다.

"그게 왜 미안해."

그럴 거 없다고. 진심이었다. 자신을 아주 많이 신경 써 주는
여름의 마음이 느껴지는 별하였다.

"넌 어때? 후랑 같은 마음이야?"

"있잖아, 별하야. 나 후를 남자로 본 적 없다 생각하고 있었는데, 그 말을 하는 와중에도 계속 걜 생각하고 있었더라."

"……."

"후는 아픈데, 난 걜 계속 아프게 하면서도 사실은 그 앨 생각하고 있었더라고. 매일매일 미래를, 오지도 않은 앞을 두려워하며 과거에 사로잡혀 있으면서, 지금 현재 가장 중요한 내 맘을 안 봤더라."

"……."

"후를 잃을까 봐 그게 겁나면서도 계속 그랬더라. 기쁜 일이 생기면, 가장 먼저 생각나는 사람이…… 별하야, 너한텐 미안하지만 후더라."

조근조근, 고요하지만 가장 뜨거운 고백을 하는 여름의 모습은 지금까지 본 여름 중에 가장 예뻐 보였다. 같이 행복해질 정도로.

"됐어. 그 말이면 돼."

제 마음 같은 건 이미 버리자고 생각했다. 가장 사랑하는 두 사람이 이제 행복해졌으니 그걸로 됐다고.

"난 네 맘 이해해."

"별하야."

"후를 믿어. 네가 버려진 게 아냐. 아무도 널 버리지 않아. 후는 더 그럴 애야. 지금까지 그랬던 것처럼."

자신이 할 일은, 어렵게 서로의 마음을 확인한 두 친구를 응원해 주는 것뿐. 그게 자신에게 주어진 역할이었다. 처음부터 지금까지 딱 거기까지.

다른 욕심은 내면 안 된다고.

아무리 진심이라고 해도 제 마음을 드러내는 순간 그건 추한 질투가, 아니 훼방 놓기가 되고 말 테니까. 내 소중한 감정을 그렇게 추악한 형태로 추락시킬 수 없었다.

"앞으로 살다 보면, 혹시 누군가는 네 곁을 떠날 수도 있겠지. 하지만 네 곁에 마지막까지 있을 사람은 다름 아닌 후일 거야."

제 마음이 진심이면 진심일수록 더 그 가치가 깎이지 않게 해야 한다고.

"내가 아는 후는 그런 애야. 물론 나도 있을 거고."

별하는 진심으로 말했다. 무엇보다 자신을 가장 먼저 떠올려 줬고, 또 자신을 생각해 준 것만으로도 고마웠다. 아니, 자신을 아주 많이 신경 써 주고, 미안해하고 있는 여름에게 오히려 미안했다.

흔들리는 후에게 제 마음을 전한 건, 그래서 여름에게 정작 미안해야 할 건 나인데. 여름도 나라면 이해해 줄 거라고, 네 동의도 받지 않고 나한테 오라고 했는데.

처음엔 여름이 만나자고 했을 때, 혹시 그날의 고백 때문이 아닐까 했었다. 후가 둘 사이에 있었던 말을 함부로 할 성격은 아니었지만, 말실수든 뭐든 혹시라도 말이 전해졌다면 여름은 분명 별하에게 만나자고 할 성격이었다.

그리고 십중팔구 밀어 주겠단 말을 했을 테지. 제 마음도 알지 못하고서.

'내가 아는 넌 겁나서 절대 후와 사귈 수 없는 상황이었어. 하지만 후를 잃을까 봐 두려워했지. 그런데 후와 내가 사귄다면, 친구로서 후의 곁에 계속 지금까지처럼 똑같이 머무를 수 있겠지. 네게 가장 안전한 후의 연인은, 바로 똑같이 친한 나니까. 얼굴도 모르는 여자한테 빼앗기는 게 아니니까.'

그래서 그날 후한테도 자신 있게 말했던 것이다.

'여러 가지를 고려했을 때 나라면 여름도 안심할 테니까.'

바로 그 뜻이었다. 여름의 가장 친한 친구이기에 확신할 수 있었던 말. 다만 그땐 여름과 후가 이어질 확률이 제로라고 생각했기에 할 수 있는 말이었다.

'하지만 남녀 관계는 정말 모르는 건가 봐. 하긴, 후의 집착이 그 정도였으니.'

결국 후가 이긴 건가. 여름의 마음을 녹인 건가. 닫힌 마음의 문을 열었던 거겠지.

그래서 별하는 아까 잠깐 페이스를 놓쳤었다. 혹시 사귄 시점이 둘이 함께 살기 시작한 그때부터였다면, 둘이 이미 사귀고 있었는데 자신이 후에게 고백했단 게 되는 것이다.

그건 정말 싫었다.

잘 사귀고 있는 둘을 방해하는 짓 따위 결코 하고 싶지 않았다. 알고 했건 모르고 했건 말이다. 그런 식으로 변명하고 싶지 않았다.

다행히 아니라 순간 얼마나 안도했는지.

"후를 믿고 더 사랑받고 사랑해 줘."

별하는 그냥 처음부터 자신이 있던 자리로 돌아가기로 했다.

"난 늘 네가 행복하길 바라지만, 그 이상으로 후가 그걸 제일 바랄 거야. 알지?"

후를 밀어주는 걸로 그날 후에게 경솔하게 했던 고백을 용서받고 싶었다. 물론 여름에게도.

"고마워, 별하야."

웃는 여름의 눈동자가 촉촉하게 젖어 들었다.

"네 말을 들으니까 정말로 더 후한테 잘해야겠단 생각이 들어."

언제나 진심을 담은 말을 해 주는 친구. 똑 부러지고 야무진 성격으로 꼭 필요한 말만 적재적소에 해 주는 친구. 여름은 별하가 너무도 고마웠다.

"잘할게. 너한테도 더 잘할게."

"나한텐 딱 그 정도만 해도 돼."

"싫어. 더 잘할 거야. 사양하지 마. 퍼부을 테니까."

"됐거든요."

둘은 웃음을 터뜨렸다. 어른스러운 별하와 긍정적인 여름은 언제나 잘 맞는 파트너였고 영혼의 짝이었다.

별하를 만나 고백하고 후에 대한 얘기를 듣고서, 비로소는 아니더라도 더 후에 대한 확신이 들었다. 제 마음이 얼마나 덜 여물었는지도.

그리고 아직 제대로 후한테 고백하지 않았다는 사실이 떠올랐다.

'이젠 고백해야지. 마음을 결정했단 걸 알려 줘야지.'

후가 더 속상하지 않게. 방황하지 않게.

'내가 널 얼마나 좋아하고 있는지, 알려 줘야지.'

• • •

여름과 헤어진 별하는 곧장 회사로 돌아왔다. 아마도 평소보다 더 몰두해서 일했던 것 같다. 누가 시킨 적도 없는데 굳이 자신이 하지 않아도 되는 것까지 다 손을 댔다.

그렇게 해서라도 불현듯 마음에 깃들려고 하는 허허로움에서 고개 돌리려 했나 보다. 혹은 여름을 부러워하는 마음, 후에 대한 미련, 그런 것들을 말이다.

여름에게 한 말은 스스로에게 부끄러움이 없을 정도로 진심이었지만, 그동안 남몰래 후에게 가졌던 마음도 진심이었기에 미련을 조금씩 버리는 것도 이 우정의 마지막 의무라고 생각했다.

내가 내 마음대로 후를 마음에 담은 건 나만의 권리, 하지만 그 사랑이 일방통행이었음을 깨달았다면 놓아주는 건 의무.

무엇보다 후의 마음이 제게 향하지 않는다면 더더욱 그래야 할 일이었다.

일이 끝나고 사무실이 텅 비자 별하도 천천히 자리를 정리하곤 일어났다. 술이라도 한잔 마시고 싶은 날이다.

술 마실 친구가 따로 없는 것도 아니었다. 이런 날 전화 한 번이면 당장 회사 앞에 대기할 다른 친구들도, 혹은 남자들도 수두룩했다.

하지만 이런 날 마시는 술은 뒤끝이 좋지 않다.

"그냥 건너뛰자. 집에 가서 따뜻한 물에 샤워나 하고 쉬어야지."

막 사무실을 나서는데 휴대폰이 울렸다. 발신자를 확인한 별하의 눈동자가 흔들렸다. 후였다.

별하는 울리는 휴대폰을 쉽게 받지 못하고서 잠시 들여다보기만 했다.

"오늘은 친구들이 많이 찾아오는 날이네."

별하는 천천히 휴대폰을 귀에 댔다.

"응, 나야. 왜?"

조금쯤은 무심하게 말이 나갔다. 아마도 마지막 자존심이 아닐까 싶었다. 네 전화에 나도 모르게 가슴이 뛴다는 걸 알려 주고 싶진 않다는 알량한 자존심.

— 어디야?

"회사. 지금 퇴근하려고."

— 다행이네. 지금 네 회사 지하 주차장이거든.

별하가 머뭇거렸다. 침을 살짝 삼키곤, 가슴을 가만히 누르며 겨우 말을 이었다.

"갑자기 우리 회산 왜."

— 차 갖고 왔어?

"아니, 오늘은 그냥 출근했어."

— 잘됐네. 그럼 내려와. 내 차 알지?

"알긴 알지만 무슨 일 있어?"

— 없어. 그냥…… 전에 못 바래다줬었잖아. 지금 그 약속 지키려고.

별안간 가슴이 욱신거렸다. 후의 이런 성실한 면도, 아마도 좋아하게 된 이유 중 하나였을 것이다. 이런 판국에 후가 더 매력적으로 보이는 일 같은 건 없었으면 좋으련만.

별하는 내려가겠다고 말하고서 가만히 전화를 끊었다.

지키지 못했던 약속을 마저 지키려 왔다는 후의 말은 진심일 것이다. 하지만 그 외에도 한 가지 더 다른 용건이 있을 것 같다.

"너도 나한테 보고하려는 거지? 지금은 별로 듣고 싶지 않은데."

하지만 이것도 세 사람이 친구로 지내 왔기 때문에 겪어야 할 과정이라면 어쩔 수 없겠지.

별하는 발이 천근이라도 되는 기분으로 엘리베이터로 향했다.

주차장에 내려오니 후의 차가 기다렸다는 듯 별하의 앞으로 와서 섰다. 별하는 수없이 마음속으로 다짐하며 차에 올라탔다.

"오면서 보니 길이 좀 막히더라."

후를 어떤 얼굴로 봐야 할지, 평소처럼 자연스럽게 대할 수 있을지, 잘할 수 있을지 차에 오를 때까지만 해도 자신 없었다. 하지만 후가 평소와 다르지 않자 별하도 경직된 몸을 풀었다.

부자연스럽게 행동하면 후는 아마 더 의심스러울 테다.

차가 지하 주차장을 빠져나가 차도로 접어들었다.

"밥도 같이 먹고 싶었는데 끝마쳐야 할 일이 있어서."

후가 평소보다 말이 많다. 평상시엔 지루할 정도로 목소리를 잘 들려주지 않는 무심한 녀석이었는데.

신경 써 주는 건가?

왠지 후라면, 그날 그녀가 하다가 만 말뜻을 알아차렸을 것 같단 생각이 들었다.

두 가지 마음이 있다. 하나는 후가 그날의 고백을 농담으로 치부하기를 바라는 것. 또 하나는 그럼에도 제 마음을 알아줬으면 하는 소심한 기대.

전자는 내 마음에게 미안하고, 후자는 뒷수습이 너무 힘들 것 같다.

하지만 후는 그날 얘긴 하나도 하지 않았다. 그저 평소보다 더 많은 양으로, 이래도 그만 저래도 그만인 말들을 연이어 했을 뿐이다.

차가 조용한 주택 단지에 접어들어 집 앞에 서자 후가 별하를 돌아보았다.

"좀 막히긴 했지만 무사히 도착했네."

"……."

"잘 들어가라."

"그래. 고마워."

별하는 건조하기 그지없는 대화를 끝으로 내리려고 했다. 하지만 차 문을 달칵 열었다가 다시 닫고서 묻고 말았다.

"정말 오로지 나 바래다주러 온 거야?"

후가 어깨를 으쓱했다.

"그렇다고 했잖아."

"한번 하기로 한 건 마무리하는 게 네 성격이긴 하지만 좀 중증이다. 딱히 반드시 지켜야 할 약속도 아니었잖아."

후가 피식 웃었다.

"그렇긴 하지만, 아무리 친구 사이라도 공수표 남발은 안 되지."

친구 사이.

별하는 처음으로 친구라는 단어에 묶여 그렇게 힘들어했던 후의 마음을 알 것 같았다. 친구라는 단어가 그렇게 따끔하게 들린다는 걸 이제야 깨달았다.

별하가 그동안 후에게 고백하지 못했던 건, 두 사람이 친구라서가 아니라 후가 여름을 좋아한단 걸 알고 있어서였다. 자신은 여름의 경우와 달랐다.

친구이기 때문에, 친구라서 혹시 고백했다가 잃을까 봐 그래서가 아니었다. 누가 봐도 후의 마음이 어딜 향해 있는지 너무나 빤히 보여서.

하지만 지금 후가 그은 선으로 깨달았다. 친구라는 말이 가지고 있는 무게가 생각보다 더 크다는 걸.

"그래, 그럼. 잘 들어가."

"응."

"그리고 하나 더. 아무 말 안 해 줘서 고마워."

후가 멈칫했다. 그러다 진지한 얼굴로 말을 이었다.

"네가 굳이 들추고 싶지 않다면 나도 안 들춰. 들춰 봐야 소용

없는 얘기니까."

누가 오후 아니랄까 봐, 아주 제대로 단칼에 자르고 있다. 저토록 화려한 기술을 갖고 있는 애가 어쩜 지금까지 그렇게 연애 젬병이었을까?

하긴, 정말 좋아하는 사람 앞에서만은 맹꽁이처럼 되는 것도 사랑에 빠진 자의 특징이리라.

'오후, 내 마음은 진심이었어.'

그러니 그런 말은 지금 소용없는 것 같았다. 하지 않기로 정리도 했었고.

확실하게 차였다면, 그 상황에서 가장 덜 비참한 방법은 질척거리지 않고 그나마 쿨하게 돌아서는 것. 그게 가장 멋있는 거고, 마지막 자존심을 지킬 수 있는 유일한 길이다. 내 마음이 여전히 아픈 것과는 별개로 말이다.

그나마 다행인 건, 후가 그날 일을 들추지 않았을뿐더러 여름과 사귀고 있단 말도 함께 하지 않았단 것이었다.

그렇다고 결과가 달라지는 건 아니었지만, 그나마 위로가 됐다. 후가 그 정도로 물색없는 애가 아니라 다행이었다. 제 마음을 알면서도, 아니 무슨 생각을 하고 있건 말건 수다쟁이처럼 떠벌렸다면 정말 슬펐을 것이다.

하지만 그런 애였다면, 후를 좋아하지도 않았겠지.

"후야, 나 너와도 여름과도 친구가 된 걸 후회한 적 한 번도 없어."

별하는 그 말 속에 제 모든 마음을 담았다. 그걸 후가 알아주길 바라며.

비록 힘든 사랑을 했지만, 그렇다고 두 사람과 친구 된 걸 후회한 적은 없다. 비록 네가 선택한 게 내가 아니더라도, 또한 친구된 걸 후회하지 않는다고.

"잘 가."

별하는 그렇게 말하고 차에서 내렸다.

· · ·

여름은 어처구니가 없었다. 기획안을 마무리하고서 퇴근할 준비를 하는데, 같은 부서 직원이 아래에서 누군가가 기다린다는 말을 전해 줘서 자리를 정리하고서 내려왔다.

엘리베이터를 타고 내려가는데 후한테서 문자가 왔다.

[오늘 빨리 오지?]

아마도 곧 갈 것 같다고 대답했지만, 후는 오늘 좀 늦을 거라고 했다. 그래서 여름은 신나게 놀렸다.

[난 완벽하게 일 끝냈는데 넌 뭐 하느라고 야근이니? 내가 하는 거 좀 보고 배워.]

[너 거기 어디야?]

[왜?]

[잡으러 가게.]

[어쭈, 잡으러 올 시간이라도 있으세요?]

[너 이따가 보자. 딴 데로 새지 말고 얌전히 집에서 기다려.]

여름은 빙그레 웃으며 회사를 나섰다. 하지만 자신을 기다리고 있다는 주인공과 마주치자 웃음기가 사라지고 말았다.

'이게 미쳤나.'

설마 기다리는 사람이 다민일 줄이야. 그날 쓸 패는 다 써서 콱 눌러 놨으니 다민은 제 눈앞에서 얼쩡거리면 안 되는 거였다.

하, 계산 미스인가?

하지만 그렇다고 해도 다민이 벗어날 구멍은 없다. 여름은 침착하게 표정을 되찾았다.

'어쩔 수 없네. 이 계집애한테 상식이란 걸 다시 때려 박아 줘야지.'

"뭘 더 털리고 싶어서 왔어?"

냉정한 말에 다민이 피식 웃었다.

"서상록은 잘 만났어?"

"하…… 설마 너였니?"

"그걸 지금 알았어? 가만 안 둔다고 벼르고 있기에 내가 친절하게 이 회사 가르쳐 줬지. 길 안 잃고 잘 찾아왔나 몰라."

사실 그땐 정신없어서 넘어갔지만 서상록이 어떻게 제 회사까지 알았는지 여름은 뒤늦게 소름이 돋았다. 하지만 정보원이 얘라면 놀라울 것도 없었다.

"그래. 오긴 왔었지. 근데 떡이 돼서 갔는데 너도 똑같이 만들어 줄까?"

"말 가려서 해. 명색이 이런 회사 다닌다는 애가 말이 그게 뭐야? 싸구려 티 나게."

"신경 꺼. 그래서 본인은 얼마나 비싼 말 하시려고 오셨는데?"

"별하 아니면 후겠지."

난데없는 말에 여름은 의아했다.

"아, 뭐가."

짜증 나서 안 들으려고 했다. 말 섞어 봐야 시간 낭비지.

"영악한 한여름이 내가 밀고 들어갈 수도 있는데 덜컥 집을 구하진 않았겠지? 그렇다면 어디겠어? 별하 아니면 후겠지."

"……"

"그래서 별하를 좀 쫓아 봤는데 별하 집은 아니더라고. 설마 했는데…… 후였더라?"

이 계집애 머리 좀 쓰네.

여름은 허가 찔린 기분으로 움찔했다.

"너도 참 대단해? 하긴, 걔는 널 위해서라면 뭐든 내줄 애니까."

세상에. 채다민까지 알고 있었다니, 아무래도 자신의 둔함은 처방전을 받아야 할 수준이었나 보다.

"그래서. 하고 싶은 말이 뭔데."

"근데 내가 뭘 좀 잘못 생각한 것 같더라고. 처음부터 둘이 살려고 날 쫓아낸 거라면? 아하, 그거였구나. 어쩐지 학교 다닐 때부터 위태위태하더라니, 결국 둘이 사고 친 거지?"

"야, 닥쳐. 모르면 함부로 지껄이지 마."

"모르니까 함부로 지껄이는 거야. 얘가 진짜 아무것도 모르네. 다 알고 이해하면 가십이란 게 그렇게 재밌겠니? 아무튼 이로써 우리 쌤쌤이네. 알지?"

"아, 뭘?"

"너도 너지만, 오후네 집안이나 회사도 아무 상관 없을까? 사내 게시판에 둘이 동거한다고 퍼뜨리면 어떨까? 볼만하지 않겠어? 어라? 이거 어디서 들어 본 협박이네? 아, 네가 나한테 했던 협박이구나!"

작정하고 온 듯 다민의 공세가 대단했다. 이미 승리한 얼굴로 싱글거리기까지 했다. 여름은 살짝 몸이 떨렸지만 딱히 반박할 말을 찾지 못했다.

사실 다민의 말이 맞았다. 다민을 공격하면서 자신도 같은 덫에 빠질 수 있단 걸 계산에 전혀 넣지 못했던 것이다. 그땐 후와 이런 관계가 될 줄 몰랐기에 자신할 수 있었던 것 같다.

하지만 지금 상황으로만 보면 누가 봐도 자신이 불리하다.

"니들 어디까지 갔나? 설마 건전하게 한집에서 살기만 하는 거다, 그딴 소리 하는 건 아니겠지? 내가 너희들을 아는데."

"네가 뭘 아는데?"

"몰라 물어? 친구라기엔 보통 끈적거렸어야지. 널 보는 후 눈빛이 어땠는지 너만 빼곤 다 알고 있었거든? 아, 너도 알고 있었나?"

여름은 얼굴이 다 화끈거렸다. 누가 뭐래도 자신에겐 가장 소중한 일이 다민의 입에 오르내리는 순간 그렇게 경박해 보일 수 없었다.

"너 함부로 지껄이지 마. 경고다, 이거."

"어쭈, 그래서 어쩌려고? 네가 뭐 대단한 꼬투리라도 잡은 거 같지? 어디 한번 마음대로 해 보든가. 엄마한테도 다 말하고 병원에도 다 뿌려! 근데 어쩌니? 나도 맞아 죽겠지만 너도 무사하진 못할걸? 우리 둘 다 쌤쌤이란 말 못 들었어? 나도 떳떳할 건 없지만, 너도 나보다 하나 나을 게 없단 뜻이라고. 알아?"

"웃기고 있네."

여름은 천천히 팔짱을 꼈다.

"가정 있는 유부남 만난 거랑 내가 후랑 같이 있는 게 어떻게 똑같아? 그래. 우리가 동거한다고 치자. 근데 그게 뭐? 친구한테 방 하나 내줄 수도 있고, 그게 아니더라도 남녀가 좋아서 같이 있겠다는데 그게 무슨 흉인데?"

"그러니까, 그게 흉일지 아닐지는 후네 부모님이랑 후 팀원들, 걔네 회사 사람들한테 물어보자고."

'이게……'

여름의 안면 근육이 꿈틀거렸다. 뭐라도 제대로 세게 쳐서 저 함부로 움직이는 주둥이를 눌러 주고 싶은데 자꾸만 막힌다. 뾰족한 대안이 없었다. 다민이 아주 제대로 칼 갈았나 보다.

"어떻게, 같이 죽을래?"

엄청난 건수를 잡았다는 듯 다민은 계속 기세등등했다.

"그러긴 싫지? 그럼 사과해."

"뭐?"

"무릎 꿇고 사과하라고. 그리고 엄마한테도 사과하고. 더러워서 너한테 더는 안 얹혀살아. 됐으니까 당장 사과하라고!"

다민이 표독스럽게 여름을 노려보며 소리쳤다. 무슨 일이 있어도 사과를 받아 내겠다는 분위기였다.

"그렇게 사과를 받고 싶어?"

"그래. 내가 그날 일 생각하면 지금도 잠을 못 자. 알아?"

"사과라……. 웃기네."

하지만 여름은 피식 웃었다.

"어디 한번 해 봐. 같이 죽어 보자."

"……뭐?"

"네 말대로 나도 무사하진 못하겠지만, 넌 분명 맞아 죽을 거야. 이모한테도, 그 의사 부인한테도, 병원 사람들…… 아니, 사회 전체의 지탄을 받겠지. 포장만 좀 예쁘게 하면 어쩌면 기사로도 나오지 않을까?"

"너……."

"댓글 장난 아니겠다. 요즘 신상 털기 장난 아니던데, 감자처럼 줄줄이 딸려 나오기 전에 주변 정리 좀 해 놓든가. 이건 지금까지 개싸움 하고 산 정으로 말해 주는 거야."

"이게……."

"나 죽이려고 너도 같이 죽든가, 조금이라도 머리가 돌아간다면 입 닥치고 살든가, 뭐 알아서 판단하시고. 난 간다."

"기다려! 네가 이긴 거 같지?"

다민이 부르르 떨며 소리치자, 여름은 피식 비웃으며 다민을 돌아보았다.

"진짜 엄청 질척거리네. 나 바쁘거든?"

"네가 언제까지 그렇게 태평하게 나올 수 있나 보자."

그러더니 다민이 제 휴대폰을 여름의 앞에 불쑥 내밀었다.

"이건 알아?"

"뭐라는 거야? 휴대폰이 뭐?"

"궁금하면 보든가."

무슨 뜬금없는 짓인가 싶었더니, 다민의 휴대폰 화면에서 동영상 파일이 재생되고 있었다. 별짓을 다 한다고 생각하며 무시하려던 여름이 순간 굳어 버리고 말았다. 화면 속에 있는 건 후와 별하였다.

처음엔 두 사람의 모습만 잡힐 뿐 주변 잡음에 섞여 소리가 정확하지 않았는데, 의도적으로 거리를 가까이 한 듯 점점 선명해졌다.

'……너한텐 자꾸 마음이 갔어.'

'내가 채워 주고 싶어. ……나한테 올래?'

여름이 잽싸게 휴대폰으로 손을 휙 뻗자, 다민이 폰을 뒤로 뺐다.

"에이, 그건 안 되지. 왜? 내 휴대폰 부수려고? 이거 비싼 거거든."

"너 이게 무슨……."

"와, 진짜 부술 표정이네? 암튼 잘 봤지? 둘이 얼마나 심각한지 내가 찍고 있는 것도 모르더라. 잘 안 들리는 것 같아서 내가 제대로 들어 놨어. 뭐라고 했느냐면, 요약하면 이거야. 별하가 후를 엄청나게 절절하게 좋아하고 있었고 그걸 고백한……."

"닥쳐."

순간 여름이 다민의 휴대폰을 확 쳤다. 그러자 방심한 다민의 손에서 폰이 떨어졌다.

"뭐 하는 짓이야, 너!"

다민이 빽 소리치며 얼른 휴대폰을 주워 고장 났는지 정신없이 살폈다.

"너 미쳤어?"

"왜 이런 짓 했어."

달려들려던 다민이 여름의 서늘한 눈빛에 멈칫했다.

"내, 내가 뭐? 누가 먼저 사람 열받게 했는데? 그러니까 왜 멋대로 사람 짐을 빼래? 당연히 별하네 얹혀 있을 줄 알고 별하 쫓았는데 둘이서 그러고 있더라, 왜? 놓쳤으면 어쩔 뻔했어? 그럼 너한테도 못 전해 줬을 거 아냐. 안 그래?"

"왜 이런 짓 했느냐고 묻잖아!"

"하, 그래서 대답했잖아!"

"너 정말, 최악이구나."

"내 약점 쥐고 흔든 넌? 내가 너에 대해 다는 몰라도 한 가지는 확실히 알거든. 네가 제일 무서워하는 것, 바로 친구들을 잃는 거."

여름의 몸이 부들부들 떨렸다.

"표정 보니 제대로 짚은 거 같네. 엄청 충격이었나 봐. 어쩌니.

그렇게 믿던 양별하가 이렇게 콩가루를 선물해 줄 줄이야. 후도 꽤 심란하겠지? 너희들 이제 좋나겠다?"

"시끄러워……."

"어머, 얘 핏기 가시는 거 봐. 사과는 안 받아도 되겠네. 네 말처럼 나도 망하고 싶진 않으니까 여기서 그만 끝낼게. 하지만 넌 영원히 안 끝나겠다. 잘해 보든가."

그리고 다민은 가 버렸다.

혼자 남은 여름은 움직일 수도 없었다. 어떤 생각도 떠오르지 않았다. 손을 가늘게 떨며 제 얼굴을, 목을 만지다가 그 자리에 풀썩 주저앉았다.

도저히 믿기지 않았다. 다민의 말처럼 그건 충격이었다.

간헐적으로 들리던 별하의 목소리, 그리고 무엇보다 별하가 후를 바라보던 표정이 칼날보다 날카롭게 가슴을 스치고 지나갔다.

"아…… 별하야."

눈물이 눈꺼풀을 훅 치고 올라왔다.

'실은 나, 후랑 사귀기로 했어.'

순간 자신이 조금 전에 별하에게 내뱉었던 말이 떠올랐다.

'있잖아, 별하야. 나 후를 남자로 본 적 없다 생각하고 있었는데, 그 말을 하는 와중에도 계속 걔 생각하고 있었더라.'

'후를 잃을까 봐 그게 겁나면서도 계속 그랬더라. 기쁜 일이 생기면, 가장 먼저 생각나는 사람이…… 별하야, 너한텐 미안하지만 후더라.'

"아아……."

여름은 제 가슴을 툭툭 쳤다. 꽉 막힌 듯 무거운 게 끼어서 숨이 잘 안 쉬어졌다.

"아⋯⋯."

후회.

나 대체 별하한테 무슨 얘길 한 거지?

'후를 믿어. 네가 버려진 게 아냐. 아무도 널 버리지 않아. 후는 더 그럴 애야.'

'살다 보면, 혹시 누군가는 네 곁을 떠날 수도 있겠지. 하지만 네 곁에 마지막까지 있을 사람은 다름 아닌 후일 거야.'

그럼에도 별하는 자신에게 뭐라고 했던가. 그때 별하의 속은 어땠을까.

'후를 믿고 더 사랑받고 사랑해 줘.'

제 마음이 어떤 모양이었든, 오로지 여름을 걱정해 주고 축하해 줬던 별하.

아직 정확한 건 다 모른다. 정말 정확한 건 별하의 말을 들어 봐야 아는 것이다. 하지만 자신은 영상을 봐 버렸다. 후를 바라보는 별하의 눈빛은, 절대 지나가는 가벼운 것도, 장난도, 다민이 악의적으로 부풀려서 지어낸 것도 아니었다.

한두 해 본 게 아니다. 별하가 어떤 남자를 향해 그런 표정을 지었던가. 그런 눈빛을 했던가.

진심이 아니라면 입에도 올리지 않았을 성격. 더욱이 그런 말들을 장난으론 절대 하지 못할 애다.

지금까지 함께 지낸 건 후와 자신만이 아니었다. 그 안엔 별하도 늘 함께 있었던 것이다. 자신이 후에게 설레었듯, 별하도 후에게 똑같이 그럴 수 있었다는 걸.

거기에 생각이 미치자 가슴이 철렁했다. 셋이 함께했던 모든 시간들이 파노라마처럼 여름의 머릿속을 스치고 지나갔다.

그러자 이해가 갔다. 내 감정처럼, 후의 감정처럼, 별하의 감정도 그렇게 함께 지내면서 익어 간 거라면. 그 감정이 후와 자신만 가질 수 있는 특권인 건 아니기에.

"내가 너였다면, 그때 너처럼 그렇게 성숙하게 말할 수 있었을까?"

다만 그게 너무 마음 아파서.

"그렇게 속 깊게 그럴 수 있었을까?"

그래서 더 가슴이 아픈 것이었다. 다른 사람이 아닌 별하였기에, 모든 걸 다 나눴던 너무도 소중한 친구였기에.

별하가 웃으며 자신을 위로하며 축하해 줬던 모습이 계속 여름의 가슴을 찔렀다. 후에게 고백하던 얼굴이 아닌, 파스타 가게에서의 그 얼굴이.

· · ·

여름은 공원에 앉아 있었다. 회사 근처에 있는 공원의 나무 계단에 앉아 생기 잃은 얼굴로 맥주를 한 모금 마셨다. 그리고 감자과자를 멍하니 입에 넣었다. 앞니로 깨물자 바삭 소리가 났다.

조금이라도 더 생각해 보고 싶어서 여기로 왔다. 아무도 없는

데서 생각하면 뭔가가 정리될 줄 알았다. 아니 그러고 싶었던 것 같다.

하지만 역시 쉽지 않은 문제였다. 다만 별하 마음이 이해가 간다는 것뿐.

'내가 그렇게 몸부림치지 않았어도 우리 사인 이미 오래전에 깨져 있었구나.'

친구 관계란 게 말이다. 이미 오래전에 깨져 있었던 것이다. 어쩌면 후가 자신을 좋아한 순간부터, 쭉 그래 왔던 건데.

그걸 막으려고 몸부림치며 후의 진심을 모른 척했을 때, 후의 마음은 어땠을지. 그리고 별하 마음은 또 어땠을지.

모든 게 다 내 탓 같다.

여름의 머릿속엔 그저 단 한 가지 바람만 떠올랐다. 어떻게 하면 우리 모두 상처받지 않고, 누구도 아프지 않고, 이 관계를 깨지도 않으면서 행복할 수 있을까?

"가장 이기적이면서도 동시에 모두에게 가장 좋은 방법."

하지만 여름은 고개를 툭 떨어뜨렸다.

"그런 방법은…… 없어."

그걸 너무도 잘 알기에 이렇게 속이 아픈 것이었다.

친구란 단어가 가장 큰 방해물이 된 건, 후와 저만이 아니었다. 별하도 그 안에 속해 있었던 것이다.

'왜 하필이면.'

처음엔 그런 생각도 들었다. 왜 하필이면 그 많고 많은 친구 사이 중에 우리에게 이런 일이 일어난 걸까. 왜 이렇게 복잡하게 얽힌 걸까.

하지만 금세 그 생각은 지워졌다.

'우리니까.'

그만큼 서로를 소중하게 생각하고 기대고 누구보다 가까웠고 서로 사랑했으니까. 별하의 마음도 이해가 갔고, 과거의 제 마음도 이해가 갔고, 후의 마음도 이해가 갔다. 다만 이해만으로 풀릴 수 없는 것도 세상엔 있어서.

"어떻게 하면 좋을까, 별하야? 우린 뭘 하면 좋을까? 뭐가 정답일까?"

11편
아팠고, 아프고, 앞으론……

　한참을 방황하던 여름은 몇 시간이 훌쩍 흐른 후에야 후의 집으로 돌아왔다.

　거실로 들어서니, 후는 편한 차림으로 소파에서 잠들어 있었다. 여름의 방황이 길었던지, 늦을 거라던 후는 이미 퇴근해서 샤워까지 한 모양이었다. 후의 머리카락이 촉촉하게 젖어 있다.

　여름은 후의 옆으로 가서 바닥에 앉았다. 늘 같은 하루였음에도 오늘은 더 피곤한 것 같다. 소파에 팔을 기댄 채 잠든 후의 얼굴을 바라보았다.

　가지런한 눈, 코, 입, 창백할 정도로 흰 피부, 여자보다 긴 속눈썹의 그늘, 색이 짙은 입술은 고운 얼굴선과 어우러져 청초하기까지 했다.

　'자는 얼굴이 참 우아하구나.'

애는 언제 이렇게 어른이 된 건지. 후의 이마로 흘러내린 머리카락을 살짝 쓸어서 넘겨 주었다.

'어떻게 나보다 더 예쁘냐?'

잘 땐 이렇게 예쁜 애가 눈을 뜨면 온갖 선들이 날카로워지곤 한다. 고약한 눈매는 잘 때만은 느껴지지 않았다.

'후야, 너도 알고 있지? 별하 마음. 제대로 들은 거지?'

내친김에 콧날을 쓸어내렸다.

"곱상하게 생겨선……."

순간 중얼거리던 여름의 손이 탁 잡혔다. 후가 천천히 눈꺼풀을 들자 여름은 흠칫 놀랐다. 예의 그 쏘아보는 듯한 눈으로 여름을 바라보며 중얼거렸다.

"뭐 했어?"

여름은 당황스러워 후의 손을 털어 내려 했다. 하지만 후에겐 어림도 없었다. 그가 여름의 팔을 잡아당겨 제 가슴 위로 쓰러지는 여름의 몸을 받아 안았다.

"뭐 했는데?"

"아무것도 안 했어."

"곱상한 건 사양이야."

여름이 움찔했다. 다 들어 놓고서.

"곱상한 게 뭐가 어때서. 이미 예쁘게 생겨 먹어 놓고서."

"예쁜 것도 싫은데. 남잔 자고로 좀 거칠다고 해야지. 그리고 난 남자거든."

"그랬었니?"

"모르겠으면 또 확인시켜 주고."

여름은 헛소리하지 말라는 듯 피식 웃었다. 후가 여름을 안은
채 위치를 바꿔 위에서 내려다보았다.

"왜 그래? 무슨 일 있어?"

여름의 이마를 쓸어 올리며 다정하게 말하자 가슴이 시큰했다.
그럴 상황이 아님에도 후의 눈빛에 빠져들 것 같다. 언제나 자신
을 잘 알아주니까.

후의 입술이 천천히 와서 부딪치며 그녀의 입술을 빨았다.

감미로운 입술의 움직임.

스르르 눈이 감겼다. 윗입술과 아랫입술이 번갈아 빨린다. 저
절로 벌어진 입속으로 침입한 혀가 그녀의 입천장을 핥았다. 뜨겁
고 축축한 혀뿌리가 입천장을 자극하고 치열을 온통 건드리고 다
니자 여름의 머릿속이 몽롱해졌다.

후와의 키스가 좋다. 마음이 안정되는 기분이다. 아니, 그 어떤
경험보다도 행복하고 설렌다. 후가 주는 자극에 머릿속이 녹아내
린다.

감정은 주인의 의지를 배반하고 그가 이끄는 쾌락으로 함께 침
몰해 들어간다.

너무 좋아서, 뭐가 어떻게 되건 상관없다는 생각만 든다. 이대
로 후와 몸을 맞대고 감정을 주고받으며 속삭일 수 있다면…….

후의 입맞춤이 점점 깊어져 어느새 여름의 가슴을 어루만진다.
숨결이 가빠지고 허벅지를 누르는 무게가 묵직해진다. 후의 뜨거
움에 살이 델 것 같다.

셔츠 안으로 들어온 손은 허리를 쓸어 올리고 가슴으로 올라온다.

하지만 브래지어 안으로 들어오려는 그 순간, 여름은 저도 모르게 몸을 움츠리며 후를 밀어 냈다.

거부당한 후를 쳐다보자, 좀 상처받은 얼굴을 한다. 여름의 머릿속이 복잡했다.

"미안."

여름은 사과하며 후의 가슴으로 천천히 파고들었다.

"오늘은 그냥 이렇게 꼭 안아 주기만 하면 안 돼?"

"……."

"너한테 안겨서 자고 싶어."

"역시 또 무슨 일 있었구나."

"응…… 좀."

"설마 서상록 그 자식 또 나타난 건 아니지?"

후가 열혈남아로 변신하려고 한다. 여름은 얼른 고개를 저어 안심시켰다.

"그런 거 아냐. 그쪽 일 아니니까 쓸데없는 걱정 하지 마."

"그럼 뭔데."

"그냥…… 좀 피곤해서 그래. 일이 너무 많아서 지쳤나 봐. 알잖아. 우리 일 까다로운 거."

"정말이야?"

"응."

"속이는 거 아니지?"

여름의 팔이 후의 겨드랑이를 파고들어 등으로 가서 토닥토닥 두드려 주었다.

"왜 속여. 속고만 살았나, 우리 후. 진정 좀 해. 착하다, 우리 오후."

중얼거리며 토닥토닥 규칙적으로 등을 두드리자 후가 한숨을 흘렸다.

"뭐 하는 거냐, 너."

그러면서도 못내 여름의 몸을 부드럽게 안아 준다.

"그래도 좋네, 이런 것도."

"그치?"

"그래. 편안하다."

여름의 정수리에 턱을 대고서 꼭 끌어안는다.

"네 말대로 이러고 있자, 우리."

"응……."

"좀 쉬어."

"졸려."

"그래. 자."

여름이 고개를 끄덕였다. 따뜻하고 평온해서 잠이 쏟아졌다. 정말 힘든 하루였기에.

"우리 처음 만났을 때 기억나?"

가물가물 금방이라도 잠에 빠져들 것 같은 기분으로 후의 등에 살짝 손을 얹고서 물었다.

"아, 초등학교 때?"

"응. 너 나 왕따 시켰잖아."

"누가 들으면 오해할 소리 하네. 그냥 좀, 예쁘고 귀여워서 괴롭혔던 거지."

"그게 왕따야, 이 자식아."

"그럼 어쩌냐? 놀리면 얼굴 빨개지면서 당황하는 게 엄청 귀여운데. 남자애들은 원래 관심 있는 여자애한테 더 짓궂게 굴고 그래."

"암튼 엄청 개구쟁이였지. 지금 모습 보면 상상도 안 가지만."

"처음엔 엄청 얌전하고 순한 앤 줄 알았지. 그래서 놀리는 맛이 있었는데. 쌍욕이랑 주먹이 날아온 게 한 달도 안 지나서였지, 아마?"

"엉덩이에 뿔난 망아지 놈한텐 매가 약이거든."

"그래. 그때부터였지. 우리가 형제 먹기로 한 게."

여름이 빙긋 웃었다.

뒤에서 머리카락 잡아당기고, 책상 속에 거미 모형 넣어 놓고, 시비 걸고, 괜히 괴롭히고. 누구도 믿기지 않겠지만 어릴 때 후는 악당 중에 악당이었다. 금수저 물고 태어나서 저가 최고인 줄 알고 무서울 게 없는 그야말로 건방진 꼬마 왕자님이었다. 못돼 먹어도 그렇게 못돼 먹을 수가 없었다.

아마 자신이 다잡아 주지 않았으면 사회에 폐 끼치는 인간이 됐을 거다. 그나마 지금 이렇게 인간 구실 하고 사는 건 다 여름이 두들겨 패서 못돼 먹은 버릇을 싹 고쳐 놔서 그렇다. 그래서 엇나가지 않게 이렇게 착하게 살고 있는 거다.

그러고 보니 그때 일이 생각났다. 여름은 늘 자신을 괴롭히고 골탕 먹이는 후를 어떻게 족칠까 때를 기다리고 있었다. 그러던 중 교무실에서 선생님과 얘기를 나눴었다.

'부모님이 안 계시는구나. 이모는 잘해 주시니? 잘해 주시겠지. 그러니까 우리 여름이가 이렇게 착하고 똑똑하게 자랐겠지? 혹시 무슨 힘든 일 있으면 선생님한테 꼭 말해 주고, 알았지?'

담임은 착하고 다정한 성격이었다. 다만 눈치는 없으셨는지, 이모네 집에서 구박받는 여름의 상황을 전혀 알아차리지 못했다. 물론 그때까진 아직 이모부가 망하기 전이라서 이후에 펼쳐진 드라마틱한 구박 시기에 비할 바는 아니었지만.

어쨌거나 여름은 별말 없이 인사하고 나가려고 했다. 하지만 돌아섰다가 깜짝 놀랐다. 가까운 데에, 자신을 괴롭히지 못해 안달인 악당 괴수 오후가 서서 자신을 보고 있었던 것이다.

들었을까?

여름은 그것부터 걱정됐다. 정말 들었을 것 같아서 어린 여름의 얼굴이 창백해졌다. 누구한테도 들키고 싶지 않았는데.

물론 시간이 지나다 보면 다들 알게 되겠지만, 친구들에게 먼저 말하는 건 어린 마음으로도 싫었다. 혹시 왕따 당할까 봐 더 겁났던 것 같다. 그런데 하필이면 가장 위험인물한테 걸리다니.

너 들었어?

그런 의미로 여름이 빤히 쳐다보았을 때, 후는 슬쩍 눈을 내렸다. 그래서 여름은 확신했다. 들었구나, 저놈.

여름은 암담하게 먹구름이 끼는 걸 느끼며 교무실을 총총 나왔었다. 솔직히 후가 미덥진 않았지만, 그런 약점까지 잡고서 악랄하게 굴진 않을 거라고 애써 생각하며.

하지만 믿음은 배신당했다.

그날 이후 바로 애들 사이에 여름이 고아라는 소문이 쫙 퍼진 것이다. 남자애들은 대놓고 여름을 놀렸고, 여자애들은 은근히 무시하고 깔봤다. 늘 같이 놀던 애들마저 여름을 끼워 주지 않고 따돌리기 시작했다.

여름은 외톨이가 되었다. 친구들이 갑자기 낯선 얼굴로, 잔인해질 수 있단 게 무서웠다.

하지만 여름은 엄마가 돌아가시고도 꿋꿋하게 살아온 애였다. 그래서 애들이 뭐라고 하건, 책가방을 단단히 메고서 총총 학교를 잘 다녔다.

그러다 마침 후가 눈앞을 지나가자, 여름은 그길로 냅다 달려가 후의 등에 자기 머리를 들입다 들이받았다.

'으악!'

그 바람에 후가 앞으로 넘어가고, 여름도 속도를 이기지 못해 휘청거렸다.

불시에 습격을 당한 후가 벌떡 일어나서 자기를 그렇게 만든 인간을 찾았다. 그러다 책가방 끈을 양손으로 꼭 쥔 채 씩씩거리고 있는 여름과 눈이 마주쳤다.

'너, 너 뭐야? 네가 그랬어?'

'그래. 내가 그랬다.'

'너 깡패냐?'

'깡패는 너지. 네가 먼저 나 괴롭혔잖아.'

'그거야⋯⋯.'

후가 더듬거리는 걸 여름은 똑똑히 목격했다.

'그건, 미안했어. 지금까지 못되게 굴었던 거 다 사과할게.'

그런데 후가 갑자기 사과를 하자 여름은 얼떨떨했다.

얘 왜 이래?

하지만 그런다고 용서될 리 없었다. 여름은 더 열받았다.

그걸 아는 게 나불나불 소문 다 내고 다녀?

여름은 너무 화가 났다. 자기가 애들한테 왕따 당하는 게 누구 때문인데.

'너지?'

여름은 입술을 꼭 깨물며 물었다. 후는 어리둥절한 얼굴이었다.

이 자식 **뻔뻔한 거 봐.**

'너잖아. 선생님이랑 나랑 얘기하는 거 듣고 네가 애들한테 소문낸 거 맞잖아.'

그렇게 말하는 여름의 눈에서 금세 눈물이 퐁퐁 솟았다. 후가 그 눈물을 보곤 경악했다.

'왜, 왜 울어?'

'안 울었어!'

여름은 손등으로 눈물을 훔쳐 가며, 그 와중에도 계속 후를 째려봤다.

'너처럼 남의 약점 잡아서 소문이나 내는 치사한 놈 앞에선 절대 안 울어.'

'나 아니었어. 안 그랬어.'

그때 후가 심각한 얼굴로 말했다. 하지만 여름은 코웃음을 쳤다.

'거짓말까지 하니? 이제 딴 애들까지 다 나 괴롭히니까 좋지? 좋아 죽겠지? 너 진짜 나쁜 애야. 그대로 커서 더 나쁜 어른이 될 거야. 내가 저주 뿌릴 거야.'

그리고 여름은 휙 돌아서서 그길로 집으로 달려갔었다.

후가 너무 미웠다. 괴롭히는 건 참을 수 있었지만, 부모님 얘기를 퍼뜨리고 다닌 건 절대 용서 못 해. 그래 놓고 낄낄거리면서 즐거워했겠지?

자기는 엄마 아빠도 다 있으니까, 늘 좋은 옷만 입고, 좋은 차 타고 다니고, 좋은 가방 메고 다니고 그러니까 부모님이 없단 게 얼마나 슬픈지, 아픈지도 모르는 거야. 저런 앤 질색이야. 언젠가는 확실히 패 버릴 거야. 그런 생각을 하며.

그래서 그 후로 후와 마주치면 여름은 늘 후를 노려봤었다. 세상에서 가장 경멸하고 싫어하는 눈으로. 그럼 후는 예전처럼 여름을 놀리거나 괴롭히지 않고 그냥 슬쩍 눈을 피했었다.

쟤 왜 저래?

여름은 어처구니가 없었다. 아하, 부모님이 없으니까 이젠 엮이기도 싫단 거냐? 여름은 더 저 자식이 소문을 낸 놈이 맞다고 확신을 가졌었다.

그날 여름은 경고장을 준비했다.

「오후, 학교 끝나고 운동장으로 나와라. 비겁하게 애들 끌고 오지 말고 혼자 나와.」

바로 피의 승부를 앞두고서 한 자 한 자 엄숙하게 써 내려 간 도전장이었다.

후랑 머리끄덩이라도 잡고 싸울 생각이었다. 물론 남자애가 힘도 세고 더 유리하겠지만 여름도 만만치 않았다. 자긴 악바리니까 물고 늘어지면 승산이 있을 거라 생각했다.

오늘을 위해 며칠 동안 훈련도 했다. 방에서 윗몸일으키기도 하고, 집 청소도 하고 빨래까지 하면서 근력도 키웠다.

저딴 부잣집에서 편하게 자란 녀석하곤 상대도 안 되지. 이겨 버리겠어!

'오후 아니었어.'

하지만 도전장을 차곡차곡 접던 여름은 그 말에 멈칫했다. 별하였다.

별하는, 다른 애들이 다 그 소문을 듣고 여름을 따돌리는데도 끝까지 옆에 남아 준 애였다. 전혀 신경 쓰지도 않았고, 오히려 그런 건 유치한 짓이라고 코웃음 쳤다.

여름이 고아란 걸 알고도, 이모네 집에 얹혀산단 걸 알고도 아무 것도 바뀌지 않았다. 아니, 그 말을 입에 올리지도 않았다. 여름은 그런 별하가 너무 고맙고 위대하게 보였다. 여름은 별하교 교주였다.

'그 소문 낸 거 오후 아니라고.'

그런 별하의 말이었으니 여름은 솔깃하지 않을 수 없었다.

'그럼 누군데?'

별하의 말에 의하면 소문을 낸 건 후가 아니라 다른 애였다고 했다. 자기 엄마한테 그 얘기를 듣고 와서 소문내는 걸, 후가 나서서 막았다가 둘이 싸움까지 났다고 했다. 후가 그 애의 이빨을 부러뜨려서 엉엉 울고 집에 간 바람에 양쪽 부모들이 불려 오고 난리도 아니었다고 했다.

여름은 전혀 몰랐다. 그런 일이 있었다니.

게다가 오후가 아니라고? 그럼 왜 내 눈을 피했는데?

'걔가 왜 내 편을 들어 줘? 걔가 나 얼마나 괴롭혔는데. 걘 나쁜 애야.'

'어리긴.'

자기도 어린 주제에 그런 말로 여름을 기죽이던 별하.

'딱 보면 몰라?'

'뭐가?'

'이래서 애들하곤 대화가 안 통한다니까. 나중에 크면 다 알게 될 거다.'

그런 아리송한 말을 하고 별하는 시크하게 가 버렸다. 여름은 도통 별하의 어른스러움에 근접할 수가 없었다.

아무튼 별하의 말은 사실이었고, 소문을 낸 건 후가 아닌 다른 남자애였단 게 판명 났다. 그걸 알게 된 여름은 며칠을 벼르고 벼르다가 후와 마주치자 얼른 사과했다.

'오, 오후! 미안해. 네가 소문낸 거 아니라며.'

후는 그런 별하를 물끄러미 쳐다보기만 할 뿐 아무 말도 하지 않았다.

'난 정말 네가 소문낸 줄 알았어. 그날 교무실에 같이 있었으니까.'

'……'

'아니면 아니라고 말을 하지. 근데 그럼 그날 왜 내 눈 피했어? 내가 불쌍해서, 부모도 없는 애랑은 알은척도 하기 싫어서 그랬던 거 아냐?'

'어리긴.'

순간 여름의 눈이 동그래졌다. 어라? 이거 어디서 들은 적 있는 말인데. 별하가 한 말이었는데? 여름은 머리가 띵했다.

'응?'

'넌 어려서 아무리 말해 줘도 모를 거라고.'

'뭐어라고?'

'아무튼 소문낸 건 나 아냐. 그건 믿어 줘.'

'알아, 뭐……. 그래서 미안하다고 사과했잖아.'

'응.'

'그래도 너도 나 괴롭혔었잖아. 넌 왜 그거 사과 안 해?'

'사과했잖아. 전에. 하지만 또 사과할게. 다시는 너 안 괴롭힐게.'

여름은 후가 너무 고분고분 나와서 어리둥절했다. 저 원수가 저럴 리가 없을 텐데.

왜 저러지?

'너 내가 불쌍해서 그래? 엄마 아빠 없다고 동정하는 거야? 왜 갑자기 사과하고 친절하게 굴어?'

'그냥……'

'그냥 뭐.'

'그냥, 동정은 아닌데 미안하긴 해. 그건 나쁜 짓들이었으니까. 그래도 동정은 아냐. 하지만 내가 잘못하긴 했으니까 앞으론 잘해 줄게.'

'뭐?'

'그냥 잘해 준다고. 다시는 안 괴롭히고, 괴롭혔던 것도 다 갚을게. 그때도 싫어서 괴롭혔던 건 아니니까……'

'뭐라고?'

후가 수줍은 얼굴로 중얼중얼한 말을 여름은 듣지 못했다. 하지만 후는 아주 선명하게 기억하고 있었다.

처음부터도 싫어서 괴롭힌 게 아니었다. 그냥 예쁘니까, 자꾸 눈에 띄고 싶어서, 관심받고 싶어서였던 것 같다.

남자애들은 좋아하는 여자애 앞에서 괜히 짓궂어지고, 여자애가 반응하거나 울거나 하면 짓궂음의 강도가 더 심해진다. 여름이 그걸 그렇게 싫어하는 줄도 모르고서.

눈치가 없었던 것이다. 그 일이 있기 전까진.

교무실에서 우연히 선생님과 여름이 나눈 말을 듣고 후는 그야말로 놀랐었다.

전혀 몰랐다. 여름에게 부모님이 없었다니. 이모 집에서 살고 있었다니. 여름과 눈이 마주친 순간 후는 시선을 내려 버리고 말았다.

일부러 엿들은 건 아니었지만 꼭 그런 것 같아서, 들어 버린 게 너무 미안해서 여름의 눈을 차마 쳐다볼 수가 없었다. 지금까지 여름을 괴롭힌 것도.

자기가 그렇게 철이 없단 걸 그날 처음 깨달았었다. 그건 후에게 엄청난 충격이었다.

그 뒤에 여름에게 오해를 받고선 더 괴로웠다. 하루하루가 죽을 맛이었다. 물론 여름에게 못된 짓을 하긴 했지만, 자기가 그렇게 야비하진 않은데. 여름이 울면서 자기한테 막 퍼부었던 말이 어린 마음에도 사라지지 않았다. 아직 오래 산 건 아니지만 딱 죽고 싶은 심정이었다.

다행히 여름의 오해가 풀렸을 땐 정말이지 하늘이라도 날 듯 기뻤다.

그날부터 마음을 고쳐먹고 속죄의 길로 접어들었다. 그냥 잘해 주고 싶었다. 그런 사연까지 알게 됐는데 여름이 가엾어 보였다. 형한테 물어봐도 자기가 잘못한 거라고 했다. 좋아하면 소중하게 생각해야지 놀린 건 아니라고 형이 어른스럽게 충고해 줬던 것이다.

아마 그렇게 자연스럽게 친구가 되었던 것 같다. 그리고 점점 더, 여름의 예쁜 얼굴에 익숙해지고 여름이 웃으면 좋았다. 두근두근할 때가 한두 번이 아니었다.

무엇보다 가장 신기한 건 여름이란 아이 자체였다. 부모님이 없는데도 어떻게 저럴 수 있을까 싶을 정도로 너무도 잘 웃고 긍정적인 여름을 볼 때마다 후는 신기했다.

애들 입장에선 부모님이 없단 게, 그런데도 살아갈 수 있단 게 이해가 안 됐었다. 그건 너무 큰 불행이니까. 무섭지 않을까? 부모님이 없는 삶이란 건 생각해 본 적도 없었다.

하지만 여름은 그런 모습을 전혀 보이지 않았다. 늘 야무지게 공부하고 단정하고 잘 웃었다. 후는 그런 여름 때문에 나이를 먹을 때마다 넋이 팔리는 일이 더 많아졌다.

후는 그랬었지만 여름은 후를 그냥 친구 자식 정도로 생각하는 것 같았다. 지 맘에 안 들면 그날 그랬던 것처럼 사람을 들이받고 툭하면 뭐라 하면서 성질내고.

그래도 좋았다. 왜냐하면 싸울 때도 있었지만 여름이 잘해 줄 때가 더 많았으니까. 어느 때부턴가 후를 보며 너무도 활짝 웃어 주었으니까. 후는 그거면 됐다고 생각했다.

네가 좋아.

그 말을 수없이 속으로 삼키며, 어린 시절이, 사춘기가, 그 모든 시간이 네 주변을 돌며 지나갔다. 늘 너와 함께하며. 너와 같은 시간을 공유하며.

"넌…… 왜 나였을까?"

그때 여름의 목소리에 후는 생각에서 깨어났다.

여름은 그게 궁금했다. 또다시 드는 호기심이었다. 그도 그럴게, 그렇게 예쁘고 멋진 별하도 좋아할 정도다. 남자라면 무심한 별하마저 끌릴 정돈데, 후는 대체 왜 나였을까. 왜 별하가 아닌 자신이었을까. 자꾸만 알고 싶은 것이다.

"왜냐하면 넌 항상 웃잖아."

"그저 웃어서?"

"난 너처럼 처연한 상황에서도 웃는 사람을 본 적이 없어."

"동정이냐? 한판 붙을래?"

"그 미소가 한없이 예뻐 보였다면, 그게 동정일까? 네가 날 동정해야지. 칼은 네가 쥐고 있는데."

"후야, 난 너한테 부채 의식이 있어. 지금까지 그 수많은 시간을 헛되게 보내게 만들었잖아."

후가 멈칫했다.

"내가 쓸데없는 고집을 부리지만 않았어도, 잘못된 사고방식만 갖고 있지 않았어도 우린 훨씬 더 많은 시간을 좀 더 의미 있게 쓸 수 있었을 텐데. 이렇게 멀리 돌아오지 않아도 됐을 텐데."

"한여름, 우리가 함께한 시간에 헛된 시간은 단 1초도 없었어."

"후야……."

"정말 미안하다면 날 떠날 생각 말고 지금처럼 내 옆에서 날 더 기쁘게 해 줘. 그럼 돼."

눈물이 왈칵 났다.

후는 대답을 원할 테지만 여름은 해 줄 수 없었다. 그저 후를 꼭 끌어안는 것밖엔.

· · ·

후는 천천히 눈을 떴다. 소파에서 잠들어 그런지 몸이 찌뿌듯했다. 여름을 안고 있다가 그대로 잠든 것 같다. 새벽에 일어나 침대로 여름을 옮길 생각이었는데, 그만 쭉 자고 말았다. 여름의 체온이 옆에 있어서 그저 편안했던 것 같다.

눈을 뜨자마자 여름을 찾았다. 여름은 벌써 깼는지 긴 소파의 끝 쪽에 등을 보인 채 쪼그리고 앉아 있었다.

"여름아."

후가 여름을 불렀다. 하지만 안 들리는 듯.

"한여름, 제대로 잠은 잔 거야?"

그래도 반응이 없어 다가가 봤더니, 그녀는 무릎을 끌어안은 채 옹송그린 자세로 앉아 어딘가를 바라보고 있었다. 창밖을 보는 것 같기도 했고, 아무것도 안 보는 것 같기도 했다. 아무튼 깊은 생각에 빠진 것 같았다.

가만히 앉아 있는데 무슨 생각을 하는지 모르겠다. 어쩌면 어제의 고민이 생각보다 큰일이었던 건지. 일 때문이라고 해서 스트레스받을 것 같아 꼬치꼬치 캐묻지 않고 넘어갔었는데.

"여름아."

후가 여름의 어깨를 짚자, 여름이 어깨를 흠칫하며 후를 돌아보았다. 그제야 후가 보이는 듯 눈에 초점이 잡힌다.

"왜 그러고 앉아 있어. 언제 깬 거야."

하지만 말을 걸어도 빙긋 웃고 만다.

그녀의 웃는 얼굴이 너무 멀어 보여 후는 괜스레 초조해졌다. 분명 웃고 있는데 웃는 것 같지 않다.

아무 대답 없이 고개가 다시 돌아가려 하자, 후는 여름의 턱을 쥐고서 키스해서 자신을 보게 했다.

"무슨 생각 하고 있는데."

입술이 떨어지자, 턱을 살짝 누르며 물었다. 순간 눈을 커다랗게 뜬 채 후를 바라보던 여름이 갑자기 눈시울을 붉히는 바람에 후가 멈칫했다.

"왜……."

"나, 별하 맘 알았어."

아주 조용히 흘러나온 말에 후의 생각이 딱 끊어졌다. 그제야 여름의 문제가 일 때문이 아니었음을 깨달았다. 비정상적으로 가라앉았던 건 다 정확한 이유가 있었던 것이다.

여름은 입술을 꼭 깨물었다.

어쩌면 후가 아주 놀랄까 봐, 당황할까 봐 말하지 않으려 했는데 도저히 모른 척할 수 없어서, 될 것 같지 않아서 말해 버리고 말았다.

머릿속에선 자꾸만 별하의 목소리가 떠오르고, 생각이 하나로 뭉치지 않고 번진 잉크처럼 퍼지기만 했다. 자는 것도, 먹는 것도, 사는 것도 싫었다. 그 어느 것에도 집중이 되지 않았다.

후는 조용했다.

아마 쉽지 않으리라. 아니, 쉬운 문제가 아니었다, 이건.

"별하가 널 좋아하고 있었어."

여름은 한 번 더 반복했다. 그러자 여름을 바라보고 있던 후가 낮게 말했다.

"무슨 상관인데."

여름의 심장이 쿵, 했다.

망설임이라곤 없었다. 그래서 더 속이 깨지는 것 같았다. 후가 흔들림 없이 대답하는 걸 난 기뻐해야 하는 걸까, 슬퍼해야 하는 걸까.

"너 별하 맘 제대로 알고 있는 거지?"

"나하곤 관계없는 일이야."

너무나 냉정한 대답. 오히려 여름이 받아들이기 힘들 정도로.

넌 어떻게 그런 식으로 말하는 거야.

"오해할까 봐 말하는 건데, 별하가 말해 준 건 아냐. 채다민이, 너랑 별하가 나누는 말을 엿들었어. 그래서 나한테 말해 줬을 뿐이야."

"그래서. 그게 뭐가 중요한데."

"……."

"별하가 너한테 직접 한 말이건, 다른 경로로 들어간 말이건 나하고는 상관없는 얘기라고."

"난…… 상관이 있어."

여름이 슬픈 얼굴로 말했다. 그러니까 어쩌라고. 자신도 이런 상황에선 어떻게 해야 할지 모르겠는데. 이런 경우에 대한 예방 주사를 맞은 적도 없고.

지금껏 후와의 관계 정리만도 힘들었는데, 별하의 마음까지 알게 되자 모든 게 엉망진창으로 뒤섞여 버린 기분이었다.

"상관이 있다고, 바보야. 별하가 널 좋아한단 게 문제가 아냐. 그건 내가 널 생각하는 것과는 별개의 문제야. 그래서가 아니라,

그냥 내가 별하한테 했던 말들이, 그런 말을 했던 나 자신이 정말 너무 싫어서, 창피해서 그래."

"……."

"별하 마음도 모르고 난 별하한테 너랑 사귀게 됐다고 떠벌렸어. 자랑처럼 말했다고."

"그게 뭐? 어차피 별하도 알아야 할 일이 아냐?"

"그래, 맞아. 별하니까. 다른 사람은 몰라도 별하는 알아야 해. 어쩌면 우리가 처음 잤을 때부터 말했어야 했을지도 몰라. 별하니까. 잘못하면 속이는 게 되니까. 나중에 자기 혼자만 따돌림 당한 것 같은 기분 들게 하고 싶지 않으니까."

"……."

"하지만 그 배려가 독이 됐어. 가장 가까운 친구라서…… 그래, 친구. 우린 다 친구였는데, 별하는 아픈데 너랑 나만 행복에 겨워 어쩔 줄 모른다는 듯 눈치도 없이 기뻐하고 있었다고."

"그러니까 그게 무슨 상관이냐고."

후가 인상을 썼다. 여름도 속상했다.

"그냥 난 너랑 같이 고민하고 싶었을 뿐이야."

"무슨 고민. 날 별하한테 양보할 고민?"

여름이 후를 노려보았다.

"너 무슨 말이 그래? 왜 그렇게 극단적으로 받아들여? 내가 언제 그런 식으로 말했어?"

"그럼 뭔데?"

"말했잖아. 별하랑 네 문제랑 너와 나 사이의 문제는 별개라고.

그런데도 그냥 가슴이 아파. 꼭 체한 것처럼 여기가 계속 걸려."

제 가슴을 꾹 누르며 여름이 힘겹게 중얼거렸다.

"후야, 친구란 건 대체 뭘까. 왜 우린 친구로 만났을까."

중얼거리는 여름의 표정이 공허했다.

"내가 망설이지 않았다면 달랐을까?"

"안다면 망설이지 마."

"알아. 안다고."

자신이 망설여 봐야 별하한테 민폐고, 후를 속상하게 할 일이
란 걸.

"네가 별하 때문에 괴로워하는 마음은 이해가 가. 나도 당황스
러웠으니까."

여름이 울상을 지으며 고개를 끄덕였다.

후도 그랬었다. 나랑 같았다.

"만약 별하가 좋아하는 사람이 내가 아닌 경우라면, 난 너와
같이 고민해 줄 수도 있고, 함께 슬퍼해 줄 수도, 아파해 줄 수도
있어. 하지만 나니까, 난 아무것도 할 수 없어. 해 줄 수 있는 게
없으니까. 그저 그 일이 있기 전으로 돌아간 척해 주는 것밖엔."

"후야……."

"하지만 이건 내 결정이고, 네 결정은 결국 네가 해야 하겠지.
가장 가까운 친구로서 별하가 마음 쓰인다는 것 이상으로 내가
좋다면, 넌 포기하지 말아야 해. 도저히 그게 안 된다면 넌 내가
아닌 친구를 선택하는 거고."

"……."

"하지만 그렇게 하더라도 결국 친구 관계는 지키지 못할 거야. 그건 네가 가장 잘 알 거야. 별하가 그런 걸 좋아할 애가 아니라는 걸."

"하지만 난 별하를 아프게 하고 싶지도 않아."

"그럼 난?"

후가 아픈 눈으로 물었다.

"내가 아픈 건?"

"넌…… 내가 아프니까 그걸로 참아 줘. 너 나 좋아하잖아."

하. 후는 한숨을 내뱉었다.

"넌 정말 날 꼼짝도 못 하게 만들어야 직성이 풀리지?"

"봐, 넌 이해해 주잖아. 어떤 말을 해도 받아 주잖아. 나한텐 이런 시건방진 말도 다 들어 주고 화내지 않는 네가 있어. 근데 별하는 지금, 혼자 있잖아. 옛날의 나처럼……."

떨며 말하던 여름의 눈물이 툭 터졌다.

"아무도 좋아하지 않고, 아무도 자길 좋아해 주지 않는다고 생각하고 있을지도 몰라. 내가 가서 안아 주지 않으면 별하는 어떡해."

여름이 얼굴을 가리며 울었다.

여름의 마음은 이해했다. 지금 여름의 감정은 슬픈 과거로 돌아가 묽게 흐려지고 있는 것 같았다. 외롭고 삭막했던 과거의 어린 자신을 별하에게 투영시키고 있는 것 같았다.

한번 지독하게 외로웠던 사람은 다른 사람의 외로움을 잘 보지 못한다.

하지만 후는 여름을 다시는 그곳으로 돌려보내고 싶지 않았기에,

"난 네가 가장 중요해."

성실하게 고백했다. 이 마음이 전해지기 바라며.

"별하는 그저 친구였지만, 넌 처음부터 나한테 친구가 아니라 여자였으니까."

후가 여름의 손을 꽉 쥐었다.

"의리와 사랑은 달라. 같았으면, 그렇게 네 친구란 자리에서 벗어나려고 하지도 않았을 거야."

후의 생각은 단호했다.

그래. 후의 말이 맞다. 너무나 잘 알겠다. 후의 생각이 지금 자신의 생각이었다. 의리와 사랑은 다르다.

'그래서 네가 아팠고, 이젠 별하가 아프고, 앞으론 내가 아플 거 같아.'

· · ·

그날 후가 먼저 출근한 후 여름은 짐을 다 챙겨서 후의 집을 나왔다.

별하도 별하였지만, 다민의 협박도 마음에 걸렸다. 게다가 어차피 이제 슬슬 나올 시기였다. 처음부터 그 집에 눌러앉을 생각도 아니었기에.

나오기 전, 여름은 한 글자 한 글자 꼭꼭 눌러쓴 긴 편지를 거

실에 놓아두었다. 아마도 후는 퇴근한 후에야 이 편지를 발견하겠지.

「후야, 아무 말 안 하고 갑자기 내 멋대로 나가서 미안해. 좋은 시기도 아닌데. 하지만 나로선 이게 나갈 적당한 타이밍인 것 같아.

하지만 미리 말하면 네가 실망할 테고, 싸울 거 같기도 하고, 그렇다고 이 편지를 안 쓰면 이상하게 오해할 것 같아서, 그냥 이 편지로 설명하고 인사 남길게.

너와 끝낸다거나, 서로 시간을 가지자거나 그런 의미는 절대 아냐. 그러니까 제발 억측은 말아 줘. 정말 나갈 때가 돼서 나가는 것뿐이니까.

사실 다 큰 처녀가 아무리 친구라도 계속 남자 집에 얹혀살 순 없잖아. 더욱이 우린 이제 단순한 친구 관계도 아니고.

괜히 열받지 말고, 쓸데없는 생각으로 비관하지도 말고, 그럴 에너지 있으면 나 끝내주는 집 구할 수 있게 기도나 해 줘.

깨끗하고 넓은 신축이면서 역에서도 가깝고 관리비도 적은데 보증금마저 싼 데로, 를 만약 구한다면 네가 기도해 준 덕이라 생각할게.

그동안 지내게 해 줘서 고마웠어.

갑작스러웠을 텐데도 넌 날 받아 줬어. 편하게 머무르게 해 줬고, 반은 네 사심을 채우기도 한 것 같지만 아무튼.

이번엔 내가 도움받았으니까 다음번엔 꼭 내가 널 한 번쯤은

358

도와주고 싶다.

그러니까 날 위해서라도 한 번쯤 곤란해지기도 하렴. 보면 넌 늘 너무 인생이 평탄한 것 같아. 날 보고 좀 배워. 아, 이 정도는 꼬이고 뒤통수도 맞아 줘야 인생이구나, 이런 게 삶이구나, 하고. 굽이굽이 굴곡도 좀 져야 인생이지.

아무튼 집 구하고 좀 정리되면, 그때 데이트하자.

전화할게.

ps.

별하 얘긴 네 말이 맞아. 만약 자기 고백 때문에 우리 사이가 멀어졌다고 생각하면, 혹은 정말로 그렇게 된다면 별하는 절대 우리 옆에 안 있을 애야.

이번 건은 절대 별하 때문 아니니까 별하한테 혹시 쓸데없는 소리 지껄이면 절대 너 안 본다.

별하랑은 관계없이, 그저 내가 내 삶을 단단하게 만들려고 준비하려는 거야. 기특하다고 해 줄 거지?

어디서 보니까 진정한 친구란 건, 기쁠 때 누구보다 같이 웃어 주고, 슬플 때 같이 울어 주는 그런 친구라더라.

지금이 딱 그때 같아. 난 별하가 울 때 같이 울어 줄 거야. 울게 만든 당사자가 위로해 준단 게 좀 웃기긴 하지만, 아무튼 난 별하 눈물을 닦아 주고 싶어.

하지만, 이 얘긴 너한텐 해당 안 돼.

왜냐면 우린 이제 더 이상 친구는 아니니까.

이래도 안 아쉬워?

ps에 ps.
아, 역시 내 입으로 말하자니 쑥스럽다. 하지만…….
고마워. 미안해. 사랑해.」

• • •

2주라는 시간이 빠르게 흘러갔다.

운 좋게 단기 임대를 얻은 여름은 우선 거기에 짐을 풀고서 차근차근 집을 알아봤다. 적다면 적고 크다면 큰 금액의 보증금이 들어가는 집이고, 한번 들어가면 2년 이상은 지내야 하는 곳인데 허투루 알아볼 순 없었다.

일하는 와중에 틈틈이 부동산을 검색해서 그중 마음에 드는 매물은 휴일에 시간을 내서 짬짬이 보러 다녔다.

하지만 마음에 들면 돈이 문제고, 돈이 되면 집이 허술하기 마련이었다. 그게 집이라는 것이 가진 특징이다.

여름은 실망하지 않고서 무던히 그 과정을 반복한 끝에 드디어 마음에 꼭 들면서도 금액도 맞는 괜찮은 집을 구했다.

드디어 계약을 하고 이사를 한 날, 여름은 너무 좋아 캔 맥주와 예쁜 화분 몇 개를 사 들고서 집으로 돌아왔다.

창가에 화분을 놓고서 물을 주었다. 그리고 거실 한가운데에 앉아 화분을 바라보며 맥주를 마셨다.

그렇게 행복할 수가 없었다.

"드디어 정착했구나."

지금까진 채다민 때문에 원치 않는 미니멀리즘을 고수했지만, 앞으론 예쁘게 꾸미면서 이 집을 아주 사랑해 줄 예정이었다.

"얘는 퇴근은 했나."

그사이 후와 만난 일은 없었다. 하지만 서로 톡은 주고받았다.

말도 안 하고, 어쩌면 충분히 오해할 수 있는 최악의 상황에서 집을 나왔음에도 후는 전혀 화내지 않았다. 그게 편지의 효과인지 후의 성격이 원래 그런지 몰라도 정말 고마운 일이었다. 때가 돼서 나왔단 여름의 말을 말 그대로 인정해 줬고 받아들이는 것 같았다.

또한 여름이 하나에 집중하면 다른 걸 잘 못하는 걸 잘 아는 후는 여름이 안정될 때까지 기다려 주는 것도 같았다.

그 증거로 후의 톡은 편안했다.

[집은 잘 봤어?]

라거나,

[위험한 동네로는 절대 가지 마.]

라거나,

[밥 잘 먹고 다니지?]

라거나,

[아무리 바빠도 아침은 꼭 먹고 다녀.]

라거나,

[이모가 괴롭히진 않지? 서상록은? 채다민은? 무슨 일 생기면

바로 연락해.]

처럼 평상시와 다를 게 하나도 없었다. 다만 무슨 영감처럼 온 갖 걱정거리만 쭉 보내는 것 같기도 했다.

여름은 그 톡에 성실하게 대답해 주곤 했는데, 그럴 때마다 둘의 대화는 한 시간이 넘게 이어지곤 했다.

사실 그런 것도 나쁘진 않았다. 직접 얼굴을 보진 않았지만 연애하는 기분과 다르지 않았다. 아니 오히려, 늘 붙어 다니던 둘이었기에 이렇게 잠시 떨어져서 글로만 서로의 상황을 주고받는 게 더 신선하고 애틋하기도 했다. 마치 원거리 연애 혹은 주말부부가 된 느낌.

요즘 같은 세상에 30분이면 만날 수 있는 거리에 살면서, 좀 떨어져서 각자의 생활을 해 보는 것도 좋은 시간이 되는 것 같았다.

그리고 별하와도 마찬가지였다. 그 후 서로 만나지 않았다.

여름이 별하를 마지막으로 본 건, 후의 집을 나온 다음 날이었다. 여름은 별하를 만나고 싶어 회사에 찾아갔었다.

그때 별하는 회사 1층의 커피숍에 있었는데, 여름을 기다리며 뭔가를 만지작거리고 있었다. 그게 언젠가 후가 두 사람에게 공평하게 사 줬던 립밤이란 걸 알아차리고, 여름은 차마 별하에게 다가갈 수 없었다.

립밤을 내려다보고 있는 별하의 애틋한 눈빛이 여름을 아프게 했다.

한참이나 후에 별하에게 다가간 여름은 아무렇지 않게 웃으며 말했다.

'밥이나 먹자.'

그날 두 사람은 다른 얘기는 하나도 하지 않았다. 그저 호호 깔깔 웃으며 옛날 얘기와 즐거운 얘기만 했다. 그리고 평상시처럼 헤어졌다.

그 후 운명인지 우연인지 여름도, 별하도 일이 엄청 바빠졌다. 별하는 직업상 시즌이 되면 엄청 바빠지곤 했다. 정말로 '눈코 뜰 새 없이'란 표현이 어울릴 정도라, 어쩌면 그것도 하늘이 도와준 거란 생각이 들었다.

때때로 잠시 일에서 해방되면 여름은 무턱대고 별하의 회사나 집 앞으로 찾아가고 싶단 생각도 들었다. 그날 하지 못한 말을, 별하의 마음을 듣고 위로해 주고 싶었지만 지금은 그것조차 폭력 같았다. 단지 기다려 주고 싶었다.

늘 샴쌍둥이처럼 붙어 있던 셋은 그렇게 한차례의 거대한 파도가 휩쓸고 지나간 후 각자의 시간을 보내고 있었다.

어쩌면, 세 사람에게 가장 필요한 건 이런 시간이 아니었을지.

그저 친구이기에 용납되었던 것들, 친구이기에 싫어도 이해했던 것들, 친구이기에 혹시 강요받은 것이 하나라도 있다면 이 기회에 각자의 공간에서 생각해 봤으면 싶었다.

'아마 이 고민의 시간이 지나면 셋 다 조금씩은 더 성숙해 있지 않을까?'

여름은 그렇게 바랐고 또 분명히 그렇게 될 거라고 확신했다. 두 사람은 여름이 말하지 않아도 이미 그렇게 하고 있을 것 같다고, 그냥 그런 믿음이 있었다.

그리고 그 모든 생각들이 정리됐을 즈음, 정말 신기하게도 후와 가끔 함께 가곤 했던 한적한 카페에서 그와 마주쳤다. 꼭 운명처럼.

후도 혼자 생각할 게 있었던 듯 동행이 없었고, 여름도 마찬가지였다.

서로를 발견한 두 사람은 잠시 움직이지 못했다. 서로의 머릿속에 들어갈 순 없었지만, 적어도 같은 생각을 하고 있으리란 건 확신했다.

보고 싶었어, 라고.

후의 시선이 여름의 얼굴을 새기듯 바라보았다. 아마 여름의 시선도 마찬가지였으리라.

두 사람은 서로 약속이라도 한 듯 그렇게 한참을 서로를 보다가 동시에 걸음을 떼서 같은 테이블에 앉았다.

창문턱엔 허브 화분이 놓여 있었다. 향긋하고 달콤한 향기가 공기 중에 섞여 두 사람 속으로 스며들었다.

'후야, 그거 아니? 그간의 시간이 더 의미 있었던 건, 너에 대한 내 애정의 감정이 결코 착각이 아니었단 걸 깨달았단 거야. 그걸 재차 확신한 시간이었어. 그래서 더 소중했어.'

여름은 인정했다.

오랜만에 만난 친구란 의미 외에 분명 더 짙은 뭔가가 있었다. 드디어 폐쇄했던 심장 한 부분의 문을 연 기분이었다. 그리고 그곳을 채운 사람은 분명 후였다.

이로써 자신이 제대로 된 한 명의 사람이 된 것 같다. 누군가에게 지극히 사랑받고 누군가를 지극히 사랑하는 한여름이라는 사람. 그건 정말이지 대단한 경험이었다.

이렇게까지 누군가의 존재를 인정하고 바라고 소망한다는 것.

'그래서 너와는 단지 친구가 아닌 그 이상이 될 수밖에 없었나 봐.'

두 사람은 시원한 모히또를 주문하고 앉아 있었다. 잠시 후, 녹색의 민트와 라임, 청량함으로 가득 찬 음료가 나오자, 두 사람은 스트로를 만지작거렸지만 아무도 마시지는 않았다.

실은 이런 음료의 도움을 받지 않아도 이미 꽉 막혀 있던 가슴은 청량하게 풀려 있었다. 바로 너를 다시 만났기에.

여름은 기쁘기도 하고 아릿하기도 한 마음으로 입을 열었다.

"그날, 편지 한 장만 달랑 써 놓고 나와서 미안했어."

"사과 빨리해 줘서 고맙지, 난."

여름이 긴 머리카락을 찰랑거리며 웃었다.

"그치? 좀 더 일찍 사과했어야 했는데. 네가 이해해 주는 것 같아서 은근슬쩍 넘기려고 했나 봐."

선하게 생긴 눈매가 반달처럼 휘어지자, 후는 가슴이 따끔했다. 아니, 욱신거리는 것 같았다.

이 미소를 보려고 그동안 그렇게 보고 싶은 것도, 그리운 것도 힘껏 꾹꾹 눌러 참아 왔던 것이다.

여름의 편지엔 이별의 말 따윈 없었다. 끝을 바라는 뉘앙스도 없었다. 그저 미래를 위해 더 나은 길을 찾고자 하는 고심만 보였다. 그 작은 머리로, 누구도 슬프게 하지 않고서 잘해 보고 싶단 애틋함이 보였을 뿐이었다.

여름이 원하는 걸 알기에, 그래서 후는 보고 싶었지만 참았다.

사실 그거면 됐다. 여름이 그를 포기한 것만 아니라면 뭐든 참아 줄 수 있었다.

여름이 그걸 원하면 그렇게 해 준다. 그건 친구 사이였을 때에도, 그리고 지금도 그가 스스로 지켜 온, 지키고 싶은 철칙이었다.

"직접 말하지 않고 나온 건……."

"알아. 아니까 설명하지 않아도 돼."

"응."

"이제 와서."

"그걸 덧붙이면 내가 뭐가 되니? 사내자식이 한번 넘어갔으면 그냥 통으로 다 이해해야지, 소심하게 덧붙이긴."

뻔뻔한 구박도 한여름은 그대로다.

"아무튼 네가 오해해 주지 않아서 고마웠어."

"본인이 이미 어떤 마음의 방향을 정했는데, 좀 더 같이 있고 싶단 욕심으로 널 난처하게 하고 싶지 않았어. 그럼 뭐 해."

"……."

"속상하게 하고 싶지 않았어. 그냥 내가 조금 더 속상하면 되지."

여름의 눈동자가 살짝 커졌다가 곧 엷게 웃었다. 그녀의 표정이 생각했던 것보다 밝아서 다행이었다. 피부는 더 깨끗하고 미소는 싱그러웠다. 눈빛에도 포기나 절망 같은 게 없었다. 예전부터 그랬었다. 아무리 주변 상황이 힘들고 괴로워도 여름은 한 번도 포기하지 않았다.

지금도 아마 그때처럼 계속 뭐라도 해 보려고, 어떻게든 해 보려고 나름 고심하면서 방법을 찾고 있겠지. 단, 어떻게든 긍정적으로 상황을 바라보고 있을 것이다.

"그래서. 원하던 건 잘했어?"

"그 많은 것 중에 어떤 거?"

"별하 눈물 닦아 줄 거라며."

"......."

"다 닦아 주면 네가 먼저 연락해 줄 거라고 생각하고서 기다리고 있었거든."

"근데, 아직 못 닦아 줬어. 별하도 바쁘고, 나도 내심 서로 떨어져서 생각할 좋은 기회라고 생각했거든."

"별하라면, 아마 많은 생각을 하고 있겠지."

여름이 싱긋 웃었다.

역시 후도 자신과 같은 생각을 하고 있다.

"난 뭐든 별하가 원하는 대로 해 줄 거야."

"만약, 더 이상 친구 관계가 어렵다고 하면?"

"그것도 별하 말 들을 거야."

"이제 와서 다 같이 친구 관계로 돌아가자고 하면?"

"그것도."

"뭐?"

"장난이고. 별하는 그런 말 할 애가 아냐."

여름의 표정이 단호했다.

"아마 지금 별하가 생각하는 건 기껏해야 두 가지겠지. 앞으로 계속 우리를 볼 것이냐, 더 이상 우리를 안 볼 것이냐. 거기엔 너랑 내가 같이 세트로 묶여 있지, 한 사람만 배제하는 그런 생각 할 애 아냐."

"……"

"만약 그랬다면, 우리 셋이 여기까지 올 수 없었을 거야. 난 그렇게 생각해."

"의외로 이성적으로 잘 판단했네."

"당연하지. 세상에서 본인만 가장 이성적이고 논리적이란 생각은 넣어 두지 그래."

후가 피식 웃었다.

"이건, 네가 좋아하는 사람이 내가 아닌 별하였고, 내가 널 홀로 좋아하고 있었더라도 마찬가지였을 거야. 그랬더라도 난 너와 별하가 나 때문에 헤어지길 원하진 않았을 거야. 단지 내가 두 사람 사이에 있어도 될지, 그걸 고민했겠지. 지금의 별하처럼."

"……"

"솔직히 내 억측일 수도 있어. 별하는 어쩌면 그렇게 생각 안 할 수도 있고, 그저 내 자만, 아니 우리 관계에 대한 자만일 수도 있겠지만, 어쨌든 나라면 그랬을 거야. 그리고 내가 아는 별하는 분명히 나와 같을 거고."

"……."

"그래서 지금은 별하를 기다려 주고 싶어. 그냥 이렇게 기다리다 보면, 별하가 올 거야. 혹시 그때 별하가 울면, 난 그 눈물을 닦아 줄 거야."

"그래."

"너무 복잡하지? 내가 이렇게 복잡한 생각을 하는 사람이라서 미안해. 그냥, 네가 중간에 끼어서 가장 곤란할 것 같아."

여름의 말에 후가 물끄러미 여름의 얼굴을 훑었다.

"난 너를 바꾸려 들지 않을 거야."

"……!"

"있는 그대로의 너를 좋아했고 앞으로도 그럴 거야. 그게 너라면, 난 그게 더 좋아."

여름의 심장이 뛰었다.

언제고 후와는 늘 자연스러웠었다. 그 어떤 일이 있어도 편하게 얘기를 나누고 똑바로 눈을 볼 수 있었는데 지금은 달라졌다. 수줍음이란 감정이 불쑥불쑥 치고 올라온다.

후는 세상 누구보다 편한 친구인데, 남녀가 된 뒤론 때때로 그 눈을 똑바로 마주하고 있기가 힘들어진다. 자꾸만 시선을 피하게 된다.

그건 후를 의식한다는 증거였고, 후가 남자로 느껴진다는 증거였다. 우리가 하는 게 정말 연애라는 증거 같았다.

잠시 후, 카페를 나선 두 사람은 나란히 길을 걸었다.

"이사 간 집은 괜찮아?"

"네가 기도를 잘해 줬나 봐. 다행히 정말 좋은 데로 구했어. 진짜 기도한 거 맞지?"

"꼬박꼬박 하루에 세 번씩 했지."

여름이 큭 웃었다. 그러다 곧 뒤쪽을 가리키며 말했다.

"난 저쪽으로 가야 하는데, 넌?"

"난 사실 차 가져왔어."

"뭐어? 그럼 다시 돌아가야 하잖아."

"태워 준다고 해도 안 타겠지?"

"……응. 지금은 그냥 혼자 갈게."

"그래."

"너 진짜 바보지? 차 가져왔으면 아까 말하지."

"바보라 그랬겠냐. 그래야 좀 더 같이 걷지."

여름의 가슴이 벅차올랐다.

남들도 다 이럴까? 누군가를 좋아하면 평범한 말도 다 이렇게 감동적으로 들리는 걸까? 아니면 감정이 더 섬세해지는 걸까? 아니면 오로지 후이기에 가능한 일인 걸까.

해 주는 건 언제나 자신을 보듬어 주는 말들. 마음을 따스하게 해 주는 말들. 늘 그녀를 더 생각해 주는 말들. 너 자신은 손해만 보는 말들. 나만 행복해지게 만드는 말들.

고마워, 후야. 역시 넌 나한테 보석 같은 존재야. 예전에도 그랬고 앞으로도.

"그럼 조심해서 가라."

"응……."

"네 마음에 한 점 끼인 것도, 끼일 것도 없게 모든 게 해결되면, 그때도 내게 돌아오고 싶다면 돌아와. 언제든."

"돌아갈 거야. 반드시."

후가 눈이 부실 정도로 환하게 웃었다. 안심이라는 듯.

"기다릴게."

"응."

"더 얘기하면 투정 부릴 것 같아서 그만 가야겠다."

"너도 운전 조심해서 가."

"그래."

후가 돌아섰다. 여름도 후를 향해 손을 살짝 흔들고선 반대편으로 돌아섰다. 하지만 그 순간, 이미 간 줄 알았던 후가 다시 달려와서 여름을 확 돌려세워 세차게 키스했다.

아……!

여름의 눈동자가 깨진 보석처럼 잘게 부서졌다. 그러다 서서히 묽어지며 곧 가만히 내려온 눈꺼풀 뒤로 숨었다.

후의 입맞춤은 그 어느 때보다도 격정적이고 깊었다. 그리고 간절했다. 여름의 얼굴을 꽉 쥔 채 각도를 엇갈려 키스한 후가 곧 천천히 입술을 떨어뜨렸다.

두 사람은 동시에 눈을 떴다. 그 눈동자는 서로에 대한 갈증과 애정으로 푹 젖어 있었다.

"조심해서 가."

후가 여름의 얼굴을 놓아주고서 돌아섰다.

여름은 아주 오래도록 후의 숨결을 기억하며 서 있었다. 제 얼굴을 잡고 있던 손의 떨림이 아직도 선명했다.

그 뜨거움과 간절함은 아마도 영원히 피부에 남을 것 같았다.

12편
사랑의 형태, 여름의 한가운데

그날 이후 후와는 암묵적으로 약속이나 한 듯 서로 연락하지 않았다. 아마도 서로를 배려해 주기 위한 시간, 여름은 그렇게 생각했다.

잠시 동안의 이별이라고 할 순 있었지만 그걸 헤어짐이라고 부르고 싶진 않았다.

별하한테 연락이 온 건 그로부터 얼마 후였다.

[밥 먹었어?]

언제나 그렇듯 별하는 바쁜 일이 끝나면 톡의 프로필을 휴양지의 바다나 노을이 지는 장면 같은 여유 가득한 사진으로 바꾸곤 했다. 그게 바로 좀 살 만해졌단 신호였다.

사진을 그렇게 바꾸는 동시에 여름에게 톡을 보낸 것이다. 정말 일 때문에 바빠 지금에야 연락한 건지, 아니면 후에게 고백한 것 때문이었는지 사정은 알 수 없었다. 하지만 여름은 별하의 연락이 그저 기뻤다.

　[이제 퇴근하려고. 넌?]

　[나도 아직. 우리 만날까?]

　[콜.]

　따로 약속 장소를 정할 필요는 없었다. 별다른 말이 없으면, 두 사람이 만나는 장소는 늘 여름과 별하의 회사 중간 지점에 있는 이자까야였다.

　여름이 먼저 도착해서 기다리고 있자 별하가 잰걸음으로 가게 안으로 들어섰다.

　계절은, 마지막에 만났을 때보다 시간이 꽤 흘러서 여름에 막 접어든 때였다. 이제 곧 푹푹 찌는 더위가 찾아오겠지.

　별하는 여전히 예뻤다. 차림새는 가벼웠고, 머리카락도 훨씬 더 가벼워져 있었다.

　여름의 눈이 휘둥그레졌다. 등허리까지 내려오던 별하의 머리카락이 어깨 길이에서 가볍게 찰랑거리고 있는 것이다.

　늘 긴 머리를 고수하던 별하의 모습은 낯설어서 여름은 충격 그 자체였다.

　"너 머, 머리……."

　"좀 다듬었어. 어때?"

　별하가 별일 아니라는 듯 머리카락을 찰랑거리며 자리에 앉았다. 그리고 미리 시켜 놓은 생맥주를 바로 마셨다.

　"캬하, 이 맛이야."

"예, 예쁘긴 한데 놀랐잖아. 말이라도 좀 하지."

"여름이잖아. 이럴 땐 가볍게 가야지. 올해는 또 얼마나 더울까? 하여튼 여름 때문에 못 살아."

"그러게 말야."

"계절 말고 너 말야, 너."

"나? 아…… 내 얘기였나!"

"아니, 계절 얘기였어."

별하가 푸핫 웃었다. 안 본 사이에 더 발랄해진 것 같았다.

"암튼 엄청 더울까 봐 벌써부터 걱정이긴 하다. 이참에 나도 단발로 확 자를까?"

"해 봐. 아, 후가 싫어하려나?"

순간 여름이 멈칫했다. 하지만 바로 표정을 관리했다. 별하가 후에 대해 말하는 건 당연한 건데, 괜히 자신이 의식한 것이다.

별하의 기억은, 후와 여름이 사귀기로 한 걸 축하하는 자리에서 멈춰 있을 텐데.

"후도 부르지 그랬어?"

"오늘은 둘만 있고 싶어서."

"하긴, 요즘 너랑 나랑 둘만 만난 게 뜸하긴 했네. 오랜만에 둘이 마셔서 그런지 맥주 맛 좋다."

"당연하지. 그나저나 계속 정신없었지?"

"응, 엄청."

여름이 생맥주를 더 시켰다.

"그래서. 나 없는 사이에 후랑은 데이트 많이 했어? 잔뜩 훼방

놔야 하는데 하필이면 딱 바빠져서 그 좋은 걸 못 했네. 누군 회사에 잡혀서 쪽쪽 빨리는 동안 둘은 알콩달콩 연애질 잘한 거지?"

여름은 선뜻 대답하지 못했다.

응, 그럼……이라고도. 아니, 전혀……라고도.

뭐라고 해야 할지 모르겠다.

별하는 여름이 제 마음을 알고 있단 걸 전혀 모르고 있다. 그건 어디까지나 다민이 몰래 염탐한 거니까. 제 마음이 누군가의 악의에 의해 여름에게 전달된 걸 전혀 모르고 있다.

하지만 그렇다고 별하가 일만 하며 태평스레 지냈다고는 도저히 볼 수 없었다. 짧아진 별하의 머리카락이 그걸 증명해 주고 있었다.

애쓰고 있단 걸. 무리하고 있단 걸.

정말, 아무렇지 않을 리가 없잖아.

"별하야."

어쩌면 저 혼자 감상에 젖은 건지도 모르겠다. 그러니 그러지 말아야 한단 걸 알면서도 여름은 저도 모르게 목이 메었다.

"별하야, 실은……."

"깜짝이야. 너 왜 그래?"

놀란 듯 별하의 눈이 휘둥그레졌다.

"무슨 일 있었어? 설마 채다민 또라이하고 또 무슨 일 있었어? 아니면 이모가 뭐라고 해?"

얼굴을 잔뜩 찌푸리고서 그것부터 물었다. 걱정해 주는 것이다.

저렇게 의리 있는 친구라서, 여름은 도저히 모르는 척 그냥 넘길 수가 없었다.

"사실은 채다민이⋯⋯."

"내가 이럴 줄 알았지. 그 계집애가 또 왜? 뭐라고 헛소리하디?"

"아니, 그 계집애가⋯⋯."

목이 콱 막혔다.

"유부남이랑 사귄대."

여름은 자신이 말해 버릴 줄 알았다. 다민이 뭘 전했는지. 하지만 결국 그러지 못했다.

말하지 않고 이대로 있다간 자칫 오해의 가지가 쳐져 멀어질 수도 있다고, 그게 무서워서 차라리 말해 버리고서 서로의 생각을 주고받고서 툴툴 털어 내고 싶었다.

서로 엉엉 울고 화해할 수 있으면 화해하고 새로운 미래를 모색하고⋯⋯.

하지만 그건 둘이서 싸웠거나 둘의 의견이 다르거나 할 때의 얘기였다. 이건 별하의 마음이고, 엄밀히 말하면 후와 별하의 문제였다. 거기에 자신이 끼어들 자리는 없었다.

명백히 자신이 연관되어 있다고 하더라도, 월권 같았다. 별하의 마음에 생채기를 줄 수도 있다. 안 그래도 아픈 상처를 손톱으로 그어 버리는 것과 다름없는 짓인 것이다.

"하, 별. 진짜야?"

별하가 기가 차단 얼굴을 했다.

"응……."

"뭐 나랑은 상관없지만 역시 화는 나네. 별짓을 다 한다, 채다민."

언제나 그랬듯 별하는 흥분하지 않고서도 충분히 제 불쾌함을 표현했다. 그게 별하였다.

"그렇다고 한들 네가 왜 울어? 그건 채다민의 선택이야. 불행도 자기 선택이란 말이 있어. 채다민은 그렇게 사는 게 좋은가 보지. 신경 쓰지 마."

냉정하게 해결책까지 제시해 주었다.

너무도 별하다운 반응에 여름은 눈물이 쏙 들어갔다. 역시 별하는 자신을 웃게 해 주는 재주가 있다. 본인은 아주 진지하고 세상 냉정하게 말하는데, 여름은 그런 별하를 보면 이상하게 늘 웃음이 났다.

자신과는 다른 냉철한 판단력이 대단해 보여서일 수도 있고, 멋져 보여서일 수도 있다. 별하의 말을 듣고 있으면 카타르시스 같은 가슴 뻥 뚫리는 뭔가가 느껴져 결국 웃음이 나는 것이다.

지금도 다르지 않았다.

여름은 자신의 생각을 수정하기로 했다. 만약 별하와 같은 감정을 자신이 가졌다면 세상 심각하게, 혼자 짐을 다 진 것처럼 무거워하며 내내 그 생각에 휘둘렸을 것이다. 아주 깊이 고민하고 힘들었겠지.

하지만 별하는 다를 수 있다.

후에 대한 마음이 진심이건 아니었건, 별하라면 좀 더 멋지게 다른 방법을 찾았을 것이다. 자신이 생각한 것처럼 심각하지 않았을 수도 있단 소리였다.

모든 걸 내 기준에서 판단하면 안 된다.

괜히 분위기를 무겁게 할 수 있는 실수를 저지를 뻔했다. 별하는 이미 넘긴 일을, 아니면 그냥 지나치듯 한 말에 자신이 너무 깊은 의미를 부여했던 건지도.

"그래서. 후랑은 잤어?"

풉!

여름은 마시던 생맥주를 뿜을 뻔했다.

헉헉.

"……어?"

여름은 귀에서 불이 나는 것 같았다.

"너 지금 잤냐는 게, 그 잤냐는 그건 아니지?"

"그거 맞는데?"

"헐."

"뭐냐, 너? 무슨 자궁에서 갓 나온 태아 같은 반응이야? 그러면 순진해 보일 것 같지? 촌스럽긴."

"야, 그래도 그렇지……. 근데 진짜 촌스러웠어?"

"당연하지. 사귀면 잔다. 자 보고 사귄다. 잤더니 사귀고 싶어지더라. 사귀긴 하는데 자고 싶진 않더라. 넌 몇 번째?"

여름이 고개를 절레절레 저었다.

"됐거든? 난 말 안 할래."

"올, 묵비권. 근데 내가 넌 믿지만, 후는 못 믿겠거든. 걔가 한

여름이 바로 옆에 있는데 손끝 하나 건드리지 않을 애로는 안 보여서 말이지. 내가 알기론 엄청 감정에 충실하고, 에너지틱한 스타일이거든."

세상에. 후를 자신보다 더 제대로 알고 있다. 아주 정확히.

하룻밤에도 몇 번이나 요구하는 녀석이다. 활력이라고 하면 바로 후였다. 하지만 그걸 어떻게 말해?

"음, 그게 그러니까⋯⋯."

"순진한 척하지 말고 똑바로 말하지?"

"그러니까. 내가 말하려던 게 그거긴 한데⋯⋯."

"그럼 예스, 노로만 대답해."

도저히 도망칠 수 없게 별하가 몰아붙였다. 여름도 별하에겐 솔직하게 말해야 한다고 생각했다. 하지만 별하의 눈을 보고 있자니 도저히 사실대로 말할 수 없었다.

"아, 아니 안 잤어."

결국 거짓말했다. 별하니까 거짓말해선 안 되지만, 별하라서 그럴 수밖에 없었다.

"잤구나."

하지만 별하가 이상한 결론을 도출했다. 약간의 쓸쓸한 눈빛을 했다가 별하가 곧 엷게 웃었다.

"네 반응 보니까 알겠다. 혹시나 했지만 역시, 오후 장난 아닌데?"

"⋯⋯."

"아, 외롭다. 안 그래도 외로웠는데 더 외롭네. 옆구리가 시려.

곧 여름인데 뼈마디가 시릴 정도야."

"별하야."

내 어디서 거짓말인 게 드러난 걸까?

하지만 여름은 왜 사람 말을 안 믿는 거냐고 굳이 별하의 말을 부정하고 싶지 않았다. 들켰을지언정 차라리 사실대로 말하는 게 나을 것 같았다.

"하지만 듣긴 잘한 것 같아. 드디어 내 마음을 포기할 수 있게 됐으니까."

여름이 멈칫했다.

지금 저가 제대로 들은 게 맞나 싶어서였다.

"너 지금 뭐라고……."

"미안해, 여름아."

별하가 그때까지 짓던 억지 미소를 지웠다. 그리고 처음으로 자신의 민낯을 꺼냈다. 슬픔과 괴로움이 느껴지는 얼굴로.

"나 후 좋아했었어. 그 마음을 후한테 전하기까지 했었어."

먼저 고백했다.

여름은 미동도 할 수 없었다. 타이밍이, 심하게 어긋나 버렸다. 지금 와서 이미 알고 있었다고 말할 수도 없었고, 그렇다고 계속 모르는 척 제대로 연기할 수도 없을 것 같아 여름은 그저 어쩔 줄 몰랐다.

방심했다. 별하는 언제든 크게 한 방 칠 수 있는 녀석이었는데.

그러니까 평소부터 너무 침착하고 냉소적이니까, 이렇게 갑자기 치고 들어오면 대비를 못 하겠다. 차분하다가 갑자기 불이 된다. 그걸 어떻게 방어할 수 있겠는가.

"후는, 염두에 두지도 않는 것 같더라. 그래도 내가 고마웠던 게 뭔지 알아? 다음에 다시 와서, 그날 일에 대해선 한마디도 안 하고 그냥 날 묵묵히 집까지 바래다주더라. 그날 바래다주기로 했었는데 내 고백 때문에 다 못 바래다줬었거든. 그 약속 지키러 다시 왔던 거야."

"……"

"후는 그런 애였어. 그래서 좋아했던 것 같아. 후가 널 좋아한단 걸 알면서도."

"별하야."

"그렇게 깡패처럼 갑자기 고백해 버리고, 그 후에 바로 둘이서 사귄단 소리를 너한테 듣고……. 마음 한편에선 그런 생각이 들더라. 아, 역시 난 안 되는구나. 한편으론, 그래도 내가 고백했는데 후한텐 이쑤시개로 찌른 것만큼의 영향도 없네, 참 비정하구나, 그런 생각."

"……"

"그렇다고 엄청 비참했다거나 그런 건 아니었어. 그냥 여러 가지 생각 중에 그런 생각들도 조각조각 들었단 거지. 사람이 어떻게 한 가지 생각만 쭉 하겠니. 이런저런 생각들이 혼재하는 거지. 시원하다가도 섭섭하고, 슬펐다가도 차라리 안심되고, 좋았다가 괴로웠다가, 즐거웠다가 멍해졌다가 그런 거지. 하지만 한 가진 자신 있게 말할 수 있어. 그날 너 축하한다던 내 말은 절대 거짓이 아니었어."

"알아. 너무 잘 알아."

여름이 울먹거리며 대답했다.

"응……. 그 마음은 진심이었어. 그래도 미안하더라. 뒤늦게 생각해 보니까, 네가 그 일을 알게 되면 배신감 느끼지 않을까. 그날은 내가 미쳤었나 봐. 나름 잘 숨긴다고 생각했었는데, 대체 그날은 왜 그랬을까? 겁쟁이인지 다행히 일이 바빠져서 바로 도피해 버렸어. 생각하고 싶지 않았거든. 두 사람한테 다 창피했던 거 같아."

여름의 눈동자가 흔들렸다.

어른스럽고 침착하고 지혜로운 별하도 역시 똑같은 사람이었다. 여름의 생각처럼 별하도 쭉 고민했던 것이다. 그래서 그 시간 속에 침잠해 있었던 것이다. 여름의 짐작은 틀리지 않았다.

"미안."

별하가 한 번 더 사과했다. 여름은 고개를 저었다.

"진작 말하지 그랬어……라고 하면 말 안 되겠지?"

"아마도."

별하가 쓸쓸하게 웃었다.

"우린 너무 오래 친구라는 관계에 갇혀 있었으니까. 너처럼 나도 후를 의식하지 않으려 애쓰는 데 더 많은 시간을 보냈던 것 같아. 아마, 다시 돌아가더라도 더 빨리 말하진 못했을 거야. 너한테도, 후한테도."

"나도 미안."

"……."

"내가 태도를 정확하게 안 해서. 어쨌거나 후는 계속 주인이 없었어. 표면적으로 내가 주인도 아니었고, 난 계속 그걸 거부했어. 근데 그런 후를 누가 좋아했다고 한들, 그걸 내가 탓할 수 있을까? 애초에 후랑은 친구라고 탕탕 못 박고 고집부린 건 나였는데. 사과는 내가 해야 해."

여름은 맺힌 눈물을 닦아 가며 말을 이었다.

"그냥 네 마음 생각하니까 계속 너무 미안하더라. 넌 힘든데 난 후랑 사귀기로 했단 말이나 하고. 그날 네 맘이 어땠을까를 생각하니까……."

"울지 마. 네가 왜 울어? 내가 알았어야 할 일을 말했을 뿐이야, 넌."

또 후와 똑같은 말을 한다.

별하는 정말 후의 여자 버전이 아닐까?

"반대로, 내가 남자가 생겨도 너한테 가장 먼저 말했었잖아."

"하지만 이건……. 모르겠어. 넌 아픈데, 너 아프게 하면서 나만 행복하면 뭐 해. 그런 반쪽짜리 행복. 그냥 그런 생각만 들어."

"그래, 그럼 후랑 끝내."

"……어?"

여름은 당황했다. 그도 그럴 게 너무 혹 치고 들어와서.

"나도 너만큼 후 좋아했어. 그래서 네가 야속할 때가 한두 번이 아니었어."

"별하……."

"이렇게 말하면 네 마음이 좀 편할까?"

여름은 긴장이 확 풀리고 말았다. 별하의 냉정함에 또다시 허를 찔린 것이다. 그리고 자신의 말이 가진 자의 자만이란 것도 깨달았다. 그게 제아무리 진심이라 할지라도.

"이미 정리된 관계야. 우리 셋은 친구였지만, 너랑 후는 연인이 됐고, 난 앞으로도 계속 친구로 남을 거야. 너희들이 괜찮다고 해주면, 가능하다면 계속 같이 있고 싶어."

"당연하지. 그걸 말이라고 해?"

"그렇게 생각하면 그냥 네 생각만 해. 네가 네 탓이라고 하면 할수록 나로선 다 내 탓 같아. 네가 미안해하면, 후가 어색해하면 난 이제 우리 셋이 될 수 없어. 나만 떨어질 수밖에 없어."

여름의 입술이 떨렸다. 별하의 마음은 진심이었고, 그리고 지금 이 성숙한 대응 역시 진심이었다.

별하는 후를 지우는 대신, 친구로 남기로 결정한 것이다.

그 마음을 더 괴롭힐 수 없었다. 여름도 그러고 싶지 않았다. 간절할 정도로, 별하라는 친구가 고맙고 사랑스러웠다.

"네 탓 아냐. 절대 누구 탓도 아냐. 각자 다른 모습으로 자란 사랑과 우정의 형태에 누구의 잘못도 있을 순 없어."

원래 그것들이 그런 거 같다. 사랑은 사랑의 형태로, 우정은 우정의 형태로 제멋대로 땅을 헤치며 뻗어 나가는 뿌리처럼 방향을 가늠할 수도, 잡을 수도 없다.

이것 또한 너무 붙어 다닌 우리 세 사람이 치러야 할 성장통이라면 성장통이었다.

"후가 그러더라. 친구를 사랑하는 게 뭐가 어때서. 친구라도 가슴이 뛰는데. 그렇게 말하는 후를 보면서 참 신기하게도 내 가슴이 미친 듯 뛰더라. 생각해 보면 난, 아마도 널 좋아하는 후를 좋아했던 것 같아."

여름의 눈동자가 벌어졌다. 별하는 그저 담담하게 웃고 있었다.

"모르겠다. 인생 첨으로 후진 짓 한번 해 봤는데 보기보다 뒤끝이 안 좋네. 쌈박하지 않은 건 내 타입 아닌데."

"넌 정말 뭐라는 거야."

여름은 차마 울지도, 웃지도 못하는 애매한 얼굴로 중얼거렸다. 별하는 슬퍼 보이기도 했고, 초연한 듯도 했다. 아무튼 그래서 더 예뻐 보인다는 것만은 사실이었다.

"너무 그런 눈 하지 말지? 난 포기도 우아하게 할 거거든."

"넌 언제나 우아했어."

"여름, 먼저 가. 난 이제 틀렸어."

별하가 장난스럽게 웃었다.

"내가 질투에 눈이 휙 돌 정도로 후랑 진하게 사랑해. 그게 날 위해 해 줄 수 있는 가장 멋진 우정이야."

여름은 별하를 확 끌어안았다. 눈물이 하염없이 났다.

· · ·

여름은 공원 계단에 앉아 있었다. 별하와는 서로를 안아 주고 다독이며 한참을 끌어안고 있다가 헤어졌다.

나이가 든 후로는 아무리 친구라도 동성끼리 그러면 쑥스럽고 손발이 오그라들었는데, 이번엔 그렇지 않았다. 그냥 따스했다.

별하를 보내고 여름은 이 공원으로 왔다. 이번엔 캔 맥주는 없었다. 그냥 자신의 고민과 깊은 생각들만 들고 왔을 뿐이었다.

한참을 홀로 앉아 있다가 여름은 휴대폰을 꺼냈다. 마치 어디에 전화할지 모르겠다는 듯, 멍하니 화면만 응시하다가 곧 정신을 차리고 전화를 걸었다.

사실은 처음부터 전화할 곳은 한 군데였다.

오래지 않아 그 상대가 전화를 받았다. 후의 목소리가 들리자, 여름은 이상하게 눈물부터 났다.

꾹 참으며, 떨리는 목소리로 겨우 입을 열었다.

"별하가…… 허락했어."

그냥 그 말부터 나왔다.

"별하가 괜찮다고 하면 괜찮은 거야. 난 별하의 그 말을 기다렸나 봐. 괜찮아, 여름. 그 말을. 별하가 자기도 괜찮고, 나도 괜찮을 거고, 너도 괜찮을 거랬어. 우리 셋 다 괜찮을 거랬어."

눈물이 툭 떨어졌다.

"후야, 여전히 날 좋아해?"

— …….

"보고 싶어."

목이 콱 막혔다. 이렇게 가슴이 아프면서도 기쁠 수 있단 게 놀라웠다.

— 너 어디야.

후의 목소리가 돌아왔다. 지금껏 한마디도 않고 묵묵히 기다려

387

주던 후가, 묻는 말엔 대답 않고 다그쳤다.

— 어딘지 말해.

"지금까지 제대로 말하지 못해서 미안. 나 너 좋아해. 아주아주
많이 사랑해. 너무너무 보고 싶어."

여름은 울면서 고백했다. 지금까지 수많은 이유로 하지 못했던
그 소중한 말을.

후의 차가 섰다. 시동이 꺼지자마자 바람처럼 내린 후가 여름
의 앞으로 한달음에 달려왔다. 정말 바로 와 줬다.

짧게 숨을 뱉으며 달려온 후가 여름의 앞에 서자마자 그녀를
확 안아 버렸다.

후의 넓은 가슴에 여름은 잠겨 들 듯 무너졌다. 마치 이제야 돌
아와야 할 곳에 도착한 기분이었다. 모든 게 편안해졌다.

"후야, 난 지금까지 토끼였던 거 같아. 외로우면 죽어 버린다
는……."

어릴 때부터 늘 그랬었다. 외로운 게 싫어서, 겁나서, 차라리
깊은 관계를 맺지 않으려 들었던 겁쟁이 토끼.

"근데 알고 봤더니 토끼가 외로우면 죽는단 건 잘못된 속설이
라더라. 난 그걸 잘못 알고 있었던 거지. 그리고 나에 대해서도
잘못 알고 있었어. 외로운 게 싫어서 겁내기만 하는 나는 내가 아
냐. 내가 날 너무 얕잡아 봤어. 그렇게까지 약하지도 않으면서.
그래. 난 약하지 않아."

"……."

"그래서 이제부터라도 난 변할래. 좀 더 단단해지고 강해질래. 더 이상 겁만 내느라 정말 중요한 걸 놓치는 사람 같은 거 그만할래."

후는 아무 말 없이 그저 여름을 다독였다. 마치 네가 무슨 생각을 하는지 다 알고 있다는 듯.

"그러니까 이제 너도 이렇게 다 받아 주지만 말고, 차라리 날 막 대하고 그래. 그래도 돼. 만약 네가 예전에 비해 애가 좀 변했다 싶더라도 불안해하지 않고 겁내지도 않을 거니까. 이제 내가 널 안 놓을 거야. 어떤 방법을 쓰건 네가 앞으로도 나한테 계속 푹 빠져 있게 할 거야."

"내가 변한다고?"

후가 여름을 가슴에서 떼어 내곤, 어깨를 쥔 채 물끄러미 내려다보았다.

"정말 내가 변할 것 같아?"

"이를테면."

"몇 번이고 맹세해 줄게. 그럴 일은 절대 없어."

"사람 일에 절대는 없어."

"알아. 무조건이란 건 어쩌면 무모한 자신감일지도 모르지. 하지만 나한텐 내 의지란 게 있어. 네가 무슨 의도로 그런 말을 하는 건지 짐작은 가지만……."

"사랑해."

여름의 기습 고백에 후의 눈이 커졌다.

"나랑 쭉 사귈 거지? 나 맘 바뀌기 전에……."

읍!

하지만 뒷말은 더 이어지지 못했다. 후가 더 기습적으로 키스했기에.

후의 더운 숨결이 여름의 안으로 훅 밀려들었다. 여름은 그의 목에 팔을 휘어 감았다.

언제 후의 차에 탔는지, 언제 서로의 옷을 벗겼는지 모르겠다. 두 사람은 오로지 서로만을 바라보며 욕망을 서로의 몸 안에 고스란히 퍼붓고 있었다.

뜨거운 키스, 음란한 손길, 헝클어진 신음을 서로에게 쏟아 내며 어느 순간 하나가 되었다.

머릿속은 이미 하나의 생각으로만 꽉 차 있었다. 그저 서로를 내 걸로 만들고 싶단 생각뿐.

차 안이라는 낯선 상황 때문인지, 여름은 후를 받아들이기 더 힘들어했다. 좁은 입구에 후는 여름을 안은 채 자세를 바꿔 가며 몇 번이나 이를 악 물었다.

끝만 겨우 들어갔음에도 여름이 너무 힘들어해 후는 여름의 등을 훑어 내리며 부드럽게 키스했다. 아마도 여름을 갖고 싶단 생각에 너무 조급했던 것 같다.

"괜찮아?"

눈을 꼭 감은 채 떨고 있던 여름이 눈꺼풀을 들고서 신음을 흘리며 후를 올려다보았다. 그 모습이 너무 자극적이라 후는 오싹했다.

"좀 급했어, 너……."

여름이 제 입술을 핥으며 투정을 부린다. 하지만 그게 또 후를 선동해서 윽, 흥분한 후는 그대로 여름의 허리를 꽉 쥐고서 자신을 밀어붙였다. 깊이 파고들자 여름이 허리를 떨며 반응했다.

완전히 하나가 된 서로를 내려다봤던 여름은 얼굴을 붉힌 채 반사적으로 눈을 꼭 감았다. 조금의 틈도 없었다. 완벽하게 여름의 깊은 곳까지 자리한 후가 움직였다.

세상이 너울거리기 시작했다. 여름은 구름 위에 뜬 듯 불안하게도, 반대로 충만하게도 만드는 쾌락으로 빨려 들어갔다.

안아 주는 팔, 키스해 주는 입술, 제 좁은 틈을 비집고 들어오는 후.

닫혀 있던 제 몸을 열었듯, 아니 그 이전에 후는 여름의 마음을 가장 먼저 열어 준 사람이었다. 누구도 관심 가지지 않고 방관했던 그녀의 단단하게 갇힌 문을 힘껏 열어 줬던 존재.

'고마워, 후야.'

사랑한다는 말보다 더 후에게 해 주고 싶은 말.

"사랑해, 후야……."

하지만 사랑한단 말도 아끼지 말아야지.

후가 여름의 얼굴을 매만졌다. 그의 눈동자에서 애정이 넘쳤다.

"사랑해. 영원히……."

한여름, 넌 내 십 대와 이십 대를 통틀어 날 만들어 줬고, 남은 날들 동안 날 지탱해 줄 유일한 존재야. 여름은 언젠가는 끝나지만 언제나 돌아오듯이, 지금까지 옆에 있어도 한 번도 없었던 여름이 드디어 돌아왔다.

이제 내 계절은 눈이 와도, 비가 내려 추워도, 단풍이 져도, 싹이 나고 바람이 불어도, 언제나 뜨거운 여름이야. 네가 내 곁에만 있다면, 여름은 늘 그를 채우는 영원의 계절이리라.

이모한테 전화가 온 건 여름이 회사에 있을 때였다.

— 로비에서 기다릴 테니까 잠깐 내려와라.

채다민한테 한 협박이 잘 안 먹혔는지 결국 찾아온 것이다. 여름은 전화가 끊어지자 사무실에서 나와 바로 다민에게 전화를 걸었다.

— 아, 왜?

"내가 이모 찾아오지 못하게 하라고 했지? 너 목숨이 한 몇 개는 되나 보다."

— 맘대로 해. 나 엄마한테 두들겨 맞아서 지금 출근도 못 하고 있으니까. 지르고 싶으면 지르든가.

"뭐?"

— 원장 사모가 집 와서 다 뒤집고 갔다고. 네가 떠들지 않아

도 사모한테 다 걸렸다고. 아, 나더러 어쩌라고!

다민이 꽥 소리쳤다. 종로에서 뺨 맞고 한강 가서 눈 흘긴다더니, 거의 미친년 수준이라 여름은 휴대폰 통화구를 막아야 할 정도였다.

그나저나 먼저 걸렸을 줄이야. 그걸 계산에 넣지 못했다. 아무튼 모르는 사이에 태풍이 지나간 모양이었다.

이모 성격이면 회사도 못 갈 정도로 다민을 두들겨 팼다는 건 사실일 테다. 근데 이 계집앤 한 가정을 파탄 내고도 오히려 억울하단 태도였다.

— 어차피 다 뽀록났으니까 그거 갖고 나 협박할 생각 말라고. 네 저주대로 난 병원도 잘렸고, 사모한테도 언어터지고, 손가락질 받고 있어. 그래서 속 시원해? 고소하냐고!

다민이 발광을 했다. 여름은 더 할 말이 없어서 그냥 전화를 끊었다.

네가 억울할 게 뭐가 있어. 한 가정을 박살 내고, 그 아내와 아이들에게 씻을 수 없는 상처를 준 주제에.

라고 바른 소리 하려고 했지만 괜히 긁어 부스럼 만들 것 같아 그만뒀다. 안 그래도 반 미쳐 있는 애를 더 자극해서 자신에게 좋을 것 없었다.

그렇다면 이모가 찾아온 이유는 뭘까. 설마 제 딸이 저렇게 타락한 게 내 탓이라고 또 날 잡으려는 건가?

여름은 잠깐 생각해 보다가, 어차피 한 번은 만나야 할 것 같아 차분하게 로비로 내려갔다. 이모 성격에 내려가지 않으면 회사를 뒤집을 사람이었다.

로비에 도착하니 이모는 의외로 조용한 얼굴로 여름을 기다리고 있었다.

한때 참 곱던 이모 얼굴도 세월의 역풍을 맞아 많이 억척스러워졌다. 실크처럼 매끄럽던 손도 고생의 흔적이 묻어 거칠거칠했다. 비싼 옷들만 가득했던 옷장에서 꺼내 입었을 옷은 낡고 색이 빠져 있었다. 어릴 땐 그렇게나 무서웠던 이모는 지금은 그저 어디에서나 볼 수 있는 그 나이 대의 아줌마였다.

"일하는 중에 와서 미안하다."

웬일로 이모가 사과까지 했다. 퉁명스럽긴 했지만.

"차라도 한잔하세요."

여차하면 로비에서 실랑이가 벌어질 수도 있었기에 여름은 이모를 데리고 근처의 찻집으로 갔다. 회사 사람들은 잘 안 오는 구석진 곳의 손님 없는 카페였다.

적당한 음료를 시켜 놓고서 두 사람은 자리에 앉았다.

"다민이 짐은 잘 받았다."

여름은 별 반응 없이 눈을 살짝 내리깔고서 묵묵히 이모의 말을 들었다.

"그래도 그렇지 어떻게 상의 한마디 없이 그렇게 짐을 빼니? 내가 널 그렇게 키웠니?"

"다민이랑 같이 사는 게 안 맞았어요."

"나는 너랑 잘 맞아서 지금껏 데리고 살았겠니? 인정머리 없는 것도 정도가 있지."

"죄송해요."

"그래. 그 말이 나와야지. 내가 몇 번이나 전화하려고 했는데, 그래도 네가 사람이면 먼저 연락 주겠지 싶어서 계속 기다렸다. 오늘은 오겠지, 내일은 오겠지. 근데 사람 천성 어디 가니? 결국 이렇게 찾아오게 만들고. 전화해서 한마디라도 사정 얘기 하면 손가락이 부러지니? 어릴 때부터 그렇게 죽어라 말 안 듣고 고집스럽게 굴더니."

이모가 혀를 찼다. 여름은 억울해서 말이 목까지 찼지만 애써 눌러앉혔다. 서럽다 말해 봐야 그 말로 또다시 다른 꼬투리를 잡을 사람이 아닌가. 때마침 음료가 나와서 여름은 음료를 가지러 갔다.

다시 돌아오니 적어도 비난 타임은 끝나 있었다. 대신 이모는 다른 소리를 했다.

"다민이 얘긴 들었니? 내가 남세스러워서 원. 세상에 남자가 없어서 유부남을⋯⋯. 휴, 됐다. 내 얼굴에 침 뱉기. 그놈은 나 잇살 먹고 가정도 있는 놈이 어디 할 짓이 없어서 남의 집 귀한 딸을. 천벌을 받을 놈."

예상에서 한 치의 어긋남도 없는 이모의 남 탓에, 여름은 저도 모르게 피식 입꼬리가 끌려 올라갔다. 저가 다 민망할 정도였다.

일단 창피를 당했으니 다민을 패긴 했겠지만, 결국엔 다민보다 상대방을 욕할 사람이란 걸 진작 알았다.

"넌 알고 있었니?"

이 대사도.

"아뇨. 전 모르고 있었는데요?"

"근데 왜 놀라지도 않아?"

"너무 놀라서 반응이 안 나온 거예요. 다민인 괜찮아요?"

"모르겠다! 내가 남부끄러워서 죽지 않을 정도로 패 놨는데. 때리는 내 심정은 오죽했겠니? 순진한 게, 사람 함부로 믿지 말라고 그렇게 일렀는데 엄마 말 안 듣고 아주 꼴 좋지. 이모부는 다민이 얼굴도 안 보려고 한다. 내가 살 희망이 없다."

"그러시군요."

"넌 무슨 애가 남 일 얘기하듯 그러니? 설마 고소하다 이거니?"

"그럴 리가요. 전 그냥 이모 입장 생각해서 들어 드리고 있는 거예요. 오해 마세요."

"아무튼 그 여잔 자기 남편을 잡지 왜 애한테 와서 그 난리라니? 남의 집에 쳐들어와선 패악도 그런 패악이 없었다. 그러니 남편이 한눈을 팔지. 지가 오죽 못났으면 의사씩이나 되는 사람이 바람을 피웠겠니? 안 그러니?"

"이모, 그건 아닌 것 같은데요."

"뭐?"

이모가 눈을 껌뻑거렸다.

"피해자는 다민이가 아니라 그 부인이랑 아이들 같아서 드리는 말씀이에요. 아무리 딸이라도 그렇게 말씀하시면 안 되죠. 다민이가 그 사모님 입장이었어도 그렇게 말씀하실 거예요?"

순간 이모가 엄청난 얼굴을 했다. 눈이 무시무시하게 번뜩거리고 얼굴 근육이 흉측하게 일그러졌다. 한 대 맞겠구나.

하지만 저런 비이성적이고 쓰레기 같은 말을 듣고 있자니 차라리 한 대 맞는 게 나을 것 같았다.

하지만 놀랍게도 이모는 부들부들 떨리는 팔을 들지 않았다. 옛날이라면 바로 따귀가 날아와도 몇 번은 날아왔어야 정상인데. 주변 창피한 거 신경 쓰는 사람도 아니고, 왜지?

"아주 그냥 그렇게 꼬박꼬박 바른말 해야 속 편하지? 지금 그렇게 시시비비 가리면서 판단할 때야? 네가 그렇게 똑똑해? 지금 애가 저 지경이 됐는데 그딴 소리가 나오느냐고!"

"죄송해요."

"넙죽넙죽 사과는 잘하지."

이모가 부르르 떨며 물을 벌컥벌컥 마셨다.

"사과는 진심이니?"

여름은 이모의 눈을 마주 보기 싫어 그냥 시선을 내렸다.

"다민이 때문에 찾아오셨어요? 하지만 제가 도와드릴 수 있는 부분은 없을 것 같은데요."

"하, 너 말 한번 잘하는구나."

"하지만 사실이잖아요. 제가 뭘 어떻게 해요? 다민이랑 같이 살았는데도 저 몰래 그런 거잖아요. 제가 막을 수 있는 것도 아니고."

"너한테 데리고 살란 소리 아니니까 지레짐작 말고, 애 저렇게 돼서 회사도 못 나가게 생겼다. 소문 쫙 나서 당분간은 어디 취직할 수도 없고. 그래서 차라리 유학이나 보낼까 하는데 네가 돈 좀 보태라."

순간 여름의 고개가 번쩍 들렸다. 이제야 알 것 같았다. 이모가 왜 찾아왔는지. 와서도 왜 이모치고 여러 번 참았는지.

여름은 차라리 웃음이 났다. 결국 돈이었구나. 마지막까지 껍데기만 두고 내 피를 쪽쪽 빨아먹으려고.

"저 돈 없는데요."

"왜 없어? 전세금 있잖아. 적금 들어 놓은 것도 있을 테고."

"적금 없어요. 그리고 저 이미 집 구해서 전세금도 없어요."

"그거야 빼면 될 거 아냐. 안 그래도 이모부도 장사도 안 되는데, 네가 좀 보태라. 지금껏 우리가 널 어떻게 키웠니? 너 이러면 안 되는 거 아니니?"

여름의 입술이 부들부들 떨렸다.

"맞아요. 이러면 안 되는 거죠. 이모가, 저한테 이러시면 안 되는 거죠."

"너 지금 뭐라고 했니?"

"저 고모한테 다 들었어요. 저 떠맡으신 거, 실은 그거 아니었잖아요. 엄마 돈 때문이었잖아요. 엄마 병원비 대 준 적도 없잖아요. 엄마 때문에 진 빚도 없잖아요. 오히려 엄마 돈으로 이모부 사업한 거잖아요. 제가 모를 줄 아셨어요?"

이모의 눈이 휘둥그레졌다. 여름이 그걸 알고 있단 사실에 적잖이 충격을 받은 얼굴이었다. 허를 찔린 얼굴.

"이모가 적어도 제 이모라면 이러시면 안 되죠. 벌써 알고 있었는데도, 그래도 키워 주신 건 사실이니까. 차라리 고아원이 나을 것 같다고 몇 번이나 생각했었지만 아무튼 이모 말대로 키워 주셨으니까, 그래서 아무 말 않고 그냥 돈 드리고 다민이 봐주고 그렇게 산 거예요. 그러니까 더 이상 저 건드리지 마세요."

"뭐, 뭐라고? 건드리지 마? 하, 요게 말하는 거 보게. 그래, 내가 네 엄마한테 받긴 했다. 하지만 고작 몇 푼이었어. 내가 너 키우는 데 한두 푼 든 줄 알아? 네 고모가 뭐라고 지껄였는지는 모르겠는데 아주 얘가 은혜를 모르고 유세를 떠네."

"네. 저 유세 떨어요. 그럴 만한 자격 있으니까요. 물론 저 키우는 데 한두 푼보단 더 들었겠죠. 근데 전 이모네 집에서 공짜로 컸어요? 그건 생각 안 하세요?"

"너……."

"저 이모랑 더 이상 아무 말도 하고 싶지 않아요. 그래도 이모가 저 키워 주겠다고, 그 말 듣고 엄마는 아마 겨우 편하게 눈감았을 테니까 그걸로 제 서러움, 아팠던 거 다 용서하고 싶지 않지만 용서할게요. 그러니까 더 이상 찾아오지 마세요."

여름이 벌떡 일어났다. 그 순간 이모가 여름의 팔을 붙잡고 늘어졌다.

"이거 놓으세요."

"그래. 내가 다 미안하다. 네 말이 맞아. 하지만 눈 딱 감고 이모 한 번만 더 도와줘. 나도 사람인데 너한테 안 미안했겠니? 나도 너 잘 키우고 싶었어. 잘해 주고 싶었어. 근데 이모부가 사정이 안 좋아졌잖아. 오죽했으면 내가 그랬겠니."

여름은 어처구니가 없었다. 이모가 이젠 막다른 길까지 간 모양이었다. 이렇게까지 헛소리를 할 줄이야.

"저 구박한 건, 이모부 회사 기울기 전부터였어요. 그 전부터전 이미 그 집에서 구박덩이였다구요."

"내가 구박하고 싶어서 그랬겠니? 너도 남의 자식 키워 봐. 그게 내 맘처럼 되나."

핑계 없는 무덤 없다고, 모든 사람들에겐 자신만의 논리가 있나 보다. 여름은 화도 안 나고 차라리 헛웃음만 나왔다.

"그래도 넌 다민이보다 낫잖아. 대학도 좋은 데 나오고 직장도탄탄하고. 그리고 다민이한테 들으니까 지금 만나는 남자도 부잣집 아들이라며. 식구 좋은 게 뭐니. 안 되면 그 남자한테라도……."

여름의 눈동자가 벌어졌다.

"그래서였어요?"

이모가 왜 이렇게까지 저자세로 나오는 건지 그게 아무래도 이상했었는데, 처음부터 목적은 후였던 것이다. 다민과 이모의 합작품.

이 치졸한 인간들.

"지금 저더러 남자 친구한테 돈 빌려서 다민이한테 주라고, 그거 시키러 오신 거예요?"

"……."

"그래요. 좋아요. 남자 친구한테 딱 한 번만 말해 볼게요."

"지, 진짜니? 정말 이번이 마지막이야. 두 번은 안 그럴게. 고맙다, 여름아."

"근데 제 남자 친구가 지금 이모네 식구들 벼르고 있거든요. 만약 저 조금이라도 괴롭히면 어떤 수단 방법을 써서라도, 지금까지 학대당한 거 다 합쳐서 밟아 놓을 거라고, 가만 안 둘 거라고 했거든요. 근데 제가 이런 부탁을 하면 남자 친구가 뭐라고 할까요?"

"뭐?"

"절대 안 해 주겠다 그 소리예요. 못 알아들으세요?"

"너……."

"자꾸 이러시면 다민이랑 그 유부남 의사랑 벌거벗고 찍은 사진 인터넷에 올릴 거예요. 저한테 그 사진 있으니까."

"너, 너 지금 날 협박하니?"

"그뿐이겠어요? 그 와이프 도와서 상간녀 위자료 청구도 들어갈 거고, 남자 친구한테 부탁해서 이모부 그 식당에서 쫓겨나게 할 거예요. 제가 부탁하면 다 들어줄 애거든요. 제 남자 친구 집이 얼마나 돈이 많은지, 어떤 집안인지 다민이한테 다 들었죠? 그리고 돈으로 안 되는 게 없단 건 이모가 가장 잘 아실 테고요. 돈 때문에 친언니까지 저버리고 비정하게 저 학대한 이모라면."

이모의 얼굴에서 핏기가 싹 가셨다. 뭐라고 되받아쳐야 하는데 미처 말이 안 나오는 것 같은 눈치였다.

"세상이 뒤집힌대도 제 남자 친구는 저 위해 어떤 거라도 해 줄 사람이니까. 가족들 죄다 거리로 쫓겨나고 다민이 완전히 매장시키고 싶은 게 아니라면, 저 건드리지 마세요."

여름은 냉정하게 이모를 털어 내곤 그대로 카페를 나왔다.

이모가 어떤 얼굴을 하고 있는지는 확인하지 않았다. 아마 머리꼭지까지 화가 났겠지. 하지만 그럼에도 더 이상 물고 늘어지지 못하는 건, 여름의 말이 단순한 협박이 아니란 걸 알기 때문인 듯했다.

아마도 제 얼굴은 지금껏 살아온 중에 가장 독한 얼굴이었을 것이다. 이모가 저렇게 새파랗게 질릴 정도로 아주 냉정했을 것이다. 스스로 거울을 보면 놀랄 정도로.

하지만 어쨌든 이겼다. 이긴 것이다. 이모의 입을 다물게 했다. 그거면 됐다. 이모는 더 이상 자신을 괴롭히지 못한다. 이젠 정말 자유다.

아니, 이미 그럴 시기는 한참 전에 지났는데 계속 습관처럼 겁내고 있었을 뿐. 이젠 더 이상 이모 말 한마디에 벌벌 떠는 어린아이가 아니란 걸 자각한 것이다.

휴대폰이 울렸다. 확인하지 않고도 누군지 알 것 같았다. 지켜보고 있는 게 아닐 텐데도, 후는 늘 타이밍 좋게 여름이 힘들 때면 이렇게 꼭 자신에게 와 준다.

"응, 후야."

여름은 모든 불행을 지우고서 웃는 얼굴로 전화를 받았다.

— 잠깐, 목소리가 왜 이렇게 밝아?

일부러 더 씩씩하게 웃었더니 좀 오버했나 보다.

"네 목소리 들어서 좋아서 그런다. 밝아도 불만이니?"

— 왜 불만이겠어. 단지, 무슨 일 있는 건 아니지?

그 와중에도 촉은 발동되나 보다.

"없다고. 하나도 없어."

— 뭐 먹고 싶은 거 없어? 사 줄게.

"음, 글쎄 뭘 먹어야 할까나."

— 뭐든 말해.

"넌 뭐 먹고 싶은데?"

— 난 너랑 먹으면 뭐든 맛있지.

"으, 손발 오그라들어."

— 적응해.

"아! 한 가지 생각났다."

— 뭔데?

"양대창. 우리 양대창 먹자."

여름은 생그르르 웃으며 한창 더위가 기승을 부리는 여름 하늘을 올려다보았다. 방금 전까지 이모가 묻혀 놓은 슬픔을 햇빛에 말리고 싶어서였다. 빳빳하게, 깨끗하게 말리고서 후를 만나러 가야지.

그리고 후가 걱정하지 않게, 만나면 힘껏 웃어야지.

· · ·

예전에 후를 만날 땐 어땠더라?

대학 다닐 때를 생각해 보면 답이 나온다. 후와 약속했던 게 뒤늦게 기억나, 기숙사에서 자다가 벌떡 일어나 뛰쳐나갔던 적이 있었다.

그때 제 꼴이 어땠냐면, 밤새 과제하느라 못 감아서 떡 진 머리를 대충 모자로 가리고, 눈곱은 가다가 뚝뚝 떼고, 유니폼 같은 청바지에 남방만 대충 걸치고, 그나마 귀찮아서 화장은커녕 비비크림만 대충 바르고 신발은 화끈하게 구겨 신었던 것 같다.

그런 꼴로 약속 장소에 도착한 그녀를 보며 후가 한 말은,

'컨셉이 아줌마냐?'

'왜 이래? 두 시간이나 꾸몄는데.'

후가 인간 같지 않다는 얼굴로 어떤 말을 해도 전혀 상처받지 않았다. 오히려 푸하하하 웃어넘기며 팝콘을 끌어안고서 낄낄거리며 영화를 봤던 기억이 생생했다.

'야, 저거 봐. 완전 웃기지? 보라니까?'

팔꿈치로 후의 옆구리를 쿡쿡 찔러 가며 박장대소를 했던 것이다. 입을 미친 듯 크게 벌리고 웃느라 팝콘이 옷으로 떨어지면 그걸 다시 주워 먹었다. 손에 묻은 팝콘 가루는 대충 옷에 슥슥 닦아 가며.

'푸하하! 지금 봤어? 밑으로 떨어진 거? 대박 웃겨. 미친 거 아냐?'

그뿐인가. 제 팝콘 속으로 후의 손이 들어오면 찰싹 손등을 때려 나눠 주지도 않았다. 정작 팝콘을 산 사람은 후였는데. 후는 제 돈 내고도 으르렁거리는 여름 때문에 팝콘도 못 얻어먹은 것이다.

정말이지 염치없음의 극치였으나, 더 문제는 창피한 것도 몰랐다. 그야말로 인간이 아닌 짐승이었다.

하지만 그때완 참 많은 게 달라졌다. 예전에 천둥벌거숭이처럼 혹은 뿔난 망아지처럼 모자나 푹 눌러쓰고 대충 신발 질질 끌고 나갔던 때와 달리, 여름은 퇴근하기 전 일부러 화장실에 들렀다.

꼼꼼하게 화장을 살피고 번진 부분이 보이자 정리했다. 가글도 하고 망가진 입술에 다시 한번 립밤을 발라 촉촉하게 만들었다. 옷매무새도 살피고, 단정하고 예쁘단 생각이 들자 오케이 허락을 내렸다.

그리고 핸드백을 어깨에 메고서 또각또각 구두 소리를 내며 회사를 나섰다.

정말이지 역변이 아닐 수가 없다. 그럼에도 그 노력이 전혀 귀찮지도 성가시지도 않다는 게 참 놀라웠다.

약속 장소에 도착하자 후가 기다리고 있었다. 후는 늘 그렇듯 완벽하고 멋진 모습이었다. 여름도 상큼하게 웃으며 후의 앞으로 가서 섰다.

"잘 왔어?"

후가 다정하게 여름의 머리카락을 쓰다듬는다. 예전이라면 그 팔을 잡아 뒤로 확 꺾고서, 어딜 만지고 지랄이야, 걸쭉하게 한 소리 해 줬겠지만 지금은 상냥하게 웃는다. 스스로 생각해도 여우라고 생각될 정도로 사르르.

굳이 일부러 그럴 필요도 없었다. 그냥 후를 보면 절로 웃음이 났다.

"넌 왜 이렇게 늘 예쁘냐?"

후가 닭살 돋는 소리를 한다. 물론 이것도 예전이라면 기분 나쁜 얼굴로, 장난하냐? 나한테 뭐 죄지은 거 있어? 한 소리 했겠지만 지금은 안 그런다.

"타고난 거야."

쑥스러워서 꽈배기처럼 몸을 꼰다.

"근데 너, 난 뭘 해도 늘 똑같다고 하지 않았어?"

"그랬었지."

"근데 오늘은 왜 예쁘다고 그래?"

"그걸 아직도 모르겠냐?"

후가 여름의 어깨에 팔을 두르고 돌아선다.

"넌 늘 예쁘단 소리였잖아."

둘은 온갖 닭살을 떨며 상영관으로 향했다. 아주 제대로 연인들의 닭살 행각 코스를 밟는 것이다.

영화 장르도 바뀌었다. 전엔 코미디 아니면 액션이었는데, 지금은 오로지 로맨스다.

후가 한번 호러에 도전했었지만, 여름이 꺄악! 소리치며 안기기는커녕 중간에 왁! 하며 도리어 후를 겁줘서 진작 포기했다.

제아무리 친구에서 연인 관계로 접어들었다 해도 여름은 그 정도까지의 내숭은 못 부렸다.

아무튼 스크린에선 아름다운 장면이 펼쳐지고, 심금을 울리는 멜로가 진행되었다. 극장 안의 모든 커플들이 콩닥콩닥, 분홍분홍하다.

그리고 후와 여름 커플도 전혀 다르지 않았다.

주인공이 키스할 땐 후와 여름도 살짝 긴장한다. 그리고 못내 행복하면서도 슬픈 주인공의 사랑 속으로 빠져들었다.

영화가 끝나자 여름은 좀 젖은 눈과 발그레한 뺨으로 극장을 나섰다.

"에구, 슬펐어?"

후가 여름의 눈물을 살짝 닦아 주며 장난스럽게 놀렸다. 예전 같았으면, 울긴 왜 울어? 하품한 거야! 센 척했겠지만 지금은 그 냥 후의 상냥함에 기댄다.

극장을 나와서 두 사람은 양대창집으로 갔다. 들뜬 얼굴로 오늘 본 영화에 대해 얘기하며 맛있게 양대창을 먹고 나오면서, 여름은 자신이 계산을 했다.

"어허, 넣어 둬. 오늘은 내가 계산할게."

후는 물음표를 머리 위에 그리고 있었다.

"네가 왜?"

"왜는 왜야. 너 말 이상하게 한다. 누가 들으면 내가 만날 얻어 먹었는지 알겠네."

만날 얻어먹었었다. 친구였을 땐 후의 껍질까지 벗겨 먹어도 아무렇지도 않았는데, 요즘 들어 왠지 이래선 안 되겠단 생각이 들었다. 연인이 되면서 양심이란 게 생긴 것이다.

"우리도 데이트 통장 만들까? 다들 그러잖아. 우리도 10만 원 씩 넣어 놓고 같이 쓰자."

별걸 다 해 보고 싶다.

"20만 원으로 뭘 하게."

"헐. 또 개똥 같은 소리 하고 있네. 20만 원이 뭐가 어때서? 지금 20만 원 무시해? 얘가 돈 보길 우습게 하네. 앞으로 가르칠 게 심하게 많겠어. 하아."

후가 고개를 절레절레 저었다.

"그러지 말고 네가 그냥 내 돈 다 관리할래?"

"내가 왜?"

"어차피 결혼하면 네가 관리할 거 아냐. 난 너한테 용돈 받아 쓰고."

여름의 눈이 휘둥그레졌다.

"미쳤나 봐. 누가 너랑 결혼해 준대?"

괜히 숨이 턱 막혀 걸음을 빨리했다. 너무 창피해서 걸음아 나 살려라 도망치고 싶었다. 후가 금세 따라붙어 옆에서 싱글싱글 웃었다.

"나랑 안 하면 누구랑 할 건데?"

"아, 몰라."

"왜? 딴 놈이라도 있어?"

"미쳤나 봐."

"누구랑 할 거냐고."

"아, 너랑 하지 누구랑 해?"

유도 신문에 걸렸다. 여름은 반사적으로 소리쳤다가 딸꾹질을 했다. 내가 지금 무슨 소릴 지껄인 건가.

그 순간 여름의 손가락으로 뭔가가 미끄러지듯 끼워졌다. 여름이 멍한 얼굴로 내려다보니 그건 반지였다. 너무도 예쁜.

"허락한 거다."

"……"

"나랑 결혼해 주면, 평생 양대창 사 줄게. 그러니까 나한테 와."

가슴이 뭉클했다.

"멍청이. 이런 감동적인 순간에 양대창이 뭐니? 내가 그렇게 단순한 여잔 줄 알아?"

흑.

"하지만 양대창 때문에 받아 준다, 내가."

물론 절대 양대창 때문은 아니었다. 아니, 평생 양대창 보장이라니, 아주 솔깃하지 않은 건 아니었지만.

"당연히 너한테 가지. 내가 어딜 가겠냐고."

여름은 울먹거리며 세상에서 가장 처절한 청혼 수락을 했다. 후가 없는 제 삶을 상상할 수도 없다. 그렇게 됐다.

"한여름."

"왜."

"나 좀 안아 줘라. 더 행복해지게."

여름은 빨개진 눈으로 후를 흘겨보다가, 팔을 뻗어 후의 목을 꼭 끌어안았다. 사람들이 지나다니고 있었지만 상관없었다. 후가 그런 여름의 등을 힘껏 마주 안았다.

친구, 연인, 혹은 친구 이상 사랑 이하.

친구에서, 친구 이상 사랑 이하로, 그리고 이젠 연인이 되었다.

가장 중요한 건, 그 세 가지를 다 겪으면서 단 한 번도 행복하지 않았던 적이 없었단 것이다.

후가 있으면, 여름이 있으면 다 좋았다. 후가 옆에 있으면 다 든든하고 즐거웠다. 여름이 함께 있으면 모든 시간이 행복했다.

두 사람은 서로를 바라보다가 입을 쪽 맞췄다. 여름의 눈가가 촉촉하게 젖었다. 후도 뭉클했다.

왔다, 내 여름이.

"평생 가장 행복하고 따뜻한 오후가 되어 줄게."

넌 내 옆에서 이렇게 늘 존재하는 여름이 되어 주길……

사랑해.

— fin

작가 후기

여름입니다.

처음 글을 시작했을 땐 따뜻한 봄이었는데, 아니 가끔 쌀쌀한 바람마저 불던 이른 봄이었는데 벌써 여름의 한가운데로 들어왔네요.

제목을 보며 무슨 뜻일까 생각하시는 분들이 많을 거라 생각합니다. 둘의 이름이었습니다.

서정적이면서도 강렬하고 뜨거운 사랑의 행위가 공존하는 그런 소설을 쓰고 싶었습니다. 그렇게 시작된 이야기가 이 글입니다.

누구에게나 휴식 같은 안정감과 행복한 감정을 느끼게 해 줄 수 있는 나른한 오후라는 시간. 그런 은근하면서도 강렬한 매력을 갖고 있는 남자를 만들어 내고 싶었어요. 후는 그런 남자였나요? 제게 있어서는 그랬습니다. 그리고 여름이도 그렇게 느꼈겠지요.

뙤약볕, 매미 소리, 푹푹 찌는 찜통더위, 연기가 나는 아스팔트, 그런 것들이 절로 떠오르는 한여름. 하지만 반대로 생각하면 아주 진한 녹색의 잎을 피워 내는 계절이 바로 여름이기도 하지 않을까요. 새싹이 트는 봄과 낙엽이 지는 가을과는 전혀 다른 느낌. 그 강렬한 푸른 녹음.

여름은 그런 상반된 이미지를 가졌습니다. 모든 것의 생기와 물기를 빼앗아 축축 늘어지게 만드는 살인적인 더위, 하지만 잎맥마다 물로 가득 차 있는 통통한 나뭇잎을 키워 낼 수 있도록 해 주는 기특하고도 청량한 계절.

그 두 가지를 동시에 가지고 있는 여자애를 그리고 싶었습니다. 바로 그 여자의 이름이 한여름이 되었고요.

한여름의 오후. 세상에 그보다 느긋한 시간이 또 있을까요? 물론 덥겠지만, 선선한 바람 한 줄기 불어 준다면 그것만큼 행복한 시간이 또 어디에 있을까요.

후는 늘 여름이 없었지만 이제는 갖게 되었네요. 그래서 여름의 오후는 이제 행복해질 것 같습니다.

풋풋한 학생들의 이야기를 쓰는 건 늘 즐겁습니다. 물론 요즘 아이들은 쓰는 말투도 다르고 제가 어릴 때와는 환경이나 모든 것이 변했지만 그래도 변하지 않는 게 있죠. 그건 바로 순수함과 맑음이 아닐까 합니다.

그런 둘이 서서히 서로의 옆에서 자라며 성숙한 어른이 되는 이야기를 제 방식대로 쓸 수 있어서 다행이었습니다.

서로에게 물을 주고, 거름이 되어 주고, 햇빛을 쐬어 주며 좀 더 단단히 뿌리내리는 관계. 오랜만에 글을 쓰며 많이 설레었습니다. 더불어, 제목이 중의적인 의미를 가진 글을 한 번 꼭 써 보고 싶었는데 이번 기회에 해 보았네요.

한여름은 계절이고 오후는 시간입니다. 하지만 똑같이, 한여름은 여자이고 오후는 남자입니다. 계절도, 시간도, 여자도, 남자도 다 행복해져서 다행입니다.

친구에서 연인이 되어 가는 소재는 너무 많아서 그 흔함에 기대가 없으실까 우려되기도 하지만, 이 글이 조금은 다른 뭔가를 드릴 수 있음 좋겠다고 작은 바람을 가져 봅니다.

여름이 돌아왔습니다.

여러분의 곁에도 행복하고 너그러운 오후의 시간 같은 사람이 있나요?

2018년 제목과 같은 계절
이정숙 드림

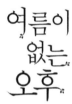

여름이
없는
오후

1판 1쇄 찍음 2018년 8월 10일
1판 1쇄 펴냄 2018년 8월 17일

지은이 | 이정숙
펴낸이 | 정 필
펴낸곳 | (주)뿔미디어

기획 · 편집 | 이영은, 심은지
표지 디자인 | 김수진

출판등록 | 2002년 9월 11일 (제1081-1-132호)
주소 | 경기도 부천시 원미구 소향로 17, 303(두성프라자)
전화 | 032)651-6513 / 팩스 032)651-6094
E-mail | scarlets2012@hanmail.net
블로그 | http://blog.naver.com/dahyangs
비북스 | http://b-books.co.kr

값 9,000원

ISBN 979-11-315-9227-4 03810